译文名著精选

十日谈（上）

[意] 卜伽丘 著 方 平 王科一 译

YIWEN CLASSICS

Giovanni Boccaccio

The Decameron

上海译文出版社

图书在版编目(CIP)数据

十日谈(上、下)/(意)卜伽丘(Boccaccio, G.)著;方平,
王科一译.—上海:上海译文出版社,2010.8(2024.9 重印)
(译文名著精选)
书名原文:The Decameron
ISBN 978-7-5327-5117-4

Ⅰ.①十… Ⅱ.①卜… ②方… ③王… Ⅲ.①短篇小
说—作品集—意大利—中世纪 Ⅳ.①I565.43

中国版本图书馆 CIP 数据核字(2010)第 118315 号

Giovanni Boccaccio
THE DECAMERON

十日谈
〔意〕卜伽丘 著 方平 王科一 译

上海译文出版社有限公司出版、发行
网址:www.yiwen.com.cn
201101 上海市闵行区号景路 159 弄B座
浙江新华数码印务有限公司印刷

开本 890×1240 1/32 印张 25 插页 4 字数 495,000
2010 年 8 月第 1 版 2024 年 9 月第 13 次印刷
印数:30,201-32,200 册

ISBN 978-7-5327-5117-4/I·2907
定价(上、下册):55.00 元

《十日谈》最早插图本的一幅木刻插图

佛罗伦萨大瘟疫

译本序

曲折前进的历史，每逢来到一个重大的转折点——社会生产力和个人的聪明才智得到解放的时期，往往也就是在文学艺术史上有着新的突破和取得重大成就的时期。欧洲十四—十七世纪的“文艺复兴”，就是这么一个令人瞩目的历史时期，它在西欧各国形成了文学艺术相继繁荣的局面，以至掀起了一个接续一个的文艺高潮。

在西欧各国中，意大利得风气之先，是文艺复兴运动的发源地，产生了第一批优秀的人文主义作家，卜伽丘(1313—1375)就是其中之一。当时，在整个欧洲，以封建教会和世俗封建主为代表的封建势力，在政治、经济，以至思想领域内，还是占着全面统治的地位。就是意大利，在十四世纪中叶，资本主义生产的萌芽也不过稀疏地出现在它北部的几个城市罢了。封建的中世纪向资本主义的近代过渡，这一历史过程还刚开始起步。正是在这资本主义才只透露曙光的时期，卜伽丘写下他的代表作《十日谈》(约 1350—1353)。

卜伽丘运笔如刀，嫉恶如仇，面对庞然大物的封建教会，无所畏惧，以嬉笑怒骂的批判精神，揭露了它的种种丑恶面目和形形色色的罪恶勾当，激起人们的耻笑、愤怒和憎恨。

不容怀疑地统治了西欧近一千年的天主教会的权威，第一次在文艺领域内遭受到这样严重的挑战。是不是可以这么说呢——欧洲文艺复兴运动正是以《十日谈》的嘹亮的号角声揭开了序幕的。

意大利近代著名文艺评论家桑克提斯曾把《十日谈》和但丁的《神曲》(Divine Comedy)并列，称之为“人曲”(Human Comedy)。人间百态、形形色色的人物，都进入了作者的创作视野；一百个故事塑造了国王、贵族、僧侣、后妃、闺秀、梳羊毛女工、高利贷者、贩夫走卒等不同身份，各各具有性格特征的人物形象。从中世纪以来，欧洲文学还是第一次用现实主义的笔法，在作品中展示了这么广阔的社会生活场景。

一三四八年，欧洲中世纪，一场可怕的瘟疫爆发了。繁华的佛罗伦萨丧钟乱鸣，尸体纵横，十室九空，人心惶惶，到处呈现着触目惊心的恐怖景象，世界末日仿佛已经来到了……卜伽丘在他的巨著《十日谈》里，一开头就以艺术家的大手笔，通过许多给人以真实感的细节，描绘出这样一幅阴暗的画面。

在这场浩劫中，有十个青年男女侥幸活了下来，他们相约一起逃出城外，来到小山上的一个别墅。只见周围尽是草木青葱，生意盎然；别墅修建得非常漂亮，有草坪花坛，清泉流水，室内各处收拾得洁净雅致。十个青年男女就在这赏心悦目的园林里住了下来，除了唱歌跳舞之外，每人每天轮着讲一个故事作为消遣，住了十多天，讲了一百个故事。这一楔子在艺术总体结构上形成为容纳全书这许多故事的一个框架。

马克思曾经指出：“废除作为人民幻想的幸福的宗教，也就是要求实现人民的现实的幸福。”①卜伽丘笔下的那些充满着对人生的热爱，一心追求尘世欢乐的故事，就是抛弃了天国的梦幻，宣扬幸福在人间。《十日谈》这部杰作，可说是在意大利文艺复兴的早春天气，冲破寒意而傲然开放的一朵奇葩。

展读《十日谈》，开头接连的几个故事，集中火力，都是对当时炙手可热的天主教会的讽刺和揭露。例如第一天故事第二，通过犹太商人的留神察访，毫无忌讳地揭露了罗马教皇的宫廷里触目惊心的腐败黑暗的情景：

> 从上到下，没有一个不是寡廉鲜耻，犯着“贪色”的罪恶，甚至违反人道，耽溺男风，连一点儿顾忌、羞耻之心都不存了；竟至于妓女和娈童当道，有什么事要向教廷请求，反而要走他们的门路……

---

① 引自《黑格尔法哲学批判导言》，《马克思恩格斯全集》第1卷，第453页。

那位严肃正派的犹太人得出的结论只能是：罗马哪儿是什么“神圣的京城”，乃是藏垢纳污之所！

这一大段对罗马天主教的揭露、声讨，可说在主题思想上为整个作品定下了基调。“神圣的”封建教会在卜伽丘的犀利的笔锋下，原形毕露！

天主教会和蒙昧主义是相依为命的。只有使人们陷于浑浑噩噩，丧失辨别、思考的能力，把教会所编造的谎话句句都当作真理般信仰、盲从，它才能以至高无上的神的名义骑在人民头上任意作威作福。全书第一个故事“歹徒升天”所显示的反蒙昧主义精神，因此显得格外难能可贵。

一个生前无恶不作的坏蛋，死后按照基督教义，理应下地狱去了吧，却被教会看中了，奉为圣者，为他的落葬举行隆重的仪式，沿途唱着圣歌，轰动全城。他的圣名越传越广，男女老少对于他的敬仰与日俱增，逢到患难，都赶到教堂向他的神像祈求。据说，“天主假着他的手，显示了好多奇迹”。卜伽丘在这里撩起了幕布的一角，让人们看到，所谓“奇迹”、所谓“圣徒”那一套，其实彻头彻尾是一个大骗局，是一场荒谬可笑的闹剧。

欧洲人民反封建制度的斗争，在当时的历史条件下，总是首先把矛头针对天主教会，而反对天主教会的思想统治，又往往表现为反禁欲主义。这是因为禁欲主义组成了天主教教义的核心思想。

为了给陷于极端贫困的劳动人民套上沉重的精神枷锁，使他们丧失斗争的意志，永远甘心于被剥削、被压迫的命运，天主教会利用一切宣传手段，要人们相信，人世是罪恶的深渊，是苦海；为了未来的天国幸福，就必须忍饥挨饿，禁欲苦修，摒弃现实生活中的一切享受。

总之，天主教会拿天国的爱代替对生活的热爱，拿神爱代替性爱，拿神性否定人性——这就是把贫困、苦难神圣化了的禁欲主义。

受蒙蔽、受欺骗的广大人民把人世看作苦海，甘心摒弃一切物质的、精神的享受，骑在人民头上的特权阶级（僧侣）更可以为所欲为，过着荒淫无耻的生活了——要知道，宣扬禁欲的背后，就是不可告人的纵欲。

“愚夫修行”(第三天故事第四)的讽刺性特别尖锐泼辣：禁欲和纵欲，只是一板之隔；在房门外，那丈夫听信了教士的指点，彻夜苦修；在房门内，那教士趁机勾引他的妻子。那个精神上中毒太深的愚夫，一心要修成正果、进入天堂，却不知道他这愚行正好引狼入室，他妻子的卧床正好成了坏人的天堂。

有的故事更是揭露了令人发指的教会黑幕：修道院院长为了要奸淫教民的妻子，把丈夫禁锢在教堂的地窖里，却让他以为自己已经故世，成了亡灵，正在暗无天日的地狱里受罪；后来那女的怀孕了，只得又把丈夫放回“人世”，去充当孩子的爸爸，还说多亏院长替他向天主祷告。他的“复活”，村人们以为是奇迹降临了，竟大大地提高了院长的圣誉。(第三天故事第八)

面对强大的封建教会，卜伽丘旗帜鲜明地提倡“人性”，反对“神性”；呼唤“个性解放”，反对“宗教桎梏”；追求现实生活中的幸福，鄙弃教会的禁欲主义和虚无缥缈的天国幸福。作者对教会的批判火力，正来自对于“人性”和人文主义的信念，来自对于现实生活的热爱。

“痴女修道”是一篇幽默和讽刺的佳作(第三天故事第十)，使人不禁失笑的同时，让人感悟到：食色性也，这原始的人性无所不在，不可窒灭，也无从躲避，哪怕你逃到深山僻野，渺无人烟的荒漠中，一心侍奉天主，刻苦修行，也无济于事；一旦一个浑身散发着青春气息的少女以她丰满的肉体一丝不挂地呈现在那可怜的修道士的眼前，他头晕目眩了，抵挡不住了，天国的崇拜和信仰，顿时冰消雪融了——日夜修炼的“神性”，只能向“人性”屈服了事；他一向把心如死灰看作修炼的最高境界，此时却欲火焚心，沦为一头垂涎欲滴的饿狼了。

作者在书中写下不少感人至深、难以忘怀的忠贞纯洁的爱情故事，“郡主之恋”(第四天故事第一)就是其中之一。郡主绮思梦达冲破世俗偏见，和一位人品出众的侍从倾心相恋。他们的私恋败露后，父王痛斥她不该和低三下四之辈结成私情；郡主却毫无愧色地宣布自己将始终如一地热爱他，而且打破了向来的封建门第观念，提出了一个全新的对于人的评价标准：

“我们人类向来是天生一律平等的，只有品德才是区分人类的标准，那发挥天才大德的才当得起一个‘贵’；否则就只能算是‘贱’。”“只要你不存偏见，那么你准会承认：最高贵的是他，而你那班朝贵都只是些鄙夫而已。”

“郡主之恋”无疑是《十日谈》中最富于社会意义的故事之一。

全书一百个故事，思想境界不能说都达到了同一水准，其间有一些高低参差之分，还不免搀杂少数比较粗野的世俗笑谑，并无多少思想意义可言，这是要请读者诸君阅览时予以有批判地鉴别的。本书由方平和王科一合作译出。“原序”和“跋”，第一天到第四天，第九天，方平译；第六天除故事第十外，第八天除故事第八、第九、第十外，方平译；第七天，第十天，王科一译；第五天除故事第四外，王科一译。译者对原作的理解、逐译，浅陋和不确当之处在所难免，希望能得到不吝指正。

方　平

二〇〇三年六月

目　录

第　二　天

第 三 天

第　四　天

第 五 天

第　六　天

第　七　天

第　八　天

第　九　天

第　十　天

《十日谈》（一称《伽略特王子》）由此开始，共收故事一百篇，由七位小姐三个青年分十天讲完。

原　　序

对不幸的人寄予同情[①]，是一种德行。谁都应该具有这种德行——尤其是那些曾经渴求同情、并且体味到同情的可贵的人。如果有谁承受过他人的同情，得到了安慰，因而体味到这份情意的可贵，那么我确实算得上一个。从青春年少直到眼前，我始终无比热烈地爱着一个人儿；说起来，她是那么高贵，以我的寒微，怕真有些配不上她。明达的绅士们听到我这段恋爱，倒是很看重我、夸奖我[②]，可不知道我为这段恋爱忍受了多少折磨啊。并非因为我的情人心肠太硬，使我难过；而是因为我痴心妄想，在胸中燃烧着一股难于抑制的欲火。这分明是一件不可能得到美满的事，因此，我时常只落得徒然苦恼而已。

在我为着爱情而受苦受难的时期，幸亏有一个朋友常用好话来劝慰我，要不是他，只怕我再不会活在这世界上了。不过天主是万能的，他以亘古不变的法则，使人间万事万物到头来都有一个归宿。我爱我的意中人，虽说爱得比任何人都热烈，不论自己怎样抑制，旁人怎样规劝，将来蒙耻受辱，身败名裂，在所难免，都不能挫折或动摇我这份爱情；可是这份爱情却终于给流水般的时光冲淡了，到现在我的灵魂里只剩下欢乐的追念——这是爱情赐给那些不曾在爱河里灭顶的人的礼物。我这场恋爱，当初叫我遭受许多痛苦，现在痛苦解脱了，只剩下欢乐的回忆。

尽管我不再感到痛苦，可是我并没忘了那些为关怀我而替我难过，给我安慰、帮助的人。我将终生感念他们的盛情，至死不忘。在许多美德中，我认为“感激”是最值得称道的；反过来说，忘恩负义便是顶卑鄙的行为。为了表明自己不是那种忘恩负义的人，我趁眼前可说是摆脱束缚、一无牵挂的时候，决定凭自己一点浅薄的才学，写下一些东西，给帮助过我的人读着消遣，聊作报答。如果以他们的知情达理，或是情场得意，这本书竟成为多余的，那么至少对另外一些人还有用处。

虽说像这样一本书不见得会给予不幸的人们多大鼓舞，或者不如说，多大安慰的；不过我觉得还是应该把这本书贡献给最需要的人，因为这对他们更有帮助，更可宝贵。那么有谁能够否认，把这本书——这份微薄的安慰，献给一位相思缠绵的小姐比献给一个男子来得更合适?

女人家因为胆怯、害羞，只好把爱情的火焰包藏在自己的柔弱的心房里，这一股力量(过来人都知道)比公开的爱情还要猛烈得多。再说，她们得服从父母、兄长、丈夫的意志，听他们的话，受他们的管教。她们整天守在闺房的小天地内，昏闷无聊，仿佛有所想望而又无可奈何，情思撩乱，总是郁郁寡欢。

要是她们因为苦于相思，弄得愁眉不展，那么除非有什么新鲜的排遣，这愁是消不了的。再说，妇女远不及男子有忍耐力。男人恋爱起来，决不会有这样的事情，这是大家都可以看到的。就是他果真发愁、心里昏闷，也自有许多消遣解脱的办法。只要他高兴出去走走，可以让他看看听听的东西多的是；他可以去打鸟、打猎、钓鱼、骑马，也可以去赌博或是经商。有了这种种消遣，一个男子至少可以暂时摆脱了，或者减轻了他心里的愁苦。他到头来不是在这里就是在那里得到了安慰，逐渐忘却了痛苦。

多情善感的妇女最需要别人的安慰，命运对于她们却偏是显得特别吝啬。为了多少弥补这份缺憾，我才打算写这一部书，给怀着相思的少

---

① 友情和爱情，在文艺复兴时代的文学作品里，常是同一个字，这里的“同情”也是专指男女之间的怜爱和柔情而言。

② 请参阅第一天故事第五：“一个有见地的男人总是追求身份比自己高的女人……”(第44页)

女少妇一点安慰和帮助——为的是，针线、卷线杆和纺车并不能满足天下一切的妇女①。这本书里讲了一百个故事——或者是讲了一百个“寓言”，一百篇“醒世小说”，一百段“野史”，你们怎么说都成。这些故事都是在最近瘟疫盛行的一段时间中，由一群有身份的士女——七位小姐、三位青年分十天讲述的。故事以外，还有七位小姐唱着消遣的好些歌曲。

在这些故事中，我们可以读到情人们的许多悲欢离合的遭遇，以及古往今来的一些离奇曲折的事迹。淑女们读着这些动人的故事，说不定会得到一些乐趣，同时还可以从中得到一些有益的启发，因为借这些故事，她们可以认识到什么事情应当避免，什么事情可以尝试。这么说，这本书多少会替她们解除一些愁闷吧。

要是真能做到这一步，(但愿天主允许吧!)那么让她们感谢恋爱之神吧，是他把我从爱的束缚中解放出来，给了我力量，为她们的欢乐而写作。

---

① 这句话照英译本直译，应是：“对于其他的妇女，有了针线、卷线杆和纺车也就够了。”其他的妇女，指不曾怀着相思的妇女而言。

第一天

《十日谈》的第一天由此开始。作者首先对十个男女集合的缘由作了说明。以下便是他们在潘比妮亚领导下，各自随意所说的故事。

温雅的女士们，我深知你们天生都是富于同情心的，读着这本书，免不了要认为故事的开端是太悲惨愁苦了，叫人们不禁惨然想起不久前发生的那一场可怕的瘟疫，这对于身历其境或是耳闻其事的人，都是一件很不好受的事。不过请别以为读着这本书，又要害你们叹息、掉泪，就此吓得不敢再往下读了。本书的开端虽然凄凉，却好比一座险峻的高山，挡着一片美丽的平原，翻过前面的高山，就来到那赏心悦目的境界；攀援的艰苦将换来加倍的欢乐。乐极固然生悲，悲苦到了尽头，也会涌起意想不到的快乐。

所以这只不过是暂时的凄凉——我说是暂时的，因为也不过占了寥寥几页篇幅罢了；接着而来的就是一片欢乐，像方才预告的那样——要不是这么声明在先，只怕你们猜想不到苦尽还有甘来呢。说真话，我真不愿意累你们走这条崎岖小道，可是此外又没有旁的路可通，因为不回顾一下悲惨的过去，我没法交代清楚你们将要读到的那许多故事，是在怎样的一种情景下产生的；所以只好在书里写下这样一个开头。

在我主降生后第一千三百四十八年，意大利的城市中最美丽的城市——就是那繁华的佛罗伦萨，发生了一场可怖的瘟疫。这场瘟疫不知道是受了天体的影响，还是威严的天主降于作恶多端的人类的惩罚；它最初发生在东方，不到几年工夫，死去的人已不计其数；而且眼看这场瘟疫不断地一处处蔓延开去，后来竟不幸传播到了西方。大家都束手无策，一点防止的办法也拿不出来。城里各处污秽的地方都派人扫除过了，禁止病人进城的命令已经发布了，保护健康的种种措施也执行了；此外，虔诚的人们有时成群结队，有时零零落落地向天主一再作过祈祷了；可是到了那一年的初春，奇特而可怖的病症终于出现了，灾难的情况立刻严重起来。

这里的瘟疫，不像东方的瘟疫那样，病人鼻孔里一出鲜血，就必死无疑，却另有一种征兆。染病的男女，最初在鼠蹊间或是在胳肢窝下隆然肿起一个瘤来，到后来愈长愈大，就有一个小小的苹果，或是一个鸡蛋那样大小。一般人管这瘤叫“疫瘤”，不消多少时候，这死兆般的“疫瘤”就由那两个部分蔓延到人体各部分。这以后，病征又变了，病人的臂部、腿部，以至身体的其他各部分都出现了黑斑或是紫斑，有时候是稀稀疏疏的几大块，有时候又细又密；不过反正这都跟初期的毒瘤一样，是死亡的预兆。

任你怎样请医服药，这病总是没救的。也许这根本是一种不治之症，也许是由于医师学识浅薄，找不出真正的病源，因而也就拿不出适当的治疗方法来——当时许许多多对于医道一无所知的男女，也居然像受过训练的医师一样，行起医来了。总而言之，凡是得了这种病、侥幸治愈的人，真是极少极少，大多数病人都在出现“疫瘤”的三天以内就送了命；而且多半都没有什么发烧或是其他的症状。

这瘟病太可怕了，健康的人只要一跟病人接触，就染上了病，那情形仿佛干柴靠近烈火那样容易燃烧起来。不，情况还要严重呢，不要说走近病人，跟病人谈话，会招来致死的病症，甚至只要接触到病人穿过的衣服，摸过的东西，也立即会染上病。

骇人听闻的事还有呢。要不是我，还有许多人眼见目睹，那么，这种种事情即使是我从最可靠的人那儿听来的，我也不敢信以为真，别说是把它记录下来了。这一场瘟疫的传染可怕到这么一个程度，不仅是人与人之间会传染，就连人类以外的牲畜，只要一接触到病人，或是死者的什么东西，就染上了病，过不了多少时候，就死了，这种情形也是屡见不鲜。有一天，我亲眼看到有这么一回事：大路上扔着一堆破烂的衣服，分明是一个染病而死的穷人的遗物；这时候来了两头猪，大家知道，猪总是喜欢用鼻子去拱东西的，也是合该它们倒楣，用鼻子把那衣服翻了过来，咬在嘴里，乱嚼乱挥一阵；隔不了一会，这两头猪就不住地打起滚来，再过了一会儿，就像吃了毒药似的，倒在那堆衣服上死了。

活着的人们，每天看到这一类或大或小的惨事，心里就充满着恐怖和种种怪念头；到后来，几乎无论哪一个人都采取了冷酷无情的手段：凡是病人和病人用过的东西，一概避不接触，他们以为这样一来，自己的安全就可以保住了。

有些人以为唯有清心寡欲，过着有节制的生活，才能逃过这一场瘟疫。于是他们各自结了几个伴儿，拣些没有病人的洁净的宅子住下，完全和外界隔绝起来。他们吃着最精致的食品，喝着最美的酒，但总是尽力节制，绝不肯有一点儿过量。对外界的疾病和死亡的情形他们完全不闻不问，只是借音乐和其他的玩意儿来消磨时光。

也有些人的想法恰巧相反，以为唯有纵情欢乐、豪饮狂歌，尽量满足自己的一切欲望，什么都一笑置之，才是对付瘟疫的有效办法。他们当真照着他们所说的话实行起来，往往日以继夜地，尽情纵饮，从这家酒店逛到那家酒店，甚至一时兴来，任意闯进人家住宅，为所欲为，也没有人来阻拦他们，因为大家都是活了今天保不住明天，哪儿还顾得到什么财产不财产呢。所以大多数的住宅竟成了公共财产，哪一个过路人都可以大模大样地闯进去，只当是自己的家一般占用着。可是，尽管他们这样横冲直撞，对于病人还是避之唯恐不及。

浩劫当前，这城里的法纪和圣规几乎全都荡然无存了；因为神父和执法的官员，也不能例外，都死的死了，病的病了，要不就是连一个手底下人也没有，无从执行他们的职务了；因此，简直每个人都可以为所欲为。

还有好多人又采取了一种折衷的态度。他们既不像第一种人那样严格节制着自己的饮食，也不像第二种人那样大吃大喝、放荡不羁。他们虽然也满足自己的欲望，但是适可而止；他们并没有闭户不出，也到外面去走走，只不过手里总要拿些什么鲜花香草，或是香料之类，不时放到鼻子前去嗅一下，清一清神，认为要这样才能消除那充满在空气里的病人、药物和尸体的气味。

有些人为了自身的安全，竟抱着一种更残忍的见解。他们说，要对抗瘟疫，只有一个办法——唯一的好办法，那就是躲开瘟疫。有了这种想法的男男女女，就只关心他们自己，其余的一概不管。他们背离自己的城市，丢下了自己的老家、自己的亲人和财产，逃到别的地方去——至少也逃到佛罗伦萨的郊外去，仿佛是天主鉴于人类为非作歹，一怒之下，降下惩罚，这惩罚却只落在那些留居城里的人的头上，只要一走出城，就逃出了这场灾难似的。或者说，他们以为留住在城里的人们末日已到，不久就要全数灭亡了。

这些人的见解各有不同，却并没个个都死，也并没全都逃出了这场浩劫。各地都有好些各色各样的人在自身健康时，首先立下榜样，教人别去理会那得病的人，后来自己病倒了，也遭受人们的遗弃，没人看顾，就这样断了气。

真的，到后来大家你回避我，我回避你；街坊邻舍，谁都不管谁的事；亲戚朋友几乎断绝了往来，即使难得说句话，也离得远远的。这还不算，这场瘟疫使得人心惶惶，竟至于哥哥舍弃弟弟，叔伯舍弃侄儿，姊妹舍弃兄弟，甚至妻子舍弃丈夫都是常有的事。最伤心、叫人最难以置信的，是连父母都不肯看顾自己的子女，好像这子女并非他们自己生下来似的。

因此许许多多病倒的男女都没人看顾，偶然也有几个朋友，出于慈悲心，来给他们一些安慰，不过这是极少数的；偶然也有些仆人贪图高额的工资，肯来服侍病人，但也很少很少，而且多半是些粗鲁无知的男女，并不懂得看护，只会替病人传递茶水等物，此外就只会眼看着病人死亡了。这些侍候病人的仆人，多半因此丧失了生命，枉自赚了那么些钱！

就因为一旦染了病，再也得不到邻舍亲友的看顾，仆人又这样难雇，就发生了一种闻所未闻的风气。那些奶奶小姐，不管本来怎么如花似玉，怎么尊贵，一旦病倒了，她就再也不计较雇用一个男子做贴身的仆人，也再不问他年老年少，都毫不在乎地解开衣裙，把什么地方都在他面前裸露出来，只当他是一个女仆。她们这样做也是迫于病情，无可奈何；后来有些女人保全了性命的，品性就变得不那么端庄，这也许是一个原因吧。

有许多病人，假如能得到好好的调理，本来可以得救，现在却都死去了。瘟疫的来势既然这么凶猛，病人又缺乏护理，叫呼不应，所以城里日日夜夜都要死去大批大批的人，那情景听着都叫人目瞪口呆，别说是当场看到了。至于那些幸而活着的人，迫于这样的情势，把许多古老的习俗都给改变过来了。

照向来的风俗说来(现在也还可以看到)，人死了，亲友邻居家的女眷都得聚集在丧事人家，向死者的家属吊唁；那家的男子们就和邻居以及别处来的市民齐集在门口。随后神父来到，人数或多或少，要看那家的排场而定。棺材由死者的朋友抬着，各人点了一支蜡烛，拿在手里，还唱着挽歌，一路非常热闹，直抬到死者生前指定的教堂。但是由于瘟疫越来越猖獗，这习俗就算没有完全废除，也差不多近于废除了；代之而起的是一种新的风气。病人死了，不但没有女人们围绕着啜泣，往往就连断气的一刹那都没有一个人在场。真是难得有几个死者能赚到亲属的哀伤和热泪；亲友们才不来哀悼呢——他们正在及时行乐，在欢宴，在互相戏谑呢。女人本是富于同情心的，可是现在为了要保全自己的生命，竟不惜违背了她们的本性，跟着这种风气走。

再说，人死了很少会有十个八个邻居来送葬；而来送葬的决不是什么有名望有地位的市民，却是些低三下四的人——他们自称是掘墓者；其实他们干这行当，完全是为了金钱，所以总是一抬起了尸架，匆匆忙忙就走，并不是送到死者生前指定的教堂，而往往送到最近的教堂就算完事。在他们前面走着五六个僧侣，手里有时还拿着几支蜡烛，有时一支都不拿。只要看到是空的墓穴，他们就叫掘墓人把死尸扔进去，再也不自找麻烦，郑重其事地替死者举行什么落葬的仪式了。

下层阶级，以至大部分的中层阶级，情形就更惨了。他们因为没有钱，也许因为存着侥幸的心理，多半留在家里，结果病倒的每天数以千计。又因为他们缺乏适当的医治，无人看护，几乎全都死了。白天也好，黑夜也好，总是有许多人倒毙在路上。许多人死在家里，直到尸体腐烂，发出了臭味，邻居们才知道他已经死了。

城市里就这样到处尸体纵横，附近活着的人要是找得到脚夫，就叫脚夫帮着把尸体抬出去，放在大门口；找不到脚夫，就自己动手；他们这样做并非出于恻隐之心，而是唯恐腐烂的尸体威胁他们的生存。每天一到天亮，只见家家户户的门口都堆满了尸体。这些尸体又被放上尸架，抬了出去，要是弄不到尸架，就用木板来抬。

一个尸架上常常载着两三具尸体。夫妻俩，或者父子俩，或者两三个兄弟合放在一个尸架上，成了一件很普通的事。人们也不知道有多少回看到两个神父，拿着一个十字架走在头里，脚夫们抬着三四个尸架，在后面跟。常常会有这样的事情发生：神父只道要替一个人举行葬礼，却忽然来了六七具尸体，同时下葬，有时候甚至还不止这么些呢。再也没有人为死者掉泪，点起蜡烛给他送丧了；那时候死了一个人，就像现在死了一只山羊，不算一回事。本来呢，一个有智慧的人，在人生的道路上偶尔遭遇到几件不如意的事，也很难学到忍耐的功夫；而现在，经过了这场空前的浩劫，显然连最没有教养的人，对一切事情也都处之泰然了。

每天，甚至每小时，都有一大批一大批的尸体运到全市的教堂去，教堂的坟地再也容纳不下了，尤其是有些人家，按照习俗，要求葬在祖茔里面，情形更加严重。等坟地全葬满了，只好在周围掘一些又长又阔的深坑，把后来的尸体几百个几百个葬下去。就像堆积在船舱里的货物一样，这些尸体，给层层叠叠地放在坑里，只盖着一层薄薄的泥土，直到整个坑都装满了，方才用土封起来。

当时整个城里的种种凄惨景象也不必一一细谈了，我只要再补说一句，当城内瘟疫横行的时候，郊外的市镇和乡村也并没逃过这一场浩劫；不过灾情不像城里那样声势浩大罢了。可怜的农民(以及他们的家人)，住在冷落的村子里，荒僻的田野中，一旦病倒了，既没有医生，也没有谁来看顾，随时倒毙在路上，在田里，或者死在家门口。他们死了，不像是死了一个人，倒像是死了一头牲畜。

城里的人们大难当前，丢下一切，只顾寻欢作乐；乡下的农民，自知死期已到，也再不愿意从事劳动，拿到什么就吃什么；从前他们在田园上、在牛羊上注下了多少心血，寄托过多少期望，现在再也顾不到了。这样，牛、驴子、绵羊、山羊、猪、家禽，还有人类的忠诚的伴侣——狗，被迫得离开圈栏，在田里到处乱跑——田里的麦早该收割了，该打好收藏起来了，却没有一个人来过问一下。这些牲口，有许多好像赋有理性似的，白天在田野里吃饱了草料，一到天晚，虽然没有牧人来赶，也会自动走回农庄来。

让我们再从乡村说回到城里吧。其实除了说天主对人类真是残酷到极点，还能怎么说呢(当然有些地方也得怪人类太狠心)？由于这场猛烈的瘟疫，由于人们对病人抱着恐怖心理，不肯出力照顾，或者根本不管，从三月到七月，佛罗伦萨城里，死了十万人以上。在瘟疫发生之前，谁也没想到过城里竟住着这么多人。

唉，宏伟的宫室，华丽的大厦，高大的宅第，从前达官贵妇出入如云，现在却十室九空，连一个最低微的仆从都找不到了！有多少显赫的姓氏、巨大的家产、富裕的产业遗下来没有人继承！有多少英俊的男子、美丽的姑娘、活泼的小伙子(就连盖伦、希波克拉底、伊斯克拉庇斯①都得承认他们的身子顶结实)，在早晨还同亲友们一起吃点心，十分高兴，到了夜里，已到另一个世界去陪他们的祖先吃晚饭了。

讲述这种种悲惨的事，我自己也觉得十分心酸；所以不如就此打住，现在我只想在下面提到一件事：

佛罗伦萨城里，居民相继死亡，几乎成了空城；不过我后来听到一个可靠的人说，在一个礼拜二的早晨，做过弥撒，庄严的圣玛利亚·诺凡拉教堂里冷冷清清，只留下七个年轻的妇女，都穿着跟这个年头正相配合的黑色丧服。她们中间不是带着亲戚关系，就是有着朋友或是邻居的情谊。最大的一位不过二十七岁②，年纪最轻的也已有十八岁了；都

① 这三个是医师和医神。盖伦(Galen，130—200?)和希波克拉底(Hippocrates，公元前460—359?)是古代希腊名医，伊斯克拉庇斯(Æsculapius)是希腊神话中主医药的神。

② 根据麦克威廉译本，里格译本作“不超过二十八岁”。

长得非常秀丽，仪态优雅，又具有良好的教养，显然全都是些出身高贵的女士。

要是没有什么不便的话，她们的芳名我本该也告诉你们，可是底下将记录下她们所讲述的，以及听到的种种话，我不愿意将来有一天，害得她们感到不好意思。现在的社会风气，又逐渐严肃起来了，不像当时那么放荡了——当时，不但像她们那样年青的姑娘，就连岁数较长的妇女，也免不了沾染这种风气(至于产生这种风气的原因，前面说起了)。我也不愿意让那些专爱中伤别人、对于纯洁无垢的品德一味挑剔的人，抓住这个机会用恶俗的话来破坏这几位小姐的名声。所以我只好依着她们各人的性格，另取一个合适的名字——或者多少还算合适的名字，好让读者明白她们中间究竟是谁在说话，不致闹不清楚。

首先，那年纪最大的一位，我叫她“潘比妮亚”；第二个，叫“菲亚美达”；第三个，“菲罗美娜”；第四个，“爱米莉亚”；第五个，“劳丽达”；第六个，“妮菲尔”；最后一个，名字取得很适当，叫“爱莉莎”①。

她们这天的见面，也是巧合，并没预先约定。大家就在教堂的一角，围成一圈，坐了下来；又长吁短叹了一阵，于是也不再作祷告，只是彼此谈论起当时的种种情况来。大家沉默了一会之后，又听见潘比妮亚开口说道：

“各位好姐姐，你们想必跟我一样，早就听说过了，一个人做他本分的事是不会招人见怪的。尽力保护自己的生命原是每个人的天赋权利。为了保护自己的生命而杀了人，甚至还可以不用抵罪。如果维护公共利益的法律尚且能够容忍这种行为，那么我们为了保全自己的生命，采取与人无损的手段，当然是合情合理的了。我一想到今天早晨，和以前那一串日子是怎样挨过来的，再想到我们这几天来全是谈着些什么

① 潘译本根据希腊字源，在注解中解释了前面六个名字的意义，如潘比妮亚意谓“指导”，菲罗美娜意谓“爱好歌唱的”，爱米莉亚意谓“妩媚”，劳丽达意谓“戴桂冠的”，妮菲尔意谓“好奇的”等，但对最后一个名字却说意义不明。阿尔亭顿译本在“爱莉莎”后面加括弧说明：(或者“处女”)。

话，我就感觉到——你们也一定同样会感觉到，我们是在为自己的生命担忧呀。这我并不觉得有什么奇怪；我十分奇怪的是，我们女人都有女人的判断力，为什么不替自己想想办法，来摆脱这忧愁呢?

“我们留在这儿——照我看来——最多也不过看看又运来了多少要落葬的尸体，或者听听那最后剩留下来的几个修士是不是还按时按刻唱着圣歌；或者呢，拿我们这身丧服向每一个来到这里的人显示我们遭遇到多么重大的不幸。走出这儿的教堂，我们就会看到，到处都抬着死尸和病人；或者看见从前被当局放逐的罪人，如今再不把法律看在眼里，只是在大街小巷，到处大摇大摆着，因为他们知道那班执行法令的人不是死了就是病倒了。再看到我们城里那班下三滥，他们自称‘掘墓者’，喝饱了我们的血，骑着马，到处乱闯，嘴里还唱着下流的小调，来嘲笑我们的苦难。到东到西，我们只听到‘某人死了’，或者是‘某人只剩一口气了’。要是人死了还有人哭，那么我们在这城里只能听得一片哀声了。我不知道你们的家里是不是跟我一样，我家里的人全都死了，偌大的门庭，只剩下了我和我的使女两个人；我一想到这里，就毛骨悚然；在家里无论坐也好，立也好，总觉得有许多阴魂出现在我眼前，他们的脸全不是我看熟了的那些脸，却变得好不可怕，真把我吓坏了。

“这样，我不管在这儿教堂里、在外面街上，或者关在家里，总是心神不宁；尤其是因为凡是像我们这样有体力、有办法的人，全都跑了，留在这儿没走的只剩我们这几个。就算还有一些人留在这儿，我常听说——也亲眼看到过——他们不管是一个人，或者是一群人，总是夜以继日地尽情吃喝玩乐，也再不存什么是非之分了。不仅是世俗的人们，就连隐居在修道院里的修士，也认为别人公然做得的事，他们同样做得，因此竟违背了誓愿和清规，去追求那肉体的欢乐。这样，为了想逃过这场灾祸，人们变得荒淫无度了。

“如果分明是那么一回事，那我们还留在这儿干什么？我们还指望些什么？我们还梦想些什么？我们为什么不像别人那样及早替自己的安全设想？生命对于我们难道就不及对别人那样可贵？或者是，难道我们竟认为我们的生命力比旁人强，所以用不到害怕灾祸会落到自己头上来？我们错了，我们上当了。要是我们真这样想，那是多么糊涂呀！我们只要想想，有多少年青的男女在这一场可怕的瘟疫中送了命，那就可以得到一个很明确的答案了。

“不知道你们是不是也有这样的想法，照我看来，要是我们不愿意把自己的生命当作儿戏，坐以待毙，那么许许多多人都走的走，溜的溜了，我们不如也趁早离开这个城市吧。不过，就像逃避死神那样，人们那种堕落的生活，我们也要避免；我们每个人在乡间都有好几座别墅，让我们就住到乡下去，过着清静的生活吧；在那儿，我们可以由着自己的心意寻求快乐，但是并不越出理性的规范。

“在乡下，我们可以听鸟儿唱歌，可以眺望青山绿野，欣赏田亩连片，麦浪起伏，以及各种各样的树木。我们还可以看到辽阔的苍穹，尽管上天对我们这样严酷，可还是在我们眼前展露了它那永恒的美丽——这比我们那一座空城好看得多了。再说，那儿的空气也新鲜得多，在这个季节，我们在乡下将会抛却许多苦恼，平添不少生命的乐趣。虽说乡村里的农民也像城里的居民，一个个死去，但究竟屋少人稀，不至于这样触目惊心。

“再从另一方面考虑，依我说来，我们并没抛弃了这儿的什么人。可不，要说实话，那倒是我们被人抛弃了呢——你看，我们的亲戚不是死了，就是逃跑了，抛下我们单身只影去担当那沉重的苦难，好像我们不再是他们的亲人了。

“要是依照我的主意做去，我们不会受到什么非难的，要是不那么办，可能反而会遭到痛苦、麻烦，甚至死亡。所以我想，要是大家赞成的话，我们不妨带着使女，让她们携着一切必需的东西，逃出城去，从这家别墅走到那家别墅，趁这大好的时光，好好地享受它一番。让我们就这样地生活下去。只要死神不来召唤我们，我们总有一天可以看到天主怎样来收拾这一场瘟疫。请记着，我们正大光明地出走，不见得比许多女人放荡不羁地住在城里更要不得啊。”

大家听了潘比妮亚的这番议论，都佩服她的见地，而且竟迫不及待地开始讨论起详细的办法来了，仿佛等到商量定当，她们一站起身来，就要出发了。可是菲罗美娜是一个最谨慎不过的姑娘，她就说了：

“姐妹们，潘比妮亚所说的一切当然是非常好的，可是我们也不能照着自己的意思，说走就走呀。别忘了我们都是女人；我们年纪也不小了，不至于还不明白几个女人聚在一起不会有好结果的；女人要是没有男人的领导，势必弄成一团糟。我们的心坎儿太活了，太任性了，太多心了，太懦弱不中用了。为了这缘故，我只怕一切由着我们，没有人来领导，那么我们这些人很快地就会闹得不欢而散，叫大家脸上都没光彩。让我们先解决了这个问题，然后动身吧。”

爱莉莎也发言了：“真的，男人是女人的首领，没有男人的帮助，我们做什么事也难得有始有终。不过我们怎么能找到男人呢？大家都知道，我们的亲族多半已经死了，那没死的也早已各自结伴，各奔东西，再不知道他们跑到哪里去了。随便请几个陌生男人来参加吧，那又不太妥当；因为我们要躲避生命的危险，同时也要预防流言蜚语落到我们头上来，免得我们为了寻求欢乐和安宁，反而招来了烦恼。”

这几位小姐正在这里你一言我一语谈论的时候，恰巧有三个年青的男人从外边走进了教堂——说是年青，最小的一个也有二十五岁了。他们都富于热烈的感情。这年头有多么可怕，亲友多半死了，自己也是朝不保夕，可是这一切都不能叫他们的爱情有一丝半点儿冷却——更不用说叫这股爱情的火焰完全熄灭了。他们三人，一个叫做“潘非洛”，还有一个叫“菲洛特拉托”，第三个叫“第奥纽”。他们的谈吐举止都非常可爱，在这灾难的岁月里，他们只希望有机会能和自己的情人见到一面，这在他们就是得到了无上的安慰。事有凑巧，他们三个的情人就在这七位小姐中间，而其余几位小姐中，也有几位跟他们有着亲戚关系。

他们才走进教堂，望见那几位小姐，她们也已经看到了他们；潘比妮亚就笑着说：

“瞧，我们的运气有多好！这儿不是来了三个又英俊又懂事的青年来成全我们的愿望了吗？只要我们肯收容他们，他们一定乐意做我们的向导和跟班的。”

妮菲尔的情人正是这三个男子中的一个，她听了这话，不禁羞得满脸通红，说道："潘比妮亚，看在老天面上，你说话也该多想一想呀！我很明白，他们三个怎么说也得承认是高尚的青年，而且不用问，完全可以担当起比这更重大的任务。我也认为，别说请他们陪伴我们，就是请他们陪伴比我们漂亮高贵得多的小姐，他们也还是非常合适而令人愉快的良友。可是谁都知道，他们现在正爱着我们中间的几个人，我只怕，要是把他们收容到咱们姐妹的队伍中来，尽管男女双方都是清清白白，诽谤和流言还是不肯饶过咱们呢。"

菲罗美娜接着说："这有什么关系呢？只要我问心无愧，随别人爱怎么说，我决不会因而感到不安。天主和真理会保护我们的名誉的。要是他们肯加入到我们这儿来，那么正像潘比妮亚所说的，我们的运气真是太好了，这是天意派他们来成全我们的愿望！"

接下来的一片静默说明了姑娘们听了这番话，没有一个反对，一致赞成上前去招呼那三个青年，把这个打算说给他们听，并且探问他们是不是愿意跟她们一起住到乡下去。潘比妮亚就不再多说什么，站起身来，向他们那儿走去，原来她和其中的一个沾点亲戚关系。

那三个青年正站定在那儿望着她们；潘比妮亚笑容可掬地跟他们行了个礼，向他们说明了她们作了怎么样一个打算，并且以她和全体姐妹们的名义，请求他们本着兄弟般纯洁的友爱，加入到她们的队伍里来。

最初，那三个青年还以为这是在跟他们闹着玩呢；不过看到她说得这样郑重，也就打消了怀疑，非常愉快地答应下来。为了可以及早出发，他们立刻着手作必要的筹备。

第二天是礼拜三，一切都准备就绪，他们要去的地方也已经派人预先去通知了。那七位小姐就带着女仆们，三个青年各带着一个男仆，在晨光熹微中，离城出发了；走了不满六里路，就来到了预定逗留的场所。

这座别墅筑在一座小山上，和纵横的大路都保持着相当距离，周围尽是各种草木，一片青葱，景色十分可爱。宅邸筑在山头上；宅内有一个很大的庭院，有露天的走廊，客厅和卧室布置得非常雅致，墙上还装饰着鲜艳的图画，更觉动人。宅邸周围，有草坪、赏心悦目的花园，还有清凉的泉水。宅内还有地窖，藏满各种美酒，不过这只好让善于喝酒的人去品尝了，对于贞静端正的小姐是没用的。整座宅子已在事先打扫得干干净净，卧房里的被褥都安放得整整齐齐；每个屋子里都供满着各种时令鲜花，地板上铺了一层灯芯草。他们来到之后，看见一切都布置得这么齐整，觉得很高兴。

大家坐定下来，就讨论消遣的办法。第奥纽可算得是世上最乐观、最有风趣的青年了，他首先开口道：

"各位小姐，我们是多亏你们的巧思，不是靠着我们的远见，才来到这儿。我不知道你们打算怎样排除忧思，至于我呢，我在方才跟你们一起动身的时候，已把那分愁思丢在城门口了；所以，我请求你们跟我一起来纵情欢笑歌唱，只要不失你们的端庄就是了；否则请你们还是放我回到那苦难的城里去，重新在悲伤中讨生活吧。"

潘比妮亚似乎也已经把她的愁苦抛掉了，高高兴兴地回答道："第奥纽，你说得对，让我们尽量欢乐吧——因为我们从苦难中逃出来，也就是为了这个目的呀。不过凡百样事，要是没有个制度，就不会长久。我首先发起，让这么些好朋友聚合在一块儿，我也希望我们能长久快乐，所以我想，我们最好推个领袖，大家应当尊敬他、服从他；他呢，专心筹划怎样让我们过得更欢乐些。为了使每个人，不分男女，都有机会体味到统治者的责任和光荣，也为了免除彼此之间的妒忌，我想，最好把这份操劳和光荣每天轮流授给一个人。第一个由大家公推。到了晚祷的时分①，就由他或者她，指定第二天的继任人，以后就都这么办。在各人的统治时期都由他或者她，规定我们取乐的场所，以及取乐的方法等这一切问题。"

潘比妮亚的一番话叫大家听了非常高兴，他们一致推选她做第一天的女王。菲罗美娜轻快地奔到一株月桂树下，摘下几条纤细的叶枝，编成了一顶又美丽又光荣的桂冠——因为她常听人说，桂冠会给人带来光

① 指下午六时。

荣和尊敬。现在，这顶桂冠在他们中间成为统治权的象征，谁戴着它，就可以管理其余的人。

潘比妮亚接受公意，做了女王，就命令大家安静下来。她又吩咐把他们带来的三个男仆和四个女仆传唤来，说道：

“我先树立一个榜样，以后在你们的任期内一定能做得更好，这样，大家就可以逍遥自在，而一切都井井有条，不失规范，这种生活我们要维持多久就可以维持多久。我委任第奥纽的仆人巴梅诺做我的总管，住宅里的日常起居事宜都由他负责，尤其是餐厅里的一切事务。潘菲洛的仆人西利斯科担任财务和采办工作，总管有什么支配，也由他去办。两个人都有事务了；丁大洛就专在菲洛特拉托、第奥纽和潘菲洛的房里侍候。菲罗美娜的仆人莉西丝卡，我的仆人米西亚，专门担任厨房里的工作，总管配好菜料，就由她们悉心烹调。劳丽达的喜美拉，和菲亚美达的斯特拉蒂莉亚在小姐们的房里侍候，还要把我们起坐的地方打扫干净。我还得叮嘱大家一句，你们如果想要讨得我们的欢心，那么不论你们到哪儿去，从哪儿来，看到了、听到了些什么，只许把愉快的消息带回来。”

她这些命令大家都一致赞成。吩咐完毕，她就轻快地站了起来，说：“这里有的是花园、草坪和赏心悦目的处所，大家不妨信步漫游一会吧；不过到了打晨祷钟的时候①，可都得回到原处来，趁天气还凉快的时候吃早饭。”

这些快乐的青年男女，得了女王的许可，就在花园中缓步而行，有说有笑，还编着各种鲜艳的花冠，唱着情歌。到了女王所指定的时刻，大家就回到宅里来；这时巴梅诺已尽心尽力地把各事都安排好了。一走进楼下的餐厅，他们就看见桌子上已盖着雪白的台布，玻璃酒杯像银子般闪射着光芒，到处点缀着金雀枝的花朵。大家听着女王的话，先洗了手，然后依着总管排定的席次坐下。精致的菜肴端了上来，美酒送到手

---

① 指上午九时。当时教堂每天祷告七次，按时鸣钟，民间就以教堂的钟声来定时刻。——据潘译本注解

边，又有三个仆人悄悄地侍候着用饭。一切安排得这样周到、布置得这样美好，大家都非常满意，在席间只听得他们谈笑风生。

这些青年男女都会跳舞，有几位还善于弹琴、唱歌；吃好早饭，桌子撤去之后①，女王就吩咐会奏乐的把乐器拿来。第奥纽抱了一个曲柄琵琶，菲亚美达拿起一把六弦琴，两人合奏起一支美妙的舞曲来。女王吩咐仆人自去吃饭，她自己跟两个青年和五位小姐一起跳着慢步舞。舞罢，他们又开始唱着轻快活泼的歌曲。

他们玩得兴高采烈，直到女王认为应该是午睡的时候了，这才宣布停止活动。三个青年和小姐们各自回到自己的房内——他们的卧室是分隔在两处的，床铺全都收拾得整整齐齐，而且也像餐室那样，陈设着许多鲜花。三个青年男子回房后就解衣入睡，小姐们这边也是一样。

午后钟②敲过不久，女王首先起身，把其余的姑娘唤醒了，又吩咐去唤三个青年人起来，说是白昼睡眠过久，有碍健康。于是他们一起来到一块草坪上，那儿绿草如茵，丛林像篷帐般团团遮盖了阳光，微风阵阵吹过。女王叫大家席地而坐，围成一圈，于是说道：

“你们瞧，太阳还挂在高空，暑气逼人，除了橄榄枝上的蝉声外，几乎万籁俱寂。如果拣着这时候出外去玩，那真是太傻了。只有这里还凉快舒适些；你们瞧，这儿还有棋子和骰子，供大家玩儿。不过依我看，我们还是不要下棋掷骰子的好，因为来这些玩意儿，总有输有赢，免不了有一方精神上感到懊丧，而对方和旁观的人却并没因而感到多大乐趣。还是让我们讲些故事，来度过这一天中最热的时候吧。一个人讲故事，可以使全体都得到快乐。等大家都讲完一个故事，太阳就要下山，暑气也退了，那时候我们爱到哪儿就可以到哪儿去玩。要是这个建议大家赞成，那么我们就这样做。要是你们不赞成，那我也不勉强，大家任意活动好了，到晚祷的时候再见。”

---

① 在当时，桌子只是一块台面，搁在脚架上；不用的时候，为了节省地位起见，就把它撤掉，放在墙脚边。——据潘译本注解

② 指下午三时敲的祷告钟声。

姑娘们和青年们全都赞成。

“你们既然赞成，”女王说，“在这开头的第一天，我允许大家各自讲述心爱的故事，不限题目。”

她于是回过头来看着坐在她右边的潘菲洛，微微一笑，吩咐他带头讲一个故事。潘菲洛听得这吩咐，立即开始讲述下面的一个故事。大家都聚精会神地听着。

故事第一

恰泼莱托在临终时编造了一篇忏悔，把神父骗得深信不疑，虽然他生前无恶不作，死后却被人当做圣徒，被尊为“圣恰泼莱托”。

亲爱的小姐们，我们无论做什么事都应当以伟大神圣的造物主的名字作为起始。既然我第一个开始讲故事，我就打算拣一件天主的奇迹做题材，大家听了，好对于永恒不变的我主的信心更其坚定，而且怀着更大的热诚永远赞美他。

世间万物，原都是匆促短暂、生死无常，而且还要忍受身心方面的种种困厄、苦恼，遭受无穷的灾祸；我们人类寄迹在天地万物中间，而且就是这万物中间的一分子，实在柔弱无能，既无力抵御外界的侵凌，也忍受不了重重折磨——幸亏大恩大德的天主把力量和智慧赐给了我们。

可是我们应该相信，这恩宠却并不是仗着我们自己的功德而得来的；别那么想，要知道这是全凭了天主的慈悲和诸圣的祈祷！

那些圣徒们，当初也是凡人，跟我们并没两样；但是他们在世时，一刻也忘不了主的意旨，因此如今在天上受祝福、得永生了。我们在祷告中，不敢直接向那么崇高的审判者诉述自己的私愿；只得向圣徒们倾吐自己切身的要求，请他们代为上达天听——因为他们本着自身的经验，洞悉人性的弱点。

我们凡人的俗眼虽然无从窥测神旨的奥妙，但是确知天主的慈悲是广大无边的。有时候，我们凡人受了欺蒙，竟会错找那永远遭受放逐、再不能觐见圣座的人来传达祈祷；天主可是不受欺蒙的。虽然这样，天主还是鉴于祈祷者的真心诚意，宽容了他的愚昧，也不计较那被放逐者的深重罪孽，依旧垂听那错把罪徒当作了天主座前的圣者的祷告。在我所要讲的这个故事中，这一层就表明得最清楚；我说“最清楚”，并不是就天主的判断而论，原是对我们人类而言的。

从前法国有个大商人，叫做缪夏托 · 法兰西兹①，他因为有钱有势，所以做了朝廷上的爵士。那时候，法国国王②的弟弟查理奉了教皇卜尼法斯的召见，正要到托斯卡纳去，他被派作随从，一同前去。像通常的商人一样，临到要起程了，他发觉还有好多事务得料理，而行程仓促，来不及在顷刻之间就办妥，只得设法把一应大小事务交托了人；只是有一件极难处置的事不曾托付妥当，那就是说，他放给好多勃艮第人的债，还找不到一个可靠的人去催收。是因为他知道这班勃艮第人都泼辣得要命，不顾信用，又不讲道理；因此踌躇不决，一时倒很难想出一个精明的人，可以对付得了他们的霸道行为。

他考虑好久，才想起有一个身材矮小、衣饰华丽、时常在他巴黎的寓所里出入的人物。那人名叫恰贝莱洛 · 达 · 普拉托。那些法国人不知道“恰贝莱洛”是“木桩”的讹音，只看到他衣饰入时，还道这词跟“卡贝洛”（花冠）是相同的，于是就把它变做了“恰泼莱托”（花冠的爱称），这样就“恰泼莱托”“恰泼莱托”地叫开了，他的真名倒反没人知

① 一个从佛罗伦萨移居法国的商人，颇得法王的宠爱，因而取得了买卖的专利权，成为巨富。——潘译本原注

② 即“美男子腓力”（Philippe le Bel，1268—1314）。底下所说的查理，历史上也实有其人。

道了。

说起这位先生，他的为人可真够你瞧呢。他干的是公证人这个行当，可是他的拿手好戏却是编造假文书，如果他真写了一份绝无弊端的契据，那反而教他羞愧得无地自容，好在文契一由他经手，作伪做假的多，真实完整的少；更妙的是你并不要出多少钱去求他；他肯白给你一份假文书，他情愿奉送！给人发假誓，那是他最高兴不过的事了，你求他也罢，不求他也罢，他总不肯错过这机会。那时候，法国人民对于发誓是十二分重视的，不敢胡乱发誓；可是每逢法庭上要他出席作证、凭着他的信仰起誓时，他总是毫不在乎地发一个天大的假誓，所以每次他都靠这种无赖手段胜诉。

他还孜孜不倦地不管在人家骨肉、朋友中间，还是在不相干的人中间挑拨是非，散布仇恨；乱子闹得越大，他就越得意。逢到人家找他谋害人命，或是干其他的好差使时，他总是一口答应下来，从没推辞过；遭他暗算因而送命的人也不知有多少。对于天主和诸圣，他一味亵渎，哪怕是为了一点不相干的事情都可以暴跳如雷。他从没踏进过教堂；提到圣礼圣餐，他总是使用着最难听的字眼，好像在讲着不值一提的东西似的。另一方面，酒店和下流的场所，却难得缺少他的踪迹。他离不开女人，就像恶狗少不了一根棒子，再没有哪一个恶徒像他那样有伤风化、违反人道的了。他做起抢劫的勾当来心安理得，就像是修士向天主奉献牺牲一般。他好吃好喝，把自己的身子都糟蹋坏了。他又是个出名的赌棍，专门做手脚、掷铅骰子，去骗别人的钱。

可是我何必多噜苏呢，从古以来恐怕再也找不出一个像他那样的坏蛋了。总之，有一个时期，他凭他的奸诈给缪夏托效劳，①而缪夏托也仗着自己的财势庇护他，把他从受害人的手里、从法律的掌握里救了出来，不止一次。

现在缪夏托就想起了他来，恰泼莱托的历史全在他肚里，他认为要对付那些狡黠的勃艮第人就非他去不可。他差人去把他请了来，向他

---

① “他凭他的奸诈给缪夏托效劳”一句从阿尔亭顿译本。

说道：

“恰泼莱托，你知道，我要出国去了，以后不知哪天才得回来，可是还有些债务没跟勃艮第人了结，这班人可真刁猾，我想要不劳驾你走一遭，就再没哪个可以把我的钱收回来了。再说，你眼前也是空闲着，要是你愿意去的话，我将来自会给你向朝廷讨一份护照，你收账回来，便从账款里提出一笔相当的数目来给你做酬劳。”

恰泼莱托这时正没事可干，手头很紧，如果向来照应他、庇护他的朋友一走，那情景越发困难了，所以他毫不考虑，一口答应了下来。两人谈妥之后，缪夏托就启程了。

恰泼莱托带着委托证明书和皇家的护照，也来到了勃艮第。那里的人谁都认不得他；而他居然一反向来的本性，用温和公平的态度来催收账款，行为检点，尽他本分的职务，好像他有多少邪恶的手段他都要藏起来，准备到最后才一下子使用出来。

他寄居在两个放高利贷的佛罗伦萨人家里。他们是兄弟俩，看恰泼莱托是缪夏托派来的人，着实优待他。不想他在他们家里病倒了。他们随即给他把大夫请了来，还打发仆役侍候他，凡能尽力的地方都尽力做到。

可是一切都不见功效。他年纪老了，从前的生活过得又荒唐，眼看病势一天比一天沉重；到最后，医生回说没救了，弄得那兄弟两个十分焦急。有一天，他们在紧贴着病室的一间房里商量起来了。一个向另一个说道：

“我们怎样打发这个病人呢？这件事可不好办哪，要说把病人撵出门外吧，情理上讲不通，一定要受人指责。大家看见我们把他招留进来，后来又忙着替他请医，派人服侍他，现在临到人快要死了，断不会再做出什么得罪我们的事来，却忽然看见我们把他撵了出去，这怎么成呢？再反过来讲，他平生是一个邪恶的人，断不肯忏悔认罪、接受教会的圣礼；一旦死了，教堂一定不肯收容他的尸体，他岂不是要像死狗一般给扔在沟里吗？就算他认罪吧，他的罪案这样多，罪孽又这样重，不管神父或是修士，没有一个肯赦他的罪，或是能够给他赦罪的。要是他得不到赦免，那还不是给扔到了沟里去？若是闹出了这样的事，那当地的人们平时就恨我们操着这行当，天天在骂我们是不义之徒，就会抓住这机会，一窝蜂冲进我们的宅子来抢劫钱财，一边高喊道：

“‘这班伦巴第①狗子们，连教堂都不肯收容他们，快给我们滚吧！’

“他们这么直冲进来，不但抢劫我们的财货，说不定还要害我们的命。所以说来说去，一旦那个人死了，我们可要受累啦。”

方才说过，恰泼莱托只跟他们隔着一层板壁，病人的听觉又格外敏锐，所以他们所说的话给他听了去。他把那兄弟俩请到了自己的房中来，这样向他们说道：

“请你们不必担心或是顾虑我会连累你们。方才你们在隔壁房内所说的话，我全都听到了；要是事情真是照你们所预测的那样发展下去，那么当然会落到这样的结果。可是我有办法把这局面转变过来。我一生违背着天主行事，不知犯了多少罪孽，要是在临死之前，再犯一次，那也反正是这么一回事了。快去请一个最虔诚、最有德行的神父来——假使天下真有这样一种人。其余一切你全不用管，我自有办法把事情弄得面面俱到，叫你们感到满意。”

这兄弟俩虽然并不抱着多大希望，但仍然赶到了修道院里去，说是家里有一个伦巴第人快断气了，要请一个圣洁而有学问的神父来行终敷礼②。修道院便派了一个十分圣洁、极有学问、精通《圣经》、为全城所敬重的神父跟他们同去。

神父走进病房，在床边坐下，先用好话安慰了病人几句，接着就问他跟最后一次忏悔已隔开多少时候了。恰泼莱托这一辈子从没忏悔过，却回答道：

“圣父，我向来每星期忏悔一次，有时还不止一次呢。可是说真

---

① 伦巴第(Lombardy)，意大利北部的地区，那里的人以善于理财著名。

② 天主教徒临终时，由神父为他举行临终忏悔、搽抹圣油等一系列仪式，称为“终敷礼”。

的，自从病了以后，这八天中还不曾忏悔过，我就给病魔害得这么苦!”

神父就说：“孩子，你这样做很好，你应该坚持你这个习惯。既然你经常认罪，也就无须我多听多问了。”

病人说道：“神父，不要那么说，不管我忏悔了多少次，我还是时时渴望把记得起来的一生罪恶——从我落地出生起直到此刻做着忏悔为止，原原本本吐露出来。所以，好神父，请你就把我当作从来没有认过罪一般，详详细细地考问我吧，不要因为我躺在病床上就宽容了我。我宁可牺牲自己肉体的舒适，也不愿我的救主用他那宝贵的鲜血赎回来的灵魂沉沦在深渊中!”

神父听了他的话，大为高兴，认为这就是心地纯洁的证明，着实称道他的虔诚。于是就询问他可曾跟妇女犯了奸淫罪。恰泼莱托叹着气回答道：

“神父，关于这种事，我不好意思向你说真话，怕的是我会犯自负罪。”

神父回说道：“尽管说好了，只要你说的是真话，那么不管是在忏悔，还是在旁的场合，你决不会犯罪的。”

“既你这么说，”恰泼莱托答道，“我就照实说了，我还是一个童身呢，就像我初出娘胎时那样清白!”

“啊，愿天主赐福给你!”神父嚷道，“这是难得的品德啊，你自动发愿，保守清白，功德远胜过我们和其余受着戒律束缚的人。”

神父接着又问，他可曾冒着天主的不悦而犯了贪图口腹之罪。

恰泼莱托连声叹着气说：犯过，这种罪他也不知犯了多少次。除了像旁的信徒那样年年遵守着四旬斋①的禁食外，他还每星期至少斋戒三天，只吃些面包和清水；可是他喝起水来——尤其是当他祈祷累了，或是在朝圣的路程中走累的时候——却放量大喝，而且还喝得津津有味呢，就跟酒徒在喝酒时一模一样。还有，他好多次真想尝尝妇女们上城去所拌的那种普通的生菜；有时候，吃东西会引起他的快感，对于像他

① 四旬斋(Lent)，复活节前四十日内的斋戒，纪念当初基督在荒野里禁食的事迹。

那样修心斋戒的人那实在是不应该的。

“我的孩子，”神父说道，“这些过失也是人情之常，算不上什么的，你也不必过于责备自己的良心。每个人都是这样，不管多么虔诚，在长期斋戒之后进食，在疲乏的当儿喝水，精神也会为之一爽的。”

“啊，神父，”恰泼莱托说，“别拿这些话来安慰我吧，你知道我并非不明白，凡是跟侍奉天主有关的事，都要真心诚意、毫无怨尤地做去，否则就是犯了罪。”

神父听了大为高兴，就回他道：“你有这一片心，我非常高兴，我也不禁要赞美你那纯洁善良的心地。可是告诉我，你有没有犯过贪婪罪呢？——譬如追求不义之财啊，或是占有了你名分以外的财物。”

“神父，”恰泼莱托说，“请不要看我住在高利贷者的家里就怀疑我，我和他们是没有瓜葛的。不，我来这里本是为了想劝告他们，要他们洗心革面，从此不干那重利盘剥的勾当；我相信我原可能做到的，要不是天主来把我召唤去。你还要知道，我的父亲是很有钱的，他老人家故世的时候，遗给我一大笔财产；这笔财产，我一大半倒是拿来施舍给别人。我为了维持自己的生计，也为了可以周济贫苦，做了一点小本生意，想博取一些利润，可我总是把赚来的钱均分为二，一半留给自己需用，一半送给了穷苦无告、信奉天主的人们。蒙天主的恩典，我干得很顺利，业务逐渐地兴旺起来。”

“你这样做好极了，”神父说，“不过你是不是常常容易动怒呢？”

“噢，”恰泼莱托说，“我只能告诉你，那是常有的事！谁能看着人们整天为非作歹，全不把天主的戒律和最后的审判放在心里，而耐得住一腔怒火呢？我一天里有好几次宁可离开这个世界，也不愿活着眼看青年人追逐虚荣、诅天咒地、发假誓，在酒店里进进出出，却从不跨进教堂一步，他们只知道朝着世俗的路走，不知道追随天主的光明大道。”

“我的孩子，”神父说，“这是正义的愤怒，我不能要你把这事当作罪恶忏悔。不过你有没有逞着一时之忿，杀人、伤人、污蔑了人，或是委屈了人呢？”

“唉，神父，”病人回答道，“看你是个天主的弟子，怎么也会问出这等的话来呢？像你所说的种种罪恶，别说当真做了出来，就是存着一丁点儿想头吧，你难道以为天主还能一直这么容忍着我吗？这些都是盗贼恶汉的行径呀，我一见了这些人，没有哪一次不是对他们说：‘去吧，愿天主来感化你们！’”

“愿天主降福于你！”神父说，“可是告诉我，我的孩子，你有没有做过假见证来陷害人，有没有诋毁过他人？旁人的东西你有没有侵占过？”

“唉，神父，当真的，”恰泼莱托说，“我当真毁谤过人，我从前有一个邻居，往往平白无故地殴打他的妻子，我看不过了，有一次就去告诉她的娘家，说他怎样怎样不好——我真是替那个不幸的妇人难过，他喝醉了酒打起女人来，天知道有多么狠毒。”

于是神父又问：“你说过你是个商人，那么你有没有像一般商人一样使用过欺骗的手段？”

“啊，神父，当真有过这么一回，”恰泼莱托说，“可是我无从知道那吃亏的人是谁了。他赊了我的布去，后来还钱的时候我当场没数，就扔进了钱箱，隔了一个月，我拿出来一数，发觉多了四文钱。我就把这钱另外放开，好归还原主，可是等了他一年还不见他来，我这才把这四文钱舍施给了穷人。”

“这是件小事，”神父说，“你处理得也很妥当。”

于是他再提出了一些其他的问题，恰泼莱托又像方才那样一一作了回答。最后，神父正想替他行赦罪礼的时候，他大声嚷道：

“神父，我还有一件罪恶不曾向你忏悔呢。”

神父忙问他是什么事，他就说：“我记得有一个礼拜六做过午祷之后，我叫女仆打扫屋子，我应该尊重我主的‘圣安息日’①，而我却没有遵守！”

“喔，我的孩子，”神父说，“那也是一件小事。”

---

① 从麦克威廉译本。圣安息日(Holy Sabbeth)，复活祭前的礼拜六。里格译本作“礼拜日”。

“不，”恰泼莱托说，“你别那么讲：这是一件小事，圣安息日是我主复活的节日，应当受到多大的崇敬啊。”

神父又问道：“那么还有别的罪过没有？”

“唉，神父，”恰泼莱托回答道，“有一次，我自个儿也不知道在干些什么，竟在天主的教堂里随口吐了口水。”

那神父微笑说道：“这种事你不必放在心里，我的孩子；我们做修士的也天天在那里吐口水呢。”

“那你们就大大地不应该了，”他回答道，“旁的一切还在其次，天主的圣殿却是献祭的场所，理应保持十分洁净才是呀。”

总之，他还说了许多诸如此类的事；后来他却开始呻吟起来，末了又索性放声大哭了——只要他高兴，他是能够把悲伤绝望的神情摹仿得惟妙惟肖的。神父慌忙问道：“孩子，为什么这样伤心？”

“唉，神父，”恰泼莱托回答说，“我还有件罪恶一直隐瞒着没说出来哪，我没有勇气说，因为我惭愧极了，我只要一想起这回事来，就哭得像你所看到的那样子；照我看来，天主是永远也不会宽恕我这件罪恶了！”

神父就说：“别哭吧，我的孩子，话不是这样说的。哪怕世间一切的罪恶，甚至是直到世界末日，人类所要犯的一切罪恶完全集中在一个人身上，只要他果真能痛改前非，像我所看到你的这副光景，那么天主的仁爱和恩德是无边无涯的，只要罪人供认了，天主便会赦免他。所以你尽管放心向我说吧。”

恰泼莱托还是哭个不停，他一边哭一边说：“唉，我的神父，我罪孽深重，除非你帮助我，你的祷告感动了天主，我是怎么也不敢存着被赦免的希望了。”

神父就说道：“只管说吧，我答应一定为你祷告。”

恰泼莱托仍然哭着，只是不肯说，那神父劝了半天，他才深深叹了一口气说：

“神父，你既然答应为我祷告，我就说出来吧。你要知道，我小时候，曾经有一次咒骂过自己的亲娘呢。”说完，他又号啕大哭起来。

“我的孩子，”神父说，“你把这看成是这么一件重大的罪恶吗？

不知道有多少人天天都在诅咒天主；可是亵渎天主的人只要一旦忏悔，主就会宽赦他们。你只犯了这么一点点罪过，就以为永远得不到主的赦免了吗？别哭啦，宽心吧，听我说，你能够这么痛切地悔过，像我现在看到你的这一副光景，那就是你跟人一起把耶稣钉在十字架上，也一定能够受到主的赦免的。”

“唉，我的神父，你这说的是什么话呀？”恰泼莱托回答说，“我的亲娘十月怀胎才把我生下来，千百次抚抱才把我拉扯大了，我竟然诅咒她，这真是罪大恶极呀，要是你不替我在天主面前祷告，我就永远得不到赦免了！”

神父看见恰泼莱托再没什么忏悔了，就给他行了赦罪礼，为他祝了福，只道他说的句句都是真话，把他看成了世间最虔敬的人。这些话都出自一个临终的人的口里，说得又那么恳切，谁听了能不相信呢？仪式举行之后，神父又说：

“恰泼莱托先生，凭着天主的帮助，你的病不久就要好了，但是如果天主的意旨要把你那圣洁、善良的灵魂召唤到他跟前，你可愿意让你的遗体安葬在我们的修道院中？”

“当然十分愿意，神父，”恰泼莱托回答说，“我不愿意葬在别的场所，因为你答应了替我向天主祷告；再说，我对于你们的教派怀着特别的崇敬。所以我求你回去之后，就把你们每天早晨供奉在圣坛上的我主的‘真身’①送到我这里来；因为我虽然不配有这光荣，可还是希望能得到你的允许，领受圣餐，此后就行‘终敷礼’，这样，我活着的时候虽然是个罪徒，死的时候至少也可以像个天主教徒了。”

那善良的神父听了非常高兴，说是他那些话讲得非常好，并且答应立即给他把圣餐送来。他去了一会之后，圣餐果然送来了。

再说那兄弟俩，他们把神父请了来，可是总不放心，害怕恰泼莱托会有意作弄他们，所以躲在另一间屋子里，隔着一层板壁偷听着，恰泼莱托向神父所说的那些话，他们句句听了去。有好几次，他们几乎忍不

---

① 指圣餐礼中的面包。

住要笑出来。他们私下谈道：

“这个人可真了不起，衰老也罢、疾病也罢，都奈何不了他，他也不管死亡就在眼前、再过一会儿就要站到天主的座前去受审判了，却还是施出他那奸刁的伎俩，临死都不改！”可是既然他凭着弥天大谎，能够葬在教堂里，他们也就顾不得这许多了。

恰泼莱托随即受了圣礼，病况越来越严重了，又受了终敷礼；就在他深深忏悔的当天，晚祷过后，断气了。那兄弟俩就拿着恰泼莱托的钱，替他郑重铺排丧事，同时打发人到修道院去请修士到来，按照习俗，为死者举行夜祷，又请他们第二天早晨主持殡仪，料理一切事宜。

那听取他忏悔的神父得了报丧的通知后，便来到院长跟前，打钟召集了全体修士，告诉他们死者是一个多么圣洁的正人君子——你只要听听他的忏悔就可以知道了。他希望天主将通过他而显示许多奇迹；所以劝告大家应当怀着最大的尊敬和虔诚去把他的遗体迎来。院长和众修士给他这么一说，都非常相信，一致同意了他的建议。

那天晚上，他们全体来到停放恰泼莱托的遗骸的地方，为他举行了庄严盛大的夜祷。第二天早晨，个个都穿戴起法帽法袍，手拿《圣经》，胸前挂着十字架，沿途唱着圣歌，用最隆重的仪式去迎接他的遗体。这件事哄动了全城，男男女女差不多全都紧跟在他们后面走。等灵柩抬进教堂，那听取死者忏悔的有道的神父便登上法坛，宣扬恰泼莱托的一生奇迹，把他的斋戒、童贞、清白和圣洁等等都讲到了，在这种种善行之中，他尤其提到那好人怎样痛哭流涕，向他忏悔他自以为是最深重的罪孽，他好不容易才叫那圣洁的人相信天主会赦免他的罪过。说到这里，他就斥责坛下的听众道：

“可是你们，主所不容的人，连脚下绊着根草，都要亵渎天主、圣母和天上的诸圣！”①

① 指起誓、诅咒而言，参阅《新约 · 马太福音》第5章第34节以下：“什么誓都不可起；不可指着天起誓，因为天是上帝的座位；不可指着地起誓，因为地是他的脚凳……”

此外，他还把他的忠诚和圣洁宣扬了一番。总之，听众相信了他这番话，大受感动，仪式一完，就拥上前来，争先恐后地亲吻死者的手和脚，把他的衣服扯个粉碎，连背部都露了出来；只要抢得那么一小片碎布，就觉得有了洪福。结果只得把他的尸体终日停放在那儿，好让大家都可以瞻仰他的遗容；到了晚上，才庄重地把他放入了小教堂里的一个大理石冢内。第二天，人们络绎不绝地赶来，手执蜡烛，向他祈祷许愿；以后来还愿，就在他的神龛前挂了许多蜡像。

他的圣名越传越响了，人们对于他的敬仰真是与日俱增，甚至到后来，凡是遇到患难，就只向他祈求，再也记不起其他的圣徒了。他们称他“圣恰泼莱托”，直到现在还是使用这个称呼；还说，天主假着他的手，显示了好多奇迹；就在眼前，只要你诚心求他，也还是天天可以发生奇迹的。

恰贝莱洛·达·普拉托就是这么活着，这么死去，又这么变做了圣徒，这一切诸位都已听到了；我不打算说他不可能在天主面前蒙受祝福；他的一生虽然作恶多端，但是在临死的那一刻，他可能痛心悔过，而天主也可能对他特别宽大，把他收容进天国，不过这都是我们无从窥测的事了。我们只能拿显而易见的常情常理来猜度，他此刻应该是在地狱里，在魔鬼的手里，而不是在天堂里跟天使们待在一起。果真是这样的话，我们就可以认识到天主加于我们的恩惠是何等深厚了。他不计较我们的愚昧，只鉴察我们的真心诚意；不管我们错把主的仇敌当作是主的友人，而向他倾吐我们的心愿，天主同样垂听我们的祈祷，就像我们所选的代祷人是一个真正的圣徒一样。

我们靠着天主的恩惠，才能像眼前这么快乐逍遥，欢聚在一起，好安然无恙地度过这次灾难。那么让我们来赞美他吧——我们也就是以赞美他的名义开始讲故事的；崇拜他吧，在困难的时候虔诚地向他祈求吧，他一定会听取我们的祷告的。

潘菲洛的故事说到这里，就完了。

故事第二

一个叫做亚伯拉罕的犹太人，听了好友杨诺的话，来到罗马，目睹教会的腐败生活，他回到巴黎之后，却改奉了天主教。

潘非洛所讲的那个故事，小姐们自始至终听得津津有味，有些地方还给逗得笑了起来，等故事讲完，都齐声称好。于是女王就吩咐坐在他旁边的妮菲尔接下去讲一个。妮菲尔不但模样儿长得姣好，就是一举一动也非常温柔，当下高高兴兴地接受命令，这样开始道：

方才潘非洛所说的故事告诉我们，宽大的天主并不计较我们的过失，只要这过失的造成是由于人类知识有限、无从辨别善恶的缘故。现在，我想要讲天主以他那无限的宽大，默默地容忍了那班人的罪恶；他们照理应该拿言语行动来宣扬天主的恩典和真理，但是所作所为，却无一不是反其道而行之；不但如此，天主还把他们的罪恶作为他的颠扑不破的真理的证明，好叫我们越加坚守我们的信仰。

亲爱的姐姐们，我听人说，从前巴黎有一个大商贾，名叫杨诺·德·雪维尼，为人十分善良正直，经营丝绸呢绒，规模很大。他有一个好友名叫亚伯拉罕，是个犹太人，也跟他一样经营商业，也很有钱，而且为人同样忠信可靠。杨诺看见他朋友心地这么好，又是博学多才，只因为不曾信奉真教，将来他那善良的灵魂不免要堕入地狱，心中着实为他焦急，因此就很诚恳地劝导他抛弃虚伪的犹太教，信奉正宗的天主教。他说，即使犹太人也可以看到基督教是多么神圣正大，所以日益发扬光大，而犹太教却分明在逐渐没落，免不了有灭亡的一天。

那犹太教徒却回答他说，他觉得世上只有犹太教才是神圣正大的，他生下来就信奉犹太教，直到死他还得信奉犹太教，世间随便什么东西也改变不了他的信仰。

这回答虽然决绝，可并不能打消杨诺的热诚；过了几天，他又提起这事，还是用那一套话去劝他，跟他说明为什么我们的宗教胜过犹太教。虽然他措辞很粗浅(当时做生意的人知识程度原很有限)，而亚伯拉罕又是精通他们自己的法律的①；可是，也不知道他是受了友情的感动呢，还是天主假那单纯善良的人的口而说出来的话有了效验，那犹太人这次对于他好友所说的种种话，竟然听得很对劲。不过他还是坚持自己的信仰，不容别人来动摇。可是他越是固执，杨诺却逼得他越紧；到末了，那犹太人拗不过他，只得这么说了：

“杨诺，你听我说，你一心要我改信天主教，现在我也同意了，不过还得先让我到罗马去一遭，瞻仰一下你所谓天主派遣到世上来的‘代表’，看看他和作为他兄弟的四大红衣主教②的作为和气派。如果看了他们的气派，就像听了你的劝告一样，使我有所感悟，领会到你们的宗教正像你所再三申辩的那样，那我一定照我所说的话做去；否则我还是信我的犹太教。”

杨诺听他这么说，可急坏了，私下想道：“尽管我主意打得不错，

---

① 指《圣经·旧约》首6章所载“摩西十诫”等法规。古时宗教司法合一，所以也泛指《圣经·旧约》。

② 红衣主教：天主教会的最高级主教，在教廷中地位仅次于教皇，由罗马教皇直接任命，赐红袍红帽，故名。总数约七十人，教皇死后，由红衣主教中选出一人继任。

看来我这一阵子气力是白费了；要是他果真赶到罗马教皇的宫廷里，让他亲眼看到了教士们荒淫佚乐的腐败生活，别说他永远也不会改信基督教，就算他已经信奉了基督教，也势必要重做他的犹太教徒啦。”所以他就转过来向亚伯拉罕说道：

“唉，好朋友，你何必特地赶到罗马去呢？既要花费那么多钱，路上又辛苦；再说，像你这样一位财主，无论走水道或是陆路，一路上都随时会遭遇危险。你难道以为这里就没有给你行洗礼的人吗？要是我讲给你听的教义，你还有疑惑的地方，难道除了这儿，还能在别的地方找到更精通教义的饱学之士来给你充分解答和启示吗？所以照我看，你这次到罗马去是多余的。你在那儿看到的主教跟你在这里所看到的其实并没什么不同，不过他们因为接近教皇，又更高明一层就是了。依我说，你这长途跋涉不如留待日后‘禧年’①朝圣参拜，来得更有意义，到那时候，说不定我会跟你作个伴，一同去呢。”

那犹太教徒回答道：“杨诺，我相信你说得很对，不过千句并一句，我打定主意，如果你真要我听了你三番两次的劝告，改信你们的教，那我非要到罗马去走一遭不可；否则我是怎么也不会信奉天主教的。”

杨诺见他主意已定，无从劝说，只得讲道：“去吧，祝你一路平安！”可是心里却很不自在，以为他一旦看到罗马教皇宫廷里的种种情形，再也不肯信奉天主教了；但是也没有办法，只能听其自然而已。

亚伯拉罕准备好了一切，便骑马出发，一路不多耽搁。到罗马之后，自有那里的犹太朋友们很郑重地招待他。他在应酬之间绝不提起自己此来的用意；一边开始暗中留神察访那教皇、红衣主教、主教以及教廷里其他主教的生活作风。他原是个精明细心的人，凭着他亲眼所见，以及从别人那儿听来的种种情形，他就知道他们这一伙，从上到下，没

① 禧年(Jubilee)，以色列人每五十年举行一次的节日，到那一天，失田产者恢复旧业，投靠人者重得自由。(见《旧约·利未记》第25章)罗马教皇卜尼法斯八世(即第一个故事中所说起的那个教皇)在1300年恢复此节日，凡来罗马朝拜者俱获赦罪。至1470年，罗马教会又规定每二十五年举行一次“禧年”。

有一个不是寡廉鲜耻，犯着“贪色”的罪恶，甚至违反人道，耽溺男风，连一点点顾忌、羞耻之心都不存了；因此竟至于妓女和娈童当道，有什么事要向廷上请求，反而要走他们的门路。不仅如此，他还看透他们无一例外，个个都是贪图口腹之欲的酒囊饭袋，那种狼吞虎咽，活像是头野兽。他们首先是色中饿鬼，其次就好算得肚子的奴隶了。

他再考察了些时候，又知道他们个个都是爱钱如命、贪得无厌，甚至人口(这是说，基督徒的血肉)也可以当牲口买卖，至于各种神圣的东西，不论是教堂里的职位，祭坛上的神器，都可以任意作价买卖。贸易之大、手下经纪人之多，决不是巴黎这许多绸商呢贾或是其他行业的商人所能望其项背。他们借着“委任代理”的美名来盗卖圣职，拿“保养身体”做口实，好大吃大喝；仿佛天主也跟我们凡人一样，可以用动听的字眼蒙蔽过去的；因之他也就跟我们凡人一样，看不透他们的堕落的灵魂和卑劣的居心了！

凡此种种，以及其他许多不便明言的罪恶，叫那个严肃端正的犹太人大为愤慨。他认为已经把真情实况看个够了，于是就起程回家。

杨诺一听得他的朋友回来了，就赶去看他，心中却绝不指望亚伯拉罕会改信天主教①。二人见面自有说不出的高兴。杨诺当然并不多问什么，等过了两三天，他已休息过了，这才去问他对于罗马教皇，以及红衣主教和教廷上的其他僧侣的印象怎样。那犹太教徒立刻回答道：

“照我看，天主应该惩罚这班人，一个都不饶。要是我的观察还准确，那么那儿的修士没有一个谈得上什么圣洁、虔敬、德行，谈得上为人表率。那班人只知道奸淫、贪欲、吃喝，可以说是无恶不作，坏到了不能再坏的地步。这些罪恶是那样配合他们的口味，我只觉得罗马不是一个‘神圣的京城’②，而是一个容纳一切罪恶的大熔炉！照我看，你那位高高在上的‘牧羊者’③，以致一切其他的‘牧羊者’，本该做天主

---

① 从麦克威廉译本，与里格译本意思相同。潘译本作“他赶去看他，心中不希望别的，就只希望他会改奉天主教”。似与前文抵触。

② 罗马向来有“神圣的京城”的称号。

③ 指教皇。底下一句的“牧羊者”指教士。

教的支柱和基础，却正日日夜夜，用尽心血、千方百计，要叫天主教早些垮台，直到有一天从这世上消灭为止。

“可是不管他们怎样拚命想把天主教推翻，它可还是屹然不动，倒反而日益发扬光大；这使我认为一定有圣灵在给它做支柱、做基石；这么说，你们的宗教确是比其他的宗教更其正大神圣。所以虽然前一阵日子，任凭你怎样劝导我，我总是漠不动心，不愿意接受你们的信仰；现在——我向你坦白说了吧，再没有什么可以阻挡我做一个天主教徒了。我们一起到礼拜堂去吧，到了那里，就请你们按照你们圣教的仪式，给我行洗礼吧。”

杨诺万想不到他反而会得出这么一个结论来，听了这番话，他的快乐简直谁也比不上。他立即陪着亚伯拉罕一起到了巴黎圣母院，请院里的神父给亚伯拉罕行洗礼。院里的神父听说那犹太人自愿入教受洗，就当即举行了仪式；由杨诺把他从洗礼盆边扶了起来，①给他取了“约翰”的教名。这以后，杨诺就延请了最著名的学士来给他讲解教义；他进步得非常快，终于成为一个高尚虔诚的善人。

---

① 意即做他的教父。在基督教国家里，婴儿受洗礼时，要有教父教母在场；教父教母除了给婴儿取教名之外，还负责婴儿的宗教教育；这责任直到孩子在十四岁时行过“坚信礼”后，才告结束。

故事第三

犹太人麦启士德讲了一个三只戒指的故事，因而凭着机智，逃出了苏丹想要陷害他的圈套。

妮菲尔把故事讲完之后，大家都很称赏，于是菲罗美娜奉了女王的命令，接着讲一个故事：

方才妮菲尔的故事叫我想起了另一个犹太人所遭遇的危险来。天主，以及我们所信仰的天主教的真理，我们已讲得很透彻了，那么现在我们不妨回过头来谈谈人世间的事，看一看凡人的遭遇和作为吧。我现在要讲一个故事，诸位听了以后，再逢到有人问你什么话，回答起来就会格外谨慎了。亲爱的女伴们，你们都知道，愚蠢往往使得人们从幸福的境界堕入苦痛万分的深渊；而聪明人却往往能凭着智慧，安然渡过险境，走上康庄大道。有些人本来可以快快乐乐过日子，只因为愚蠢，弄得整天愁眉苦脸，像这样的例子真是太多了，每天找一千件都不是难事，所以我不打算多讲了；现在我想借一个小小的故事来向大家表明：我们明理懂事就是快乐的泉源。

当初萨拉丁原是一个无足轻重的小人物，但是他凭着万夫不当之勇，竟一跃而为巴比伦①的苏丹，而且接连打败了伊斯兰教和基督教的王国，声势十分浩大。可是他连年用兵，耀武扬威，把国库都用空了；临到有一天急需一笔巨款，这才发觉已没有钱好使了。他一时也想不出该到哪里去筹措这笔巨款；幸而他记起亚历山德利亚有个名叫麦启士德的犹太富翁来。那是个放高利贷的，要是他肯帮忙，事情就好办了。只是那个犹太人一钱如命，要他自愿拿出钱来，那是万难办到的；而萨拉丁又不愿施用强迫的手段。但是钱却非要不可，他怎么也得想出个办法。最后，他决定借一个冠冕堂皇的口实叫麦启士德上了圈套，就再不怕他不拿出钱来。所以他就把麦启士德请了来，很优待他，还请他坐在自己的身边，于是就这么说道：

"好先生，我听得好多人夸奖你非常博学，对于各种教义，自有深切的认识；所以我很想向你请教：在犹太教、伊斯兰教、天主教这三者之中，到底哪一种才算是正宗呢?"

那犹太人可真不愧是个懂事的聪明人，一听这话，就知道萨拉丁是在把圈套给他钻，只要让他捉住了一句话，就再也分辩不清了；所以打定主意在这三者之中决不偏袒哪一方而压低另外两方；这样，萨拉丁就没法挑他的眼儿了。于是他转动脑筋，立即想了一番既得体而又稳妥的话回答道："陛下所提的问题是非常有意义的，可是要回答这问题，须得容我先讲一个短短的故事：

"我记得曾不止一次听人讲过，从前有一个大富翁，家里藏着许多珍珠宝石，其中他最心爱的是一个极美丽、极名贵的戒指。他希望这戒指成为子孙万代的传家之宝，不落到外人的手里，所以特地在遗嘱上写明，凡是得到这戒指的便是他的继承人，其余的子女都要尊他为一家之长。

"那得到这戒指的儿子也照着这办法立了遗嘱教子女们遵守，谁得到戒指的便做一家之长。这样，那戒指传了好几代，终于到了某一个家

① 即埃及。中世纪时，开罗有"埃及的巴比伦"之称。——据潘译本注解

长的手里，他生下三个儿子，个个都很有才德，对父亲都极孝顺，因此也个个为父亲所疼爱。三个青年都知道那戒指历来就是做家长的凭证，大家都存着做一家之主的想望，就都无微不至地服侍那垂老的父亲，好要求父亲将来把戒指传给他。

“那位老人家对于三个儿子原是一样钟爱，无所厚薄，因此不知道究竟该把戒指传给哪一个才好；儿子们向他请求，他却都答应了。他想，最好让三个儿子都得到满足，于是私下叫了一个技艺高超的匠人来，照样仿造了两只戒指，造得果然跟原来的一般无二，放在一起，连那个匠人自己都分辨不出哪一只是真的来了。

“那父亲临终时，就把那三只戒指私下分别给了三个儿子。父亲死后，那三个兄弟都要求以家长的名分继承产业，彼此各不相让，大家都拿出一只戒指来作为凭证。但是那三只戒指十分相像，竟分辨不出哪一只是真的来；究竟谁是真正的家长，这问题就始终没有能解决，直到现在还成为悬案。

“所以，陛下，我说，天父所赐给三种民族的三种信仰也跟这情形一样。你问我哪一种才算正宗；大家都以为自己的信仰才算正宗呢。他们全都以为自己才是天父的继承人，各自抬出自己的教义和戒律来，以为这才是真正的教义、真正的戒律。这问题之难以解决，就像是那三只戒指一样叫人无从下个判断。”

萨拉丁听他这么一说，就知道那个犹太人十分机警，已躲避了他设下的圈套。他既然急需款子应用，就只得把情形如实告诉了那犹太人，看他能不能帮这一回忙。那苏丹还说，要不是他把难题回答得如此圆满，那么他本来是打算怎样对待他的。

萨拉丁所需要的款项，那犹太人慷慨地全部应承了。后来萨拉丁有了钱依旧如数还他；此外还送了他极贵重的礼物，并且把他看成朋友，时常接他进宫去，当作上宾款待。

故事第四

一个小修士犯了戒律，理应受到重罚；他却使用巧计，证明院长也犯了这个过失，因此逃过了责罚。

菲罗美娜说罢故事，静下来之后，坐在她旁边的第奥纽知道轮下来就是他了，不待女王吩咐，就这样开始道：

多情的小姐们，要是我没有误解你们的意思，那么我们聚在这里为的是讲故事消遣。只要不违反这个宗旨，那我认为大家不妨随意讲述自以为最有趣的故事——可不是吗，方才女王还说我们是可以这样做的。好吧，我们听到了那犹太教徒亚伯拉罕多亏杨诺·德·雪维尼的热诚的劝告，把灵魂救了回来，也听到了麦启士德怎样运用智谋，因此不曾堕入萨拉丁的圈套，保全了自己的财产；所以我不怕诸位见怪，预备讲一个短短的故事：一个小修士怎样计上心来，逃脱了一顿无情的责打，保全了自己的皮肉。

离这里并不多远，在伦尼嘉奈地方，有一座修道院，那时候，教规比现在还严，院里的修士也比现在多，其中有一个血气方刚的小修士，斋戒和夜祷都克制不了他的情欲。有一天中午时分，众兄弟都睡着了，他一个人溜出院去，在附近溜达。修道院所在，原极僻静，可是那天恰好有一个很有姿色的姑娘——大概是谁家佃户的女儿吧——正在田里采集花草；他一眼看到了她，就感到一阵强烈的诱惑。他走近去跟她招呼、搭讪，终于两相情愿了，他就把她带回自己房中，谁都不知道有这回事。

他的热情未免太奔放了，跟她玩得未免太不谨慎了些，恰巧院长睡醒起来，从小室外走过，听得里头有什么声响，感到奇怪，就蹑着脚步走近门边，听听到底是怎么一回事。等他听清楚原来房里藏了一个女人，就立即想把门打开；可是再一想，又改变了主意，竟一声不响走回自己房中，等候小修士出来再说。

虽说那个小伙子玩得兴趣正浓，一心都在小姑娘身上，可是毕竟还有些警觉，隐约听得外面有脚步移动的声音，就从壁缝里张望了一下，果然清清楚楚看见院长正在那里侧耳倾听。他这一吓真是非同小可，院长已经知道了他房里私藏女人，这一下，无情的刑罚可够他受了。

他尽管害怕，却仍然不动声色，只是在暗里盘算一条脱身之计。一会儿，果然想出了一个好主意，他就装做已经和那个小姑娘玩畅快了，向她说道："我现在得出去想个办法，好让你走的时候不叫人看见。你且别作声，待在这里，我一会儿就来。"

他走了出去，把房门反锁了，径自来到院长跟前，把他的钥匙交出来(这是每个修士要出院时的规矩)，若无其事地说："师父，今天我没来得及把早晨所砍的柴薪全都搬回来，要是你允许的话，我想即刻就到树林里去把余下的柴都搬回来。"

院长只道他刚才在门外偷听，小修士还蒙在鼓里，所以很乐意地收下了钥匙，准他出去，好把案情仔细查究一下。小修士一走，院长就考虑该怎样查办此事。要不要当着全体修士打开房门，让大家都看清楚了，免得将来执行刑罚时，有人为小修士叫屈？还是先去向那个女人盘问明白，她怎么会来到这儿的？接着他又想，假如那个女人是一位体面人家的太太或是小姐，那他可不能使她太难堪、当着众人出丑啊。这

样，就决定先去看了她以后再作主张。于是他悄悄地走向那间小室，打开房门，跨了进去，随手下了门闩。

那姑娘看见走进来的是个大师父，慌作一团，抽抽搭搭地哭了起来，只道她要受到无情的责骂了。我们那位院长把眼光在她身上打量一通，只见她长得娇娇滴滴，虽则他自己是上了年纪了，可是忽然间觉得浑身热辣辣的，好不难熬，竟跟他徒弟方才所经历过的情景一个模样。他喃喃自语道："天哪，我为什么不能趁机乐一下子呢？我每天操心费神也够受了。你看这个姑娘长得多讨人欢喜啊，况且又没有哪个知道她在这里。要是我能够说动她的心，那照我看，我何乐而不为呢？有谁会知道这回事呢？没有哪个会知道的呀！一桩罪恶只要能瞒住人的耳目，也就减轻了一半罪名。这是千载难逢的好机会呀；我想，是聪明人就该懂得怎样享受送上门来的机会，才不至辜负了天主的美意。"

这样一想，那院长就完全改变了方才进来时的本意，走上前去，和颜悦色地安慰那个姑娘，劝她不要哭泣，劝了半天，终于把求欢的话吐露了出来。

那姑娘并非铁石心肠，难为院长这样劝说，身不由自主了，就让他紧紧搂住，连连亲吻；搂过吻过之后，院长又同她登上了小修士的床。或许他老人家想起自己长着一身肥肉，小姑娘又像一朵娇嫩的鲜花，唯恐会压坏了她，所以就不肯躺在她的胸脯上，反而把她安置在自己的福体上；这样，两人也玩了好一阵子。

再说那小修士，他装作是到树林里搬柴去了，其实却是在宿舍里躲了起来。他看着院长独个儿走进了他房中，心中想道，他这妙计十拿九稳了；等听到院长在里面把房门闩住了，他觉得更加可以放下了心。于是轻轻悄悄，从躲藏着的地方走出来，贴近在那壁缝边。院长所说的话、所做的事，一一给他看了去、听了去。

又过了一刻，院长认为已经玩个畅快，就把那姑娘锁在房内，也回到了自己的房里。不一会，小修士来了，院长还道他是从树林里搬了柴回来呢，预备先把他痛斥一顿，然后打入牢房、关禁起来，那个小宝贝岂不就归自己一个人享受了吗？所以他老人家一声命令，把那小伙子传了来，紧绷着脸，把他臭骂了一顿，接着吩咐把他关到牢房里去。

不料那小伙子从容回答道：“师父，我信奉黑衣教派的日子不多，对于教里的大小规矩，还不太清楚；你教导了我斋戒和做夜祷，可是你还没有教给我在女人身子底下苦修苦炼的功夫。现在承蒙师父指点了我，如果能饶赦了我这一遭，那以后决不敢再擅自妄为，一定遵照你的示范行事了。”

院长是个聪明人，一听这话，就知道小修士比他更加厉害，他暗里干下的勾当，这个小伙子全看到了；不觉脸红起来。他自己也犯了同样的罪过，还有什么脸来责罚别人呢？只好宽恕了小修士，还叮嘱他千万不能把他看见的那回事张扬出去。他们两人私下把那姑娘放了出去，不过，听说以后师徒两个又把那小姑娘弄进院去好几回呢。

故事第五

蒙费拉特侯爵夫人用母鸡做酒菜，再配上几句俏皮话，打消了法兰西国王对她所起的邪念。

小姐们听着第奥纽的故事，起初很有些儿难为情，脸儿都不觉红了起来；她们你看看我，我望望你，终于忍不住了，一边听，一边暗里发笑。等故事讲完，她们少不得轻轻责备了第奥纽几句，说他不该在小姐们面前讲这等样的故事；女王于是回过头去，对坐在第奥纽身旁的菲亚美达说话，要她接着讲一个。听得这么吩咐，菲亚美达就很愉快、很有风韵地在草坪上讲了这样一个故事：

我很高兴，在我们方才所讲的几个故事中，我们看到了那机敏得体、针锋相对的回答，具有多大的说服力量。如果说，一个有见地的男人总是追求身份比自己高的女人，那么，凡是一个审慎懂事的女人，就该懂得怎样保全自己，不让门第高过自己的男人来博取她的爱情。现在，美丽的小姐们，我就要在轮到我讲的故事中，交代一位高贵的夫人，怎样凭着见机行事，善于说话，挡住了一个有权有势的男子对她的

进攻，还叫他断绝了那份痴心妄想。

蒙费拉特侯爵向来以英勇闻名；十字军起①，他以旗官的名衔加入教会的军队，渡海东征。那时候，信奉基督教的王公大臣差不多全都响应了十字军的号召；法国的国王“独眼龙腓力”②也准备加入军队，出国远征。在动身的前一天，宫里谈起了侯爵的英勇。有一个骑士就说：像侯爵和他的夫人真是天生一对佳偶，人间再难找出第二双来，为的是，侯爵固然英勇非凡，胜过其他骑士；就是他的夫人，论姿色、论品德，也同样压倒了其余的贵妇人。不料这几句赞美侯爵夫人的话，叫法王听了，直钻进心里，尽管他还没跟夫人见过一面，爱情的火焰却在他的心胸里熊熊地燃烧起来了。

因此他决定先由陆路出发，到了热那亚，然后乘船。这样，他就好借着顺道探望的名义，堂而皇之去找她了。照他的想法，她丈夫既然出门了，他一定能够如愿以偿。

他果然照他想好的主意做去，派遣了大小三军先行出发，自己只带着少数随从，一路直往热那亚而去。来到离侯爵的采地约莫还有一天的路程时，他就派使者通知侯爵夫人，说是国王准备明天在她家里用饭。夫人原极懂事，熟悉礼节，当下就欣然表示欢迎，说是国王驾临，真是给了她最大的光荣。

使者走了之后，侯爵夫人寻思起来，为什么堂堂一国之尊，竟在她丈夫外出的时候，光临她家呢？想了一会儿工夫，她就猜出了，国王此来无非是慕她的艳名，特地要看看她。

幸而她心细胆大，仍然决定尽臣子的礼节来接待国王，于是就召集了留在城堡里的绅士，请他们帮同布置一切，准备接驾；只是宴席上的菜肴，归她自个儿办理。她当即吩咐仆从，把附近的母鸡不论多少，全

---

① 1095 年，罗马教皇以从“异教徒”手中夺回圣地耶路撒冷为号召，发动侵略性远征，即十字军东侵，前后八次，历时近二百年(1095—1291)。第三次东侵(1189—1192),德、法、英国等君主都亲自参加。

② 指腓力二世(1165—1223)，他以武功著称，为法国的繁荣昌盛奠定基础；曾于 1191 年参加十字军东侵。

都征收来；又关照厨子用母鸡做出各色各样的菜来款待国王。

第二天，法王果然准时驾到，侯爵夫人出来接待，十分热烈隆重。法王把夫人打量一通，只觉得她本人比了他听着廷臣的描摹，在心目中浮起的那个形象更美，更优雅。他真是喜出望外，赞不绝口，也因之对她更加倾倒了。夫人已特地布置了几间富丽堂皇的房间，让国王进去稍事休息。到了午膳的时候，法王和侯爵夫人同在一桌用饭；此外另备几席丰盛的酒菜，请随从们按着职位，分别入座。

在国王那一桌上，菜肴一道接着一道端上来，杯里满斟着最名贵的佳酒，又有如花似玉的侯爵夫人陪在跟前，让他看个饱，真叫他乐极了。可是到后来，他终究注意到那一道道端上来的菜，不管烹调怎样不同，总是一味母鸡而已。他不免奇怪起来了，他知道这个区域里野味多的是，而他来时又预先通知了她，那么不会没有时间派人去射猎的。不过尽管感到奇怪，他也不愿直说，只是轻描淡写地借母鸡做话题，笑嘻嘻地问夫人道：

“夫人，难道这里全是母鸡，公鸡一只也没有吗？”

听到这话，侯爵夫人完全领会了他话中的意思，觉得这分明是天主成全了她，就抓住这大好机会，表白自己的操守，不慌不忙地回答他道：

“可不是，陛下；不过这儿的女人，就算在服装或者身份上有什么不同，其实跟别地方的女人还是一模一样的。”

国王一听这话，恍然明白了侯爵夫人用母鸡来款待他的道理，感到了她这话是在暗示自己的冰清玉洁。他知道要用言语挑逗这样一个女人，那是白费唇舌而已；若说施用强暴，那更不必提了。总算他顾全自己的荣誉，及早把这一团荒唐的欲火压制下去。他见夫人口齿伶俐，不敢再和她说笑，只是死了心吃他的饭；饭后，又只想早些告辞，好遮掩来时的暧昧企图。他谢了她的殷勤招待，又为她祝了福，就匆匆动身，向热那亚而去了。

故事第六

一个正直的人用一句尖刻得体的话，把修士的虚伪嘲笑得体无完肤。

小姐们对于侯爵夫人的贞洁，以及她凭着一句话把法兰西国王说得哑口无言的那种机智，都十分赞赏。坐在菲亚美达旁边的是爱米莉亚，她依着女王的吩咐，当即说道：

我也准备讲这样一个故事，说到一位正直的平民怎样凭着一番锋利的话，驳倒了贪财的修士，叫人听了，不但发笑，而且起敬。

亲爱的小姐们，不久以前，我们城里住着一个在异教裁判所①里供职的圣方济各派的神父。跟所有的神父一样，他外表看来也是道貌岸然，一心敬主，功夫着实到家；其实他不光是管着人们信主不信主，就连人们荷包里有钱没钱，他都要管到，丝毫不肯放松。他这样热心过问这些事，有一次碰上了一个家产丰厚、头脑简单的好人儿。也是那人多喝了几盅酒，随口向众人说了一句：他正在喝的这种美酒、就连耶稣都可以喝得。他说这话，原本凭着一时酒兴，并没有亵渎宗教的意思。谁想这话传到了那个裁判官的耳朵里，就坏事了。他打听得那人又有田地、又有金银，就下了一道紧急命令，以严重的罪名把他逮捕了。他办理此事，并不是为了要加强被告的宗教信仰，而是为了依照他一贯的办法，把被告的钱从他钱袋里倒进自己的腰包。

他把那人叫到自己面前来，问他承认不承认有这么一回事。那好人儿回说有这么一回事，还把当初的情形解释了一番。那裁判官是个何等圣洁的神父，又多么崇拜“金胡髭圣约翰”[②]，一听他的话就驳斥道：

“照你所说，那么基督就是一个大酒徒，跟你们这班酒鬼一起混在酒店里，品评酒好酒坏了？亏你还能这样轻描淡写，不当作一回事似的！你不要再糊涂了吧，如果这回事依法办理起来，那就少不得把你活活烧死在刑柱上！”

那裁判官还声色俱厉地讲了一番话，似乎要把这个可怜虫当作否认灵魂不灭的伊壁鸠鲁[③]。那个好人儿给他吓坏了，只希望从宽发落，所以连忙托人出面通个关节，甘心献上一大块黄澄澄的“脂膏”，让神父搽在眼上，也好医治修士们见钱眼红的毛病——这剂药膏据说对于那些怎么也不敢跟金钱碰一碰的圣方济各派的修士，尤其灵验。

虽然盖伦[④]在他的医药书里从来也没提到过这一种药膏，它可是灵验得很。那裁判官原是口口声声要把他绑到火刑柱上去，现在居然开了恩，让他在身上佩一个十字架，还特地规定要黄文黑底，好像是授予他一面漂亮的军旗，让他做个十字军人，渡海去打土耳其人似的。金银到手之后，他把那个好人儿在裁判所里拘留了几天，吩咐他必须每天早晨

---

① 异教裁判所：欧洲中世纪天主教会的反动特务机构，假借镇压异端邪教的名义，猖狂迫害当时的思想家、自然科学家；对他们进行秘密审讯，非刑拷打，以残酷著称，被判处火刑者，数以千万计。

② 意大利的金币上镂刻着圣约翰的像。说神父崇拜金币上的雕像，隐然讽刺他贪财。——根据里格译本注解

③ 伊壁鸠鲁(公元前341—270)，古代希腊哲学家，杰出的唯物主义者和无神论者，他认为事物是在人的意识之外，不以人的意识为转移而存在的。而且肯定灵魂是物质的，会死亡的：他反对因惧怕神和死亡而引起的愚昧和迷信。因此他的哲学一直遭到神学家的仇视。

④ 盖伦，古代希腊名医，见第9页注。

到圣克罗契教堂去望弥撒，算是忏悔的表示；在裁判官用饭的时候，还得站在旁边侍候；一天里做过了这两件事，他就可以随意行动了。那好人儿遵照着裁判官的话做去，不敢怠慢。

有一天早晨，在望弥撒的时候，那个好人听到一段“福音”的歌曲，里面有一段话是这样说的：“你，奉献一个，必将得到百倍回报，并且承受永生。”①那好人把这话牢牢记住了；到了吃饭的时候，就遵照吩咐，在裁判官的食桌边侍候。神父问他这天早晨望过弥撒没有；他赶紧回答道：“望过了，老爷。”

“可有什么疑难的地方你听了不懂，想请教我吗?”

“有的，”那好人儿回答道，“我当然不怀疑我所听到的一切话，而是坚决相信这些话全都是正确的。不过我听到了一件事，真叫我为你，为你们神父担心死了；我不禁想到你们的来世是多么可怕啊。”

“你听了些什么话叫你这么替我们担心?”裁判官问道。

“老爷，”那好人儿回答说，“那是‘福音’里的一句话：‘你奉献一个，收进百个。’”

“这话说得不错啊，”裁判官回答道，“为什么叫你听了要担心呢?”

“老爷，”那好人儿回答道，“请听我说吧：我每天上这儿来，看见修道院里把你和你的兄弟们吃剩的菜汤，有时一大锅子，有时两大锅子，倒给聚在门外的穷人；那么如果你施舍一锅子菜汤，在来世就要回报你一百锅子，那你们怎么受得了——一定要给菜汤淹死了!”

一桌子吃饭的人，听见这话全都笑起来了。那裁判官却觉得受了当头一棒，因为这句话真是一针见血，把他和他们这一班神父的贪吃贪喝和假慈悲都揭露无遗了。他这样胆敢讥笑他和他们这一班一无用处的神父，本来又是一个该死的罪名，幸亏他刚刚受罚，那裁判官只得板起脸来，把他撵走了事，从此以后，再不许那人在他这个裁判老爷跟前露脸了。

---

① 参阅《新约·马太福音》第19章第29节：“凡为我的名撇下房屋，或是弟兄、姐妹、父亲、母亲、儿子、田地的，必要得着百倍，并且承受永生。”卜伽丘为了行文方便，把这段话重新改写了。——依据潘译本注解

故事第七

贝加密诺讲述一个“泼里马索和克伦尼院长”的故事，借题讽刺了一个贵族近来的吝啬作风。

爱米莉亚所讲的那个故事，加上她说话时那种可爱的表情，教大家以至女王都听得笑了出来，并且一再称赏那位前所未见的“十字军”所说的挖苦话。笑声停下来之后，就轮到菲洛特拉托继续讲故事了。他这样开始道：

高贵的小姐们，一个箭手射中了一个固定的目标，当然值得赞美；可是如果有什么突然出现的东西也能给他射个正着，那才叫了不起呢。教会里的修士，过着腐败堕落的生活，那就是众矢之的，只要你高兴，你尽可以拿冷讥热讽的话头向教会射去，万无一失。我很赞美那个好人，他叫裁判官下不了台，当场揭露了那班神父的假仁假义——他们拿本该倒掉的、或者是喂猪的残渣去给穷人吃，美其名曰“救济”！不过听了这个故事，我就想起一个更值得夸赞的人来；我现在要谈的就是这个人的事，他表面上是讲一个有趣的故事，而骨子里却在借题发挥，拿故事中的人物的话来讽刺一个叫做坎·台拉·史卡拉的大贵族，笑他不该无缘无故变得吝啬起来。

自从腓特烈二世①登位以来，在意大利的有权有势的贵族中，那坎·台拉·史卡拉也好算得首屈一指的人物了。他在各方面都是命运的宠儿，名声早已传遍四海之内。有一回，他本来打算在维洛那举行一个盛大的胜会。四面八方的人，尤其是一些献艺说唱的人，都赶来了；却不知他为了什么缘故，又临时变卦，拿出少数一笔钱来，把这些人全都打发回去。独有一个人留了下来，那人名叫贝加密诺，能说会道，不曾和他当面谈过的人简直想象不出他那条舌头有多么灵巧。他既没有得到一点贴补，也没奉到打发他走的命令，就逗留在维洛那，指望日后总还可以得到些补偿的机会。谁知坎大爷却自有他的想头，认为不管拿什么东西赏给贝加密诺，还不如扔进火里好一些，所以既不当面和他说明，也不托人转告，就这样一句话都没有给他。

一连几天过去，贝加密诺始终不见有人来找他、请教他；而他带着仆人和马匹寄宿在客栈里、每天的开销却又少不了，因此十分焦虑。不过他还存着希望，留在那儿不走。他的衣箱里藏着三件华贵的衣裳，那是贵族老爷们送给他，让他在他们的宴会上可以穿着得漂亮些。店主来向他催讨房金，他就拿出一件袍子来抵账。他又住了一些日子，又只得拿出第二件袍子来抵账。最后，他只有靠第三件袍子过日子了，这时候他打定主意，能住多久就住多久，把希望寄托于万一，等到实在没有办法的时候，再动身不迟。

他就这么靠着第三件衣裳过日子。有一天，他面有忧色，碰到了坎大爷。这位老爷正在用饭，看到了他，也并不是要他讲些什么开心的话给自己听听，而是存心要取笑他，说道：

“贝加密诺，你这样垂头丧气，是有什么心事吗？告诉我们是怎么一回事吧。”

听到这话，贝加密诺好像早已胸有成竹似的，就不假思索地讲了下

---

① 腓特烈二世（1194—1250），西西里国王、德意志国王和神圣罗马帝国皇帝。

面的一个故事，诉说自己的境况：

“大爷，你一定知道泼里马索是一位精通拉丁文的学者，写起诗来，又快又好，再没有第二个人能够及得到他。他的才名因此传了开来，尽管有许多人不曾见到他本人，却没有一个人不知道他的名声的。

“有一次他逗留在巴黎。他很穷——他的一生总是很穷的，因为你有了学问，也得不到有钱人的看重。他常听得人家谈到克伦尼修道院院长，据说在侍奉上帝的教会里，除了教皇以外，就要算他的年收入最丰厚了。人家还说他的气派十分宏大，总是门庭大开，在用饭的时候有谁来向他求食，他总是供应酒饭。泼里马索本是欢喜跟富而好礼的人相交，听得这么说，就决定去见见这位院长，看他是怎样的宽宏大量。他就打听院长的住宅离巴黎多远；人家告诉他院长现在正住在离巴黎二十来里远的一座住宅里。泼里马索心想，如果他一清早就动身，那么是可以赶得上吃饭的时候的。

“他向人问了路，可是却不见有谁朝着这个方向赶路，他唯恐走错了路，来到一个什么地方，连食物都找不到；所以就准备了三只面包，以防万一，好在清水是到处都有的，只要你不嫌它淡而无味。他把面包藏在怀里，就出发了，一路赶去，十分带劲，总算不到午饭时分就来到了院长家里。

“他走了进去，不免东张西望，但见许多食桌已经放在那儿，厨房里和别的地方都在忙着准备午饭，所以暗自想道：‘这位院长真是名不虚传，慷慨得很！’

“他这样待了一会儿，心里自有许多感想，吃饭的时候已经到了，宅里的总管就吩咐盛水上来，让众人洗手；洗过手之后，大家就在食桌前坐了下来。泼里马索的座位恰巧靠近房门口，院长就要从这门里出来，到餐厅用饭。

“大宅里有个规矩，不等院长在食桌前坐下来就不开饭，不论面包和酒、吃的喝的都不端上来。所以一切都已准备好之后，总管就去请院长出来用饭。门已经替院长打开了，他就要出来了，可是也是碰巧，他出来的时候，往外一望，就看到了泼里马索；院长不认识他，只觉得那人穿着得好不褴褛；忽然之间，竟起了一个以前从未有过的吝啬的念头来，跟自己说道：‘瞧，我倒款待起这种人来了！’于是他转过身来，叫人把门关上，问左右的人，那个坐在门口食桌上的穷鬼是谁；可是大家都回说不认识这个人。

“泼里马索赶了半天的路，肚子早饿了，他又是向来不戒斋的，所以等了一会儿，看院长还不出来，就从怀里掏出一个面包来吃了。那院长呢，在内室待了一会儿，叫人去看看泼里马索走了没有。那侍从回来报告道：

“‘没有走，老爷，他正在吃面包呢——大概他自己带来了一些面包。’

“院长就说：‘好吧，只要他自己有东西带来，让他吃吧，可是今天他别想吃我的东西。’

“院长不想把泼里马索赶跑，却希望他自动离开；谁知他吃完了一个面包，看看院长还不出来，就接着又吃第二个面包了，前去察看泼里马索动静的人把这回事也报告了院长。

“后来，泼里马索吃完第二个面包，还是不见院长出来，他就又吃第三个面包了。这回事也报告了院长；他就想道：

“‘唉，今天我怎么会有这种怪念头的？何苦这样鄙吝，这样看不起人呢？这是对谁呢？这许多年来，只要有人来向我求食，我不问他是有身份还是没身份，有钱还是没钱，是个商人还是个骗子，总是一视同仁，招待他们的。我亲眼看见过形形色色的流氓在我的食桌上狼吞虎咽，可是从没起过像今天对那个人所起的念头啊。能叫我生吝啬的念头的人，决不是个寻常的人；我把这个人当做流氓，其实一定是个大人物，因此我才会不肯款待他。’

“于是他就询问这人是谁，探问之下，才知道原来是泼里马索(此人的名声院长早就听得)，而且是因为久仰院长好客，特地亲自来看看院长的气度到底怎样宏伟。这一下可真叫院长发窘，就连忙向他谢罪，尽力款待他；宴罢之后，还送了一套华服给他，表示敬意，又送了他一笔钱和一匹马，跟他说他要回去或是留在这里住几天，都听他自便。泼里马索大为高兴，再三再四向院长道谢了之后、就回巴黎去了——来的时候是步行来的，现在他可骑着马儿回去了。”

坎大爷原是个明白人，不用多说，一下子就听懂了贝加密诺话里的意思，因此笑着说道：

“贝加密诺，你真善于说话，借了一个故事就把你所受的委屈、你的才艺、我的鄙吝，以及你对我所怀的希望都表明了。说真的，我向来不是个吝啬的人，但是这一回对待你，却刻薄起来了，不过我是准备拿你所给我的棍子，把我心里头的这个小气鬼赶跑的。”

坎大爷果然替贝加密诺付清了房金，拿他自己的一套华服送给贝加密诺穿，还送了他金钱和马儿，而且听他高兴，愿意留下来还是愿意回去。

故事第八

行吟诗人波西厄尔用一句锋利的话，讥刺了
一个守财奴的性格，促使他悔悟过来。

坐在菲洛特拉托下手的是劳丽达，她听到大家都赞美了贝加密诺的机智之后，知道接下来就该她讲一个故事了，就不等吩咐，带着愉快的声气，这样开始道：

亲爱的朋友，方才的故事叫我想起了一个聪明的行吟诗人，他同样地讥刺了一个贪婪的大财主，收到一定的效果。虽说这故事的题旨跟方才的一个有些近似，不过好在结局美满，同样会使你们听了高兴的。

从前热那亚地方住着一位绅士，叫做厄密诺·德·葛列马第，当时盛传他所拥有的金银田地压倒了意大利最富的富豪。可是，正如他的钱比哪一个意大利人都多，他那贪婪和吝啬的性格，天底下也是没有第二个守财奴能比得上。不仅是一钱如命，谁也别想沾他的光，他就是对自己也十分刻薄。热那亚人很讲究衣着，他却舍不得花钱，连一身像样的衣服都没有；在饮食方面他也同样刻苦。所以无怪后来他竟丧失了姓氏，没有人称他“葛列马第”大爷，只叫他“守财奴厄密诺”了。

他一方面一毛不拔，另一方面又拚命积聚财富；这时候热那亚来了一个谈吐不俗、出身很好的行吟诗人[①]，名叫葛利摩·波西厄尔。说到现下一般行吟诗人，尽管他们专干卑鄙肮脏的勾当，却死活要装作绅士、贵族，其实跟宫廷里的行吟诗人比起来，他们只配称做驴子；他却绝不是这样。在从前，贵族与贵族有冲突的时候，行吟诗人总是把调解纷争、消弭战祸看作自己的责任；他们撮合婚姻，巩固联盟，促进友谊，慰劝烦恼的人，用又机智又伶俐的话来娱乐朝廷，而对于犯了错误、刚愎自用的人，则像严父般正色斥责。——这些事情虽然报酬微薄，他们也乐于去做。可是如今这班人专爱搬弄是非，散布怨隙，尽谈些伤风败俗的话；更糟的是，他们毫无顾忌地在这个人面前说那个人无耻，在那个人面前又说这个人可恶等等；他们用不正当的手段引诱良家子弟去干那荒唐堕落的勾当。可是那谈话最卑鄙、行为最龌龊的人，却最受浅薄无聊的贵族们的欢迎和尊敬，得到最优厚的报酬。这正是我们这个时代的奇耻大辱，也正好表明道德沦亡，我们不幸的人正辗转在罪恶的泥淖中。

现在还是让我们回过头来说故事吧——正义的愤慨已经使我的话说得有些离题了。我说，葛利摩在热那亚很受当地绅士们的欢迎和尊敬，他逗留了几天之后，听得不少关于厄密诺的贪婪和吝啬的故事，便决定要去见一见他。

厄密诺也听得了葛利摩的声誉，虽然他贪婪成性，毕竟还有一些教养，还懂得些礼貌，所以和颜悦色地接待了他，跟他有说有笑，谈了很多的话。他又领着他和几个当地的陪客，去参观一幢新造的华丽的公馆。他引他们把房屋各部分一一看过之后，就说道：

“葛利摩先生，你是见多识广的，你能不能告诉我一样人们从未见过的事物，我好把它画在客厅里。”

---

① 中世纪的行吟诗人，通常又是打诨人、弹唱人、说故事人——三者集于一身。凭这种种身份，他们说话有着最大的自由和特权。通常他们总是依附在国王的朝廷上。有时找不到这种永久性的位置，便游行各处，拜见达官贵人，求得赏识他们的才能和取得酬报的机会。——潘译本注解

葛利摩听得他这可笑的请求，便答道："先生，我怕我也一时说不上来有什么事物是人们从未见过的，除非是人们打喷嚏之类。但要是你高兴，我可以说出一种东西，我相信你还没见识过。"

厄密诺万想不到会自讨没趣，随口说道："这是什么东西呀，请快告诉我吧。"

葛利摩马上回答道："把'慷慨'画在府上吧。"

厄密诺一听得这话，惭愧得了不得，连向来的习性都因而改变过来了，说道："葛利摩先生，我一定要把这'慷慨'着意描画出来，好叫你和旁人，以后再不能说我从不曾见识过它，或是从不曾认识它了。"

只因为受了葛利摩这一句话的感动，他从此一反以前的行为，殷勤款待本地和远方的人士，变成热那亚一个最慷慨有礼的绅士。

故事第九

塞浦路斯岛的国王昏庸无能，受了一位太太的讽刺，从此变得英明有为。

最后，只剩下爱莉莎还没受到女王的命令，所以不待女王吩咐，她就这样愉快地说道：

各位好姐姐，一个人有了错，有时候任凭我们怎样责备，他还是执迷不悟；可是无意之间，偶然说了一句话，却反而生了效果。我们可以在劳丽达所讲的故事里很清楚地看到这个事实；我也打算再讲一个短短的故事来证明这一个说法。一个好的故事总是起着良好的作用，所以不管讲故事的是谁，总是值得用心听一听的。

且说，在塞浦路斯岛第一个国王治下，圣地已由戈弗雷·德·布永[①]光复，这时加斯科涅地方有一位太太朝拜圣地回来，在塞浦路斯遇见一群歹徒，遭到了奸污，虽然向官方申诉，却一无动静；她想，要出这口怨气，只有去求国王作主；不过她又听人说，求国王也是白费力气；原来国王是个没出息的窝囊废，不但别人受了冤屈，他不能够替人主持公道，就连自己遭受了数不尽的侮辱，也因秉性懦弱，情愿丢脸；

所以逢到有谁对这位国王不乐意的时候，就破口大骂，而国王也毫不介意。

那位太太听到国王是这么一个人物，死了这条报仇雪耻的心，可是她想，去把这种不成材的人奚落一番，出口气，也是好的；她就哭哭啼啼地来到国王跟前，说道：

“陛下，我不是来求你替我报仇出气，只是因为听说你也受到别人的侮辱，所以特地来求你教教我，你是怎样把那许多侮辱忍受下来的？那么我也许可以效法一下；受了别的人的糟蹋，也会心平气和地忍受下来。天主明鉴，我是多么乐于把我身受的侮辱让给你呀，因为你的涵养功夫是太好了呀。”

这个一向昏庸软弱的国王，听了她这番话，就像大梦初醒，顿时振作起来，他首先严办了那一群歹徒，替这位太太报了仇，从此凡是有敢亵渎国王的尊严的，都遭到了他的严厉的惩罚。

---

① 戈弗雷·德·布永(1060—1100)，法国公爵，曾于1096年参加第一次十字军东侵，进军耶路撒冷，自称“圣墓保护人”；书中所说光复圣地，即指此而言。

故事第十

亚尔培多大爷单恋着一个俏丽的寡妇，寡妇想取笑他，结果反而被他用婉转的言辞取笑了一番，使她感到惭愧。

爱莉莎讲完，只差女王还没讲了。女王带着女性的优美风度，开始讲道：

高贵的小姐们，繁星装饰着清明的晚空，春花点缀着碧绿的草地，在社交的场合中，也是这样，俏皮的话给文雅的举止、愉快的谈话添上了光彩。俏皮话因为精悍短小，所以出于女人的口里，特别适合。女人是不能像男人那样一开口就滔滔不绝的，尤其在可以把话头说得短一点的时候。说来也是我们做女人的羞辱，目前很少再有女人懂得俏皮话的意义了，或者就是懂得了，跟人对答的时候也不知道该怎样运用。从前的女人注重修养，现在的女人却只知道注重衣饰。她们还以为只要穿上花里胡哨的衣裳，戴满了头面首饰，就比旁的女人身价高，理当比旁的女人受到更大的尊敬了；其实她们忘了想一想，要是把一头驴子装扮起来，它的身上可以堆叠更多的东西呢，可是人家到底还是只把它看作一头驴子罢了。

我这样说，心里是很惭愧的，因为我批评别的女人就等于批评了我自己。这些盛装艳服、抹粉涂胭脂的女人，不是像尊大理石的雕像似的，站在那儿，默无一言，无知无觉，就是答非所问，说了还不如不说好。她们还要你相信，她们所以不善于在正式的交际场合中应酬，是由于天性老实、心地纯朴的缘故。实际上她们是把迟钝称做文静；仿佛只有跟那班使女、洗衣妇、面包师的老婆谈天的才配称做“文静的”女人。如果造化也听信了她们的话，那一定不允许她们扯淡起来却这样有劲。

真的，我们说一句话，就像干一件事，必须考虑到时间、地点和谈话的对象。往往有些男女，想说些聪明话来挖苦人家，可是就因为没有把自己和别人的能耐好好估计一下，结果弄得面红耳赤的不是别人、正是自己。所以我们说话应该随时注意这等地方，免得印证了一句俗话，说什么“女人向来做不出好事”，这就是今天我讲这最后的一个故事的一点用意，也是为了要让大家明白，既然我们的心灵比旁的女人高贵，我们的举止谈吐就该比旁的女人端庄。

不多年以前，波伦涅地方出了一位可说举世闻名的高医，说不定到现在还活着。他名叫亚尔培多，论他的年纪已经是将近七十岁的老大爷，却依然精神矍铄；他虽然体力衰退了，心头的一点爱情的火焰却还没熄灭。有一次，他在一处晚会上遇见一位漂亮的寡妇，据说叫做玛格丽达·特·基索莉爱莉太太。他一见钟情，为她燃烧起爱情的火焰来，竟跟风流多情的小伙子一样，倘若白天没有看见他那美人儿的娇容，晚上就睡也睡不安稳。

为了想看他的美人，他老是借着机会，在她的屋前来回走过，有时步行，有时骑马。到后来，那寡妇和她的女伴得知了他老是这么在她宅前来回走动的真情，觉得像他这样上了年纪、明白事理的人竟然也会堕入情网，真是好笑，所以私下常拿他来取笑，仿佛照她们看来，那柔情蜜意只容许存在于年青人的轻浮的头脑里似的。

他就这样继续在那寡妇的屋前来回走动。有一天，正是节日，寡妇和她的女伴坐在门前，望见亚尔培多先生正远远走来，她们一起商量好了，要请他进去，还要郑重其事地款待他一番，然后取笑他的痴情。等他行近的时候，她们当真站了起来迎接他，请他进去坐坐，把他领到了一个阴凉的院子里，拿出上等的美酒和糖果来款待他，最后，她们带着一半恭敬一半开玩笑的口气问他道，既然他明知有这么多英俊活泼的小伙子包围着她，怎么还会把她爱上呢。

那位大夫没提防遭到这样“有礼貌的”讥刺，就笑容满面地回答道：

“太太，明事理的人决不会对我的爱情有什么惊异——尤其因为我爱的是你——这样一位值得人家爱慕的人儿。我虽然年纪老了，受着自然的限制，谈情说爱总是心有余而力不足，不过一个老年人还是懂得应该爱谁，懂得怎样专心爱一个人。实际上，一个老头儿比一个小伙子有经验、有见识得多呢。许多年青小伙子都来追求你，而我，一个老头儿，也痴心妄想地爱上了你，那是因为这一个缘故：我时常看见娘儿们吃饭的时候，吃着扁豆和韭菜；韭菜并不是什么好吃的东西，不过它的根倒是没有辛辣的味儿，还不难吃。现在你们这几位太太小姐，却另有着嗜好，手里紧抓着韭菜的根，把韭菜的叶瓣儿嚼得津津有味，其实那叶瓣儿又辣又有气味，有什么好吃的？太太，我怎么能够说，我准知道你挑选你的爱人不是采用这个办法呢？如果这样，①那么中选的必定是我，而其余的追求者全都要碰壁了。”

那位寡妇(以及她的女伴们)听了他这番话，很觉羞惭，说道：“大夫，我们太狂妄了，竟冒犯了你，理应受到你的责备；但是你十分留情，只是轻轻说了我们几句。我很珍重你的爱情，一位才德兼备的君子的爱情总是值得珍重的。从今以后，我的心就向着你，只除了跟我名誉有关的事以外，其余的一切，都唯命是听。”

那大夫离席而起(其余的宾客也跟着站了起来)，谢了那主妇的盛

① 这就是说，如果她挑选情人也像吃东西那样不辨好坏，弃其精华，却取其糟粕，那么条件差的情人反而有希望了。

情，笑吟吟、喜洋洋地告辞而去。

那位太太只因为没有认清对象，想要取笑别人，反而给别人取笑了去。所以倘使我们是聪明的女人，就应该千万小心，不要自己做出这种事来才好。

* * * * *

七位小姐和三个青年讲完了故事，已经夕阳西下，暑气全消了。女王很愉快地说道：

"亲爱的伴侣们，现在，我一天的使命已经完毕，只剩下给你们推举一位女王，好由她来筹划我们明天的生活和游乐的程序。本来，我的统治权要到今天晚上才算告终，不过继任的人如果事先没有什么准备，就会措手不及，所以我想明天的新王，应该在这个时候接任才对，好让她把明天的事预先安排起来。因此，为了对那把生命赐给万物的天主表示敬意，也为了我们全体的利益着想，现在我推举一位最有见地的姑娘菲罗美娜来做我们王国里的明天的女王。"

她说到这里，站起身来，把自己的花冠脱下，恭恭敬敬地加在菲罗美娜的头上，就首先向她行了一个敬礼，于是那许多青年男女也跟着向她行礼，表示热烈拥护她的统治。

菲罗美娜没想到那顶王冠会加在自己头上，腮帮子上不由得泛起了娇羞的红晕，不过她想起了方才潘比妮亚所说的那一番话，①就克制了慌张，鼓起勇气来执掌国政。她首先追认了潘比妮亚所颁发的一切命令，接着宣布大家明天仍留在这里，又布置了明天的日程和当天的晚餐，于是说道：

"最亲爱的伴侣们，承蒙潘比妮亚立我做你们的女王，这并不是我有什么可取的地方，实在是她的厚爱。所以，在安排我们的共同生活方面，我不打算独断独行，还得征求大家的意见。我现在把我的打算简单地说一说，不妥当的地方，可以由大家提出意见来补充或是修改。

① 指第15页上的那一段话。

“照我看来，潘比妮亚今日所安排的程序，十分出色，使我们今天这一天过得十分愉快。假使大家并不以为再过一天这样的生活有些讨厌，或者另有反对的理由，那么我认为这程序没有变更的必要。

“等我们把这回事办好之后，大家就可以离开此地，各自去找消遣。等到太阳下山了，我们就在凉快的晚风里吃饭；饭后，大家就唱几首歌，玩一阵子，然后睡觉。明天，我们清早起来，各人可以随意散一会步，到时候，就像今天一样，大家回来一起吃饭，饭后，我们跳一会舞，然后午睡，等睡醒之后，也像今天这样，大家回到这儿来开始讲故事——讲故事，我觉得是挺有趣，也是挺有益处的玩意儿了。

“潘比妮亚在匆促中给推选为女王，来不及给大家指定一个讲故事的范围；我想，好在我们现在有着充分的时间，我不妨出一个题目，让大家可以预先在这范围内，想好一个出色的故事。我说，自从开天辟地以来，人类始终受着命运的支配，将来一定还是这样，直到世界的末日；所以这故事的主题，要是各位没有意见，我想这样规定：每人都讲一个起初饱经忧患，后来又逢凶化吉、喜出望外的故事。”

在场的青年男女一致拥护这个规定，表示愿意遵守；但是等大伙儿都静下来以后，忽然听得第奥纽说道：

“女王，大家所说的话也就是我想说的话，我觉得你定下的办法很值得赞美，会提高我们的兴趣，只是我想请求你一个特殊的恩典(我而且希望，在我们一起欢聚的这段时间内，一直能享受这一恩典)，那就是说，我可不受你这法令的束缚，非得在题目的范围内讲一个故事不可；倘使我高兴，我就可以随意讲一个我所喜爱讲的故事。为了免得大家以为我提出这样的请求，是因为肚里故事不多的缘故，以后我愿意总是在最后一个讲故事。”

女王知道他是一个富于风趣的人，也了解他提出这个请求，也有他的用心，那就是说，如果遇到大家听着同一个主题的故事听得有些厌倦了，他就可以另外讲一个有趣的故事来作为调剂；所以在征求得大家的同意后，女王就准许了他这个特权。

于是各人离席而起，缓步来到一道清泉边，泉水从一个小山头上流下来，经过巉岩乱石、青苔绿阴，又流入树木障天的山谷里去。他们都光着臂、赤着足，踏进水里，闹着玩着，直到快要吃晚饭的时候，才一起回去，于是就高高兴兴地一起用饭。

晚饭后，女王吩咐取出乐器，又教劳丽达领舞，爱米莉亚唱歌，由第奥纽弹着琵琶伴奏。在劳丽达婆娑起舞的时候，爱米莉亚果然在旁边献展歌喉，莺声呖呖，唱着下面的歌词：

我爱上了我自己的美貌，
我的热情只为着自己燃烧。
我不懂得除此以外的爱情——
爱情，除此以外，我也不想要。

我从镜子里注视着自己的娇颜，
我的娇颜引起我无限的爱怜，
眼前的光景，往昔的思绪——
这一切都不能夺去我这乐趣；
天下还有什么可爱的东西，
能在我的心里唤起
一种从未有过的柔情蜜意？

每逢我记挂我那倩影，
它总是立即出现在我眼前；
它从不曾叫我失望伤心，
它总是笑吟吟，脉脉含情，
累得我没法把我的欢喜说清，
除非啊，你跟我怀着一样的爱怜，
你永远不会知道这片情意的深浅。

我越是注视着这可爱的娇容，

爱情的火焰越是燃烧着我的心胸。
我把我自己整个儿献给了它，
换来的将是无穷快乐的代价，
未来的欢乐比现在更要强烈几倍，
可是谁又曾怀过这样强烈的爱！

劳丽达①在唱着这支歌曲的时候，大家都一齐起劲地跟着她唱，有几个人还把歌词玩味了一番。大家又跳了一会舞，时间已经不早，夏天的夜晚原很短促，所以女王下令这第一天的程序到此结束。仆人点起火炬，女王吩咐大家好好休息一夜，于是大伙儿各自回卧室去了。

[第一天终]

① 应为爱米莉亚。里格译本和麦克威廉译本都只说“大家都欢乐地跟着这支歌一起唱……”未提人名。

第二天

《十日谈》的第二天由此开始，菲罗美娜担任女王，大家讲述起初饱经忧患、后来又逢凶化吉、喜出望外的故事。

朝阳的光芒带来了新的一天，小鸟在青绿的枝头唱着动听的歌曲，一声声送进人们的耳朵，像是在报晓。别墅里的小姐们和三位青年，在这时候起了身，不约而同地来到花园里。他们在缀着露珠的草地上，信步漫游，又采拾花草，编成一顶顶美丽的花冠，玩了好一会儿，就跟上一天一样，十分快乐逍遥。他们在绿阴下吃了早饭，跳了一会舞，就睡到中午；午后起身，大家遵照女王的命令，一齐来到凉快的草坪上，围着女王坐下来。

女王戴上花冠，真是艳丽动人，她先把众人一一看了一下，于是命令妮菲尔带头讲一个故事。妮菲尔并不推托，高高兴兴地开始讲述。

故事第一

马台利诺扮作跛子，假装接触了圣阿里古的遗体，病状顿失。他的诡计给人识破，遭了一顿毒打，被押送官府，险些儿给送上绞刑架，最后终于逃了命。

最亲爱的姐姐，一个人嘲弄别人，往往自取其辱，尤其是理应尊敬的事物，你也拿来跟人开玩笑，那难免还要自讨苦吃。我现在遵照着女王的意旨，开一个头，用一个故事来说明她指定的命题——我想给大家讲一个本地人士的遭遇，他起初怎么样吃尽苦头，后来却又怎样逢凶化吉，连自己都没想到。

不久以前，特莱维索地方住着一个日耳曼人，叫做阿里古。十分清贫，给人家当脚夫为生；只因他为人正直，洁身自好，人们十分敬重他，把他看做一个圣洁的人。也不知这话是真是假，据当地的人发誓说，当他临终的时候，特莱维索大教堂里那许多大钟小钟，没有人敲打，竟一齐响了起来。

这件事，大家认为是个奇迹，因此断定这个阿里古就是天主派来的圣徒。全城的人一下子都涌到他家里，把他的尸体抬了出来，按照对待圣徒应有的隆重仪式，直抬到了大教堂。于是大家又忙着去把那些跛脚的、疯瘫的、瞎眼的，以至各种各样畸形残废、患着痼疾的人都拉了来，一心希望这些人只消碰一碰圣体，什么病就都消除了。

正当大家这么乱糟糟、闹纷纷的时候，恰巧有三个我们的同乡，来到了特莱维索，他们的名字是：史台希、马台利诺和马凯斯。他们是三个小丑，善于效仿别人的动作和表情，常在宫廷府邸里献技，博取王公大臣的一笑。他们还是初次来到特莱维索，却看见这里的人全都一股劲儿地东奔西跑，不免感到奇怪；后来打听到原来是这么一回事，就也想去见识一下。他们把行李在一家客店里寄放妥当以后，马凯斯就说：

“我们大可以去瞻仰这位圣徒，可是照我看来，只怕很难达到这目的了。我听说广场上挤满了日耳曼人，城里的官长唯恐发生事故，又派遣了许多兵士在那儿站岗。他们又说，教堂里更是塞满了人，水泄不通，你简直休想挤得进去。”

“别为这点事发愁吧，”马台利诺说，他自己也急于想去看看热闹，“我向你们担保我会想出一个办法来，让大家可以挤到圣体跟前。”

“什么办法呢?”马凯斯问。马台利诺回他说：

“对你说了吧。我可以假装成一个跛子，你和史台希两个，就只当我不会走路似的，左右扶着我，只说是要把我带到圣者跟前去求医；人家看见了我们这种光景，谁还会不让出一条路来呢?”

马凯斯和史台希非常赞成他这个主意。他们三人就立刻离开客店，来到一个僻静的地方。于是马台利诺施展本领，把自己的手臂和手指都扭转过来，腿也跛了，嘴也歪了，眼睛也斜了，一张脸变得奇形怪状，看上去十分可怕。无论哪个看到他这副模样儿，也一定要说他是个全身残废的人了。马凯斯和史台希就左右扶持着这个假病人，直向大教堂走去，一路上满脸虔敬，低声下气地请求人们看在天主面上，让出一条路来。大家果然连忙让出路来。

总之，人人都把眼光投向他们，几乎没有一个不高声嚷道：“让开些！让开些！”就这样，他们一直来到圣阿里古的遗体跟前。站在近旁的几个绅士，当即把他抬了起来，安放在圣体上面，好让他重享健康。

每个人都目不转睛地注视着马台利诺，看他究竟会发生什么变化。马台利诺很懂得在目前的场合中应该怎样表演；他在圣体上躺了一会儿，先伸直了一个指头，接着手也抬起来了，胳臂也张开了。直到最后，终于全身都挺直了。众人看到有这等奇迹，一齐欢呼起来；赞美阿里古的呼声响彻云霄，那时就是天上打着响雷，也会给这一片欢呼声淹没的。

恰巧那一天，有一个佛罗伦萨人也在教堂里，他原来很熟悉马台利诺，不过方才马台利诺给扶进来的时候，装成那副怪相，所以认不出他了；可是等到马台利诺一挺直了身子，他立刻认出了他，不禁失笑起来，嚷道：

“愿天主惩罚他！看他进来的那副模样儿，谁会不当真把他看作一个残废人呢。”

他这话给几个本地人听见了，不禁问道：“什么！难道他不是个残废人吗?”

“天知道!”那个佛罗伦萨商人嚷道，“他的身子跟我们一样挺直，不过他的本领特别大，能随心所欲，把身子变得奇形怪状罢了。”

众人一听见这话，再不多问，就一拥而上，嚷道：

“他是个坏蛋，胆敢跟天主和圣徒开玩笑！他并不真是残废，他是假装了残废来嘲弄咱们和咱们的圣徒！抓住他呀!”

这么嚷着，他们就一把揪住了他的头发，把他从躺身的地方拖下来，把他的衣服扯个粉碎，又是打、又是踢，拳脚交加。一教堂的人几乎全都举着拳头哄了上来。马台利诺急得大声哀呼，请求众人“看在天主面上，饶命吧!”他一面还想闪躲，还想招架，可是哪里有用？他激起了公愤，人越围越多了。

史台希和马凯斯看见这种光景，知道事情弄糟了，又害怕自己挨打，不敢前去救他，反倒是跟着众人一起喊道：“打死他!”他们一边喊一边却在竭力想法，要把他从愤怒的群众中间救出来。亏得马凯斯急中生智，想出了一个办法，要不然的话，只怕他真会给众人打死了。城里的警士全都在教堂外面站岗，马凯斯赶紧挤出教堂，奔到一个警官面前，嚷道：

“看在老天面上，快帮助我吧！贼骨头把我的钱袋偷去了，里面足足装着一百个金币呢。快去抓住他，帮我把钱追回来吧！”

那警官听得这么说，就立刻带着十来个警士，照着马凯斯的话，直向教堂奔去。可怜那马台利诺，这当儿就像一个石臼似地给众人捣个不停。那些警士好不容易才冲进人堆中间，把马台利诺从众人手里抢救了出来，押到官府去。马台利诺已给打得头破血流、浑身青肿了；可是众人认为受了他的侮辱，还不肯甘休，都跟了去；后来听说他是给抓去当小偷办的，心想这倒也好，可以让他多吃些苦头，就七嘴八舌地嚷起来，咬定他偷了他们的钱袋。

官老爷本是一个性子暴躁的家伙，一听得捉住了个小偷，就立刻把罪犯提来审问。哪知道马台利诺若无其事，回答的话近于戏谑。这可把官老爷气坏了，下令把他绑上刑床，三收三放，只是要逼取他的口供，好再拿绳索套上他的脖子，吊到那绞刑架上去。

松了绑之后，那官老爷又问他有招无招；马台利诺知道有理难辩，只得说道：“我愿意招认了；请您把原告传来，问他们究竟在什么时候、什么场所失窃的钱袋，那我就可以招供哪些是我偷的，哪些不是我偷的。”

官老爷说：“这倒也好，”就下令叫了几个原告上来，问了一遍。一个说，马台利诺在八天前扒去了他的钱袋，另一个说是六天前，还有一个说是四天前，另外又有些人说是当天失窃的钱袋。

马台利诺听完了他们的话，就说：

“大人，他们全是一派胡言。我可以证明我这话不是胡说的。我来到此地才只几个钟点，以前从未来过；也是我命里倒楣，一到这儿，就到教堂里去瞻仰圣徒的遗体，却不想给人一顿好打，成了这副模样。以上这些话，句句属实，大人不信，可以去向检查外人入境的官员调查，翻阅他们的登记簿；还可以询问客店主人。如果查明属实，那么请求大人不要再听信那些坏蛋的话，来拷打我，又把我判处死刑吧。”

再说马凯斯和史台希两个在官府外面，听说审判官对于马台利诺毫不容情，已动了大刑，急得不知如何是好，说道：“坏事了，我们把他从油锅里救出来，不想又把他送进了火坑!”就赶忙回到客店里，找着了店主人，把他们闯的祸告诉了他。店主人听了十分好笑，就把他们带去见本地的一个绅士，叫做桑德罗·阿戈兰第，此人跟总督颇有交情；店主人把事情经过原原本本告诉了他；还跟他们一起恳求他援救马台利诺。桑德罗听了他们的故事，哈哈大笑了一阵，就到总督那儿，请求他开释马台利诺，总督当下答应了。

差官奉了总督的命令，来向审问官提人，只见马台利诺只穿着一件衬衣还在那里受审，神色慌乱、不知如何是好；原来不管他怎样申辩，那官老爷总是不听他的。也不知道这位官老爷是不是对佛罗伦萨人特别怀恨，总之打定主意要把马台利诺送到绞刑架上去，甚至不肯把他交给总督的来人；直到最后迫于命令，没法可想，这才交出人来。

马台利诺来到总督面前，把事由本末，据实说出来，还请求总督恩准他离开这里，说是除非他平安回到佛罗伦萨，他总觉得脖子上还套着一根绞索似的。

总督听了他的倒楣事儿，哈哈大笑，答应了他的要求，还赏给每人一套衣裳。这样，他们绝处逢生，一路平安，回到了家乡。

故事第二

林那多旅途被劫，冒着风雪，来到居利莫城堡，亏得有位寡妇收留了他；第二天追回失物，安然回乡。

小姐们听了马台利诺大吃苦头的故事，都笑得前俯后仰，就是那几个青年也都觉得十分好笑，尤其是菲洛特拉托；他就坐在讲故事的妮菲尔的下手，女王吩咐他接着讲一个故事，他毫不迟疑地开口说道：

美丽的小姐们，我要给你们讲的是一个跟宗教有关的故事，其中有风险，也有爱情。大家听了这个故事，或许可以得到点益处也未可知，尤其是，谁要是踏上了爱情的崎岖的道路，就会知道，他要是不念圣朱理安的主祷文，那么，纵然他有一张舒适的卧床，他还是不能安睡的。

在阿索做法拉拉侯爵的时期，有一个叫做林那多·达司蒂的商人，来到波伦那，料理私务，现在事情办妥，就起程回家。当他骑马走出法拉拉境地赶往维洛那的途中，遇见了几个出门人，看样子，像是一群商人——其实哪儿是商人，原来都是些拦路抢劫、无恶不作的强盗。林那多不知就里，竟和他们结成伴儿，一起赶路了。

他们打量他是个商人，身边一定有些钱财，商量妥当，决定看准了时机，就下手抢劫。为了不能让他生疑，他们尽力装作正人君子的模样，一路上跟他谈的都是一派正经话。听他们的言谈，看他们的举动，真是又谦逊又亲热。林那多原只带着一个仆人，骑马随行，现在结识了这班人，大家做个旅伴，觉得运气真好。

他们一路行来，谈天说地，后来谈到人类向天主祈祷这个题目上来。三个恶徒之中有一个问林那多道："好先生，请教你出门赶路的时候，经常念的是哪一种祷告?"

林那多回答道："实不相瞒，我只是个俗人，对于这类事情不十分在行，所懂得的祷告也有限得很。我这个人是老脑筋，一毛钱我只道它是十个子儿。①不过我出门在外，每天早晨要离客店之前，却照例要为圣朱理安的父母的在天之灵念一遍《天主经》和《圣母经》，接着我就向天主和圣朱理安祈祷，求他们保佑我在晚上找到一个舒舒服服的下榻的场所。我在路上好几次遇到很大的危险，但每次都逢凶化吉，而且到了晚上，还居然给我寻到了一个安全的地方和一张舒适的铺位。我深信这种恩典是全靠圣朱理安向天主替我求来的。要是我早晨忘了向他祷告，那么我白天赶路，一定不顺利，晚上歇脚，也一定找不到一个好场所。"

"那么你今天早晨念过了祷告没有?"那个人又问。

"我念过了，"林那多回答道。

那问话的强盗很明白今天要出些什么事儿，心里就想："你的确该给自己多祷告祷告呢，要是我们没有差失，那今晚准要委屈你睡不到好场所了。"于是他转向林那多说道：

"我东奔西跑，出门也不止一次了，虽然时常听人说起这套祷告的好处，可是我却从没念过，但是我哪一次不是晚上睡得好好的呢？——

---

① 概念地认识事物，而不去分析内容；如果用英国的俗话来说，那就是"我并不假装我的本事比旁人大，能够看到石墙的里面去"。——潘译本注解。这一句，里格的译文是"两个 soldi 我只道它是二十四个 deniers"。

或许今天晚上你就可以看到了，我们两个究竟谁的铺位舒服——是做过这祷告的你呢，还是向来不做祷告的我？说真的，我不念你那祷告，而另念着 Dirupisti，或者是 Intemerata，或者是《耶和华啊，我从深处向你求告》①，听我祖母说，这些祷告才有用呢。”

他们就这么和林那多一边赶路、一边闲聊，只等到了适当的时机和场所，就要动手抢劫。

到天色将晚，走到离居利莫城堡不远的渡口附近，地点既僻静，时间又将近傍晚，三个恶徒再没顾忌，便一起扑上前来，把他剥得只剩下一件衬衫，除此之外，他所有的钱，衣服以及马匹，一齐都给他们抢走了；临走的时候，他们还向他嚷道：

“去吧，看你的圣朱理安今晚是否像我们的圣徒一样出力，给你找一个跟我们一样好的铺位！”说罢，这伙人便渡过河，扬长而去了。

林那多的仆从可真是一个没种的奴才，一看见主人落到了强人的手里，不敢上前援助，反而掉转马头就逃，直到看清了居利莫城堡，进了城，方才勒住马缰。他于是找了个客店安歇下来，其余的事再也不管了。

好冷的天气，又飘着好大的雪花，林那多光着两只脚，身上只穿一件单衫，冻得浑身发抖，牙齿打战；天色又黑下来了，他一无办法可想，向周围张望了一下，想找个什么地方投宿一夜，免得冻死在雪地里，不料这个地方不久前经过一场战祸，什么都烧光了，哪里来的住所！他冷得受不住了，只能向居利莫城堡狠命奔跑，也不知道他的仆人是否跑到那里、还是逃到了别的地方，一心盘算着只要能进得城去，就能靠着天主的慈悲，找到一线生机了。

可是他走到离城还有三里多路光景，天就断黑了，等他踉踉跄跄赶到城脚边，时间已晚，城门都关上了，吊桥也收起来了，哪里还能够进得去呢。他伤心绝望之下，不由得哭了起来；只得就近随便找个什么地方躲避风雪；总算给他发现城墙那边，有一幢房屋，造得稍许突出一

① 出自《圣经·诗篇》第130篇。

些，他就打算到那披屋底下去躲一夜，等待天亮再作打算。

来到那披屋底下，他看见还有一扇门，可是早已下了锁，他只得在附近捡了些干草，铺在脚下，席地而坐，好不凄惨；心中十分抱怨圣朱理安，不该叫他的信徒落到这样的地步。可是圣朱理安到底没有把他抛弃不顾，不曾叫他委屈多少时候，就替他安排了一张舒舒服服的床铺。

在这城里，住着一个寡妇，姿色出众，阿索侯爵十分宠爱，好比自己的心肝一般，把她供养在一座华屋里——林那多现在避雪的地方就在这座宅子的披屋底下。那天，侯爵来到城里，原跟他的情妇私下约好，晚上到她家来歇宿；她特地备了一盆洗澡的热汤，一席丰盛的酒菜，——什么都安排齐全，只等侯爵来到受用。谁知侯爵那边，城堡门口忽然有人送来了一份紧急公事，侯爵匆忙之中，只得差人到他情妇家里去传个信，叫她不必等他来了，自己立刻备马就走。那妇人一团高兴化作烟云，真是无可奈何，就趁着现成的热水，决定自己洗个澡，独个儿吃了晚饭，上床睡觉。她于是进了浴间。

那浴间靠近一道通到城墙外的门，门外恰巧就是那个倒楣的林那多蜷卧的地方，因此她在洗澡的当儿，听得了一声声的哀叫，还听到有人牙齿在打战，就像一只鹳鸟在那儿磨喙一样。她就把使女喊来，说道："上楼去瞧瞧吧，是谁在墙外边，在干些什么呀？"

使女登上楼去。她借着清明的夜色望见有一个男子，光着两条腿，只穿一件单衫，坐在那里瑟瑟地打抖。她就问他是谁，可怜林那多话都说不连贯了，断断续续地勉强把自己的遭遇说了一番，还哀哀苦求她做做好事，不要眼看着一个遭难的人冻死在露天吧。

那使女瞧着他这么一副情景，很是同情，便返身入内，告诉了她的女主人。那主妇听了，也不免起了恻隐之心。她想起了那门上有一把钥匙，侯爵有时就从这扇门里私自进出，就吩咐道："你去把门轻轻开了，放他进来吧，反正这里放着一桌饭菜也没有人吃，这里又不少他宿一夜的地方。"

那使女连声赞美女主人心地真好，于是走去开了门，把他领了进来。那主妇看见他差不多冻僵了，就向他说："好人儿，快洗个澡吧——水还是热的呢。”

林那多岂有不乐意的道理。也不用三请四邀，他就把冻僵的身子浸到热水里去。洗过了澡，全身回暖，他这时候真仿佛重又做了一个人。那主妇又拣出她故世不久的丈夫的一套衣服给他穿上，他穿在身上居然十分适合，仿佛那身衣服倒是照着他的身材做的呢。他一边在那里等待女主人的吩咐，心里却已经在向天主和圣朱理安感谢了——他们到底是大慈大悲，把他从一夜风雪里救了出来，送到这样一家大公馆里来歇宿了。

那主妇休息了片刻，①关照把大厅里的炉火生旺了；她自己随即来到那儿，问她的使女，那个男子是何等样的人。那使女回答说："太太，他已经把衣裳穿上了，人品倒很端正，举动也文气，看样子，是一个有教养的人呢。"

主妇说："那么你去叫他到这里来烤火吃饭吧——我想他还没吃过饭呢。"

林那多就给领进了大厅，他看见这家的主妇分明是位贵妇人，不敢怠慢，赶忙上前向她问安，再三感谢她那救命之恩。那主妇看了对方的人品，又听了他的说话，觉得使女所说的果然不错，就和颜悦色地招待他，请他随便跟她一起坐下来烤火，又问他怎么会落到这地步。林那多就把当天的遭遇源源本本都讲了出来。

他所说的这些事，那天傍晚林那多的仆人逃进城里来的时候，已经传了开来，她也听到一些，所以现在很信得过他的话；还把他仆人的消息转告他，说是他明天不难把他找到。这时，晚餐已经摆好，林那多就听从女主人的话，洗了手，跟她一起坐下来吃饭。

他正当壮龄，又是个子高大，气度轩昂，仪容举止都不恶俗；所以在席间，那主妇的眼光不时在他身上溜着，觉得这个男子很讨她的欢心。那天晚上，本是侯爵约好和她欢会，勾起了她的春情，所以不禁心想，这个缺，正好叫他来填补。

---

① 指沐浴过后休息一会。——潘译本注解

等吃罢饭，离了席，那主妇就跟使女两个私下商量，既然侯爵失约，害她空欢喜了一场，那么她好不好接受这送上门来的好机会呢。那使女已经明白女主人的心事，就极力怂恿她。于是主妇重又回到大厅，只见他仍然像她方才离开时那样，独自对着炉火。她来到他跟前，脉脉含情地注视着他，说道：

“嗳，林那多，你干吗这么闷闷不乐呀？难道丢了一匹马和几件衣服就再不能叫你高兴起来吗？你且放开心事，打起精神来吧，你来到这里就像在你自己家里一样。可不，我还有一句话要跟你说，你穿了先夫的这身衣服，我真错把你当作了他哪！今夜里我真有上百次想搂住你亲吻呢，要不是怕得罪你，我早就这么做啦。”

林那多并非是一个不解风情的人，听了她这番话，又看见她眼里闪射着异样的光彩，就张开双臂，迎向她说道：

“太太，我这条命原是你搭救的，没有你我就只能冻死在雪地里，那不用说了，我应当尽心侍候太太，讨你的喜欢，才是道理，否则我真是个不识好歹的家伙了。那么来吧，你只管把我搂个称心，亲个称意吧，我一定甘心乐意地回敬你。”

事情到了这一步，还需要多说什么呢？那主妇早已按捺不住，投进了他的怀里。她紧搂着他，吻他，吻了一千遍，也让那男的回亲了她那么多遍。两人这才站起身来进了卧房，也不多耽搁，就宽衣上床，快活了一夜，直到天明。

等东方发白，两人立即下床——因为那女人唯恐这事会让别人知道。她又拣出一身旧衣裳叫他穿了，替他在荷包里把钱装得满满的，同时请求他，昨儿晚上的事千万不能向别人说起，又指点了他怎样进城去找他仆人的路径，然后让他仍旧由昨夜进来的边门走出去。

等到天已大亮，城门打开了，他就装作一个远道的旅客，进了城，找到了自己的仆人，从马鞍袋里取出自己的衣裳，换上了身。也是合该有这样的巧事，他正预备跨上他仆人的牲口，谁想昨天抢劫他的那三个匪徒，在另一宗买卖上失了风，被官府捉住，解进城来了。他们对所犯的案件直认不讳，因此林那多的马匹、金钱以及衣裳，一起物归原主；结果，只有一双袜带，因为查问无着，不知下落，其余就一无损失。

林那多感谢了天主和圣朱理安的恩典，就跳上马背，平安回到家乡；至于那三个不法之徒，到了第二天，就到半空中去跳舞了。①

① 这就是说，把他们送上绞刑架。——潘译本注解

故事第三

三个兄弟，任意挥霍，弄得倾家荡产。他们的侄儿失意回来，在途中遇到一位年青的院长。这位院长原来是英国的公主，她招他做驸马，还帮助他的几个叔父恢复旧业。

小姐们听完了林那多的一番遭遇，啧啧称奇，很赞美他的一片虔诚，同时也感谢天主和圣朱理安在他苦难的时候搭救了他。对于那位不辜负老天爷美意，懂得接受送上门来的机会的寡妇，她们也不愿加以责备，说她干了蠢事——虽然她们并没明白表示出自己的意见。她们正自谈论着那个晚上她该是多么受用，而且掩口发笑的时候，坐在菲洛特拉托旁边的潘比妮亚知道这回该轮到她讲故事了，就在心里盘算该讲个怎样的故事，一听得女王果然这样吩咐，她就高高兴兴、不慌不忙地这样开言道：

高贵的小姐们，我们留意观察世间的事物，就会觉得，如果谈到命运弄人这一个题目，那是越谈越没有完结的。世人只道自己的财货总由自己掌握，却不知道实际上是掌握在命运之神的手里。我们只要明白了这一点，那么对我这个说法就不会感到惊奇了。命运之神凭着她那不可捉摸的意旨，用一种捉摸不透的手段，不停地把财货从这个人手里转移到那个人手里去。这个事理是随时随地都可以找到充分证明的，而且也已经在方才的几个故事里阐述过了，不过既然女王指定我们讲这个题目，那么我准备再补充一个，各位听了这个故事，不但可以解闷，也许还可以得到些教益呢。

从前我们城里住着一位绅士，叫做戴大度。有人说他是兰培第家的后裔，也有人见他的后代始终守着一个行业，[①]直到现在还是这样，便认为他是阿古兰第家的后裔。我们且不去查他的宗谱，只要知道他是当时一位大财主就是了。他有三个儿子；大儿子叫做兰培托，第二个叫做戴大度，第三个叫做阿古兰特；个个都长得年青英俊，一表人才。那位绅士去世的时候，大儿子还不满十八岁。弟兄三人就依法承继了这偌大一份家产。

这三个青年一旦发觉金银珠宝、田地房屋、动产和不动产都归他们掌握，就漫无节制、随心所欲地浪费起来。他们畜养着许许多多的骏马、猎狗、猎鹰，至于侍候他们的仆役更是不计其数。他们又大开门庭，广延宾客，真是来者不拒，有求必应；还不时举行竞技会和比武会。总之，凡是有钱的爷们所能够享受的乐趣他们都享受了；更因为青春年少，一味放纵，只知道随心所欲。

这样豪华的生活没有维持多久，父亲传下来的那许多金银就花光了；虽然也有些许收入，却无济于事。他们要钱用，只得把房产卖的卖、押的押了；今天变卖这样，明天又变卖那样；没过多久，就几乎到了山穷水尽的地步；他们的眼睛一向给金钱蒙蔽着，直到现在才算张了开来。

有一天，兰培托把两个兄弟叫了来，指出父亲在世的时候家道何等兴隆，他们的日子又过得怎样舒服，父亲一死他们怎样挥霍无度，把那一份偌大的家产花完，快要变成穷光蛋了。于是他替大家出了一个妥善

---

① 该是指后文所说的“放债的行业”。

的主意，趁空场面还没拆穿以前，把残剩的东西全都变卖了，跟他一起出走。

兄弟三人照这办法做去，既不声张，也不向亲友告别，就悄悄地离开佛罗伦萨，一路赶到伦敦，方才打住，在那儿租了一间小屋住下。他们刻苦度日，干起放高利贷的行当来。也是他们运气来了，不出几年工夫，就攒聚了许许多多的钱。

他们一个个回到佛罗伦萨，把旧时产业大部分赎了回来，另外还添置了一些；都娶了妻子，安居下来。不过他们在英国的贷款业务还在进行，就派他们的一个年青的侄儿，叫做阿莱桑德洛的，前去掌管，那弟兄三人住在佛罗伦萨，虽然都有了家眷，都已生男育女，却又故态复萌，忘了先前吃过的苦头，只管把钱胡乱使用，加以全城字号，没有一家不是全凭他们一句话，要挂多少账就挂多少账，所以他们甚至比以前挥霍得更厉害了。多亏阿莱桑德洛在英国贷款给贵族，都是拿城堡或是其他产业做抵押，收入的利息着实可观，因此每年都有大笔款子寄回家来，弥补了他们的亏空。有几年光景就这样支撑过去。

这兄弟三个任意挥霍，钱不够用了，就向人借债，唯一的指望是从英国方面来的接济。可是谁想忽然之间英国国王和王子失和，兵刃相见，全国分裂为二，有的效忠老王，有的依附王子，那些押给阿莱桑德洛的贵族的城堡采地全被占领，阿莱桑德洛的财源因此完全断绝了。他一心巴望有一天国王和王子能够议和，那么他就可以收回本金和利息，不受损失，所以还是留在英国不走。那在佛罗伦萨的三个兄弟却还是挥霍如故，债台越筑越高。

几年过去，兄弟三个白白盼望着英国方面的接济；他们不但已经信用扫地，而且因为拖欠不还，给债主们逮捕起来了。他们的家产全都充公，也不够偿还债务；债主还要追索余欠，因此给下在牢狱里。他们的妻子儿女，东分西散，十分悲惨，看来这一辈子再也没有出头的日子了。

再说阿莱桑德洛在英国观望了几年，一心巴望时局太平，后来看看没有希望，觉得再耽搁下去，只怕连性命都不保，就决定回意大利。他独自一人踏上了归途；也是事有凑巧，路过布鲁日[①]时，正有一位穿白僧衣的青年院长，恰巧也在这时率领众人出城。只见一大队修士、无数仆从，以及一辆大货车，走在他头里；在他后面，有两个上了年纪的爵士骑马随行。阿莱桑德洛认得这两个爵士就是国王的亲属，过去向他们打了招呼；他们当下欢迎他一路同行。

在一起赶路的当儿，他轻声问他们，带着这许多随从、骑着马走在前面的那些教士是谁，他们正要到哪里去。其中有一个爵士回答道：

“那骑马前行的青年是我们的一个亲戚，新近被任命为英国一个最大的修道院的院长；只是他年纪太轻，按照规章，还不能担任这样重要的职位；所以我们陪同他到罗马去，请求教皇特予通融，恩准他的任命——不过这回事千万不能跟旁人提起。”

那位新院长骑在马上，有时领先，有时押队，忽前忽后，就像我们经常可以看到贵族出门时那种样儿；他因而注意到了离他不远的阿莱桑德洛。那阿莱桑德洛正当青春年少，又长得眉清目秀，加以举止大方，彬彬有礼，天下有哪个美男子他比不上？那院长一看见他，就满心欢喜，觉得他比谁都可爱，就把阿莱桑德洛叫到身边来，跟他谈话，和悦地问他是什么人，从哪儿来，又要到哪儿去。阿莱桑德洛把自己的身世处境照直说了，总是有问必答，还声言愿意为院长效劳，不论什么微贱的职役，都乐意从命。

那院长听他这番话说得有条有理，看他的举止又十分端庄，就暗中断定，尽管他操的是贱业，却必定是一个大户人家的子弟；因此把他看得越发可爱了；对他的遭遇不禁深表同情，就用好言好语安慰了他一番，劝他只管宽心，只要为人正直，尽管命运叫他落到这般地步，天主自会把他扶植起来，让他恢复旧观，甚至达到比以前更高的地位，也未可知呢。

他们这时都向托斯卡尼赶程，所以院长又请求他一路做个陪伴。阿莱桑德洛谢了院长的劝慰，还说院长无论有什么吩咐，他都乐于遵命。

---

① 布鲁日，在今比利时的西北部，14 世纪时，为佛兰德斯的纺织工业中心。

那院长自从见了阿莱桑德洛，不知怎样，就涌起一种无名的感触。这样赶了几天路，来到一个村子，连一家像样的客栈都找不到；院长却偏要在这里过夜，多亏阿莱桑德洛跟一家客店的老板相熟，就关照他收拾一间算是最讲究的房间让院长住下。这样一来，阿莱桑德洛凭着他的干练，就俨然成了院长的管事。他还替其余的随从尽力设法，帮着他们在村上各自找一个过夜的地方。

院长用过晚饭，时候已经不早，大家都上床睡了，阿莱桑德洛于是向那店主询问他自己下榻的所在。不想那店主回他道：

“说句真话，我也不知道你可以睡到哪儿去。你看，满屋子都住了人，连我和我的家眷今夜也只好睡在长凳上。不过院长的房间里放着几麻袋粮食，我可以替你在麻袋上临时摊一个铺位，你就在那里将就过一夜吧。”

“这怎么成呢?”阿莱桑德洛说，“你知道院长的房间原来已经很狭小了，连他的修士都没有睡在他那儿，我怎么能去打扰他呢? 早知道这情形，那我趁帐子还没有放下，就叫个修士睡在麻袋上，让一张床铺给我睡。”

“怎么办呢，”店主人说，“事情已到这个地步了，你还是将就些吧，听我的话，睡在那里也一样是很舒服的。院长已经睡熟，帐子也已经放下了；我就给你悄悄地摊一个铺位，让你在那儿安睡。”

阿莱桑德洛觉得这样做，倒也不至于惊吵院长，就答应了，悄悄地爬上麻袋，躺了下来。

哪里知道院长因为情思荡漾，这时候还没有入睡，阿莱桑德洛和店主说的话，他都听见了，他还留心听着阿莱桑德洛在什么地方睡了下来，不觉心花怒放，暗自想道：“这分明是天主给我一个如愿以偿的机会，要是今番错过了，以后就不知道哪一天才能再遇到这样的机缘。”

院长打定主意，但等客店里的一切声响都静下来之后，就低声叫着阿莱桑德洛的名字，请他睡到自己的床上来，阿莱桑德洛再三推辞之后，只得答应了。

他脱去衣服，上了床，在院长身边躺了下来。那院长把一只手放在他的胸口，不住地抚摩他，就像热情的少女抚摩情人一样。这举动叫阿莱桑德洛大吃一惊，还道是院长要拿他来满足一种不正常的欲念呢。也不知道是凭着直觉，还是凭着阿莱桑德洛的姿态，院长马上猜透了他的心意，暗自好笑，就解开内衣，拿起他的手放在自己的胸口，说道：

"阿莱桑德洛，别胡思乱想吧，你摸摸我这儿——看我藏着些什么东西。"

阿莱桑德洛用手在院长胸前一摸，摸到了两个又小又圆、结实滑腻、好比象牙雕刻出来般的东西——少女的乳房。阿莱桑德洛这才明白，原来院长是个女人；他也不问一声，就把她搂在怀里，要和她亲吻。但是她拦住了他，说道：

"且慢！你要跟我亲热，先听我把话说清楚。现在你明白了，我是个女人，不是什么男人。我离家的时候是个处女，此去觐见罗马教皇，是要请求他替我作主配亲。也不知道是你的造化，还是我的不幸，那天我一看到你，就把你爱上了——任哪个女人也没像我那样爱得热烈。我一心一意只要你、不要别人来做我的丈夫；如果你不愿意娶我做妻子，那么请你立即下床，回到你自己的床铺上去吧。"

阿莱桑德洛虽说还不知道她的身世，但是看她一路带着那么多随从，断定她必是名门大户的千金小姐，又看她长得十分美貌；就不再迟疑，立刻允许，说是只要她不嫌弃，他哪有不乐意和她结为夫妻的道理。

她一听到这话，就从床上和他一起坐起来，把一个戒指交在他手里，又叫他对着一幅耶稣的小画像、起誓娶她；仪式完毕之后，他们这才互相拥抱接吻，这一夜里，真是有着说不尽的恩爱和快乐。

东方发亮了，阿莱桑德洛就照着他们商量好的办法，悄悄地离了房，就像昨晚进来时一样，这样谁也不知道他是在哪儿过夜的。他跟着院长的队伍一路行来，好不得意；经过好多天的跋涉，他们来到了罗马。

休息了几天之后，院长只带着两个爵士和阿莱桑德洛，觐见教皇，她照例向教皇行了敬礼，就说：

“神圣的父，一个人要想过一种纯洁正直的生活，首先就得避免一切引诱着他背道而驰的事物，这一层道理，您该是比谁都了解得深刻。也正为了这缘故，我要做一个规矩的女人，就乔装改扮——像您看见我那个模样儿——从我的父亲，英国国王的宫里偷跑出来。我的父王，不管我年纪还这样轻，要把我嫁给年老的苏格兰国王；我不一定嫌恶这位苏格兰国王是个老头儿，但我只怕我年纪太轻，意志薄弱，一旦嫁了他，经不起诱惑，或许会做出什么违背天主的戒律和有损我们王室名誉的事儿来。所以我带着父王的大部分财宝私下赶奔到这里来，请求您来解决我的婚姻大事。

“天主给人们安排的一切是不会错的。当我一路赶来时，我相信是那慈悲的天主使我遇见了他替我选中的丈夫。这就是那位青年。”（说着，她指向阿莱桑德洛）“您看到他正和我并排站在一起，凭他的品德和仪表，不论是怎样尊贵的小姐，他也配得上——尽管他没有金枝玉叶的身价。他是我爱上了的人，他是我所接受的人，除了他，再没有第二个男人能占有我的心房——也不管我的父王和他左右的人会有怎样的感想。我长途跋涉，原是为我的婚事，如今这动机已经不存在了，我还是赶了来，一则好瞻仰罗马的许多圣迹，以及觐见教皇陛下；再则是好当着您的面——也就是当着众人的面，重申我和阿莱桑德洛俩私下订定、只有天主作证的婚约。我乞求您承认了为天主和我所接受的他；并且替我们俩祝福吧；您是天主在世间的代表，蒙受了您的祝福，就是加倍地得到了天主的赞许，那么我们俩就可以活也厮守在一起，死也葬在一块儿，永远宣扬天主和您的荣耀。”

阿莱桑德洛万想不到他的妻子竟是英国的公主，听了她这一番话，真是又惊又喜；可是那两个爵士听到她说出这番话来，大为震惊，幸亏有教皇在场，不然的话，只怕他们凭着一时的气愤，会做出对于阿莱桑德洛不利的事来，甚至连公主也会遭到他们的毒手呢。

教皇也是这样，他看到公主女扮男装，又听她说已经给自己选择了一个丈夫，大为惊奇；可是事情落到这个地步，也是木已成舟，无法挽回的了，终于答应了她的恳求。他首先劝解两个爵士，叫他们不必动怒

（他知道他们在生气），使他们消除了对公主和阿莱桑德洛的意见；于是着手安排起婚礼来。

到了预定的日子，教皇布置好一个盛大的宴会，把教廷里的红衣主教、城里的贵族和显要全都请了来；于是请出英国公主，来和满堂贵宾相见。她穿上一身皇室华服，容光焕发，娇艳动人，看得众人一齐叫好。新郎阿莱桑德洛也盛服而出，只见他的仪容举止，俨然是一位王孙公子，当初那个拆账放款、博取利息的小伙子半点影儿都找不到了；连那两个爵士，也肃然起敬。就在教皇亲自主持的结婚典礼上，那一对新夫妇重申盟誓，当众受到教皇的祝福，真是庄严隆重，热闹非常。

离了罗马，公主顺着阿莱桑德洛的意思，两人一起赶到佛罗伦萨去。他们结婚的消息早已在佛罗伦萨传开了，所以一到那儿，备受人们的尊敬。公主替那三兄弟偿清债务，恢复了他们的自由，这还不算，又替他们赎回家产，把这三家的妻子儿女，都接了来。他们对于公主真是感激涕零。阿莱桑德洛夫妇离开佛罗伦萨时，邀请阿古兰特同行；他们来到巴黎，受到法王隆重的款待。

那两个爵士，已先回到英国，竭力在国王面前替公主说情，英王果然宽恕了公主，高高兴兴地欢迎他的女儿和女婿回去。不久，英王授予阿莱桑德洛伯爵名衔，赐康华尔采地，还举行了庄重的仪式。新伯爵凭着他那份干练，调停了英王和太子间的冲突，全国恢复和平，民生复苏，因此他深得全国人民的爱戴和尊敬。

再说阿古兰特，他把他和他兄弟所放的债款全都收齐，又在阿莱桑德洛伯爵前受封爵士，满载而归，回到佛罗伦萨。伯爵和他的夫人终生享受人间的荣华，据传说，他凭着才能和勇敢，又靠着父王的提携，后来征服了苏格兰，成为苏格兰王。

故事第四

兰多福经商失败，沦为海盗，后来给热那亚人捉去，押上商船；忽然遭到暴风雨的袭击，商船沉没，他抓住一个箱子，漂流到科孚，给人救起，又发现箱里全是珍宝，重回故里，成为巨富。

劳丽达坐在潘比妮亚的旁边，听见她的故事已经到了美满的结局，就紧接着说下去道：

心地仁慈的姐姐们，依我说，命运的力量真是伟大，而它最伟大的地方莫过于让一个低三下四的人，平地一声雷，竟变做了皇亲国戚，方才潘比妮亚所讲的故事里的阿莱桑德洛就是那样。现在既然各人所讲的故事，规定不能超出这个范围，那么我也不辞简陋，想讲一个故事——这故事的结局虽然没有那样荣耀，不过中间所经历的艰苦危难，却甚于方才的一个故事。我只怕相形之下，这样的故事会让诸位听得不够劲，不过此外我讲不出更好的来了，只能请大家原谅吧。

人人都说，从莱乔到加爱达这一段沿海地带，好算得意大利风景最幽美的地方了——尤其是萨莱诺附近那一片小山坡，当地的人们称做“阿玛尔菲”的那一片山坡。那地方背山临海，筑了不少小小的市镇，不少的花园，还有不少的喷水泉，住在那儿的全是些做大生意、发大财的商人。就在那儿，有一个叫做“拉维洛”的小市镇，当时住着不少富翁(直到今天还是这样)，其中有一位名叫兰多福·鲁福洛，有着上万家私，却还不满足，富了还想更富，结果险些弄得倾家荡产，连自己的生命都不保。

凡是经商的人都会打算，他经过一番考虑之后，决计航海经商；就买了一艘大船，把他那许多钱都去换了一船货，启程向塞浦路斯岛驶去；却是运气不好，到得那里才知道早有别人把同样的货物满船满船地运来了。他不得不忍痛跌价，简直是把货物白送给人。这一来使他几乎到了破产的地步。

他终日忧虑，不知如何是好，眼看自己马上要从一个大富翁变做穷光蛋了，因此决定铤而走险，如果不把命送掉，那么抢来的财物就可以弥补自己的损失；免得带着这么些钱出来，却变成了一无所有的穷光蛋回去。他把自己的大船设法卖了，又凑上卖去货物的钱；另买了一艘快船；快船身子小，动作敏捷，正合海盗使用。他立即就把这艘船武装起来，配备起来，存心做个海盗，截劫海上的商船，尤其是那土耳其人的船只。也是上天照应，他做海盗比他做商人顺利得多。

从此土耳其商船遭他劫掠的不计其数；不出一年，他抢来的钱财，抵过了他经商的损失不算，还比原本多出一倍来呢。他是个栽过跟斗的人，不免存着戒心，就不肯多冒风险，认为有了这些钱财已经足够了；因此不敢再拿钱去做生意。决定回家，乘着那艘让他发了财的小船，向家乡进发。

船只驶到爱琴海的时候，一天晚上，顶头刮起了猛烈的东南风，海涛汹涌，小船支撑不住，他只得驶进一个小岛的港湾里躲避，等待风浪平息。他的船驶进港湾不久，就另有两艘船也因为躲避风暴，很困难地驶了进来。

这是从君士坦丁堡驶来的两艘热那亚人的大商船，船上的人望见港里有一艘小船，又听得这条船的主人就是他们久闻大名的富翁兰多福，这班人本来见钱眼红、贪得无厌，[①]这时就立即用大船拦住去路，不让小船有逃走的机会，好动手抢劫。他们又派一队人登上岸去，弯着弓弩，箭头朝准小船，不让船里的人能有一个逃上岸去。其余的人都纷纷跳下小艇，借着潮水的力量，一会儿就靠在兰多福的小船边，也不费多大力气，就占领了小船，船上的人一个也没能逃脱。船上的财货全部给他们抢走，他们又把兰多福押到大船上——可怜他上身只剥剩了一件背心。那艘快船随即给他们凿沉了。

第二天早上风向转了，那两艘大船扬帆西行，行驶了一整天都十分顺利，可是到了傍晚时分，天边起了暴风，惊涛骇浪像一座座高峰似地扑过来，那两艘大商船经不起几下冲击，早就各自分散了。那兰多福也是倒楣极了，载着他的那艘船被风浪卷去，猛撞在切法伦尼亚岛上，就像脆薄的玻璃一般撞个粉碎。一刹那，只见海面上全是货物、箱子、木板，在浪涛里颠簸着。天色已黑，大海茫茫，风浪又险恶，那些落水的人，懂水性的，就拚命游泳，抓到什么东西，就紧抓住不放。

倒楣的兰多福也就是这些人中的一个。那天里他几次三番想到不如趁早一死了事，免得日后一无所有，回家去挨苦受穷。可是逢到生死关头的时候，他又害怕了，也像别人一样伸出手去抓住漂浮过来的木板——好像天主存心要搭救他，故意叫他慢些儿沉下去似的。

他伏在木板上，任风吹浪打，就这样漂流到天明。他举目四望，满目全是乌云骇浪，此外只有一只箱子在浪涛里颠簸着。每当这箱子向他这边漂过来时，他就十分害怕，唯恐会把他的木板撞翻了，所以也顾不得身子虚软，箱子漂来时，他就拚命把它推开。忽然间，一阵暴风夹着一个巨浪，真的把箱子刮到他的木板上来，木板经不起猛烈的冲击，立刻给撞翻了，他也跟着沉没在海里。在一阵绝望的挣扎中，也不知他哪儿来的力量，居然又浮到海面上来。他看见木板已经漂远，只怕再也抓不到了，又看见箱子却在面前，就游了过去，抓住箱子，把身子俯伏在

---

① 据潘译本注，当时热那亚人在意大利有天生作盗贼的名声。

上面，又用双手在水里划着。

他又这样在海面上漂流了一日一夜，肚子里灌饱了水，吃的东西却一点都没有，也不知自己身在何方，向四面张望，只看见一片汪洋大海而已。

到了第二天，他已经像海绵一般浸透了水，两手却还是紧抓着箱柄不放——快要沉溺的人总是这样紧抓着身边的东西不放的。也不知是天主的意旨，还是借着风的力量，他给浪潮冲到了科孚的海滩边。恰巧那时候有个穷苦的女人来到海边，正在用海水和沙泥洗擦锅釜；她一眼望见海上不知有一样什么东西向她飘来，吓得往后倒退，叫了起来。兰多福这时候已经话都不会说了，眼睛也看不分明了，当然没法解释；幸亏等他再向岸边漂近一点的时候，那女人认出是一只箱子，再仔细看时，她又看清了搁在箱上的手臂，接着就看清了兰多福的脸部，这时候她已经明白是怎么一回事了。

这时海浪已经平静，她动了恻隐之心，就跨入水里，一把抓住兰多福的头发，连人带箱一起拖上岸来。兰多福把箱子抓得好紧，那女人着实费了一阵气力才松开了他的手。她把箱子放在同她一起来的女儿的头上顶着，自己就像抱一个小孩子似的把兰多福抱回家中，替他洗了一个热水澡，摩擦他的全身，他的身子终于渐渐回暖，也渐渐有了生机。那女人看见洗澡有了效验，就把他扶出浴盆，给他喝了一点好酒，还拿糖食喂他。这样尽心照料了他几天，他居然恢复了体力和神志，明白了自己身在何处。那女人一直替他把那只箱子保存着，觉得现在可以归还他，同时可以叫他另想办法了。

兰多福已记不起那只箱子来，既然那善良的女人说这是他的，他就收了下来，心想这里面总该有些值钱的东西，可以维持他几天生活。可是他把箱子抬了一下，分量真轻，不免觉得失望。不过等那女人走开之后，他还是用力打开箱子，看看里面究竟藏些什么东西。箱子打开，只见里面全是些宝石，也有镶嵌的，也有未经镶嵌的。他对于这一门原有些鉴别力，一看就知道这些宝石价值非小，不觉满心欢喜，感谢天主并不曾抛弃他。他在短短的时间内遭了命运的两次打击，只怕第三次遭殃，所以决定这次把宝石带回去，必须十分小心。他于是用破布把这些珍宝包藏起来；对那善良的妇人说，他不要那箱子了，情愿送她，只求她给他一个袋子。

那女人很高兴地给了他一个袋子。他再三谢了她的救命之恩，就把袋子搭在肩头，辞别了她，乘着小船，来到勃林地西，又沿着海岸航行到特兰尼；在那里他遇见几个布商，谈起来却是同乡。他把自己怎样遭劫、怎样掉在海里、怎样得救等等，全都告诉他们；只有箱子的事，他却一字不提。他们听了很表同情，就给他一套衣服，还让他骑着他们的马，把他送到他的目的地拉维洛。

他平平安安地回到了家里。重又感谢了天主的保佑；然后解开袋子，再仔细把这些宝石检视一番，觉得这许多宝石都十分珍贵，即使不照市价、便宜一些卖出去，他也已经比出门时多了一倍财产了。他设法把宝石出售之后，就寄了一大笔钱给科孚的那个善良的女人，报答她的救命之恩；又寄了一些钱到特兰尼去，送给那些给他衣服的人；其余的钱就留着自己享用。从此，他终生过着荣华富贵的生活，再也不到外面去经商了。

故事第五

马贩安德罗乔来到那不勒斯买马，一夜之间三次遇险，结果一一逃出险境，还带了一枚宝石戒指回家。

这一回是轮到菲亚美达讲故事了，她开言道：听了兰多福获得珍宝的故事，使我想起另外一个故事来，也是十分惊险，不亚于劳丽达所讲的那一个；只是她的故事前后经历了几个年头，而我要讲的只是一夜之间的事情。

听人说，在贝鲁加地方，从前有个年青的马贩子，叫做安德罗乔·狄·彼得。他听说那不勒斯的马十分便宜，就用钱袋装了五百个金币，跟旁的商人一起出发到那边去。说起来，他还是第一次离开家乡呢。到达的时候恰巧是一个星期日的傍晚，快要打晚祷钟的时分；他当夜向店主人请教一番，第二天早晨就到市场上去买马，他看得中的好马确是不少，可是他跟这个跟那个讨价还价，结果一匹也没有买成。他真算得上一个乡下佬，为了要表明自己是诚心来买马的，竟不时地拿着钱袋，在来往的行人面前摆弄。不想这时候恰巧有一个长得十分俏丽的西西里姑娘在他身边悄悄走过，这些情形都落在她眼里。她原是干卖笑这一行当的老手，就立刻浮起了一个念头："要是我把这笔钱弄到手，那岂不好呢?"

在这姑娘身边，还有一个老婆子，也是西西里人；她一看到安德罗乔，就离开了姑娘，赶上去亲热地抱住了他。那姑娘呢，就在旁边看着、等着，不说一句话。再说那安德罗乔回过头来一看，认得这个老婆子，热烈地向她致意问候，约她到他寄居的客店里去看他，两人于是分了手。安德罗乔继续在市场上跟人斤斤论价，不过那一早晨他一匹马也没买到，空手而回。

那姑娘起初把眼光落在安德罗乔的钱袋上，后来又注意着老婆子和他的交情，原来她已起了歹念，想把他的钱弄来——全部弄来或是弄一部分来；于是就开始详详细细地向那老婆子打听他是谁，从哪儿来，来干什么，她怎么会认识他的。那老婆子就把安德罗乔的家世原原本本地告诉了她，就是让安德罗乔本人说来也不过说得如此详细；她自己曾经在他父亲家里住过好一阵子——最初是在西西里，后来在贝鲁加。她还把他住在哪儿、他此来干什么等等都对那姑娘说了。

那姑娘听了老妇人的话，就把他的名字和他亲族的名字都记住了，想利用这些材料来施行她的骗术。回家后，她就故意找一些事让老婆子忙碌一天，叫她抽不出工夫去探望安德罗乔。到傍晚时分，她就差遣了一个专办这一类事的使女到安德罗乔的客店里去。事有凑巧，她来到那儿，他正独自站在店门口，因此她一问就问到了他本人。他回说他就是安德罗乔，于是她就把他拉到一旁，说道：

"先生，这城里有一位小姐想请你有便时去谈谈呢。"

听得有位小姐请他，安德罗乔不禁把自个儿从头到脚打量了一遍，自以为真不愧为一个美男子，因此认定那位邀请他的小姐是把他爱上了——好像那不勒斯再也找不出第二个漂亮的小伙子了。所以他一口答应下来，又问那小姐打算在什么地方、什么时候跟他会面。那使女回答道：

"先生，你什么时候方便就什么时候来好了，她在家等候你。"

安德罗乔一句话也不向旅店里的人提起，就向使女说道："那么请你带路吧，我跟你走。"

那使女把他领到了小姐家里，那宅子在险穴区——光听这个名字，就可以知道这是一个怎么样的地方了。可是他什么也不知道，什么也猜想不到，只道他是来到一个体面的地方去会见一位高贵的妇女。这样，他就毫不迟疑地跟着使女走进屋子。他登上楼梯的时候，使女就向她的小姐呼喊道："安德罗乔来了，"他于是看见那位小姐来到楼梯头迎候他。

她正当青春妙龄，身材修长，姿容娇艳，穿戴得十分华丽。看到安德罗乔快上楼来了，她就走下三级来迎接他，张开双臂，抱住他的脖子，好像一时里悲喜交集，激动得话都说不出来了。于是她又吻他的前额，哭泣着说，连声音都变了："啊，我的安德罗乔，欢迎，欢迎!"

安德罗乔可真是受宠若惊，不知怎样答话才好，只得说道："小姐，能见到你真是不胜荣幸。"

她不再说别的话，只是牵着他的手、和他一起进入客室，又从客室把他引进了卧房。但见房内满陈着玫瑰和橘花，再加上各种香料，芬芳扑鼻；他又见有一张锦帐低垂的绣榻，壁上挂着一套又一套的衣裳。一切陈设都按照当地的气派，非常富丽，都是他从未见识过的；因此他就认定她准是一位大富大贵人家的小姐。她请他一起在床边的一只箱子上坐下，于是对他这样说道：

"安德罗乔，我知道，你一定会给我的眼泪和拥抱弄得莫名其妙吧，因为你并不认识我——也许你根本不曾听到过我的名字，可是我讲件事给你听，你一定会大吃一惊，我是你的姐姐——也是天主的恩典，使我在这一生中能会见一个亲兄弟，真使我死而无怨了——但要是我能跟我这许多兄弟一个个都见一面，那我该多高兴啊。你恐怕还没听说过你有一个姐姐吧，那么让我告诉你吧。

"彼得罗是你的、也是我的父亲；你不会不知道，他一向住在帕勒莫。只因为他为人和蔼可亲，又富于风趣，凡是认识他的人没有不对他抱着好感的——就是到现在还记得他。有一个人，爱慕得他最深，那就是我的母亲；她是一位有身份的女人，那时正寡居着。她不顾父兄的监视，不惜自己的名誉，跟他结识，这样就生下了我——我长大起来，就是你现在所看到的人。

“后来，彼得罗丢下了这母女两个，从帕勒莫回到贝鲁加去住——那时候我还只是个小孩子呢。就我所知道，从此他就把我母亲和我忘得一干二净了。如果他不是我的生父，那我一定要指斥他对我母亲的无情无义——且不提他还欠着我这个女儿一段情分，我又不是什么低三下四的女人生的——你想，我母亲只因为一心一意爱他，却不知道他是怎样一种人，就把自己所有的一切、连同自己的身子全交给了他。可是怎么样呢？当初做下的错事，尽管你摇头叹息，也挽救不过来了。事情就落到这一步。

“他把我丢在帕勒莫的时候，我还是一个小孩子，但我终于长大到差不多像我现在这个模样儿。我的母亲原是一位阔太太，把我嫁给了基根底地方一位可敬的绅士。他因为爱我和我的母亲，所以搬到帕勒莫来和我们母女同居。他是个‘教皇党’①的中坚分子，跟国王查理密谋在西西里有所举动；可惜计谋还未实现，已经为腓特烈皇帝发觉了；我们只得从西西里仓皇逃奔——要不然，我就可以做成这岛上的第一号贵妇人了。我们只携带了些许东西——我说‘些许’，是因为我们原是有着那么多东西——抛弃了庄园，来到这儿避难；多蒙查理王念及我们过去对他的矢志效忠，和因之而遭受的损失，赏赐了我们不少田地房屋，作为弥补。他还对我的丈夫——就是你的姐夫——特别优待，这以后你自己也可以看到的。这样，我就住到这座城里来了。想不到就在这里，凭着天主的恩惠(可不是叨你的光)，我终于会见了我的好兄弟。”

说完，她又搂住了他，吻他的前额，低声哭泣起来。安德罗乔听了这篇娓娓动人的故事，又听她说得那么有条不紊，不打一个疙瘩，又记起他父亲确是在帕勒莫住过一段时期；他还拿自己来作比，想到一个小

---

① 教皇党：12～13 世纪时意大利的一个党派。关于这里所讲到的一段史实，请参阅第 116 页注②。

伙子是多么贪恋女色；再加上她那滚滚的泪珠啊，亲切的拥抱啊，纯洁的额吻啊，因之就相信了她所说的一切话。等她把话说完之后，他就回答道：

“夫人，你也能想得到，这事真叫我吃惊。我的父亲竟从来也没提起过你们母女俩——或者他提起了，而我却没有听到；所以我根本不知道有你这样一个人，就像你并不存在着似的。我来到这里原是人地生疏，却意想不到竟会跟你认了姐弟，真教我说不尽的欢喜。真的，照我想，天下的男子，不管他地位有多么高，也是乐于结识你的——别说像我这样的小行贩了。不过有件事请你告诉我一下，你怎么知道我在这儿的?”

她就回答道：“今天早晨，我从一个常在我家来往的老婆子那儿听来的。据她说，当年父亲在帕勒莫和贝鲁加住的时候，她一直在他家里做事。我本当早就去看你了，只因想到一个女人家去到陌生男子的屋里有失体统，还是把你请来好。”

此后，她又提到他家里许多人的名字，询问他们的近况，安德罗乔也逐一答复了，这就使他越发相信他不该相信的事儿了。

他们这样谈了好一会儿，天气又热，她叫人端上希腊酒和蜜饯来，他吃过一些之后，看看已是晚餐时间，便起身告辞。她却无论如何也不答应，假装生气的样子，搂住了他，说：

“天哪！我现在才知道你原不曾把我放在心上！你刚遇到一个生平未曾见过的姐姐，你是在她的家里，那就该留下来才是道理呀；谁想到你才只来到，就闹着要回旅店去吃晚饭了，今晚上你得在这里吃饭。可惜我的丈夫不在家，可我还是要尽我主妇的本分来款待你。”

安德罗乔想不出别的话来，只得这样答道：“我把你完全看作自己的亲姐姐，可要是我留着不走，就要累人家一晚上都等我回去吃晚饭，那就未免太不懂礼貌了。”

“我的好天哪!”她嚷道，“难道我家里没有人了吗？我派个人去关照他们别等你就是啦。不过，要是你真懂得礼貌，那你就应当把你那些朋友全请来，等用过晚饭，那时候你一定要走，就可以和他们一同回去。”

安德罗乔回说他今晚不想把同伴请来，不过自己愿意遵命留下。于是她装作派人到客店里去关照他们别等他回来吃饭了；又跟他扯淡了一番，然后请他同进晚餐。她预备了好几道菜，总是存心消磨时光，等吃罢一顿晚饭，已经是黑夜了。安德罗乔站起身来想要告辞，她可无论如何不答应，说是在那不勒斯，晚上不是随便好走路的，尤其是一个陌生人，夜行更不安全；还说她方才派人到旅店里去通知他不回来吃晚饭的时候，同时也关照过今晚他要在外面过夜了。

这些话他也深信不疑，而且乐于在她身边多待一会，所以果真又给哄住，留了下来。他们俩又继续谈了好一阵，直到深夜——这当然是有她的道理在内，于是她让安德罗乔睡在她的卧室内，留下一个男童侍候他，自己带着使女到别的房里去了。

那一夜天气很热，女主人走后，他就脱剩紧身衣，把衣服放在床头；这时候他觉得肚子胀胀的，要解手了，就问那男童便桶在哪儿，那男孩指着一扇门说道：“进去吧。”

安德罗乔开了边门，毫不迟疑地跨了出去，不料一脚踏在一块架空的木板上，连人带板一起跌了下去。多亏天主照应，虽然从高处跌下来，可没有受伤，只是浑身沾满了污秽。为了使各位明白这到底是怎么一回事，以及后来的情形怎样，让我把这地方交代一下。这里是两座房屋中间的一条狭弄，像通常一样，两对面的墙壁上装着一对椽子，上面钉了几块搁板，这就算是坐人的地方。现在他就随着其中的一块搁板，一起跌了下去。

安德罗乔没想到会跌到这样的地方来，急得不得了，没命地喊着那个小厮。谁想那小厮听得他跌下去的声响，就奔去报告女主人；她就急忙赶来，首先找到他的衣服，一搜，钱果然就在袋里——原来那蠢家伙怕钱被人偷了，总是带在身边。这位所谓帕勒莫来的太太，某人的姐姐，一旦设下陷阱，把钱骗到手之后，就再不管那个贝鲁加男子的死活了；她随手把那扇叫他掉下去的门关上了。

安德罗乔这样喊着，却没听见小厮的回音，就越发没命喊叫，可还是没人来应他；终于他也起了疑心——可是到这时候才明白过来未免迟了一步啦。他翻过狭巷里的一道矮墙，来到外面街上，就跑到那家他记得十分清楚的宅子，又是敲门、又是叫喊，这样闹了半天，可是宅子里依旧一无动静。这时候，他完全清醒了，知道自己受骗了，就痛哭起来，嚷道：

“唉，倒楣哪，怎么眼睛一眨，我就丢了五百个金币和一个姐姐！”

他哭喊一阵，就拚命打门，大呼大叫起来。他这样大声呼闹，把附近的人们都从床上吵了起来。那位好太太的使女也来到窗口，装得睡眼惺忪的样子，向他怒喝道：

“谁在那里敲门？”

“什么？”安德罗乔嚷道，“你不认识我了吗？我是安德罗乔，菲奥达丽索太太的兄弟呀。”

那使女就回他道：“可怜的家伙，如果你喝醉了，那就快回家去睡，有事明天再来谈吧。我不认识安德罗乔这样一个人，也听不懂你说些什么混话。我看你还是安静些，让我们睡觉吧——好不好？”

“什么！”安德罗乔说，“你听不懂我说些什么话吗？真的，你懂的；如果你们西西里人果真对亲戚这样翻脸无情，至少也该把我的衣服还我，那么我决没有第二句话，就走了。”

“可怜的家伙，”她回答道，好像要笑出来似的，“我看你在做梦呢。”说完，她已经缩回身去，把窗子砰地关上了。

安德罗乔这时候绝望了，知道他的钱已经落到别人手里再也要不回来了，这一下可把他气疯了，他想，跟她们讲理既然没用，就要用蛮力来挽回损失；于是他拿起一块大石头，只是朝着大门砸去，声势比前更凶了。

附近给他吵起来的人只道他是一个捣蛋鬼，故意编了一个故事来跟屋里的女人胡闹。又恨他这样拚命打门，闹得人家不得安宁，都涌到窗口来，就像当地的一群狗向一只生狗狂吠似地向他呵叱道：

“人家是规规矩矩的女人，你这样半夜三更在她门前讲些牛头不对马嘴的话，实在太下流了。看天主的面上，可怜的家伙，你省事些，走吧，我们要睡觉呀。假使你跟她真要算什么账，明天再来算吧，不要整夜吵得人家不得安宁。”

在这规规矩矩的女人的家里，不想还有一个彪形大汉——安德罗乔方才可并没见过——这时候也许听到邻人这样说，胆子壮了，就来到窗口，用粗暴的声音吆喝道：

“是谁在街上闹?”

安德罗乔听到这声音，抬头望去，也看不真切，只看到好像是一个凶狠的家伙，长着满脸黑胡髭，一边还在欠身揉眼，像刚从床上爬起来似的。安德罗乔有些慌了，回答道：

“我是这屋子里的太太的兄弟……”

那楼上的汉子不等他说完，就打断了他的话，用大嗓子喝道，比刚才更凶猛了：

“我倒奇怪，为什么不下来给你一顿好打，直打得你不敢吱一声。你这样闹得人家不得安睡，分明是一个可恶的醉鬼!”

说完，他就回身进去，把窗子关上。有几个邻居深知这人的性子，就低声劝安德罗乔道：

“看天主面上，可怜的家伙，不要在这里讨死；替你自己设想，快走吧。”

安德罗乔给这汉子的凶恶的神气和厉声的叱喝吓慌了，又经邻居们这样一劝，想想他们多半也是一片好意，就只得走了——他丢了金钱，垂头丧气，沿着使女领他来时的路径，寻回客店去。他身上沾满污秽，气味很难受，因此又想到海边去洗一洗；于是他往左转，沿着一条叫做卡达拉奈的街道走去。当他来到城市尽头的时候，他望见有两个人，拿着一盏灯笼走来。他还以为这来的是巡丁或是什么强人，可能要加害于他，就躲在附近的茅屋里。可是他们好像早就有了打算似的，也向那里径直走去，进入了那间茅屋。他们原是扛着几样铁器，现在就把铁器从肩头卸了下来，开始检视，一边就谈起话来，忽然其中一个说道：

“是什么缘故？我从没闻到过这样一股臭味!”

这么说着，他就举起灯笼，照见了不幸的安德罗乔，便吃惊地问道："谁在那里?"

安德罗乔却不作一声。他们提着灯笼，到他身旁，问他到这儿来干什么，为什么落得这一副模样。安德罗乔把他的遭遇原原本本告诉了他们。他们琢磨了一下那出事的地点，都说："这事一定出在史卡拉朋·布达富柯家里。"于是其中一个回头对安德罗乔说道：

"可怜的家伙，虽则你丢了钱，你还是该感谢天主，因为你跌了下来，就此再不能走进这屋子。要是你不跌这一跤，那么还用说，等你睡熟以后，一定会遭他们的毒手，结果连你的性命和你的钱一起送给他们。现在你再悲痛又有什么用？你要拿回一文钱，只怕比摘下天上的一颗星还难呢。不仅是这样，要是那个家伙听得你把话讲出去，只怕你的性命都难保呢。"

他们又自个儿商量了一会，于是又向他说："听好，我们很同情你。现在我们正要干一件事，如果你肯参加，跟我们一起去的话，那我们敢担保，你将来到手的好处，除了抵过你眼前的损失外，还着实有余呢。"

安德罗乔正当身处绝境，就说愿去。

原来那一天是那不勒斯大主教菲利浦·米奴托罗落葬的日子，他周身打扮得富丽堂皇，尤其指上戴着一个红宝石戒指，价值在五百个金币以上。他们俩就打算盗取这些东西，把计划告诉了安德罗乔。他这时候只想到有好处到手，再不问这事做得做不得，就跟着他们一起去了。在往大教堂的路上，有一个人受不住安德罗乔这股气味，就说：

"我们能不能想个办法，让他洗一下身子，免得这么臭气熏人?"

"可以，"另一个回答道，"这里附近有一口井，往常总有一个桶子吊在辘轳上。我们就到那里去把他冲洗一下吧。"

他们来到井旁，却看见辘轳上只有一条绳子，没有吊桶；他们就决定把安德罗乔用绳子缚住，放下井去，等他在井里洗澡洗干净了，就摇动绳子，他们再把他拉上来。

安德罗乔才下了井，就有几个巡丁，因为天气热，又追捕了一个什么坏家伙，口渴了，来到井边喝水。那两个窃贼一看到巡丁，就乘他们还没注意到，立刻溜跑了。

安德罗乔在井里洗净了，就摇动绳子。那来喝水的巡丁们这时已放下小盾、兵器和披风，拉着绳子以为是在拉起一大桶水。安德罗乔来到井口，就双手放开绳子，紧握住井栏。那些巡丁一看上来一个人，吓得魂都没有了，抛下绳子，也不说一句话，拔脚就逃。安德罗乔也吃了一惊，幸亏他双手握紧着井栏，要不然，早就跌了下去，说不定会受伤或者送了命。他总算设法爬了出来，看见地上有几件武器，就越加惶惑了，因为他那两个同伴并没带什么武器呀，他想不通这是怎么一回事，又害怕这里有什么鬼把戏；他决定什么都不碰，悄悄地离开这儿——却又不知到哪儿去好，真是可怜。

走了不远，就遇到先前的两个伙伴——原来他们是想回去把他拉上井来的。他们看到他，十分惊异，问是谁把他拉出井来的。安德罗乔自己也回答不上来，只能把经过的情形告诉了他们，还说他在井边看见了些什么东西。他们没想到会闹出这样的事来，所以都笑了，就告诉他方才他们为什么要跑开，把他从井里拉上来的那些人又是谁。这时候已是半夜，他们不再多说什么，径自来到了大教堂，很顺利地走了进去，来到大主教的坟墓跟前。这坟很大，是用大理石砌的；他们用随身带来的铁棍，把盖在上面的沉甸甸的石板撬了起来，又用东西把它撑住，正好容得一个人出入；一切布置停当，其中一人说道：

“谁进去?”

“我不去，”另一个道。

“我也不去，”那第一个说道，“你进去吧，安德罗乔。”

“我不愿意进去，”安德罗乔说。不料那两个家伙一齐转过身来，对他说：

“什么！你不愿意进去？要是你真不愿意进去，那么老天在上，我们只消举起大铁棍，给你当头一击，就结果了你的性命。”

安德罗乔害怕了，只好爬进坟墓里去，不过心里却在想道：“这两个家伙强迫我爬到这里来，无非是要骗我。等我把坟里的东西都交给了他们，自己再拚命爬出坟来的时候，他们早已跑得无影无踪了，只苦了我一无所得。”

所以他决定首先要保住自己的一份利益。一到坟底，他就想起了他们所说的那一枚珍贵的戒指，就赶忙从大主教的手上捋下那戒指，套在自己的手指上。他这才把牧杖、帽子、手套等等东西，一件一件交上去，说是能拿走的尽在于此了；事实上死人身上的确只剥剩了一件衬衫。那上面两个人只是问他有没有一枚戒指，逼着他要把戒指找出来。他在坟里回说找不到，却假装在找寻的样子，叫他们老等着。可是那两个人比他还精明，一边假意叫他再仔细找，一边却抽掉了撑柱；那石板就突然落下来，盖住了坟墓。他们俩却扬长而去，再不管他的死活了。

安德罗乔在坟里听得石板轰然一声落下来，当时的心境怎么样，也可想而知。他几次想用头和肩膀把石板顶起来，可是用尽力气，那石板还是一动也不动。他一阵绝望，就昏倒在大主教的尸体上。这时候要是有人在旁边看到，很难分辨得出哪个是死人，哪个是活人。等他醒来，他号啕大哭，眼看他面前只有两条路：假使没有人来挪开石板，他就要在爬着蛆虫的尸体边饿死，给恶浊的空气窒死；要是有人挪开石板，发现了他，那他就会因为盗墓的罪名而被人吊死。

他正悲痛到极点的时候，忽然听到教堂里来了几个人，还有说话的声音。他立刻猜想到这些人就是来干他和他的伙伴方才干过的勾当的；这使他格外恐怖了。但是当他们撬开石板，并且撑好以后，就发生了派谁进去的问题。谁都不肯进去，争执了半天，其中一个神父出来说话了：

“你们怕什么呢？难道怕死人吃掉你们吗？死人是不会吃人的——让我进去吧。”

这么说着，他就把胸口贴在坟墓边上，头朝外，把两脚伸进墓里，想让自己落下去。安德罗乔看到他真的要下来了，就马上站起来，拉着神父的一条腿，装做要把他拖进坟里来的样子。那神父觉到了，不由得尖声大叫起来，没命地爬出坟外。其余的人一看到这样子，都吓得拔脚就逃，好像背后有千万个魔鬼追来似的。那墓穴就这样打开着，没人管了。

安德罗乔知道机会已到，立即爬出墓来，真是喜出望外，从进来的地方逃出了大教堂。

这时天快亮了，他手上戴着戒指，只要有路便走，直到来到了海滩边，然后寻到了路，回到旅店里，重又跟他的同伴和店主人相会，他们都为他的失踪，一夜不曾放心。他把他所经历的事都讲给了他们听。店主人劝他即刻离开那不勒斯。他不敢耽搁，立即动身回贝鲁加；他出门原是为了买马，结果马没有买成，却把所有的钱换来了一枚戒指带回家去。

故事第六

法国人进占西西里岛，白莉朵拉夫人带着孩子仓皇出逃，又遭到劫掠，独个儿流落荒岛，和一对羔羊同住，后来遇救，隐居在伦尼基那。她的孩子长大成人，也来到那里充当仆役，和主人的女儿私恋，事情败露，被下在狱里。后来西西里政变，母子相认，两个孩子都娶了媳妇，全家团圆。

不分小姐和少爷，听着菲亚美达所讲的安德罗乔的一番遭遇，都大笑起来，于是爱米莉亚遵照女王的吩咐，开始讲道：

悲惨和痛苦的遭遇，是那循环不已的命运所显示给人生的一个面貌，但是我们往往会受了好运的谄媚而遗忘了那黑暗的一面，所以当我们听到一个悲惨的故事，就有一种从迷梦中惊醒过来似的感觉。我认为，不论是幸运的人、还是受苦的人，都不妨听一听悲惨的故事，因为对于受苦的人，这也不失为一种安慰；而幸福的人，却正好把它当作一个警告，因而有所戒备。虽然悲惨的故事我们已经讲过好几个了，我还是想讲一段实有其事的人间惨史。尽管那结局是美满的，但是当初忍受的痛苦是那么深，经历的时间又那么长，我真不相信到头来的那一点欢乐，可以抵得了这重重的悲苦辛酸。

亲爱的姐姐，你们都知道，腓特烈第二死了以后，曼夫莱①就登上西西里的王座。在他的大臣中，最受器重的是一位爵爷，就是那不勒斯贵族阿列凯托·卡贝斯，掌握总督全岛的职权，他的夫人名叫白莉朵拉，也是那不勒斯人。当查理第一②在贝尼文土大败西西里的军队，斩了曼夫莱王，全岛已经纷纷投降，这消息传来的时候，他既不敢信任西西里人民的靠不住的忠贞，又不甘心向前王的仇敌称臣，就准备出亡。不幸事机不密，为人察觉，他们就突然把他、连同他许多朋友和仆役一起捉住，交给查理王——那时候，他已把整个岛屿占领了。

一声霹雳，白莉朵拉失却了亲丈夫，不知道他的生死如何，只是心惊肉跳，觉得大祸临头，难免遭受敌人的侮辱；她撇下了所有的家产，也不顾自己已有了身孕，匆促之中只带着一个八岁的孩子吉夫莱，张皇失措地登上一只小船，逃往利巴利去了。在那里她生下了一个男孩子，取名“史卡乞托”③，雇了一个乳娘，大小四人，登上了船，打算到那不勒斯去投奔亲戚。可是老天爷偏偏跟人作对，那船在中途遇到风暴，给吹到了庞扎岛④的一个小港里。船只停泊在港里，等风浪平静之后，再解缆启程。白莉朵拉看见别人都登上海岸，也跟了上去，找到一个荒凉隐蔽的地方，独自一人，想起了她丈夫的厄运，不禁放声痛哭起来。

她每天都要上岸走一会，说是去散心，其实是给自己拣一个场所痛

---

① 曼夫莱(1232—1266)，罗马皇帝腓特烈第二的庶子，腓特烈死后，摄政八年，1258年正式登位，称“两西西里王”(西西里与那不勒斯)，治理国家，颇有政绩。

② 查理第一(1226—1285)，法王路易第八的儿子。曼夫莱不容于教皇乌本第四(UrbanⅣ)，两次为教皇宣布破门；教皇并拿“两西西里王”转封给法王路易第八的儿子查理第一，而查理必须每年向他纳贡行贿，作为交换条件。1266年，查理在意大利中南部地方斩杀曼夫莱，结束了两年来的王位争夺战，正式统治西西里岛。

③ 意即“流亡者”。——潘译本原注

④ 庞扎岛在加埃达海湾内，离那不勒斯七十英里，岛上现在已有居民，但在卜伽丘当时，似乎是个荒岛。——潘译本注解

哭一场。有一天，她正在岛上独自悲伤，海上驶来一只盗船，趁船上没人防备，一下子就把那只民船掳了去，水手和乘客，没有一个来得及脱逃。等白莉朵拉尽情哭畅之后，照例回到海滩边，去看看她的孩子，不料来到海边泊船的地方，连一个人影子都没看见，她不觉吓了一跳，不知这是出了什么事，后来睁眼望向大海，果然看见有一只大船后面拖了一只小船，还没有驶远。她这才明白她不但丢了丈夫，连娇儿都失去了；只剩她孤零零的一个人，一无所有，流落在杳无人烟的荒岛上，也不知道今生能不能再和丈夫儿子见面，只是恸呼着他们的名字，竟昏倒在海滩边了。

荒岛之上，哪儿有人拿着冷水、或是药品来救她呢，因此她的魂灵儿出了窍，尽自飘荡着，也不知隔了几多时光，她的神志才回到了她那苦难的躯体。她一边哭，一边一声声地哀叫着她儿子的名字，满岛乱跑，痴心地把所有的岩穴都寻遍了，也寻不出两个孩子来。天色黑下来了，她这才想起了自己，不知道还有什么好希望的，也不知该到哪儿去栖息，只得离了沙滩，回到她经常在那儿哀哭的岩洞里。

黑夜终于在恐惧和无限悲痛中度过，另一个新的日子来临，打晨祷钟的时间已过，她开始觉得肚子饿了——从昨天起她还不曾吃过东西呢。她只能拣些野生的植物来充饥；胡乱吃了一顿之后，她又哭起来，对渺茫的未来充满着愁思。

正在这时，她瞥见一头母羊奔进近旁的一个岩穴里，隔不多时，又从岩穴里出来，进入林子里去了。她站起身来，轻步走进那个山洞，看见里面有两只小羊儿，说不定便是这一天里刚生下的。她只觉得，世间再没什么像这一对小生命那样美丽可爱了。她分娩没有多久，还有奶汁，就轻柔地把两只小羊儿抱了起来，拿自己的奶水喂它们，它们一点儿也不犹豫，就把她当作母羊似的吮起奶来。此后它们也不再分辨是在吃母羊的奶，还是在吃她的奶。在一座人迹不到的荒岛上，她算是给自己找到了伴侣，她跟小羊，老羊都混熟了。她自己也死心塌地在这岛上住了下来，吃的是野菜、喝的是山泉，有时想起了她的丈夫、孩子和过去的种种情景，就痛哭一场。一位养尊处优的贵夫人如今已变成了一个野人。

她这样过了几个月的野人生活。有一天，有一艘从比萨来的小帆船，也因为遭了狂风的袭击，驶到这荒岛的港湾里来，停泊了好几天。

在那船上有一位贵族，叫做居拉度，是马里比纳地方的侯爵，还有他的贤淑、虔诚的夫人，他们俩朝拜遍了阿普利亚[①]全境的圣地，现在正取海道回家。有一天，因为无聊，居拉度和他的太太，领着一些仆人上岸去走走，把狗也随带在身边。他们来到离白莉朵拉栖身的山洞不远的地方，那狗看见有两只小羊儿在那儿吃草，便汹汹地奔去——这两只小羊儿现在已经长大，可以自个儿出来寻食了，它们看见了猎狗，害怕极了，就逃进了白莉朵拉的岩穴里。白莉朵拉一看有狗追来，赶忙跳起身来，拿起一根木棍，把狗打退了。居拉度夫妇一路跟着狗的踪迹走去，这时恰好来到，看见这么一个又瘦又黑、毛发蓬松的妇人，不觉吓了一跳，可是她骤然看见生人来到，心里更是惊慌。他们依着她的话，把狗呼了回来，就用好言好语问她是什么人、在这里做什么的。她就把自己的身世、苦难的遭遇细细地说了一遍。末了还说，荒岛生活虽苦，可是没有了丈夫和儿子，她再也不愿回到人间去了。

居拉度和阿列凯托原是十分熟识的，听了她一番话，不禁滴下同情的眼泪来，尽力劝她不要那么绝望，不如离了荒岛，由他把她送回老家，或是把她接到他家里去住，像姐妹般看待她，等有一天否极泰来，再作道理。可是白莉朵拉怎么也不肯接受他的好意，他没有法子，就留下妻子伴她，自己回船去叫人送些食物来，又把妻子的衣服拣了几件送给她穿——因为她身上的衣服已经破烂不堪了；并且要他的妻子尽力劝她跟他们到船上来。那位太太和白莉朵拉留在一起，先是为她所遭受的磨难哭泣了好一会，等衣服食物送来之后，费尽了唇舌，才劝得她吃了些东西，换了衣服，可是她说她怎么也不能再回到那有人认识她的地方去；到最后才算说服了她，跟着他们一同到伦尼基那去住，而且把一直跟她相处在一起的两头小羊、一头母羊都带了去。这时母羊已经回来

---

① 阿普利亚，在意大利东南部的海滨。

了，对白莉朵拉表示十分亲热，真使旁边的夫人看了非常诧异。

天气好转之后，白莉朵拉就跟着居拉度夫妇上了船，老羊小羊跟在她后面，也上了船。船上的人不知道她的姓名(她不肯把自己的身份说出来)，就管她叫做“母羊”。他们一帆风顺，不消几多日子，就进入了马加拉河口，居拉度等在那儿上了岸，来到了他们的城堡里。她在那里穿着寡妇的衣服，举止谦逊柔顺，像是居拉度夫人身边的一个侍女；同时，她仍然很爱护她的小羊儿，亲自照料它们。

再说那一帮海盗，在庞扎岛把白莉朵拉所搭的航船劫去之后，便把船上这许多人(只除了白莉朵拉外)一起押到了热那亚，在那里分了赃，那乳娘和两个孩子，连同其他的东西落进了一个叫做加斯帕林 · 道利亚的人手里。他把他们三人领回家去，作为奴仆。那乳娘想起了主母一个人流落在海岛上，她和两个孩子被掳到他乡，沦为奴隶，悲伤无比，痛哭了好一阵。她虽然是小户人家出身，可也很有见识，很明事理，知道多哭也没用，幸得她和孩子们在一起做人家的奴隶，她只能拿这个来安慰自己。她又从当前的处境着想，假使把孩子们的真姓实名讲了出来，或许会对他们不利。或许有一天，命运有了转机，那么他们就可以恢复自己的身份和财产。所以她决计不到适当的时候，决不向哪一个说起他们的来历，每逢有人问起，总说他们是她自己的儿子。她把大孩子吉夫莱改名为贾诺托，又改姓了她自己的姓；那小的一个，她认为名字可以不必改得。她恳切地讲给吉夫莱听，为什么她要把他的名字改了，要是他给人认出他是谁的儿子来，那有多么的危险；这些话她不止跟他讲了一遍，而是跟他讲了好多遍。那孩子原长得聪明伶俐，所以牢记着乳娘的嘱咐，绝不提起他们过去的事来。

那兄弟两个跟乳娘一起，在加斯帕林家里苦苦度过了好几个寒暑。他们终年穿着破衣破鞋，朝晚做着笨重的贱役。那哥哥贾诺托已经长大成人，十六岁了，志气很高，不甘长久做人家的奴才，便离了加斯帕林，搭了一艘去亚历山德利亚的船，漂泊了许多地方，却没有得到发展的机会。

在离去热那亚的三四年里，他已长成一个英俊高大的青年了。他东漂西泊，唯一可以告慰的是，以前只道爸爸已经死了，如今却打听得父亲还在，只是给查理王下在牢中。最后，他流落到了伦尼基那，也是机缘凑巧，投到了居拉度那儿，从此高高兴兴、勤勤恳恳地在他家里做一名当差。他的母亲就在这个家里安身，经常在主妇的身边，所以偶然也能见到，只是彼此并不认识——他们母子俩隔绝了那么些时光，容貌已经完全改变了。

居拉度有个女儿，叫做史宾娜，已经出嫁，不幸丈夫早死，做了寡妇，回到娘家来住。那时史宾娜才只十六岁，正当是青春妙龄，模样儿又长得漂亮，所以不多时就把贾诺托看在眼里，而贾诺托也看上了她，两人不觉坠入了情网，不久就发生了关系。好几个月来，都没给人识破，可是愈到后来，他们就愈胆大起来，忘了这原是偷偷摸摸的勾当，而不像以前那么小心提防了。

有一天，一家人到野外去游乐，那小姐和贾诺托两个故意抢在前面，走进了一座苍郁茂盛的林子里，等走到林阴深处，他们以为已经把众人远远抛在后面了，便拣一处躺下，拿密密层层的花草当做褥子，拿周围的树木当做屏风，寻欢作乐起来。他们这样流连了许多时光，还只道是一会儿工夫；不料突然间，先是那女孩子的娘，接着就是她的爸爸，闯了进来。那做父亲的亲眼看到他们干出这种事来，不禁勃然大怒，连一句话都没有，就吩咐手下三个仆从把这一对情人抓起来、紧紧绑住，押回城堡里去。在盛怒之下，他决定把他们双双处死。

那做母亲的虽然也恨女儿做出这种丑事，认为应该重重地责罚她一顿，但总不忍走到极端，把女儿处死。当她从丈夫的话里得悉他要怎样处置这一对囚犯时，不禁赶到他跟前来讨情了。他现在已经上了年纪了，她求他断不可凭一时的忿怒，就把亲生的女儿杀害；也千万不能叫一个仆人的血玷污了他的手。他尽可以另用一种方法来惩戒他们——就是把他们囚禁在狱中，叫他们在那儿流着泪，忏悔自己的罪过。居拉度亏得有他那贤德的夫人再三劝谏，便打消了当初的主意，吩咐把两人分别监禁起来，严密看守着，每天只供给一些薄粥清汤，让他们半饿不饱，多受些折磨，以后再想法处置他们。他一声吩咐，那一对情人就立即被丢入狱中。他们终日以泪洗面，半饥不饱，这种种苦楚也是不难想象的了。

贾诺托和史宾娜两个在那凄凉的囚室里挨过了整整一个年头，那一家之主几乎把他们忘怀了。这时候，恰巧阿拉贡的彼得罗王借纪安·狄·普罗奇达之力，鼓动西西里岛人民起来反叛查理王，从暴君手里把西西里岛夺回来。①居拉度原是个“帝皇党”②，听得这消息，十分高兴。贾诺托在狱里也从狱卒那儿听得了这消息，却不禁放声长叹道：

“唉，真是苦命哪！我在外边漂泊了十四年，没有别的指望，就只望有这么一天，谁知如今这一天来到了，我的希望却成了泡影！我给关在牢狱里，除了死，今生别想再出去了。”

“你这话是怎么说的?”那狱卒问，“大皇帝跟大皇帝的事儿怎么会扯到你头上来呢？你跟西西里又有些什么关系呢?”

贾诺托回答他道：“我一想起我父亲和从前他在西西里的地位，便觉得心痛，我逃出西西里时还是个孩子，可是我还记得当初曼夫莱王活着的时候，我的父亲是西西里的总督。”

“那么你的老子是谁呢?”狱卒又问。

“我现在可以把我父亲的名字讲出来了，”贾诺托回答道，“我以前一直不敢随意吐露，唯恐会招来危险。我父亲名叫阿列凯托·卡贝斯，假使他老人家还活着，那么这就是他的名字。我呢，我的名字并非叫贾诺托，我的真名是吉夫莱。假使有一天我能恢复自由，回到西西里去，那么不用说得，我可以得到一个重要职位的。”

---

① 查理一世征服西西里后，残酷压迫岛上人民。1282 年 3 月 30 日晚祷时分，全岛人民暴动起来，岛上的法国人尽遭杀戮，造成了历史上有名的“西西里晚祷起义”事件。曼夫莱的女婿——阿拉贡的国王彼得罗，听得这一政变消息后，率军占领了西西里岛。

纪安·狄·普罗奇达：西西里贵族，参阅本书 393 页注①。

② 帝皇党，12～13 世纪时候意大利政治斗争中的一个党派，成员多是大封建主，主张德国君主统治意大利，拥护腓特烈二世(德国王族的后裔)，其后拥护腓特烈的庶子曼夫莱登基。它的敌党即代表大工商业主的“教皇党”则支持法国的查理第一。查理统治了西西里岛十六年，但是帝皇党的活动并不曾停止过。

那个忠于主人的狱卒不再追问，一有机会，就把这些话全都向居拉度报告了。居拉度听到之后，只装作这回事无足轻重似的，把狱卒打发了，却回过头就去找白莉朵拉，彬彬有礼地问她阿列凯托是不是有一个儿子叫做吉夫莱。白莉朵拉流着泪回说是的，这就是她长子的名字，要是他还活着，现在应该是二十二岁了。①

居拉度听得这话，断定贾诺托就是她的儿子了，于是他当即想到他可以做一件一举两得的事，一方面是行了善事，一方面又可以洗刷他女儿和他家的羞辱——就是说，把阿列凯托的这个儿子从牢里放出来，把女儿嫁给他。他于是私下把贾诺托召了来，详细查问他身世，从他回答的话里，显然证明贾诺托就是阿列凯托的儿子吉夫莱。居拉度于是跟他这么说：

“贾诺托，我待你不薄，那你做一个仆人，应该怎样处处都替你东家的名誉利益着想，才是道理，却不想你反而跟我女儿干下那种勾当，叫我蒙受耻辱；如果换了别人，你做出这事，早就把你处死了，只是我却始终狠不起心来。现在你既然自称并不是什么低三下四的人，父母都是有身份的贵族，那我就不念旧恶，把你释放出来——只要你自个儿愿意——就可以解脱你的痛苦，恢复你的名誉，同时也保全了我的家声。你跟我的女儿史宾娜有了私情(这事双方都有错)；你知道，她是个寡妇，有一笔很大的嫁妆，她的人品，她的门第，你都已明白，对于你眼前的境况，我没有什么可说的；所以，只要你情愿，那么我也同意让她再不用偷偷摸摸做你的情妇，而是名正言顺地做你的妻子。你呢，做了我的女婿，就和她住在我家里，你爱住多久就住多久。”

一年的监禁，虽然使贾诺托肉体受尽了折磨；但是他那高贵的出身给他陶冶成的高尚的本性，他对于他情人的一片真心，却丝毫没有受到摧残；虽然居拉度此刻对他所说的话，他正求之不得，也明白自己的生死大权完全操在他手中，可是他还是毫无顾虑，凭着他那光明磊落的胸怀，侃侃而谈道：

---

① 根据史实推算起来，贾诺托这时候应该是二十四岁光景。

“大人，我绝不是为了看中你的权势，贪图你的钱财，或是为了别的动机，用阴险的手段来陷害你或是欺骗你。我本来爱你的女儿，现在还是爱她，将来永远爱她，因为她真值得我的爱慕。要是在世俗的眼光里，我做下了对她不起的事儿，那么我的罪是跟‘青春’手挽着手连结在一起的；你要消灭这罪恶，那首先就得消灭人类的青春。要是老年人回想一下，自己也曾做过青年，犯过错误，再拿他从前的错误跟眼前的错误比较一下，那么他就不致像你和一般世人那样，把这回事看成罪大恶极了。再说，我虽然冒犯了你，但并非是出于恶意，而是善意的。你方才的提议，正是我时时刻刻所盼望的，要是我早知道你肯答应，我早就向你请求了。现在我已经不敢再存什么指望，幸福却降临了，这真是喜出望外！但是，如果你不是讲的真心话，那也不必来哄我，倒不如把我送回牢里，随你怎样严厉地处置我都好。我既然爱着史宾娜，为了她的缘故，不管你怎样对待我，我还是爱你、敬你。”

居拉度听了他这番话，十分惊奇，知道他这人气质高贵，用情专一，就愈发看重他，竟因此站起身来，搂住他亲了他，并且当即吩咐下人，把女儿悄悄带到他跟前来。

他女儿给幽禁了一年，已经面黄肌瘦，憔悴不堪，失却了以前那一份娇艳——就像贾诺托一样，完全换了一个模样儿了。这一对情人当着居拉度的面，双方表示同意，按照仪式，结为夫妇。

一切新夫妇所应用的物品，居拉度在几天之内都私下布置妥当，于是他认为时机已经成熟，应该叫两位母亲也乐一下子了，因此把自己的夫人和“母羊”一起请了来，他先跟“母羊”这么说：

“要是我让你重新跟你的大儿子团聚，而且看见他娶了我的一个女儿做媳妇，夫人，那么你觉得怎样?”

“母羊”回答道：“这事若然能办得到，我只能说我今后所仰受你的恩德就更大了，因为你把比我的生命更宝贵的人交回了我，你把他带回来，像你所说的那样，那也就是你带回了我所失却的希望了。”

说到这里，她掉下泪来，连话都吐不出来了。居拉度又向自己的夫人问道：

“我的夫人，要是我给你这样一个女婿，你又怎样想法呢?”

那夫人回答道：“别说是世家子弟，就算他是一个种田人，只要你欢喜，我就高兴。”

“很好，”居拉度说，“我希望再过几天，使你们两个都成为幸福的太太。”

等这一对小夫妇又养得丰满起来，恢复了从前的容颜，他让他们穿上了华丽的衣服，于是问吉夫莱道：

“要是你能看到你的母亲也在这里，那么你是否觉得喜上添喜，福上加福呢?”

吉夫莱回答道：“我不敢设想她遭受了这么大的折磨和苦难，到今天还活在人世。但若真是这样，那么她是我最亲的人了，因为我相信靠了她的指点，就可以把我在西西里岛的产业大部分收回来。”

居拉度就把两位夫人请了来，她们看见这一对新夫妇，十分高兴，向他们致意，心里却不免奇怪，居拉度到底受了什么感动，忽然心平气和，把女儿嫁给了贾诺托。不过白莉朵拉记起了居拉度先前跟她说过的那些话，她就仔细端详着贾诺托。由于母子之间的奇妙的力量，她忽然从他的容貌中隐约唤起对自己的孩子的回忆。也等不及别的证明，她就张开双臂，扑过去，搂住他的脖子不放了。她那激动的情绪和洋溢的母爱，累得她一句话都说不出来——真的，她昏倒在她儿子的怀里了。

这可把小伙子惊住了，他记得他跟这位夫人以前在城堡中见过多面，却不知道她是谁。可是他随即意识到她就是自己的母亲，不禁怪自己从前太疏忽，一边温柔地抱住亲娘，流着泪，吻她。居拉度的夫人和史宾娜看到这情形，早已用冷水和药物来急救。白莉朵拉渐渐恢复了知觉，她把儿子搂得更紧了，慈爱的母亲流下了许多的眼泪，吐出了许多柔爱的话，把亲儿子吻了一百遍、一千遍，他也只顾把自己的亲娘端详着，温柔地应着她。

他们这样再三再四拥抱之后，便各自诉述着各自的遭遇。旁边看着的人没有一个不受到感动。居拉度于是派人把他女儿的婚姻遍告亲友，并且决定要大摆喜筵来庆贺这对小夫妇，这叫大家越发欢喜了。可是吉夫莱却向他说道：

“大人，你赐给我重重叠叠的幸福，我的母亲这十多年来又蒙你好生供养着；我现在却还要向你讨一个恩典，那么你就对我仁至义尽了。我从前向你说起过，我跟我的弟弟一起给海盗掳了去，在热那亚的加斯帕林家里做奴仆，我走了出来，他却还留在那里，我求你派人去把我的弟弟接了来，让他也来参加这个婚宴，那么这个婚宴就更觉美满，我跟母亲两个就更快乐、更感激你了。我还求你派一个人到西西里岛去打听那儿的情形，探问我父亲阿列凯托的生死存亡，要是他活着，他的情况又怎样，好回来详细告知我们。”

居拉度听了吉夫莱的话，十分赞成，当即打发两个得力的人，一个去热那亚，一个去西西里。那去热那亚的寻到了加斯帕林家，以居拉度的名义，要求他把史卡乞托和乳娘交他带去，并且把居拉度为吉夫莱和他的母亲所做的事讲了一遍，加斯帕林听了非常奇怪，说道：

“当然，我是乐于为居拉度效劳的，你要那个孩子和他的母亲，他们俩确然在我家里住了十四年，我也乐于把他们交给你。可是你回去之后，拜托你代为转言，请他不要轻信贾诺托的一派胡言。他现在忽然自称为吉夫莱，谁知道这个小子究竟是什么角色呢。”

他十分周到地安顿了居拉度的使者，一边暗中把乳娘叫了来，不动声色地向她问起这回事。乳娘已听得西西里人的起义和阿列凯托还活着的消息，就不再有顾虑了，把实情和盘托出，并且说明了她从前为什么要把真相隐瞒的原因。

那主人听得乳娘所吐露的话，跟居拉度的来人所说的完全相符，开始有几分相信了。但他是个精明的人，再又设法把这事打听了一番，结果另外又得到了一些确切的证据，他不觉十分羞惭，深悔不该一向亏待了这孩子。为了补救自己的过失，又知道孩子的父亲是怎等样的人物，他就把自己的女儿嫁给他做妻子。他的女儿长得很美，才只十一岁，他还给了她一大笔财产作为陪嫁。举行过了热闹的婚礼之后，他就带着女儿女婿、乳娘和居拉度的使者登上了一艘武装的大划船，驶往伦尼基那。到达的时候，居拉度已在那儿迎候，这一群人就骑着马来到离此不远的居拉度的一个城堡，盛大的婚宴已在那儿预备好了。

母子兄弟，骨肉团聚，手足重逢，以及忠心的乳娘见到了女主人，真有无比的欢欣，大家又都对加斯帕林和他的女儿表示欢迎，这父女俩在众人前也感到十分兴奋。这一家老老少少、男男女女，连同居拉度和他的夫人、他的孩子、朋友们一起在内，所感到的欢乐真是笔墨所难以形容，只能请各位姐姐自个儿去体会了。

天主真是一位慷慨的大施主，除非不施恩，一施恩总是施个十足。阿列凯托依然健在的消息，不先不后，恰在这时传了来。原来正当盛宴大开、男女贵宾刚进第一道菜的时候，那派往西西里的使者恰好赶回来了。他报告了关于阿列凯托本人以及旁的种种有关的事情。当人民起义的时候，阿列凯托还给查理王幽禁在牢里，人民像怒潮般冲进牢狱，杀死了守卫的狱卒，把他救了出来，由于他是查理王的死对头，推举他做起义的领袖，在他的领导之下，把法国人杀的杀了，赶的赶了。因此深得彼得罗王的器重，恢复了他的荣衔职权，并且发还他以前的产业，所以景况很好。使者又说他自己怎样承蒙阿列凯托优待，当他听到妻儿的消息时，有多么快乐——自从他下狱之后，还没听到他们的半点消息呢；现在他已派了一艘快艇和几位绅士前来迎接他们回去。

这位使者受到热烈的欢迎，大家都兴奋地听着他讲话，等他讲完，居拉度立即离席，率领着几个亲友出去欢迎派来迎接白莉朵拉和吉夫莱的绅士们。相见的时候，情绪十分热烈，居拉度邀请他们一起回去吃酒。筵席还没吃到一半，正当兴高采烈。吉夫莱和他的母亲以及众亲友，都起来欢迎，好不热闹，这种盛况真是前所未有。那几位绅士在就座之前，代表阿列凯托向居拉度和他的夫人热烈表示感谢他们照应他妻儿的恩德，他愿意尽力来报答他们夫妇俩；于是又转身向加斯帕林，说道，他的厚情当初并没想到，他们敢于断定，如果阿列凯托知道他怎样厚待史卡乞托，那他必定会表示同样的甚至更大的感激的。

致过谢词之后，他们再和两对新婚夫妇一起开怀畅饮。居拉度不但在这一天款待了他的女婿和诸亲好友，而是接连几天大摆筵席，一直到白莉朵拉和吉夫莱以及其他众人觉得到了应该告辞的时候，这才罢休。

临别分手，彼此都恋恋不舍，洒了不少眼泪，末了，白莉朵拉带着两对新人和他们的随从，上船启程，一路都是顺风，没有多少天就到了西西里。阿列凯托在帕勒莫接到了夫人和儿子媳妇，这一家人的欢乐真是一言难尽。此后他们便在那儿幸福地过着日子，深深地感谢天主所赐给他们的厚恩。

故事第七

埃及的苏丹遣嫁公主，她乘船到加波国完婚，中途遇到风暴，船只失事，公主在异乡漂泊了四年，前后落在九个男子的手里，后来回到本国，父亲竟当她还是处女，依然把她嫁给加波国王。

白莉朵拉夫人所遭受的苦难，姑娘们听了很是心酸，要是爱米莉亚把故事说得再长些，只怕这些姑娘一个个都要掉下泪来呢。故事讲完以后，女王命令潘菲洛接着讲一个，他不敢怠慢，就这样说道：

美丽的小姐们，有时我们自己也不明白，究竟什么东西才是对我们有益的。譬如说吧，我们时常可以看到，有些人以为只要有了钱，日子就可以过得无忧无虑、逍遥自在了；所以为了钱，他们不但苦苦向天主祷告，而且费尽心力、不避危险地去追求人世的财富。本来，在贫贱的时候，彼此都是朋友，可是你一旦有了钱，旁人不由得要对你眼红，结果性命反而送在朋友手里。又有些草莽英雄，经历了千百次恶战，流尽了他兄弟朋友的鲜血，登上了国王的宝座，以为从此就享尽人间的安乐尊荣了；哪想到一登王位，反而日夜忧虑恐惧，直到牺牲了生命才明白放在盛宴前的金樽里面原来有毒药藏着。也有许多人一心希望自己体力过人，或是美貌风流，或是具有其他种种长处，却不知道正是这些长处给他们招来了苦难，甚至是杀身之祸。

我也不想把人类的欲望一一都提到，但我敢毫不犹豫地说，我们所追求的欲望，没有一种能够确实使我们得到快乐，而不受命运的播弄。所以我们最妥善的办法该是听天由命、诚心接受天主的赐予——因为只有天主才了解我们需要的是什么，只有他能把我们所需要的赐给我们。男人们为了多种多样的欲念，犯罪造孽；可是你们呢，温雅的小姐们，主要是犯了一种罪孽，那就是对于美貌的渴求；你们不满足于自己天赋的姿容，还要想尽巧妙的办法来增添自己的魅力。因此我现在要讲一个美丽的伊斯兰教姑娘的故事，可怜她就因为长得美，在四年中间叫九个男子占了她的身子。

很久以前，埃及有个苏丹，叫做贝密纳达，在他的一生中，真算得万事称心如意；生下好多儿女，其中有个女儿叫做阿拉蒂，凡是见过她的丰姿的，都惊为绝代佳人。这时阿拉伯人举兵入侵，来势凶猛，那苏丹幸亏得了加波①国王的大力援助，才把敌人打得狼狈而逃；所以后来加波国王向他求婚，要娶阿拉蒂为后妻，他就一口答应下来，表示特殊的恩宠。为了准备公主远嫁，那苏丹特地备了一艘华丽的大船，船上堆满了珍贵的陪嫁，由大队将士护送，还有一群专门侍候公主的官员和宫女；启程的日子苏丹亲自送公主上船，为她祝福。

当他们从亚历山德利亚港口启程的时候，天气很好，船上挂起满帆，一连几天，都是顺风，不觉已过了撒丁尼亚岛，眼看快到目的地了。不料有一天，海面上狂风四起，一阵比一阵猛烈，船身哪里抵挡得住，船上的人几次三番都认定已是无救的了。但是这些水手非常勇敢，拚着命跟风浪搏斗，支持了两天两夜，到了第三天晚上，风势还是有增无减。这时候惨云愁雾，笼罩天空，睁眼望去，但见一片昏暗，那船只

---

① 加波，在非洲北海岸，与西班牙安达露西亚和格拉那大两地区相对。

已失了航行的方向；只是在风浪中颠簸漂流着，等来到离马霍卡岛不远的地方，船底突然发现一条裂缝，眼看就要沉下去了。

在这紧急关头，大家只想着自己逃命，再也顾不到别人了。水手们把小船放进水里，纷纷跳了下去，只道是小船虽小，总比漏了的船多几分希望。他们一跳进小船，便拔出刀子，阻止后边的人跟着跳下来；可是那些大船上的人还是争着往那小船里跳。可怜他们原是想要逃命，哪儿知道反而马上送了命。一艘小船能容得了多少人？风浪又这样大，所以一下子就倾覆了，小船里的人，全都葬身鱼腹。

在那大船上只剩下公主和几个宫女。她们在惊涛骇浪中，已吓得失了知觉，晕倒在甲板上。船只虽然破裂了，舱里灌满了水，但由于风势猛烈，还是在海洋里急速地漂流着，终于被刮到了马霍卡岛的海岸边，撞在离岸一箭光景的沙滩上。这一撞十分猛烈，竟牢牢地埋在沙泥坑里，这一夜再没有被风浪卷去。

黎明时分，风势稍许平了些，公主苏醒过来，软弱无力，勉强抬起头来，呼唤她的侍女，但是把她们的名字都叫遍了，也没有一个人答应，原来她们离她太远了。身边既不见一个人，又没有人来应她，公主十分惊奇，也格外害怕了。她挣扎着站了起来，发现她的侍女们和另一些妇女横七竖八地躺在船上，她一个个地叫她们，但是只有几个人还剩一口气，其余的人经不起风浪的颠簸和极度的惊恐，都已死了，这更叫她害怕了。她不知道自己身在何处，又没有人可以商量，她无可奈何，只得尽力摇撼那还有一口气息的侍女，直到把她们摇醒过来。她们找不到船上的男人，不知他们到哪里去了，又看见船已搁浅了，满船是水，大家不觉抱头痛哭起来。

她们时时望着岸上，希望有人前来搭救；直到中午过后，她们才看到岸上有人经过。原来这时候有个绅士，名叫贝利康·达·维沙哥，骑着骏马，带着仆从，回家路过这里。他看见这只搁浅的大船，知道出了事，就吩咐一个仆人快到船上去看看情况，再赶快来回报。那仆人好不容易爬上大船，看见一位年青的小姐和很少几个侍女畏缩地躲在船头的斜桅下。她们看见一个男人上来，都挂着眼泪，再三求他做做好事。可是她们的话他并不懂得，而她们也听不懂他的话，就只好尽做些手势，表示她们所遭受的不幸。

那仆人在船上仔细察看了一番，再回到贝利康那儿，把他所看见的情形详细回报了；贝利康立即派人把那几个妇女救上岸来，连同船上可以搬动的贵重物品一并运送到他的城堡里。他先请她们吃些东西，然后让她们休息。贝利康注意到阿拉蒂衣饰富丽，就想，她该是一个高贵的淑女；又看到那些妇女对她这样恭敬，觉得更足以证明自己的想法不错。她虽则由于历尽了海上的磨折，面无血色，头发蓬松，但神采风韵之间仍不难看出是个绝代佳人。贝利康当下暗暗想道，要是她还没嫁人，就娶她为妻，否则，也可以把她当做自己的情妇。

贝利康是一个身材结实、神态威严的汉子；自从把公主带到家中以后，就尽心尽意调养她，没过几天，公主已完全复原了，果然长得万分艳丽，他真是越看越爱，却苦于言语不通，他听不懂公主所说的话，而公主也不懂他的话，因此无从知道她究竟是谁。可是他对公主万分迷恋，只得嬉皮笑脸地做出种种手势向她求欢，希望一拍即合，却不想公主一点意思都没有，断然拒绝了他。他白费了心力，可是那片热情反而更高涨了。这情形公主也很觉得。她在他家里已住了好几天了，从周围人们的饮食起居看来，她知道自己是跟基督徒生活在一起，又料想在这样的国家里，即使她能够把自己的身份说出来，对她也不会有什么好处，同时她也害怕不管她出于自愿、还是出于无奈，她早晚会让贝利康满足了欲望。但是她并非一个普通女人，她心地高超，不肯向苦难的命运低头，所以叮嘱她身边的三个侍女——除了公主自己，死里逃生的就只她们三个——除非在有利的场合，可以得到援助和恢复自由的机会，千万不能让别人知道她是什么人。她还极力劝勉她们要保持贞操，并且说自己已经立下志愿，永守清白，除了她的丈夫，决不容许别的男子染指。三个侍女都赞美公主的决心，都表示绝对愿意服从公主的吩咐。

眼看着美人儿就在跟前，却无从下手，这真叫贝利康一天比一天急切难熬了。既然奉承和引诱打不动她的心，他决定玩弄一下手段来达到目的，如果还不能成功，那么最后一着，只有用暴力强迫她了。他有几次留意到，公主很喜欢喝一两口酒——原来她那儿的法律禁酒，所以一向难得喝酒、也不大会喝——他就想，酒能乱性，或者可以代替爱神帮他一下忙。

有一天晚上，他预备了盛宴，款待公主，只装作与公主之间并不曾有过什么不快的事情。酒席上罗列了山珍海味，他又吩咐侍候公主的侍从，替她斟酒，这酒是他叫人用几种美酒特地调制的。公主不知是计，只觉得酒味芬芳，喝了一口又一口，不觉失了节制，也完全忘了自己的不幸，变得非常愉快活泼；她看见有几个女人正在跳着马霍卡舞，她也离席而起，跳了一段亚历山德利亚的土风舞。

贝利康看见这情景，暗想事情已有了苗头，就格外殷勤，佳肴美酒，轮流递进，把宴会拖延到深夜。最后，宾客都散了，他又亲自把公主送进卧房。她这时候，酒性发作，早失去了平时冷若冰霜的操守，竟当着贝利康，只管脱下衣裳，上床睡觉，把贝利康当作了她的女伴似的。贝利康不敢怠慢，立即把房内的烛光都熄灭了，一骨碌爬上了她的床，把她搂在怀里，竟是没有遇到抵拒，由他摆布，成了好事。她想不到原来男子这样讨人欢喜。一旦领略这滋味之后，仿佛深悔从前不该一再拒绝贝利康，从此不等贝利康去求她，她就时常主动招他来共度良宵——不是用言语，因为他不懂她的话，而是凭她的手势。

贝利康和她正过着甜蜜的生活，谁知命运之神却并不因为把一个王后变成了乡绅的情妇而就此罢休，还准备叫一个更卑贱的人来占有她的身子。

贝利康有一个兄弟，叫做马拉多，正好二十五岁，是个像玫瑰花一般可爱的少年郎。他一见到阿拉蒂，觉得再也没有这样叫人中意的女人，又凭她的神情举动，认定她对自己很有情意；他们俩无从亲近，并非为了别的缘故，只因为贝利康把她看管得太紧。因此他顿时起了不良的念头，而且想到做到，毫不犹豫。

这时候港内恰好泊着一只货船，将要扬帆驶到希腊的克拉伦萨去，只要风向一变，马上就开船了。船主是两个热那亚青年。马拉多和他们商量妥当，让他第二天晚上带着一个少女来搭他们的船。就在当天晚上，他纠合了一批亲信朋友，把他们领进堡内，藏了起来。贝利康一点也没有防备；到了半夜，他领着这一伙人，闯进贝利康和公主睡觉的房内，一刀结果了那正在好梦中的贝利康。公主从梦里惊醒，啼啼哭哭，给他们厉声喝住了，不许作声，否则立刻要她的命。他们就这样抱起了美人儿，席卷了贝利康的许多贵重物品，趁没有人看见，一直逃到了海边。马拉多挟着公主上了船，他的一伙兄弟就各自分散回家。船上的水手乘着劲疾的顺风，立即解缆起程。

公主接连遭遇不幸，思前想后，好不伤心；幸而马拉多靠着天主恩赐给我们男子的那个得力家伙，很快地给了她安慰，博得了她的欢喜，叫她安安心心地和他在一起同居，把贝利康忘个一干二净。

但是当她对自己的境遇刚刚有些满意的时候，命运之神却并不因为把她磨难了两次而就此罢休，正打算叫她再一次经历人生的劫难。

上文一再说过，阿拉蒂原是天下少见的绝色美女，一举一动，又是婀娜多姿，因此那两个船主人——就是那一对热那亚青年竟也爱上了她。他们虽然忌惮马拉多，怕被他察觉，却无时无刻不在思量着怎样去接近她，讨她的欢喜。两人的心事，彼此都知道，无从隐瞒，因此他们就在暗里商量，决定先一起出力，把公主抢到了手，然后大家平分秋色，轮流享受——仿佛爱情也像财货商品一样，可以对半平分似的。

但是他们发觉马拉多把她看管得实在太紧，难以下手。有一天，船只行驶得很快，马拉多正站在船艄闲眺，没有注意到他们，这兄弟两人立即从后面潜行上去，把他紧紧抱住，说时迟，那时快，早已把他丢进了大海，等大家知道马拉多掉在海里的时候，船只早已驶过一海里多了。公主听见这个消息，看看营救无门，又痛哭起来。那两个情人立即来到她跟前，用甜言蜜语来安慰她，还许她日后种种的好处，只是公主一点也听不懂他们的话；事实上她的悲哀多半是为了自己的薄命，而不是为了那倒楣的情人。他们这样你一句我一句，在她身边唠叨了半天，认为已把她劝过来了，于是彼此开始争论起来——究竟应当谁第一个跟她睡觉。

两人都要占先，一个也不肯退让，争论得面红耳赤，继而声色俱厉，终于怒火直冒，拔出刀来拚一个你死我活。船上的人正想上前劝解，双方身上已经着了几刀，一个当场倒地殒命，还有一个也受了重创，几乎奄奄一息了。公主见了这情景，眼看没有一个人能够搭救自己，或是替她出个主意，更加悲伤起来，又害怕那两个热那亚青年的亲友，会把她当作祸水，要她抵命。幸亏那个受伤的小伙子替她求情，并且不久就到了克拉伦萨，她总算逃出了一场大难。

她跟着那受伤的小伙子一起上岸，住在一家客店里。不消多久，她的艳名已传遍全城，连这时正逗留在克拉伦萨的莫莱亚亲王也听到了，而且很想见见她。等一旦见到，亲王只觉得她本人的丰姿，比传说中所描摹的样儿更胜过几分，竟就此把她昼思夜想，除了她，什么事也不在他心上了。他打听得她流落到这儿来的经过情形，断定他不难把那美人儿弄到手中。

正当他这么盘算，要想什么办法把她占为己有的时候，那受伤的小伙子的家属已风闻消息，连忙给他把人儿送来。亲王的欢喜不必说得，就是公主也暗自称幸，以为从此可以过安宁的日子了。那亲王看她不但长得如花似玉，而且仪态万方，自有一种高贵的风度，虽然没法探问她的底细，料想她决不是一个平常人家的女儿，因此，就格外爱怜她，绝不把她当作情妇，而把她看成了自己的妻子，凡是一个妃子所应享受的尊荣全都给了她。

公主回想过去种种悲惨的遭遇，就把眼前的境况看得十分美满，因之心境开朗，精神焕发，格外显得娇艳无比，弄得希腊全国人民，把她的妩媚风流赞不绝口，这样，公主的艳名传到了雅典公爵的耳里。公爵原是个身材魁梧的美少年，跟亲王又带着亲戚关系，彼此素有往来，现在他只想见美人一面，就推说要来拜会亲王——带着一批精选的随从，来到克拉伦萨，受到亲王的热烈欢迎和隆重款待。

过了几天，这两位贵族谈起公主的容貌，公爵就问亲王，她是否真像众人所盛传的那样美丽。亲王回答道：“比传闻还要美几分；不过我这样说也是白说，还是请你用自己的眼睛判断一下吧。”

公爵巴不得有这样的机会，就请求亲王领着他去见公主。公主已预先得了通知，满面春风，出来迎接，又招待他们在她两边坐下。只可惜语言隔膜，他们没有福气跟她谈心，只好用瞻仰奇迹似的眼光望着她，尤其是公爵，简直把她当作一尊天神。公爵只顾饱享眼福，可不知道他这样睁大着眼睛发怔的时候，他就是在吞着一口口爱情的浓酒，不由得为她神魂颠倒了。

等他和亲王一起从公主房里出来之后，他就独自思量起来，觉得亲王得了这样一个美人儿，真是世上第一个享艳福的男人了。他的心里七上八下，动荡得厉害，到最后，邪念终于压倒了道义，他决心不顾一切，要从亲王手里把这稀世的宝贝夺过来。

他好色心切，急于下手，以致把公理、正义等等，一概抛到九霄云外，一心只在奸诈上用功夫，非要达到目的不可。他先买通了亲王的一个名叫朱利亚契的亲信侍从，暗中备好几头马、备好行李，一旦要走，立刻就可以动身。有一天晚上，他和一个刺客都握着武器，由那个被买通的侍从偷偷地引进了亲王的卧室。这一夜天气很热，公主已经睡熟，亲王贪图凉快，正赤裸着身子，站在临海的窗口，享受由海面吹来的微风。那刺客事先早已得了指示，便蹑着步子走近窗边，抽出匕首，从亲王背后猛力刺去，从腰部直刺了个对穿，又顺势抱起他的身子抛出窗外。

亲王的宫室筑在海边的高地上，凭窗望去，下面原还有几间矮小的民房，但是受着海潮的冲击，已经毁坏了，变成无人行经的地区；所以亲王的尸体抛下去，竟没有人听见，正合公爵的愿望。

公爵带来的刺客看见事情已经办妥，假装要拥抱朱利亚契的样子，却把一条早就藏好的绳索敏捷地套在他的脖子上，用力一抽，使他一声都没能喊出来。公爵这时候就走了进来，两人一起把他勒死了，他的尸体，也像亲王的尸体一样，给从窗口抛了出去。

事情办完，幸而一点也没有惊动公主，也没有惹起别人的注意。公爵拿着一座烛台，悄悄地来到公主的床边，轻轻揭起罗衾，只见公主光着身子，正睡得香甜呢。他把她从头看到脚，不由得暗中喝彩；本来，她穿着衣裳的时候，他已经这么迷恋了，现在美人儿一丝不挂地呈现在眼前，真叫他心花怒放。他受着欲火的驱迫，再不理会自己已经犯了多大的罪孽，他手上还有杀人的血腥，竟爬上床去，跟她睡觉；她在睡意蒙眬中把他当作了亲王。

公爵享受了天堂一般的幸福；完事之后，立即起床，把他的侍从叫进来，吩咐他们把公主劫走，不让她喊出声音来。他们从公爵方才进来时的暗门出去，把她放上马背；于是公爵领着众人，一溜烟似的奔回雅典去了。不过公爵已经娶了夫人，所以不敢把公主带到雅典城里，而是把她另藏在离城不远的、一座精致的海滨别墅里，尽心供养她、侍候她，尽管这样，这时候公主成了最苦痛的女人。

第二天，亲王的侍从等到中午不见亲王起身，也没听见里边有什么声响，就轻轻地推开房门（门没有上锁），走了进去，却没有看见一个人。他们只道亲王带着他的美女私下出门去玩几天，所以竟不以为意。

到了第三天，有一个疯人，到海边冲毁的屋子边漫游，看见亲王和朱利亚契的尸体，回去的时候，便拖着朱利亚契脖子上的绳子，竟把这尸体拖了出来。大家认出这是谁的尸体，十分吃惊，就用好语哄他，叫他把他们领到他发现这尸体的地方。在那儿，他们发现了亲王的尸体。这消息传了出去，全城的人们都十分哀痛，隆重地把亲王埋葬了。他们研究这件罪大恶极的血案，觉得雅典公爵不辞而行，形迹可疑，一定是他谋杀了亲王，同时又把美人劫了去。他们当即举立亲王的弟弟做他们新的亲王，务必要他为死者报仇。新亲王即位后，再经过一番调查，又从其他方面证明了公爵的罪行，断定众人的猜测并非无稽；就召集了亲友侍从，组成一支强大的军队，出发去讨伐雅典公爵。

公爵得到消息，连忙调集兵力，准备迎战。许多贵族都赶来助战，君士坦丁堡的皇帝也派了太子康士坦丁和皇侄曼纽厄尔，率领大军前来声援。这两位贵客受到公爵、尤其是公爵夫人的热诚款待——原来他们俩就是公爵夫人的兄弟。

形势日益严重，战事已经逼近。公爵夫人把自己的两个弟弟请到房里来，流着泪，把战事的起因和公爵私藏情妇、欺瞒妻子等情形，原原本本告诉了他们，又十分悲切地求他们给她出个主意，怎样可以让公爵保持荣誉，同时又消除了她心头的气恼。

这两个青年对于公爵的事早有所闻，所以不再多问，只是用许多好话安慰她，叫她放心就是了；他们向她问明了那女人现在藏在哪里之后，就告辞了。他们时常听到人家夸奖她的无比美貌，很想见见她，就请求公爵让他们瞻仰一下她的丰采。公爵忘了莫莱亚亲王只因为让人看到了她，遭到怎样的结果，竟答应了。第二天，他在公主居处的花园里设下盛宴，便带了这两个内亲和几个陪客，到那里去和公主欢宴。

康士坦丁坐在她的旁边，目光只是在她身上打转，竟看得出了神；心中想道，自己几曾看见过这样标致的女人！又觉得不管是公爵或者别人，为了占有这个美人，因此干下了丧尽天良的罪恶行为，这是情有可原的。他把她看了又看，越看越觉得她好看，就跟当初公爵一模一样。告辞之后，他念念不忘地思恋着她，战争和一切都早被他抛到九霄云外，脑中只是计划怎样才能把她从公爵手里夺过来；一方面，他不动声色，免得让别人识破他的私心。

正当他情欲高涨时，对方亲王的军队已经日益逼近公爵的疆土，战争一触即发。公爵和康士坦丁以及众人都离了雅典，按照预定的计划，往边境出发，守住前方，不让敌人攻打进来。他们虽然在前方，这几天来，康士坦丁的心里却仍是不能把美人放下。他想，趁现在公爵不在，正好是完成他心愿的良机，就假装抱病，要回雅典休养，得了公爵的许可，他把兵权交托给曼纽厄尔，回雅典城他姐姐那儿去了。过了几天，他逗引他的姐姐重又讲起公爵欺瞒她，在外边另养一个情妇的事来，于是他就接口说，他倒有个办法，就是趁现在这机会把那个女人打发到别地方去住，从此断绝了祸患；假如姐姐赞成的话，他就给她办去。

公爵夫人只道他这是一番好心，为了爱他的姐姐，哪想到其实是为了爱另一个女人呢，就说，她十分赞成这个主意，只要将来公爵不致疑心这事是她指使的，那就好了。康士坦丁请她对这点尽管放心，于是她把这事托付了康士坦丁，由他见机而行。

康士坦丁暗中备好一只快船，一天黄昏，叫人把船停泊在公主居住的花园边。事先嘱咐了他们应该怎样行事，于是带着几个朋友来到别墅求见。公主亲自领着侍女，出来相迎，并且陪着他们到花园里去散心，公主的侍女和他的友人跟随在后边。康士坦丁只说公爵有话托他转达，单把公主引到靠海的一个门边。那门上的锁早已由他的一个同伙打开了，这时候就向停泊在门外的快艇发出一个信号，康士坦丁立即叫人抢了公主就跳下船去，他自己回过身来对公主的侍女说：

"谁要是喊一声，动一动，就别想活命！我不是来夺取公爵的这个女人，我是来为姐姐洗雪耻辱。"

谁也不敢作声，康士坦丁就带了众人跳下船去，坐在哭哭啼啼的公主身边，吩咐船夫一齐用力摇桨，离开雅典。船在水中像飞一般行驶着，到第二天清早，已经来到埃伊纳岛。他们在这里上岸，稍作休息。康士坦丁乘这当儿，享受了一番艳福，而公主呢，为自己的红颜薄命而哀哭。于是大家又上了船，继续行驶，不到几天，已经来到希俄斯岛。

康士坦丁唯恐受到父王的谴责，他好容易劫来的美女又要落空了，因此，为了安全起见，他决定在这里住下来。公主为着自己悲惨的遭遇哭泣了几天，幸得康士坦丁运用许多人用过的方法来安慰她，使她像以前几次一样，又渐渐满足于老天给她安排的命运了。

我们暂且不提这一对男女怎样打发日子，再说土耳其国王奥斯贝这时候正和君士坦丁堡皇帝进行着长期的战争，有一次，因事来到士麦那，闻说君士坦丁堡皇帝的儿子拐了人家的美女，窝藏在希俄斯岛，过着荒唐的生活，而且全无戒备。奥斯贝就召集了一支队伍，分乘着几只轻巧的战船，趁着黑夜，偷袭希俄斯岛，那些希腊人还好梦未醒，一个城市已经叫土耳其军队占领了。也有几个比较警觉的，还想挣扎，却都给杀了。奥斯贝下令焚毁全岛，把俘虏和战利品都装在船上，就回士麦那去了。

奥斯贝也是一个年青的汉子，当他检查俘虏时，来到阿拉蒂的身边，知道这个女人是从康士坦丁的床上找来的，就是他的情妇。一看到她，奥斯贝不觉大喜，即刻娶她为妻，举行婚礼，这样，和她很快乐地同住了好几个月。

在这事发生之前，君士坦丁堡皇帝原曾企图和卡帕多西亚国王巴山诺订立军事联盟，双方同时夹攻土耳其，但因为巴山诺所提的要求过高，以致没有能够达成协议。现在他听到儿子遭了敌人的暗算，十分悲愤，就不再计较，立即答应了卡帕多西亚国王的要求，催促他赶紧发兵，全力进攻土耳其，皇帝也遣兵调将，准备从另一路向土耳其进攻。

奥斯贝听见这个消息，为了想打破腹背受敌的局势，不得不统率大军，先行迎击卡帕多西亚国王，把美人儿留在士麦那，托付一个心腹照管。不久，两军相遇，一仗打下来，奥斯贝的军队竟是一败涂地，全军覆没，奥斯贝自己也在沙场上丧了命。巴山诺长驱直入，如入无人之境，进占了士麦那，当地人民都纷纷投降。

再说那个受奥斯贝的嘱托看顾阿拉蒂的心腹，名叫安提哥，年事已高，可是一看到她长得这样美，居然也动了心，爱上了她，完全忘却了主子的信托。他会说她的语言，这一点特别使她高兴。几年以来，她流落在异族中间，如同一个哑巴聋子，既不懂别人的话，别人也不懂她的话，所以没有几天，安提哥已经和她混得十分亲密；要不了多久，这两人已由友谊的来往进展到勾勾搭搭的私情，贪婪地享受着枕席上的乐趣，把在外作战的主公完全忘却了。后来消息传来，奥斯贝已经战死，巴山诺的军队正一路开来，所过之处，抢劫一空；他们私下商量，决计乘敌人还没来到就一起逃跑，于是收拾了奥斯贝的大宗细软财货，逃到了罗得岛。可是他们俩在岛上还没住下多久，安提哥忽然得了重病，十分危险。他有一个知己朋友，是塞浦路斯岛的商人，这时恰好也住在罗得岛，安提哥自知命在旦夕，决定把自己的财产和心爱的女人交付给他。在临终的时候，他把这两人叫到了床前，说道：

“我知道我是绝对没有希望的了，我真难受，因为我这一生从未过着像最近这样快乐的日子。但是有一件事使我死而无憾，那就是我死在世上最亲爱的两个人的怀抱里——一个是你，我生平的知己；一个是她，自从我认识了她，我就爱她甚于爱自己的生命。使我放不下心的是，我死了以后，丢下她一个人在这里，人地生疏，无依无靠。要是我不知道你在这里，或者不相信你能尽力爱护她，就像爱护你的老友那样，那我在这临死的时刻，就更难受了。所以我无论如何要求求你，我死了以后，把她以及我所有的东西都接受下来吧，一切请你照顾，一切全归你支配，只要使我的灵魂得到安慰就是了。

“你呢，最亲爱的姑娘，我求你，我死了以后，别把我忘了。那么我到了另一个世界里，也可以这样自豪：我在人世的时候，得到了天下最美丽的女人的恩爱。假使你们能答应我这两点，那我死也瞑目了。”

那商人和公主听他说了这些话，都失声哭泣；一面安慰他，一面郑重地答应他说，万一他死了，一定照他的话做去。不久，他果然死去。他们把他厚葬了。

几天过后，那商人已在罗得岛上办完了商业上的事务，打算乘一艘西班牙便船回去。他就问公主肯不肯和他一起到塞浦路斯岛去。公主说她很愿意跟他一起去，不过希望他念及安提哥的情谊，把她当作姐妹看待。商人回说，她所说的话他无有不依的；但是为了一路上免得有人来调戏，在到达塞浦路斯岛之前，不妨对人只说是夫妻关系。于是他们上了船，船上的人给了他们船艄的一间小舱房，他们既自称夫妻，只得同睡在一张小床上，在这种情形下，发生了当初从罗得岛动身时谁也想不到的事。受了黑夜的引诱，又包围在共枕同衾的温暖里，两个都动了心火，忘了对死者安提哥的友谊和爱情，竟动手动脚起来了，船还没到巴发(商人的老家在那儿)，他们已经打得火热。到了巴发以后，她就和这商人同居了一段时期。

说来凑巧，有个年事已高、阅历很深、可家产很微薄的老先生，名叫安提古诺的，因事来到巴发。这位先生如今算是在塞浦路斯国王的宫廷里供职，但老天从不曾给他一个得志的机会。有一天，商人到亚美尼亚经商去了，这位老先生从公主的住宅面前经过，看见有一个明眸皓齿的美人倚在窗口，不觉出神地望了一会；他忽然记起曾经在什么地方看见过这位美人，只是究竟在什么地方看见过，却记不起来了。

那美丽的公主受尽命运的捉弄，现在已有了转机，快要否极泰来了。她一眼看到那个老先生，就记得从前在亚历山德利亚的时候看到过他，是在她父王的宫廷里供职的，地位很不小。她突然涌起了一个希望，或许靠了他的帮助，得以恢复自己金枝玉叶的身份也未可知，于是趁商人不在的机会，赶紧把他请了来；进来之后，就羞怯怯地请问他是否就是法马古达地方的安提古诺先生。那老先生承认他正是安提古诺，还说：

"小姐，我觉得你很面熟，可是记不起在什么地方见过你，恕我冒昧，想请教尊姓大名。"

公主听到他果然就是故乡来的人，不觉哭起来了，抱住他的脖子（很叫他吃了一惊），问他，是否从来也没有在亚历山德利亚看见过她。经她一点穿，那老先生立即认出她就是阿拉蒂，苏丹的公主——人家一向以为她已经葬身鱼腹了。他要向她行臣子的礼，她坚决不受，还叫他坐在自己身旁。安提古诺坐下来之后，恭恭敬敬地问她怎么会到这儿来的，什么时候来，从哪儿来的，因为在埃及，人人只知道她几年前已经沉入海底了。

"我要是当真溺死了，"公主回答道，"那就好了，也免得遭受那许多磨折，我想，假使我父亲知道了我现在落到怎么样一个地步，那他也一定但愿我早死的好。"

说到这里，她不禁失声痛哭；于是安提古诺对她说道：

"公主，何必这样悲伤呢，要是你不见怪的话，我想请你讲一讲你过去的遭遇和你现在的生活情况。或许靠了天主的福，我们能够想出挽救的办法来也未可知。"

"安提古诺，"那美丽的公主说，"我看见你，就像看见了亲爸爸，所以凭着做女儿的敬爱，我把自己本来可以隐藏起来的身份，向你说了出来。在这世上，简直没有几个人叫我见了面能像见到你那样快乐的，所以我把历尽风霜、一直埋藏在自己心头的种种悲痛，就像对自己的父亲似的对你吐露出来。你听了我的话之后，能够给我想一个办法，好让我回到宫廷里去，那么请帮助我一下吧；要是你也无法可想，那么我求你，永远不要对人提起在这里看见过我、或者听到过关于我的信息。"

这么说了之后，她掉着眼泪，把在马霍卡岛船破之后直到现在为止所遭遇的一切苦难，全告诉了他。安提古诺一边听着，一边也不禁掉下同情的眼泪来。他考虑了一会儿之后，说道：

“公主，既然你遭遇了重重苦难，却没有给人认出你的身份，那我绝对可以把你送回给你父亲，教他比从前更加疼你，再送你去和加波国王完婚。”

她问他有些什么办法，他就把自己的计划详细跟她说了。为了免得夜长梦多，他不曾多耽搁，立即动身回到法马古达去见国王，向国王说道：

“陛下，现在有一件好事想来求您，这事会给您带来十分的尊荣，同时也可以让我得到一个好差使，而又不破费您什么。自从我跟随您之后，一直落魄，您看在这点上，想来也会乐于答应的。”

国王问他是什么事，安提古诺答道：

“苏丹有个美丽的公主，从前大家都传说她已经溺海而死了，原来这消息是失实的，这会儿她就寄居在巴发。她为了保持自己的清白，曾经历尽不知多少苦难，而现在的境况是更其清苦了，所以很想能够设法回到她父王那儿去，要是你肯派我护送她回到她的本国去，那么这在你是一件非常体面的事，而对我也不无好处。我相信苏丹将永远不会忘记你的大德的。”

国王原是个宽宏大量的人，当下就答应了。他派人把阿拉蒂十分隆重地接到法马古达来。公主进到宫里之后，备受国王和王后的优礼款待，当他们问起她所遭遇的苦难时，她就把安提古诺所教给她的话从头到尾背了一遍。几天之后，国王再也留她不住，就派了一班绅士和贵妇做她的侍从，由安提古诺负责，护送她回到本国去。至于苏丹怎样欢天喜地把生还的女儿和护送她的安提古诺、侍从等人接进宫去，也不必细表了。

公主才只休息了片刻，她的父王就急于要知道她怎么会侥幸生存，一向又在哪儿，怎么这许多年来也不寄一个消息给他。公主已把安提古诺所教给她的话背熟了，便这样回答道：

“爸爸，和你离别以后，大概有二十天光景，我们的船就遇到一场暴风雨，船破了，在黑夜里飘荡着，撞到西方阿迦莫达附近的海岸上。船上的那许多男人结果怎样，我一无所知，以后也从没听说过；我只记得在第二天早晨，我好像死里回生。当地的居民发现破船，全都赶来抢劫东西。我和两个未死的女伴只得弃了船，上岸去，才到岸上，那两个女伴就被几个小伙子抢了去，分头逃去，她们的下落，我也始终不曾听说过。

“我自己也落在两个年青的男人手里，不管我怎样挣扎、怎样哭喊，他们一把揪住我的头发，拖着我跑，想把我拖进一个林子里去。幸亏正当他们要冲过一条大路时，恰好有四个骑马的人从这里经过，那两个暴徒一看见他们，就立刻丢下了我，各自逃走了。

“那四个骑马的人，我猜想一定是几个大官，他们看见这情景，立刻奔来，问了我许多话；我也竭力想把自己的遭难告诉他们，却只恨语言隔膜，谁也不懂得谁在说些什么。他们商量了半天，让我骑在一匹马上，把我送到一所女子修道院里，院里的女子都是遵照他们法律的规定，献身于宗教的。那几个男人去院里说了些什么我不知道，不过我在她们中间住下来，很受大家优待，而我也跟着她们一起崇拜‘幽谷新月’——当地的妇女最信仰的就是这位圣徒。

“我跟她们一起住了不久，渐渐懂得一些她们的语言，她们就问我是什么人，从哪儿来的，我只怕一旦说了实话，她们就会因为我是一个异教徒，把我驱逐出去；只得回说道，我是塞浦路斯岛一个贵族的女儿，我父亲送我到克里特岛去完婚，不幸中途遇到大风，船被风浪打沉，因此流落到这儿来。

“我唯恐露出破绽，处处留意她们的风俗习惯，跟着她们的样儿学。后来，院里的主管叫做院长的，问我要不要回塞浦路斯，我就说这正是我求之不得的事。但是这位院长十分关心我的贞操，不肯随便把我托付给到塞浦路斯去的人；直到两个月前，有几个法国绅士，带了家眷，路过那里，要到耶路撒冷去参谒圣地——那儿就是他们所奉为天主的耶稣被犹太人钉死后埋葬的地方。其中有一位太太是院长的亲戚，所以她就把我托付给了他们，请他们顺路把我送回到塞浦路斯，交给我的父亲。

“这些绅士和他们的太太怎样欢迎我、款待我，不必在这儿多说了。我跟着他们上了船，在海里行驶了好多天，才到了巴发。可怜我来到那儿，人地生疏，又不知道该怎样向绅士们说明才好——那院长原是嘱托他们要把我交在我父亲手里的。幸亏老天照应我，我们正在那儿上岸的时候，就在海边遇见了安提古诺，我立即叫住他，用我们本国的语言求告他(这样，那些绅士和太太们就不会懂得我们是在说些什么了)，请他把我认做他的女儿。他立即明白了我的意思，装出十分欢乐的样子，和我相认了。他尽管境况很差，还是尽他的力量张罗着来款待这几位绅士和太太。随后他把我送到塞浦路斯王那儿；国王的盛情，真是难以用言语表达，现在又承他的热心，派人把我护送回家。要是还有什么我没有说清楚的，那么让安提古诺来补充吧，我的种种遭遇他已听过好多遍了。”

安提古诺赶紧转身对苏丹说道：

“陛下，她刚才所说的话，已经对我说了好多回，送她回来的绅士和太太也都是这样说的。只有一个地方她是漏说了，或者因为她觉得自己不便说出来。那就是送她到塞浦路斯岛来的绅士和太太们都称道她端庄稳重，在修道院里过着纯洁无瑕的生活，当他们把她交还给我，临到要和她分手的时候，不分男女，都依依不舍，掉下泪来。假如要把他们所称道她的话全讲出来，只怕讲个一天一夜都还讲不完呢。总而言之，听他们所说的那些话，又根据我自己的观察，公主不但相貌出众，而且还具有最纯洁的品德，陛下有这样一位好公主，在君王中间，尽可以自豪了。”

苏丹听了这些话，说不出的高兴，不住地祷告真主，让他能够好好地报答那些照应过他女儿的人——尤其是这样郑重地把他女儿送回来的塞浦路斯国王。过了几天，苏丹送了安提古诺一份厚礼，准他回塞浦路斯去；又派遣特使，携带国书，深深感谢塞浦路斯国王帮助公主的大恩。于是他准备依旧履行前约，把阿拉蒂嫁给加波国王，因此把经过的曲折情形写信告知加波国王，还说，他如果想娶阿拉蒂为妻，那么请他快派人来迎接。

加波国王接到这封信，高兴得了不得，果真派了专使，用隆重的仪式把她接回来，欢天喜地，跟她结了婚。只是难为她，和八个男子睡了千来次觉，在新婚的床上，居然能使她的丈夫相信她还是一个处女。从此她就是加波国的王后，和国王一起过着快乐的日子。俗话说得好：“被吻过的朱唇，并不减少风韵；好比弯弯的月儿，有亏还有盈。”

故事第八

安特卫普伯爵无辜被诬，畏罪出亡，把两个子女丢在英国，分散两地；十多年后，扮作乞丐回来，看见子女都很富贵，就跟英军回到法国，充当马夫，后来冤情大白，重又恢复爵位。

小姐们听完了美丽的伊斯兰教姑娘所经历的种种事故，不禁连声叹息。但是谁知道她们叹息是为的什么呢？或许有几位小姐一方面在同情她的遭遇，一方面也是在可惜自己不能够像她那样嫁人嫁得多吧。但是这一层可不便多问了。潘菲洛最后引了一句俗语，引得大家都笑了起来；女王知道他已把故事讲完，就回头叫爱莉莎讲下去。她遵从命令，愉快地说道：

我们今天涉猎的故事范围，可真广阔，使我们每人不但可以在里面打一个圈子，就是打十个大圈子也绰绰有余。你想，那捉摸不定的命运的题材是多么丰富，既然人生中有着数不尽的悲欢离合，那么我就来讲这么一个吧。

当罗马帝国的政权由法兰西人落到日耳曼人手里以后，①两国间的仇隙日益加深，烽火时起。法兰西的国王和王子，借口保卫国土，率领了许多亲友，集合国内的兵力，向敌人大举进攻。国王出征，国内就没人治理了，幸而他深知安特卫普伯爵戈蒂厄是一个正直谨慎的君子，忠心耿耿，完全足以信任，所以虽然伯爵深谙战略，国王却叫他担当起更复杂的任务来，任命他做摄政，代理全国政务，自己率领大队人马，出发远征。

伯爵担任摄政之后，治理国家，有条不紊，凡事都跟王后和太子的妃子商量，然后施行。虽然从职权上说，王后和妃子，同样应受摄政的管束，伯爵却还是把她们当作自己的女主人一般尊敬。

这位伯爵年近四旬，伯爵夫人早死，留下两个孩子，一男一女。他本人相貌堂堂，举止优雅，真是一位和蔼可亲的君子；更难得的是，他又是当时最英俊、最善修饰的一位骑士。国王和太子在外作战，那伯爵遇着国家大事常进宫来和王后、妃子商量。不料见面机会多了，那妃子竟看中了伯爵的风度人品，不由自主地爱起他来。她想，一个是鲜花似的少妇，一个是独居的鳏夫，要满足欲望，该不是难事，只苦于她的心事怎好意思出口。但是她不久就打定主意，不顾羞耻，向他吐露心意。有一天，宫里只有她一个人，她觉得时机到了，就把伯爵请进宫来，只说有要事跟他商议。

伯爵的心思和妃子截然不同，听到召唤，立即进宫去见她。她躺在一张榻上，叫伯爵在她身旁坐下，这时屋子内只有他们两个人。伯爵请问她有什么事，连问了两次她都是沉吟不语。最后，她的情欲压倒一切，她两颊绯红，也顾不得羞耻，颤泣似的，把自己的心事断断续续地吐露出来：

“可爱的伯爵，我最亲爱的朋友，像你这样聪明的人，应该明白，男人和女人都有弱点，也应该明白由于不同的原因，各人脆弱的程度也

① 公元912年，法皇路易第三逝世。罗马帝国本来由法兰克王国查理大帝的后裔世代继承。至此改为选任，皇位从此落入日耳曼人手中。——潘译本注解

不一样；所以一个真正公平的审判官，对于同样一件罪案，会因为犯罪的人情况不同，而判以不同的刑罚。譬如说，现在有这么一个凭力气换饭吃的穷苦男人或者穷苦女人，居然也想效法那饱暖富贵、整天空闲、什么都不缺的太太，追求那风流韵事，那么，谁不要责备这个人轻浮狂妄呢？——我想没有一个人会否认这点的。

“所以我说，如果是一个富贵人家的太太，由于机缘，不由自主地坠入情网，我们就不能怎么怪她，如果她所看中的情人又是一个英俊的人才，那就完全可以原谅了。这两个假定对于我可说完全适合，加以我正当青春妙龄，丈夫又不在家，有这种种原因，那我就更可以在你面前替我自己的热情辩护了。你是个聪明人，听得我这样说，不会不了解我内心的痛苦，请你给我出个主意，帮助帮助我吧。

“真的，我独守空床，没法抵挡肉欲的冲动和爱情的引诱，这势头有多么强大，别说压倒了一个柔弱的女子，就连那雄赳赳的大丈夫也随时随地都会给它打垮了。我又是饱食终日，无所事事，更感到爱情的需要，使我不能不坠入情网中。我知道，这类事让人知道了，是很羞耻的，可是要是别人不知道你在干这类事，那就无所谓羞耻不羞耻了。爱神对我真是太好了，它不但不曾蒙蔽我选择情人的眼光，叫我不知所从，反而使我的眼睛格外明亮，让我看得清清楚楚，你正是值得我这样一个女人爱慕的对象。要是我没看错人，你就是整个法兰西领土上最漂亮、最可爱、最富于生命力、最有修养的一位骑士了。我的丈夫既不在家里，你也没有妻子；所以我求你，看我对你的这一片痴心，也可怜可怜我的青春，跟我相亲相爱吧——我这颗年青的心就像冰块遇到了火一样，都为你融化了。”

说到这里，泪珠从她的两颊滚滚落下，沸腾的热情叫她有话也说不出来了，她垂下了头，只是哭泣，仿佛再不知道该怎样求情似的，把身子倒在伯爵的怀里。

伯爵本是一个正人君子，看到她要怂恿他去做那苟且的事，就疾言厉色地拒绝她、斥责她。那妃子张开双臂，还想搂住他的脖子，给他一下就摔掉了，他发誓说，哪怕是粉身碎骨，他也万不肯做出那对不起主公的事来。

那妃子一听他说出这样的话来，竟恼羞成怒，顿时把方才的情欲忘个干净，狂叫道：

“不识抬举的东西！我这一片好意难道就容得你这样糟蹋吗？天主都不会容忍你！既然你不让我活，我就少不得要你的命，不让你在这个世界上立足！”

她一面说，一面果真动手扯乱了自己的头发，撕毁了胸口的衣裳，高声喊叫起来：

“救命啊！救命啊！安特卫普伯爵要强奸我啦！”

给她一喊，伯爵反而慌了，他并不是因为自己做下了什么亏心事而害怕，他是怕朝廷上的臣子平时对他存着妒忌，现在就只听信妃子诬赖他的一面之词，哪儿再容他辩白。所以他立刻逃出王宫，赶回自己家里。一到家门，哪敢多耽搁一会，立刻把两个孩子放在马上，自己也跳上马背，拚命向卡莱奔去。

宫廷里的许多侍从，听见妃子大声呼喊，急忙奔来，他们看见妃子的这副狼狈模样，又听了她那一番话，都信以为真，觉得伯爵平时那种谦恭勤谨，都是虚伪的手段，好借此达到他私人的目的，因此声势汹汹地冲进他屋子里去逮捕他。不料扑了一个空，这班人就动手把屋里值钱的东西都抢了去，剩一个空屋，立即拆为平地。

消息立即传到军中，更是把伯爵形容得恶毒不堪，国王和太子听到之后，大发雷霆，立即判决伯爵和他的子孙永远放逐，并且通告全国，如能捕获伯爵归案者，不论生死都有重赏。

再说伯爵和两个孩子逃到卡莱，他思量不管自己怎样清白，这样一逃，等于证实了自己的罪行，心里不由得十分难过。幸而一路上没有给人认出，就立即乘船渡海，来到英格兰，换了穷人穿的衣服，前往伦敦。在进入伦敦城以前，他叮嘱了两个孩子许多话，最重要的有两件事：第一，命运把苦难降落在他们头上，尽管他们没有做过坏事，可还是应当安心忍耐。其次，他们如果想要性命，就千万不能对别人说出他们是谁家的孩子，或是从哪儿来的。

那男孩子名叫路易，九岁模样，女孩子名叫维奥兰，七岁模样，他们虽然还在稚龄，却完全领会父亲的告诫，并且此后果然处处留心。伯爵觉得孩子有改名的必要，就把男孩改名贝洛，女儿改名珍妮特。三个人就这么进入伦敦，衣衫褴褛，到处行乞，像是法兰西的乞丐。

一天早晨，他们正在教堂门口，有一位英国将军的夫人，从教堂里出来，看见伯爵和两个孩子在那里求乞，她问他是从哪儿来的，那两个孩子是不是他的儿女，他回说他是从毕卡第来，只因为他的不长进的大儿子行为不端，使他不得不带着他这两个孩子流落在外边。那贵妇人心地十分慈善，看见他的女孩子长得眉清目秀，举止文雅，十分逗人喜爱，因此不觉动了怜惜之意，就说：

“好人，如果你肯把你的女儿给我，那么我愿意好好地照顾她，因为我看她长得很是清秀，如果她将来长大成人，不会辜负我的期望，我还要好好地替她配一个人家。”

伯爵听得这话，十分欢喜，立即答应下来，挥着泪把女儿交给了那位太太，临别的时候，再三恳托她多多照应这孩子。

女儿已有了安身的地方，他也知道那收留她的人家是怎样的人家，放了心，决定不再在那里耽搁下去，领着贝洛，沿路求乞，走遍大半个岛国，来到威尔士。他们本来不惯于这样长途步行，所以弄得十分狼狈。这里住着英王的另一位将军，门庭广大，仆从如云，伯爵常带着孩子，到他家门前乞求食物。

将军的儿子，和其他大人家的孩子，常在庭院里跑啊跳啊地玩儿着。贝洛去熟了，就混在孩子们中间一起玩儿。不论哪一项游戏竞技，他都玩得很灵巧，有时甚至比他们还玩得好；有几次，将军偶然看到了这孩子，觉得他的举动神态都很可爱，问了左右，才知道是常到这儿来求乞的一个穷人的孩子，就叫人去跟他商量，说是将军想收养这个孩子。伯爵听到这话，觉得这分明是天主照应，便一口答应下来，只是骨肉分离，不免十分悲痛。

这样，伯爵的两个孩子都有了着落，他决定不再在英格兰久留，就费尽力气，渡海来到爱尔兰的斯坦福，在一个伯爵属下的爵士家里充当仆役，照料马匹，什么事都得干——他就这样默默无闻、忍苦耐劳地过了几年。

再说他的女儿维奥兰，已经改名珍妮特，留在伦敦将军夫人的家里，几年过后，已经长大，出落得十分标致，不但将军夫妇欢喜她，就是那一家大小，以及看见过她的，也无不啧啧赞美；加以她的一举一动，都十分优雅，因此没有一个不认为，她就是跟身份最高贵的小姐比起来也毫无愧色。那收养她的夫人，虽然从她的父亲手里领来，只听到伯爵所编造的那番话，根本不知道她父亲的底细，一心想照她那身份替她找一门适当的亲事。但是察访人间善恶的天主，知道她出身高贵，她的沦于微贱是由于别人的恶行，所以对她另有妥善的安排。我们怎能不相信，仁慈的天主不忍让一位千金小姐落在低三下四的人家，所以会闹出了以下的一段事儿。

收留珍妮特的夫人有个独子，老夫妇俩真是百般钟爱，做父母的总是爱自己的孩子的，但这个孩子实在懂道理，有德性，难怪他的父母要这么疼爱他。他比珍妮特大六岁，看见她长得这么美，又这么温雅，不禁深深爱上了她，除了她，心目中再没有第二个人。只是他以为珍妮特出身卑贱，不敢在父母面前请求和她结婚；恐怕会受到父母的责备，说他不顾身份，滥用爱情，所以只得把这番情意深深地压抑在自己的胸中，苦恼万分。

他精神上受不了这种痛苦，终于得了重病。请了多少大夫来诊断，却全都研究不出他到底得的是什么病，因此个个束手无策，不知该怎样下药。这可叫他的父母急坏了，难过极了，他们几次三番哀求他把害病的原因告诉他们。他只是叹了一口气作为回答，或者说，他只觉得自己越来越虚弱了。

有一天，有一位精通医道的年青大夫，坐在他床边，替他诊脉。恰好这当儿，珍妮特走进房来——她因为敬爱老夫人，有时候代替她尽心侍候病人。病人一看见她走进来，虽然没有说一句话，也没有作什么动作，但是他爱火高燃，心旌摇晃，脉搏顿时跳得快起来了，大夫立即发觉了这变化，十分惊奇，密切注意着这急促的脉搏可以维持多久。

过了一会，珍妮特走出病房，病人的脉搏也跟着转慢了，大夫觉得他对病情的根源已有了几分把握。他稍许等了一会，又把珍妮特叫回来，好像有什么话要问她似的，一面仍旧按住病人的脉搏。果然，她一回来，那脉搏又跳得跟以前一样快；她一走，脉搏又慢下来了。这一下，大夫就断定了病源所在，于是走出病房，把青年的父母请了来，说：

“令郎的病，不是医家所能为力，要恢复他的健康，只在珍妮特的手里。根据一些确切的征象看来，我发现令郎害的是相思病；从另一方面观察，她似乎还不知道令郎朝晚都在想着她呢。你们要是爱怜他的生命，那么快拿出个办法来吧。”

那老夫妇俩听得这话，把心放宽了不少，因为大夫已指点了一条救他们儿子的路；但是也很忧愁，唯恐将来当真要认珍妮特做他们的儿媳。大夫走后，夫妇俩来到病人的床边，夫人这么说道：

“我的孩子，我万想不到你有了心事却瞒着不对我讲，宁可积郁成疾，憔悴得这个样子。你放心吧，一件事，只要能叫你欢喜，那么不管它体面也好，不怎么体面也好，我无有不当作自己的事那样替你办到的。偏有你这个孩子，咬紧了牙关，怎么也不肯把心事对你妈说，幸亏天主不跟你一样，他还是爱怜你，不愿看你憔悴而死，把你得病的原因向我指点出来。你原来不是为了别的，却是在害着刻骨的相思，朝夜在想着一个姑娘。像你这样的年龄，本该是谈情说爱的时候，没有什么好害羞的，也用不到瞒人；要是你不懂得爱情，那我倒要把你看作一个没出息的孩子呢。所以，我的孩子啊，别再瞒着我了，把你的心事全都对我说了吧，丢开那叫你得病的烦闷和苦恼吧，你尽管宽心，相信你妈好了，只要你跟我说，你要什么，你妈无有不尽力来满足你的愿望，因为她爱你甚于爱她自己的生命。快丢开那羞怯和害怕的心理，坦白告诉你妈，她是不是能够为你的爱情尽点儿力。要是你发现你妈不替你尽力，或者不把事儿办妥当，那么你就把她当作世界上最残忍的母亲吧。”

那青年听了母亲的话，起初还是很忸怩，但是后来他想，除了母亲，再没人能帮助他达到自己的愿望了，就说：

“母亲，我害了相思，一直不敢讲出来，只因为我看见许多人，他们一上了年纪，就忘却他们的青年时代了。现在你这样谅解我，那我不但承认你猜得一点儿不错，还要告诉你，我心里头想的是谁，只望你照你所应许我的话，救救我这一条命!”

夫人还道她自有办法可以让儿子的欲望得到满足，却不一定真要按照他的本意做去，就满口答应下来：说是只要他肯把心事讲出来，她马上给他办去，让他如愿以偿。

“妈妈啊，”青年于是说道，“我们家里的珍妮特长得真标致，真温柔，我爱上了她，却没法得到她的温情——她连我在想她都不知道，我又不敢把自己的私情告诉人，结果就弄成我现在这个样子。你口头上答应了帮助我，要是你却没法做得到，那么我这条命是活不长了。”

夫人知道眼前只能安慰他，而不好责备他，就微笑着说：

“唉，我的孩子，你就因为这点儿事让自己病成这个样儿吗？快安心吧，快快好起来吧，等你病好了，一切都由我来给你办好了。”

那青年现在有了希望，不消多少天，病势顿时减轻不少；他母亲看了着实欢喜，就开始考虑该怎样来实践她的诺言。有一天，她把珍妮特叫了来，在闲谈中，只装作是打趣似的，用亲切的口气问她有没有情人了。珍妮特的双颊红了，回答道：

“夫人，像我这样一个孤苦伶仃的姑娘，家都没有了，只能在别人的家里吃口饭，怎么还配谈恋爱呢。”

夫人就说：“要是你果真没有情人，那我们很想给你介绍一个，两人守在一起，好不快乐，这才不辜负你的青春美貌。像你这样漂亮的姑娘，连情人都没有，那真说不过去呢。”

珍妮特回答说：“太太，你在我父亲穷苦无告的时候把我领来，跟亲生女儿一样把我养育成人，为了这份恩情，我应当事事都遵从你的意旨；但是关于这件事，我却只得请夫人原谅，我没法遵命——我觉得我只能这样做。如果承蒙你给我一个丈夫，那么我就一心一意爱他，可是我没法爱上别人；因为我现在除了祖先留给我的清白以外，已一无所有了，而这份清白，我立志要终生守住它。”

给她这样一说，夫人觉得要实行对儿子的诺言，可难于着手了；但是她究竟是位贤慧的夫人，不由得暗暗地佩服她，就说：

“怎么，珍妮特？要是当今的皇上——他是一位年青的骑士，正好比你是一个漂亮的姑娘——要是他来向你求爱，你也拒绝他吗?”

她不假思索地回答道：“国王可以用强力逼迫我，但是他除了用正大光明的手段外，永远也不会得到我的同意的。”

夫人见她意志坚决，不便多说，却还想试她一试，于是去对儿子说，等他病好了以后，她会把他们俩安置在一间幽室里，那时候他就可以自己去向珍妮特求欢了；还说，如果由她出面，像个老鸨似的替儿子做牵线，那是有失体面的。

这个主意不但不能使青年高兴，反而使他的病状突然恶化了；夫人到此地步，只得把心事对珍妮特明白说出；不想她的意志却更加坚定，无可动摇。于是夫人把情况告诉了丈夫，二人商量了一阵，难过了一阵，决定答应儿子娶珍妮特为妻，虽然这事大大违反他们的本意，但是娶一个贫贱的姑娘来，救了他们儿子一命，总比眼看他娶不到心爱的人，就这样死了，来得好些。二人商量定当，立即进行。珍妮特非常快乐，真心诚意地感谢天主不曾忘记她，但是她仍然自认是平民的女儿，不敢吐露真情。至于那青年真是乐得心花怒放，很快就复原，跟他的情人举行了婚礼，两人从此享受着幸福的生活。

再说伯爵的儿子贝洛，留在威尔士一个英国将军的家里，这时也已长大成人，生得一表人才，深得将军的欢心，又练就一身武艺，逢到全岛举行各种比武，没有一个是他的对手，因此远近闻名，谁不知道他就是贝洛·毕卡德。

天主祝福了他的妹妹，对于他也是另眼看待，并未忘怀。原来有一年，当地发生了一场可怕的瘟疫，全岛人口被卷去一半，其余侥幸未死的，也大都仓皇逃奔他乡，好好一座城镇，顿时荒凉不堪。将军一家人，从他本人到他的夫人、独子、兄弟，以及许多小辈亲戚，都染病而死了，偌大一户人家，只留下一个正当摽梅之年的女儿，贝洛，以及几个仆人。后来瘟疫逐渐过去，将军的女儿因为爱慕贝洛是一个英俊有为的青年，和几个存留下来的长者商量之后，就选贝洛做她的丈夫，认他为一家之主，掌管她所继承的全部产业。不久，英国的国王听得将军的死讯，又知道贝洛异常勇武，就命令他接替死者的职位，封他做将军。这就是安特卫普伯爵和他的骨肉分离断绝关系之后，这一对无辜的儿女的大概经历。

再说那伯爵，自从逃出巴黎，来到爱尔兰，含辛茹苦，已挨过了十八个年头；因为思念自己的亲骨肉，所以，准备去寻访他们，看看他们的日子过得好不好。他已经完全改变了旧时的容貌，显得十分苍老，只是他的身子，终年劳役，倒锻炼得比从前享受荣华富贵的时候结实多了。他辞了老东家，一无所有，来到英格兰。他先寻到了当初丢下贝洛的地方，知道他已经做了将军，得了偌大一份家私，又看见他长得身材魁梧、相貌堂堂，伯爵心中好不欢喜；但是，在还没得知珍妮特的情况以前，他还不想让人知道自己是谁。

他又晓行夜宿，来到伦敦，婉转向人打听收留他女儿的将军夫人，以及珍妮特的情形，才知道珍妮特已经嫁了夫人的儿子，心中十分高兴。伯爵眼看儿女两个，都长大成人，过着幸福的日子，觉得他从前所受的种种折磨，真是不算一回事了。

他很想见他的女儿一面，就常到她门前去求乞。有一天，他女儿的丈夫杰美·拉密斯在门口看到了他，觉得这个苦老头儿十分可怜，就叫一个仆人把他带进、给他一些吃的，也是行了一个方便。那仆人按照吩咐把他领了进去。

再说珍妮特已给杰美养了几个孩子，最大的才只八岁，却个个都长得秀丽活泼，真是世上少见。他们看见伯爵吃东西，一个个都跑到他的身边，绕着他，跟他亲近，好像有一种神秘的力量使他们本能地知道他就是他们的外祖父似的。伯爵看见他们，认出就是自己的外孙，真有说不出的欢喜，格外爱抚他们。孩子们也更离不开他了，不管他们的教师怎样呼唤也没用。

珍妮特听见外面有闹声，从自己房里走出来，来到伯爵吃东西的地方，吓唬他们说，谁不听教师的话就得挨打。孩子们哭了，说是他们要跟这位好老人家一起玩，因为他比教师更爱他们。这话叫珍妮特和伯爵都笑了起来。伯爵看见孩子的母亲出来，慌忙站立起来，完全像一个穷人对贵妇人表示敬意的样子，而不像父亲遇见了女儿，不过他心里却是十分欣慰。珍妮特始终一点儿都认不得她的父亲；他变得太厉害了，面貌苍老了，头发花白了，胡须长了，又瘦又黑，简直和从前判若两人。她看见孩子们只是不肯离开那老人，一拉开来就啼哭，只得请求教师让他们再玩一会儿吧。

孩子们正拥在老人的身边笑着嚷着的时候，恰巧杰美的父亲回来了，教师把这回事情告诉了他。他本来就看不起自己的媳妇，听了这回事，就说道：

“随他们去，天主叫他们倒楣吧！真是有种出种，他们的母亲本是叫花子的后代，那么他们欢喜跟乞丐混在一起，有什么好奇怪呢?”

伯爵听见这话，心中万分难受，但只是耸一耸肩，把耻辱忍受下来，就像他忍受许多别的耻辱一样。

杰美听说孩子们和老人十分亲热，他虽然并不高兴，不过因为爱自己的孩子，舍不得看他们啼哭，就叫人问他，是不是肯留在这里当一个仆人。伯爵回说这是他求之不得的事，不过他别无所长，只会看马，因为他一生都是做马夫。将军家里的人当时就把一匹马交托给他看管，此后，他伺候好马匹之后，就和孩子们一起玩儿。

命运这样替伯爵和他的儿女们作着安排的时候，法兰西国王已跟日耳曼人订下有好些条款的和约，不久，他就死了，由太子继承王位，当年陷害伯爵的那个妃子做了王后。后来和约满期，新王又在边境上展开了一场猛烈的战争。英格兰国王这时跟法王做了新亲，发兵援助，由大将军贝洛和另一个将军的儿子杰美统率；杰美家的那个老人——就是伯爵——也随军来到法兰西，充当马夫，始终没有人认出他来。伯爵本是一个良将，所以在军队中立了好些功绩，也献了不少计谋，真是别人所意想不到的。

正当两国交战的时候，王后在宫里得了重病；自知不久于人世了，她向全国公认为最圣洁的鲁昂大主教作了临终忏悔，把生平的罪孽都交代出来，其中有一件就是，自己怎样诬害了安特卫普伯爵。她向大主教认了罪还不算，又当着宫廷里的大臣把这回事和盘托出，恳托他们替她请求国王，如果伯爵还在人世，立即恢复他的爵位，归还他的土地财产，否则就由他的子女继承。她忏悔不久，就死了。葬礼十分隆重，她的临终忏悔由使者赶到军中，报告了国王。

国王听得王后的忏悔，想起冤枉了好人，不觉连连叹息，当即下令通告全军，以及全国各地：凡知道安特卫普伯爵或其后裔的下落、前往报告者，可得重赏；当初伯爵因罪流放，实属冤枉，幸得王后忏悔，真相大白，现在国王准备恢复伯爵的荣衔，甚或加封，以资补报。

伯爵在军队里隐姓埋名，充当一名马夫，听得这消息，又打听确实①，便径去见杰美，请他同到贝洛那儿去，说是那国王悬赏寻访的人，他能够供给他们线索。三人见面之后，伯爵就向贝洛说道：

“贝洛，杰美娶了你的妹妹，却没有什么陪嫁，为了免得你妹妹光是嫁了一个人过去，我想，国王的这笔重赏应该由他领取；让他——不是让别人——到国王跟前去报告我们。因为你就是安特卫普的儿子，他的妻子就是你的妹妹维奥兰，我自己就是你的父亲安特卫普伯爵。”

贝洛听得这话，定睛端详了他一会，认出果然是自己的父亲，就投在伯爵的膝下，哭着说：

“爸爸，我见到你多么高兴呀！”

杰美听见伯爵说的话，又看见贝洛这个样儿，真是又惊又喜，简直怔住了。过了一会儿，他想到自己一向把伯爵当作马夫，呼来喝去，真是羞惭，就也投在伯爵脚下，哭着求他饶恕了他从前的种种冒犯。伯爵急忙扶了他起来，用好言劝他不必把过去的事放在心上。

他们三人互相谈着过去的遭遇，有时掉泪，有时欢笑。贝洛和杰美请伯爵更换衣服，只是伯爵怎么也不肯答应，他叫杰美先去报告，领取国王的奖金，然后他就穿着这身马夫的破衣服，跟他去见国王，也好把国王羞惭一下。

---

① 因为他害怕这又是陷害他的圈套。——潘译本注解

杰美带了伯爵和贝洛去见国王，说是他已经找到了伯爵和他的子女，特地前来讨赏。国王当即叫人端出一份厚礼，放在杰美面前，说是只要他果真能把伯爵和他的子女带来，这笔谢礼就是他的了。杰美就回过身来，把自己的马夫和贝洛领上前去，说道：

“陛下，这就是伯爵和他的儿子，他还有一个女儿，就是我的妻子，现在不在这里，凭着天主的仁爱，你不久也可以看见她的。”

国王听得他这么说，就打量起伯爵来，虽然伯爵变得那么苍老，但是仔细一看，也认出来了，他含着眼泪，把跪在他面前的伯爵扶了起来，吻他搂他；对待贝洛，也十分亲切。于是他叫人替伯爵换过衣服，一边替他预备侍从、马匹，以及适合他身份的一切应用物品。他这命令一下，不消多时，全都办妥了。国王对于杰美也十分优待，然后他就询问伯爵流落的经过。

杰美因为报告伯爵和他子女的下落，得了重赏；在领赏的时候伯爵对他说：

“这是皇上的恩赐，你收下吧，希望你别忘了对你的父亲说，你的孩子——也就是他的孙子、我的外孙——可并不是叫花子的女儿生养的啊。”

杰美领了这份赏赐，派人把他的妻子和母亲接到巴黎来。贝洛也把他的妻子接了来，大家和伯爵住在一起，好不欢乐。国王不但把伯爵的产业全都发还，还使他们胜过了旧时的光景。后来子女等辈辞别伯爵，各自回去，伯爵安居巴黎，终生显贵。

故事第九

贝纳卜受了恶徒的骗，输去赌金，叫人杀害他无辜的妻子。她幸而逃脱，女扮男装，在苏丹手下做了官。后来她遇见那个恶徒，派人把丈夫从热那亚带了来，三面对质。结果真相大白，恶徒受到惩罚，她恢复女装，载着一船财货，和丈夫同回家乡。

爱莉莎讲完了她那哀感动人的故事，就由女王菲罗美娜来接替。女王长得十分娇艳苗条，而且笑靥迎人，可说是群芳之冠；只听她不慌不忙地说道：

我们应该对第奥纽守信，现在既然只剩他和我还没讲故事，那么我先来讲吧，因为他早就要求，特许他留在最后一个讲。

我们有一句常常提到的俗话："害人就是害自己"，如果不是有事实证明，这句话也许不大会使人相信；各位好姐姐，我现在打算讲一个故事，也好向你们证明这句话并非虚文，一方面又并不超出我们指定的题材范围；想来你们不至于不爱听吧——听了这样的故事也好教我们对于坏人有所戒备。

在巴黎的一家客店内，有一回来了几个意大利的极有钱的大商贾；他们到巴黎来都是各有各的事务。一天晚上，他们一块儿吃晚饭，吃得十分欢乐，大家就你一句我一句，把话谈开了，终于谈起各人留在自己家里的老婆来；内中有一个人打趣说：

“我不知道我的老婆独自一个人的时候在干些什么，可是我敢说，要是我碰到了一个可人意的小妞儿，不去跟她乐一下子，倒还把自己的老婆记挂在心里头，那才怪呢。”

“我也是打的这样的主意，”另一个说，“因为我放心也罢，不放心也罢，我的太太在我出门的当儿，有得快乐总是要快乐的。所以这叫做半斤对八两，以其人之道还治其人。”

接着又有一个人表示了同样的看法，得出了同样的结论。总而言之，大家差不多一致认为，家里的老婆只要有机会，决不会独守空房的。

其中只有一个热那亚人，名叫贝纳卜·伦美里尼的，极力否认他们这种说法，说是感谢天主的恩宠，他娶了一个全意大利少有的贤慧媳妇，不但女性的美德，集中在她一身，就连那属于骑士和绅士大爷的品德，也多半可以在她身上找得到。她正当青春妙龄，又漂亮，又丰满结实，论起绣龙描凤的本领，女人中要数她第一。此外，她照料酒席的本领，哪怕贵族家里的总管都比不上她——这一切都因为她系出名门、天资聪明、做人稳重的缘故。接着，他又夸她会骑马放鹰，能写会念，精通账目，不比哪个商人差。这样赞美了一通之后，他归结到方才他们谈论的题目上来，发誓说走遍天下，再找不到比他的妻子更贤慧、更贞洁的女人了。他深信，即使他十年不归，或是终生在外，她也不会对别的男人有半点儿轻佻行为的。

在这一堆谈得起劲的商人中，有一个年纪还轻的人，叫做安勃洛乔·达·皮亚桑扎的，听到贝纳卜夸说他的妻子是天下最贞洁的女人，失声笑了出来，还带着十分尖刻的嘲弄的口气问他：他这么大的福气敢情是王上赐给他的吧？

贝纳卜有些儿恼了，回说这福气不是王上赐给他的，而是天主——比王上更有权力的全能的天主赐给他的。

安勃洛乔就说："贝纳卜，你说的当然是真心话，这我没有丝毫怀疑，不过我觉得你对于事物的本性似乎没有研究个透彻；要是你果真在这方面多留意一下，我想你也不是一个糊涂人，一定会明白许多事理，那么你谈到这个题目时，也不至于信口开河了。我不妨跟你谈一下，免得你还道我们这么毫无顾忌地谈起自己的女人，大概她们跟你的老婆是截然不同的料子做成的吧。其实我们是摸熟了女人的心理，才说这样的话的。

"在这个问题上，我打算再开导你几句。我一向认为，男人是天主所创造的万物之灵；女人呢，是仿照男人造出来的；我们通常都认为男人要比女人完美得多，从男人顶天立地的事业上看来，也是如此；正因为这样，男人势必要比女人有毅力、有恒心，而天下的女人总是水性杨花的多。这一层道理可以用许多天然的原因来说明，不过我暂且不谈这个。假定说，性格坚定的男人，尚且不能自持，会屈服在娘们儿面前——尤其是当一个可爱的娘们儿向他有所表示的时候，他更是拚着命要去跟她亲近了。像这一类事不是一个月里有一回，而是每天里都有一千回——那么你想，本来就意志薄弱的娘们儿，怎么能够经得起一个男子的花言巧语、巴结奉承、送礼献媚，以及千方百计的追求呢？你以为她能够抵挡得住吗？不管你口头上说得多么动听，我总不相信你会把自己的话当真的。你自己说过，你的太太也是个娘们儿，像别的娘们儿一样，是个血肉之躯；既然这样，她也会跟别的娘们儿一样，有着同样的欲望；别的娘们儿对于生理上的要求能够节制到什么程度，她也只能做到这一点；所以尽管她多么规矩，她还是会做出别的娘们儿所做过的事来。既然有这可能，那你就不该死不承认会有这回事，或者坚持相反的论调。"

贝纳卜回他道："我是一个商人，不是哲学家，只能拿商人的见解来答复你。我承认，一个不知羞耻的蠢女人是会干出你所说的那种事来的，但是一个聪明的女人可十分看重自己的名誉，她们保护自己的名誉比男人更有决心——男人在这方面是随便得很的。我的妻子正是这么一个女人。”

“说真的，”安勃洛乔回答道，“要是娘们儿跟别的男人勾结一次，头上就要长出一只角来表明她们干的好事，那么我相信娘们儿就很少会去尝试这种事了。但是事实上不但不会长出角来，如果是一个聪明的娘们儿，还会做得干干净净，不落一丝痕迹。耻辱和丧失名誉，只是私情败露以后才遭遇到的。所以，她们只要能够偷偷摸摸去干，就决不肯错过一个机会，如果她们不敢下手，那倒是愚蠢了。这一点你倒可以信得过，要是真有这么一个贞洁的娘们儿，那只是因为没有人来追求她罢了，或者是她追求别人而遭到了拒绝。这不但是常情，也是真理，但要不是我跟不少的娘们儿有过不少的经验，也不敢把话说得这样肯定。我跟你说吧，如果我能够接近你那位最圣洁的好太太，那我要不了多少时间，就一定能够勾搭上她，就像我勾搭上旁的娘们儿一样。”

贝纳卜生气了，回答道：“口头上辩论是永远也得不到解决的，你说你有理，我说我有理，结果都是空话。你既然认为，一切女人都是容易摆布的，而你又是个风月场中的老手，我为了表明我的太太是一个贞洁的女人，那么这样吧，如果你能够叫她依从了你，我甘愿把自己的头颅割下来。如果你失败了，那么你只消输给我一千块金币就算数。”

“贝纳卜，”安勃洛乔回答道，也动了肝火，“我跟你打赌，如果我赢了，我不知道拿了你的性命有什么好处。你要是真要我把我所说的话证实一下，那么请你拿出五千块金币来——这总比你的头颅便宜得多了吧——来跟我的一千块金币赌个输赢；你并没有限定时间，现在我自己提出，从我离开此地，到热那亚去的那天算起，要在三个月之内收服你的太太，并且要把她所最珍贵的东西、以及其他的物证带回来，好使你相信当真有这么回事。不过你也要答应我一个条件，就是在这一段时期内，你不能回热那亚，也不能写信告诉她有这么回事。”

贝纳卜一口答应下来，在场的那许多商人，觉得这不是儿戏，唯恐将来会闹出乱子来，就尽力劝阻，只是那两个人正在火头上，哪儿肯听，当场各自亲笔签订了契约，把一切条件写得明明白白。

订好契约之后，贝纳卜仍旧留在原来的场所；安勃洛乔呢，立刻动身前往热那亚。他在那儿住了几天，小心谨慎地把那位太太的住址、品行打听清楚，才知道贝纳卜说她是个规矩女人，其实单说“规矩”还不够赞美她呢；这时候他心虚了，觉得自己真不该冒冒失失地赶到这儿来。不过，他不久就认识了一个穷苦的女人，她经常在那位太太家里走动，很得她的信任。只是安勃洛乔怎么也没法叫那个女人替他出力，他就用金钱贿赂她，求她把他装在一只他定做的大箱子里，运到那位太太家里，并且要直抬进她的卧房。那妇人受了贿赂，就依着他的话，假意对贝纳卜的太太说，她要出门去一次，有一只箱子想在她家寄存几天。

那箱子就这样放进了闺房。到了夜里，安勃洛乔料想这位太太该是入睡了，就运用机关，移开箱盖，悄悄地爬了出来。房里正点着一盏灯火，他借着灯光，观察房里的陈设和墙上的绘画，把每样东西都牢记在心里。他又走近床前，看见贝纳卜的太太和一个小女孩睡得正熟，他轻轻把罗被揭开，只见她赤身露体，就跟她穿着打扮的时候一样美丽，细看她的身上，并没有特殊的印记可以回去报告，只有左边乳头底下有一颗黑痣，四周长着几根金黄色的茸毛。他看个清楚之后，又轻轻地把罗被盖上。她的美艳强烈地引诱着他，叫他恨不得命都不要，爬上床去和她睡觉；可是他已听说她冷若冰霜，对于这类事情绝不苟且，所以不敢轻易尝试。那一夜，他在闺房里逗留了大半夜，从她的衣橱里偷窃了一个钱袋，一件睡衣，几只戒指，以及几条腰带等等。他把这些东西藏在箱里，自己重又躲进箱里，关好箱盖，一切跟原来一样。他这样活动了两夜，贝纳卜的太太在睡梦里一点也不知情。

第三天，那个穷苦的女人来了，把箱子要了回去，运到原来的地方——一切都照着预嘱她的话做去。安勃洛乔从箱里爬了出来，一文不少地酬谢了她一笔金钱，就带着赃物，赶回巴黎。到得那里，果然还没误了契约规定的期限。

他把当初争辩、订约时在场的商人都请了来，当着这许多人的面向贝纳卜宣布，他们中间打的赌已经给他赢了，因为他先前怎样把话许下，现在就怎样做到了。为了证实这话，他先把闺房里的陈设和墙壁上的图画形容了一番，接着拿出带回来的东西，说这些都是贝纳卜的太太送给他做纪念的。

贝纳卜承认他所说的确是闺房里的情景，也承认这些东西确是他太太的，不过他又说，安勃洛乔所说的闺房里的情景，可能是从他家的仆人那儿打听得来的，他这些东西也可能是从他仆人那儿弄来的。所以，如果安勃洛乔再拿不出旁的证据来，那么单凭眼前这点儿材料是不能作数的，不能就算赢了东道。

安勃洛乔于是说道："老实说，这些证据已经相当充足了，不过既然你要我再说一点儿，我说就是了。告诉你吧，你的太太齐纳芙拉夫人，在左边的乳头底下，有一颗很大的黑痣，黑痣周围长了六七根金黄色的茸毛。"

贝纳卜听到这话，就像有一把刀子直刺进心窝，痛苦极了。尽管他一句话也没说，但看他那面色骤变的神态，也显然可以看出，他已经相信安勃洛乔所说的都是真话了。过了一会儿，贝纳卜才说道：

"各位先生，安勃洛乔说的不假，他赢了，请他随便什么时候到我那儿去，我就把钱付给他。"

第二天，贝纳卜把五千块金币如数交给安勃洛乔，自己怀着一肚子怒火，离开巴黎，赶回热那亚，要去惩罚他的太太。他快到热那亚，离城还有六七十里路的时候，就不再前进，他在自己的一座别墅里停留下来，却派了一个心腹仆人带着两匹马、一封信，到热那亚去通知他夫人，说是他回来了，请她到别墅里来相见。但是他私下嘱咐那仆人，在半路上找一个下手的机会，把她杀了，再来回话。

仆人奉命来到热那亚，交了家信，贝纳卜太太满心欢喜，第二天早晨，就和仆人各骑着一匹马，赶到别墅去。他们一路行来，谈了不少话，不觉来到一个幽深的山谷，周围但见削壁和树林，仆人觉得这样隐蔽的所在，正好下手、回去复主人的命，就抽出匕首，一手抓住女主人的胳膊，说道：

"夫人，快向天主祷告吧，你也不必再往前走了，因为死亡就在你眼前啦！"

贝纳卜太太看见他扬着匕首，又说出这样一番话来，万分惊恐，嚷道：

“天哪，做做好事吧！你要杀死我，总得告诉我，我什么地方冒犯了你，叫你下这毒手！”

“夫人，”那人回答道，“你并没得罪我，但是不知道你为什么事得罪了你的丈夫；我只知道是他命令我在半路上杀死你，不许对你存一丝怜悯；还说如果我不照着他的吩咐做到，他就要拿我吊死。你知道我是他手下的人，不管他有什么命令，我怎么能不服从呢。天主知道，我是同情你的，可是我也没有办法呀。”

贝纳卜的太太哭着求道：“哎呀，看在天主面上，千万不要为了服从别人的命令，杀死一个从没得罪过你的女人吧！那洞悉一切的天主，知道我从没做下什么错事，应该受到我丈夫这样的处分。但是现在说也没用了。只要你听我一句话，你就可以在天主面前，在你的主人和在我面前，都交代得过去。我看你还是这样吧——你把我这一身衣裳拿去，把你的紧身衣和外套给我，你凭我这身衣裳，回去见你的主人，说是已经把我杀死了。我全靠你保全了性命，愿意对你起誓，立即离开这儿，逃亡他乡，从此以后，无论是他是你，或是这一带地方的任何人，再也不会听到我的消息了。”

那仆人要杀她，本是出于无奈，所以经不起她这番恳求，果然动了恻隐之心。他拿了她的衣裳，又把自己破旧的紧身衣和外套脱给了她，她随身带着的一点零钱，也仍让她留着，只是求她快快离开这里；于是就放她在山谷里徒步走去，自己回去向主人复命，只说已经把她杀死，而且把她的尸体抛给一群野狼吃掉了。

贝纳卜这才回热那亚。他杀害自己妻子的事，传了开来，当地的人，都谴责他不是。

再说贝纳卜的太太，可怜她独自一人，十分凄楚，直到天色黑了，才敢走近附近的一个村子，凭着乔装改扮，在一个老婆子那儿讨得了针线等物，把那件紧身衣照着自己的身材，裁短了，用自己的衬衣改做了一条短裤，又剪短了头发，把自己完全打扮成一个水手模样，向海岸走去。也是凑巧，她在那里遇见一位西班牙卡达鲁尼亚的绅士，叫做恩卡拉的，因为阿尔巴地方有清泉，所以他把船泊在附近，自己上了岸，想去休息一会。她改名西柯朗，和他交谈起来，为他收容了，就跟着他上了船，换了一套整齐的号服，从此在船上做一个侍从，悉心侍候绅士，颇得他的欢心。

不久，那位绅士航行到亚历山德利亚，他带了几头猎鹰上岸献给苏丹。苏丹几次设宴款待他，他都带了西柯朗前去；因此苏丹看见他①侍候主人十分伶俐殷勤，很是欢喜，就向绅士开口，要把西柯朗留下来。他的主人没法推托，只得把他留下。西柯朗进了宫，一举一动都非常得体，所以不多几时，就得到了苏丹的宠爱，正像从前在绅士跟前的光景一样。

时光不断过去，阿克地方举行一年一度的盛大的集市，许多基督教和伊斯兰教的商人都要到那里去贸易；这地方也属于苏丹管辖，苏丹为了保护商人和货物的安全，一向派遣大臣率领着官员和军队，去维持治安。这一回，苏丹决定派西柯朗去。

西柯朗这时已学会了当地的语言，奉命到阿克赴任，负责地方上商民的治安事宜。上任之后，他勤谨办理公事，十分称职。他经常来回巡视，接触了许多从西西里、比萨、热那亚、威尼斯以及从意大利各地来的商人。因为他们是从祖国来的，所以他乐于跟他们结识。有一天，他走进一家威尼斯人开的铺子，在许多小玩意儿中间，看见一个钱袋和一条腰带，他立即认出这些分明是自己的东西，不觉大为惊奇。但是他并不多说什么，只问这些东西是哪儿来的，是不是卖的，口气十分平常。正在这时候，刚好安勃洛乔从威尼斯装了一船货，来到这儿，他听见长官问起这些东西，就走上一步，笑着说：

“先生，这是我的东西，不是出卖的，倘使你欢喜的话，可以奉送给你。”

---

① 英译本(根据意大利原文)从这里起，暂时用“他”来称呼故事中乔装改扮的女主人公。

西柯朗看见他笑起来，倒怔了一下，心想：莫非我有什么破绽，已让他看出我的底细了？但表面上依然十分镇静，说道：

“你是因为看到像我这样一个军人忽然问起娘们儿的玩意儿来，觉得好笑吧?”

“大爷，”安勃洛乔说，“我不是笑你，我是笑自个儿当初把这些东西弄到手的情景。”

“呃，想必运气很不错吧，”西柯朗说，“如果这不是什么不可告人的事，那么讲出来大家听听吧。”

“大爷，”安勃洛乔说，“热那亚有一位太太，叫做齐纳芙拉，是贝纳卜·伦美里尼的妻子，有一天晚上，她跟我睡觉，把这些东西，和另外一些东西，都送给了我，要我永远留着作为爱情的纪念品。我现在发笑，是想起了天下竟有像贝纳卜这样的傻瓜，说是我怎么也没法儿把他的老婆勾搭上，跟我打起赌来，拿五千块金币来对我一千块金币，结果是我玩了他的老婆，又赢了他的钱，把他气个半死。实际上，那只能怪他自己为什么这样愚蠢；不能责备那个太太干下了每个女人都干的事；可是他却从巴黎赶回热那亚，听说就此把自己的太太杀了。”

西柯朗听了这话，才恍然大悟，为什么贝纳卜要把自己的爱妻置于死地，是谁害得她受了这许多折磨，就私下决定，万不能便宜了这个坏人。他于是装作把这故事听得津津有味，此后又常去和他亲近，十分密切，那安勃洛乔信以为真，把他看成了一个知己，所以市集结束之后，就依着他的话，带了所有的货物来到亚历山德利亚。西柯朗替他造了一座货栈，又拿出一笔钱来给他当作资金，安勃洛乔觉得交了这样一个好朋友，真是大有前途，还有什么不乐意住下来的道理！

西柯朗一心要在丈夫面前表白自己的贞节，无时无刻不在留意这样的机会，后来终于通过城内几个热那亚的大商贾，设法使贝纳卜来到了亚历山德利亚。不料他这时候已经穷困潦倒，西柯朗又托一个朋友照顾他一切，却并不声张，等到时机成熟的时候再说。这时候，西柯朗已经把安勃洛乔带进宫里去过，叫他在苏丹面前讲述自己的故事给苏丹解闷。贝纳卜来到之后，他觉得无需多等了，就趁一个机会，请求国王把安勃洛乔和贝纳卜两个召了来，命令安勃洛乔在贝纳卜面前交代出来，到底跟贝纳卜的妻子有没有关系，如果他不肯实说，就用刑罚强迫他说出来。

两人都来到宫中，苏丹当着众人，厉声命令安勃洛乔把他当初怎样跟贝纳卜打赌、怎样赢得这五千块金币的经过老实讲出来。在这许多人中间，安勃洛乔最信赖的就是西柯朗，不料只见他满面怒容，比旁人还要无情，只是叫他赶快招认，否则就用严刑来对付他。安勃洛乔经不起这样一再威逼，只得在贝纳卜和众人跟前把当初的情况说了出来，暗中还在希望除了退还五千块金币，交出偷来的一些物件以外，可以逃过其他的刑罚。安勃洛乔说完之后，这件案子的主审官就回头问贝纳卜道：

“你听信了他的谎话，怎样对付你的妻子呢？”

贝纳卜回答说：“我输了钱，又出了丑，我认为都因为妻子不贞，一时气愤，回到家里，就命令一个仆人把我的妻子杀了，据仆人的回报，她的尸体当时就给狼吃掉了。”

双方的供词苏丹都已听得清清楚楚，只是他还不明白西柯朗查究这件案子的用意何在。只听得西柯朗向他说道：

“陛下，现在你不难看出，那个可怜的女人有着这样一位‘相好’和这样一位丈夫，是多么值得自负。她的‘相好’只是说了几句谎话，就一下子把她的名誉和清白摧毁了，把她丈夫的金钱骗来了；而她那位丈夫呢，跟她做了几年夫妻，却不相信她的忠贞，宁可轻信别人的谎话，把她杀了去喂狼。更叫人佩服的是，这‘相好’和丈夫两个人，这样爱她、敬她、经常亲近她，却竟然认不得她了。现在为了使陛下彻底明白案情，以便判决起见，只求陛下给我一个恩典，惩罚那个骗子，赦免了那个受骗的人——我就把那位夫人带上来当场对质。”

苏丹对这件案子，完全听从西柯朗的主意，就允许了他的请求，要他把那个女人带上来。贝纳卜一向以为自己的妻子早已死了，听了不免十分惊奇，安勃洛乔听了这番话，觉得事情不妙，恐怕不仅是退出五千块金币就能了事，也不知道那夫人一出场，对他是凶是吉，只是惴惴不安地等待着。

苏丹答应了西柯朗的请求之后，只见西柯朗立即跪在他跟前，哭泣起来，那男性的声气和气派一下子都消失了，只听得他哭着说：

“陛下，我就是那个苦命的齐纳芙拉，这六年来一直女扮男装，流落他乡！这个奸徒安勃洛乔用下流无耻的手段诬害了我，毁谤了我；而那个狠心的、不明是非的汉子，却叫他手下的人杀了我、把我的身子去投给豺狼吃掉。”

说到这里，她撕开了胸前的衣服，露出乳房，让苏丹和满宫廷的人都看到她是个女人。于是她气愤愤地回过头来，对准安勃洛乔质问道：她几时像他所扬言的，跟他睡过觉。安勃洛乔现在认得是她，吓得低下了头，再不敢作声，竟像个哑巴一样。

苏丹一向把她当作一个男子，现在听到她这么说、又看到她这等光景，真有些不敢相信，还道自己在做梦呢；后来心神稍定，知道这是真人真事，西柯朗就是齐纳芙拉，就着实把她称道了一番，赞美她的忠贞和德行，又吩咐侍从替她换上最华丽的女服，派了许多宫女侍候她，同时顺从了她的愿望，赦免了贝纳卜的应得的死罪。贝纳卜认得是自己的妻子，连忙跪在她面前，痛哭流涕，向她请罪。这样狠心的男子本来是不值得饶恕的，但她还是不念前恶，饶恕了他，把他扶了起来，温柔地搂着他，认他做自己的丈夫。

于是苏丹下令，安勃洛乔应立即押到城内高处，缚在木桩之上，全身涂上蜜糖，任烈日晒着，不准松绑，直到他倒下为止。这命令立即就执行了。他又下令把安勃洛乔所有的财富——足有一万块金币以上，应全数归给齐纳芙拉；此外，又大摆筵席，款待女中俊杰的齐纳芙拉和她的丈夫贝纳卜；此外还赏了她不少金银器皿、珍宝、现金，价值又在一万块金币以上。

宴罢之后，他吩咐给他们预备一艘回热那亚的大船，他们爱多留几天也好，急于回去也好，都听他们的方便。那夫妇俩带了大宗财富，高高兴兴地回到故乡。故乡的人热烈地欢迎他们，特别欢迎他们一向以为死于非命了的齐纳芙拉。终她的一生，那里的人都很敬重她，盛赞着她的才智和贞洁。

安勃洛乔当天就被绑上刑柱，遍体涂了蜜糖，任苍蝇来舔，牛虻来叮，黄蜂来刺——这些虫子在这个国家里本来是再多不过的，所以一刹那就爬满了全身，这痛苦真是比死还难受。他死的时候，血肉都给虫子啃光了，只剩下一副骨骼。他的白骨串在几根筋上，高挂起来，使过往的行人知道这是恶人的下场。这真所谓“害人就是害自己”。

故事第十

海盗帕加尼奴把法官理查的妻子劫了去，那丈夫打听到她的下落，便去恳求海盗放她回家。他答应不加留难，可是她偏不肯跟丈夫回去，后来等他一死，就跟海盗做了夫妻。

这一群正派的青年男女听了女王所说的故事，全都十分称赏，尤其是第奥纽。这天里只剩他还没讲故事，所以他向女王啧啧称好之后，就这样开始道：

美丽的小姐，我本来打算说的是另外一个故事，可是听着女王的故事，其中有一节叫我改变了主意。我指的是贝纳卜的那种愚蠢的行为——虽然他的愚蠢后来反而叫他走了运。像他这一类人所抱着的、和表现出来的信仰，就是：他们自己在这世上东游西荡，有时跟这个女人相好，有时又跟那个女人勾搭，但是在他们的幻想中，自己的太太总是两手按住腰带，规规矩矩地守在家中。我们是她们生下的、在她们手中养大的，可是日常的经验好像还不足以叫我们信得过还有跟这相反的情形。我现在讲这一个故事，就是为了让你们可以看到，这班人是多么愚蠢——尤其是有些人还道自己的力量比人类的七情六欲还大，只要他们搬出一套荒唐的谬论来，就可以强迫别人违反自己的本性，按照他所定的为人之道来做人。

从前，在比萨地方有个法官，名叫理查·第·钦齐卡先生，天生聪明，又十分有钱，只可惜体力差些。他头脑里存着一种想头，以为只要拿出他那套研究学问的功夫来应付他的太太，就可以叫她称心如意，所以他千方百计要物色一个年青美貌的姑娘做太太。要是他给自个儿办事，就像替别人出主意一样，那就好了，那他既不会要他的太太“年青”，也不想她什么“美貌”了。结果，天从人愿，罗托·葛兰地大爷把他的女儿巴托罗米霞——比萨城里数一数二的漂亮姑娘，许配给了他。

比萨城里的姑娘，个个面黄肌瘦，活像那吃虫子的壁虎，现在理查得到了这样一位美女，心里如何不欢喜？所以结婚那天，他用隆重的排场把她迎娶了来，又大摆喜席，好不热闹。这天晚上，新婚燕尔，少不得合欢一番；谁知道这第一次，只差一点儿就几乎成为陷在“坑”里的一枚死棋①。你看他已经筋疲力尽，气喘吁吁，面无人色了；第二天早晨，只得吃些白酒、蜜饯和其他滋补的东西来提提神了。

现在，这位法官先生对于自己有多大能耐，可比从前明白多了，他只得拿出一本教孩子认字倒挺适合的历本来教他的太太。这个历本大概是在拉韦那地方编印的吧，根据这上面的记载，一年到头，就没有一天不是供奉着一位圣徒，甚至是好几位圣徒②。他又旁征博引，向他的太太证明，在这些圣徒的节日里，夫妻应该虔敬神明，禁止房事。这还不

---

① 死棋：潘译本原文是指“王”棋被困，移动一步，就要受将，而此外又别无闲棋可走。象棋是公元八世纪阿拉伯人征服西班牙时传到欧洲去的；十字军东侵时，象棋已是很普遍的消遣，到十六世纪末，意大利下棋的风气更盛极一时。

② 据说拉韦那地方教堂林立，数目可与一年中的天数相比，所以每天里不是供奉这个圣徒，就是供奉那个圣徒。——潘译本原注

拉韦那，意大利北部拉韦那省的省会，以古教堂、寺院遗迹著名，但丁的墓穴即葬在当地法兰西斯寺院内。

算，他又添加了许多斋戒日，诸如四季斋戒日①，十二门徒彻夜祈祷日，以及其他千来位圣徒的节日，还有圣礼拜五日啊，圣礼拜六日啊，圣安息日啊，那长长的复活节四旬斋②啊；还有那月圆月缺等等一大堆禁忌……说是在这些日子里，夫妻都要虔诚节欲。他还道对付他枕畔的女人，就像办理法院里的案子一样，压一压、搁一搁是没有什么要紧的呢。

这样，真是苦坏了那位太太，一个月里，他最多也只不过敷衍她一回罢了，却又把她监视得真够严密，唯恐有人像他教给她那么多安息日似的，把工作日教给她。

有一年夏天，天气特别热，理查在蒙特·内罗地方有一座华丽的别墅，他就带着太太到那儿去避几天暑。为了给太太解闷，有一天，他带着大家到海面去打鱼。他自己和几个渔夫坐在一只船上，他的太太和女伴们坐上另一只船，跟在后面观看，大家玩得十分高兴，不觉已离开海岸十多里，进入到海洋里去了。

大家正在一心打鱼和观赏的时候，海面上突然来了一艘大划船，是当时大海盗帕加尼奴·达·梅尔的一艘盗船。海盗望见那边有两条船，立即赶去劫掠，小船尽管没命逃，帕加尼奴还是捉住了那艘载着妇女的小船，他看见船里有一位太太长得如花似玉，就放过别的女人，单把她掳上船来。那丈夫已逃到岸上，眼睁睁地看着海盗抢了自己的娇妻，扬长而去了。

我们这位法官，连空气都要妒忌，眼看娇妻落进了强人的手里有多么痛心，自然不用说得。他在比萨控告了海盗们的不法行动，又到处去投案，可是都没结果，因为他既说不出是谁劫掠了他的妻子，也不知道给强人劫到了哪里。

再说帕加尼奴，他本是光棍一个，眼前有这样一位美女落在自己的

---

① 四季斋戒日，每季三日：(一)在四旬斋期第一星期日之后；(二)在降灵节后；(三)在9月14日圣十字节后；(四)在12月13日圣罗奇亚节后的星期三、五、六日。

② 四旬斋请参阅第24页注①。

手中，觉得运气真好，决定把她留在身边，一起过日子。只是那位贵妇人一直哭个不停，任凭他怎样慰劝都不中用，他说尽了好话，也还是白说。直到天晚了，他开始用行动来安慰她——反正他不是那种按照历本行事的人，他才不理会什么圣徒的节日、安息日的假日呢①——这一下，可不比日间那些空话，马上见效了；他们还没到达摩纳哥，她早就把她的亲丈夫和他那一套规矩忘个干干净净，只觉得跟帕加尼奴同住在一起，如鱼得水，好不快乐。他把她带到摩纳哥之后，不但是日日夜夜讨她欢喜，而且还把她当作自己的妻子一样尊重。

后来，她的下落居然给理查打听到了，他恨不得马上把自己的妻子找来，又觉得事情重大，谁也托付不得，决定亲自去找她，而且立下决心，不管花多大代价，也要把娇妻赎回来。他乘着海船，来到摩纳哥，果然看见了她；她呢，也看见了他。她当晚就告诉帕加尼奴她的丈夫已经在这里了，同时还表明了自己的心迹。

第二天早晨，理查碰见了帕加尼奴，就跟他打个招呼，攀谈起来，不到半天，两人竟像是一对老朋友似的了。其实他的来意，帕加尼奴哪儿会不知道，只是不去道破他，且看他怎样行动。理查以为开口的时机已经到了，就向他婉转说明了此来的缘由，他要多少赎金，悉听吩咐，只是千万把他的妻子放还给他。帕加尼奴笑嘻嘻地回答道：

“大爷，我很欢迎你，我愿意简单说几句话来答复你。我家里当真有一个小娘儿，可是究竟是你的太太，还是旁人的太太，我可不仔细，因为我既不认识你、也并不认识她——我只是跟她同居了一段时期而已；看来你也是个高尚的绅士，我不妨带领你去见她；如果你所说的话不假，果真是她的丈夫，那么照我看，她理该认识你。只要她承认你所讲的一切都是实话，而且愿意跟你回去，那么，难得你这样讲礼，任你给我多少赎金就是了。但是，如果她不是你的妻子，那你就是存心想到

① 从麦克威廉译本。潘译本、里格译本稍觉费解（可能是直译）：“直到天晚了，历本从他的腰带里掉了下来，什么圣徒的节日、安息的假日在他的脑海里忘个一干二净。”

我身边来夺取她了。我告诉你，我也是一个年青的汉子，也一样懂得爱护自己的女人——尤其是像她这样少见的可爱的女人。”

理查于是说道：“半点儿都不假，她是我的太太，只要你把我带到她那里去，你立刻可以知道我这说的是真话了。她一定会当场张开双臂，勾住了我的脖子。所以你这提议是再中我的意也没有了。”

“那很好，”帕加尼奴说，“咱们走吧。”

理查跟着帕加尼奴一同来到他家里，坐定之后，帕加尼奴叫人请她出来，她已经装束停当，就来到客厅，可是她只是略为招呼了理查一下，好像只是把他当作帕加尼奴带回家来的一位生客而已。理查满心以为她一看见他，不知会高兴得怎么一个样儿，现在不想受到这样的冷漠，不免吃了一惊，私下想道：“莫非我自从失去了她，忧伤过度，形容憔悴，连她都认不得了？”便道：

“太太，那天带你去看打鱼，叫我付出多大的代价呀。自从失去了你，我心里这份悲苦的滋味真够受了。可是现在你看见我，却那么疏远，好像不认识我的样子；难道你没看出，我就是你的亲人理查，特地来赎你回去吗？不管出多大代价，我也要把你赎回来；难得这位先生慷慨好义，愿意把你交还给我，不跟我计较赎金的多少。”

那少妇转过脸来，微带笑容，说：“大爷，你这是在跟我说话吗？请仔细些，别认错了人吧？因为我可记不起来曾经在哪儿见过您大爷。”

理查说：“你想想自己说的是什么话吧。请把我好好地看一看，再回想一下吧，那你就会看出，我是你的亲人理查·第·钦齐卡了。”

“大爷，”那少妇回答道，“请你原谅，叫我尽对着你瞧，或许并不像你所设想的那样雅观吧。不过说实话，我已经看清楚了，我知道以前确实没有看见您大爷过。”

理查于是又猜想她是为了害怕，才这样推托，不敢在帕加尼奴面前跟他相认，所以就请求帕加尼奴让他们俩单独在一间房里谈话，帕加尼奴答应了，但是声明他可不能用强暴的手段跟她亲吻，于是吩咐少妇和他一起到内室去，听他有什么话要说，而她尽可以依着自己的心意回答。他们于是进了内室，坐定之后，理查直嚷道：

“唉，我的心肝呀，我的甜蜜的灵魂，我的希望呀！难道你不认得你的理查了吗？他爱你胜过爱他自己！这怎么会呢？难道我变得这么厉害，叫你认不出了吗？唉，我眼睛里的珍宝呀，你再看一看我吧！”

她笑起来了，不让他说完，便道：“请放心吧，你总信得过我不至于那样健忘，连你这位法官老爷理查·第·钦齐卡，我的丈夫，都记不得了。可是当我跟你在一起的时候，你似乎并不见得就认识我呢，要是你真像你自己所说的那样急切、那样懂事，那么你应该看出，我正像一朵刚开的鲜花，是一个精力旺盛的少妇，除了吃、除了穿之外，还有着别的更迫切的需要呢——虽然姑娘们为了怕羞，不好意思把心事讲出来。但是请想想，你在这方面下了多少功夫？

“你如果觉得研究法律比了解女人的心理更对你的劲，你就不该娶什么太太。不过在我看来，你其实也算不得什么法官，你只是圣徒的节日、斋戒日、彻夜祈祷日的街头上的宣传者罢了——亏你对于这一套是那么在行。告诉你吧，要是你让那些替你种田的农夫也像你垦殖我那块可怜的小小的田园那样，守着这许多休假日，那么你也就别指望会有一粒谷子的收成了。总算天主可怜我的青春，叫我碰到了那个男子——他跟我同睡在这一间屋子里。这里是从来不知道什么叫休假日的——我说的是专门为了奉承天主(绝不是为了奉承女人)而一心一意奉行的休假日；从那扇房门里，也从不曾闯进来过那么许多礼拜六啊，礼拜五啊，彻夜祈祷日啊，四季斋戒日啊，或者是四旬斋啊——这个斋期可真长哪！——我们只是日日夜夜地干活儿，我们的毯子破得特别快。就在今天清早，夜祷钟响过之后，我还跟他上了一工呢。所以我很中意他，预备跟他同居下去，趁着我青春年少，努力干他一阵子；那些圣徒的节日、赦免、斋戒，等我到了老年时再来遵守吧。所以你也不必多耽搁时光，赶快回去干你的正经吧。但愿你称心如意，随你爱守多少节期就多少节期——只是把我免了吧。”

理查听她这么说，心里难受极了；等她说完了，就说道：“唉，我的可爱的灵魂呀，你这说的是什么话呀？难道你就不想想你家里的名声、你自己的名誉了吗？难道你不怕罪孽深重，倒宁愿留在这里做这个人的姘妇，却不愿在比萨做我的太太吗？等他一旦厌倦了你，他就会把你赶出屋子，教你再也抬不起头来做人；如果在我这儿，你始终是我的宝贝，哪怕我不愿意，你也永远是我的当家人。难道你能因为这荒淫无耻的肉欲，连名节都不要了，把我都抛弃了？——我爱你是胜过爱自己的生命哪！啊，我心头的希望呀，看在天主面上，不要这么说吧，你跟我回去吧。现在我了解你的痛苦了，我以后尽力补报就是了。那么，我的可爱的宝贝呀，你改变了主意，跟着我回家去吧，可怜我自从失去了你以后，从不曾有一天舒眉展眼过！”

她回答道：“我的名誉，除了我自个儿，我并不希望谁来顾惜——再说，现在才顾惜也未免太晚了——要是当初我的爹娘把我许配给你的时候，替我的名誉设想一下，那该多好呀！既然当初他们并不曾为我打算，那我现在又何必要为他们的名誉着想呢？要是我在这里犯了‘不可救赎的’罪恶，那么我和一根不中用的‘杵’守在一起也好不了多少①。请你不必可惜我的名誉吧。我还要奉告你，我觉得在这里倒是做了帕加尼奴的妻子；在比萨，只不过是做你的姘妇罢了。我还记得那时候我要遵守着月盈月亏、以及天宫里的种种星象，才能把你的星宿跟我的星宿交在一起；可是这里全不理会这些，帕加尼奴终夜把我搂在怀里，咬我揉我，要是你问他怎样打发我，那么让天主来回答你吧。你说是以后要尽力补报我，请教是怎么补报法子呢？你能干了它三次，还是像根棍子一样挺在那里吗？想不到这一阵不见，你已变做不可一世的英雄了！走吧，尽力做像一个人吧，看你是这样形容枯槁、气急败坏，好像活在人间反而受罪的样子。

“我再对你说吧，就算那人把我丢了(我看他是不会的，只要我愿意跟他同住下去)，我也不会回到你那儿来，因为你已经无论怎么榨也榨不

① 从阿尔亭顿译本。潘译本作“要是我犯了‘臼’罪，那又有什么呢？即使叫我承担着‘杵’罪，我也情愿。”下注：“‘臼’谐‘不可救赎的’；‘杵’谐‘毒疫的’。”里格译本注道：“这是不足道的文字游戏。”

出一滴‘甘露’来了呀。从前我陪着你活受罪，现在还不该另投生路吗？话已经说完了，这里既没有圣徒的节日，也没有那彻夜祈祷，所以我高兴住在这里。现在，看天主面上，快走吧，你再不走，那休怪我就高声喊起来，说你要强奸我了。”

理查看见情形不妙，只得忍着悲痛，走出房去。他现在可明白了。自己已经老朽了，却偏要娶一个年青的姑娘来做太太，这是件多么愚蠢的事啊。他又去跟帕加尼奴谈判了一阵子，可全不中用，最后，他只得空着双手，回比萨去了。

他受了这刺激，神经渐渐错乱，终于走在街上，连人们招呼他，问他，他也答不上了，除了自言自语地叽咕着一句话：“那强盗窝里是不守什么安息日的！”不久，他就死了，帕加尼奴听得了这消息，又深知那少妇热爱着他，就和她正式做了夫妻。①直到他们还能行动的时候，他们都是只知干活，从不理会什么圣徒的节日、彻夜祷告，或者是四旬斋等等的。亲爱的小姐们，所以当贝纳卜跟安勃洛乔争论的时候，在我看来，他是把车儿套在马儿前②——彻头彻尾的错了呢。

* * * * *

这一个故事可真把大家笑坏了，笑得牙床都痛了，小姐们全都同意第奥纽的意见，认为贝纳卜是个傻子。等故事结束、笑声静下来之后，女王看天色已经不早，各人也都已把故事讲完，自己的统治权到此已告结束；就依照先前的约定，把花冠脱下，放在妮菲尔的头上，欣然说道：

“亲爱的朋友，现在这一个小小的邦国的统治权，是属于你了。”说完，她重又坐了下来。

---

① 天主教会不准许离婚，所以必须等理查死了，他们才能结婚。参阅第三天故事第八：“可我终究是有夫之妇了，他一天不死我就一天不能另外嫁人。”（第 242 页）又参阅第十天故事第十，离婚须得到教皇恩准。（第 758 页）

② 从阿尔亭顿译本。里格译本作“他是骑着山羊下山呢”。下注：“骑随便什么牲口，也没有像骑着山羊下山那样叫人受罪了。”

妮菲尔受到这光荣，两颊微红，就像在四月的清晨，一朵刚开放出来的玫瑰花一般，她虽然微微低垂着眼皮儿，她那美丽的眸子，依然像两颗闪烁的晨星，发出动人的光彩来。各人都前来向新王祝贺，她就不像方才那样忸怩了，就坐得比平时格外挺直，说道：

"现在，我是你们的女王了，我并没有新的措施，一切都按照旧规，因为这是一直为大家所遵守着、拥护着的。我只想把自己的意见简单地说一说就是了，如果你们同意的话，我们就这样实行。

"大家知道，明天是礼拜五，后天是礼拜六，这两天，是斋戒的日子，很叫一些人感到头痛。不过礼拜五是救主殉难的日子，这一天是我们理应奉作神圣的，这一天我们虔敬地向天主祈祷，比讲故事来得确当。礼拜六呢，女人通常要在这天里洗洗头——她们操劳了一礼拜，头发上不免蒙了一层尘垢，就要在这天里洗濯干净；又有好多人为了敬崇圣母，在那天里是斋戒的，也不工作，来迎接礼拜天。虽说我们没法一切都照着从前的规矩行事，但是我想至少也要在那一天里暂时停止讲故事才好。

"到礼拜六，我们就在这里一连住了四天，为了免得外人来打扰，我想也该换个地方了。我已经想好了一个场所，也已经布置好了。在礼拜日午睡以后，我们就在那儿集合。今天我们各人已随意谈了不少话，为了使大家能够充分有个预备，也是为了各人所讲的故事有个范围，我想我们不妨在那命运无常的总题下，专讲它的一面，我已经想好了题目，就是：凭着个人的机智，终于如愿以偿，或者是物归原主。大家就在这个题目范围内，想一些有教训意味的、或者至少是有趣的故事吧；唯独第奥纽不在此例，他总是有他的特权的。"

大家都赞同女王的计划，决定照着她的意旨做去。于是女王把总管传了来，吩咐今晚筵席该放在哪儿，以及在她统治期内他应办的事务。然后她和大家站了起来，允许各人这会儿不妨自由行动。

这一群年青男女就来到一个小花园中，玩了一会，已是晚饭时分，又聚在一处欢乐进餐。餐罢，大家纷纷离席，爱米莉亚奉女王之命，引领众人起舞，由潘比妮亚在旁领唱，众姐妹和唱，歌词如下：

一个姑娘所能梦想的幸福，我都已享尽，
假如我再不歌唱，那还等待何人？

啊，爱神，你来吧！
你带给了我一切的快乐和希望，
给我开辟出幸福的泉源，
让我们一起来唱歌吧，
别再提起过去的哀怨和苦恼，
——苦恼的过去只为了衬出欢乐的今朝，
让我们只是歌颂那灿烂的火焰，
我在火里燃烧，我在火里逍遥，
爱情呀，我永远奉你作神道！

啊，爱神，回想那一天，
我第一次投进你的火焰，
那时啊，我的眼前出现了一个青年，
啊，谁家的少年郎能像他
这样风流潇洒、这样惹人爱怜，
叫我怎么能不一见倾心，油然生恋，
爱神啊，我从此对你把情歌唱上千万遍。

他给了我最大的幸福，因为
我深深爱他，他也爱我十分，
爱神啊，我怎么能不感谢你，
人间的至福都已由我享尽，
凭着我对他的耿耿忠贞，
在未来的世界里，我将
得到安宁。明鉴一切的天主啊，
他会把我带进了幸福的仙境。

唱完这首歌，她们又唱了好多别的歌。大家尽兴地跳着舞，又奏着各种乐器。后来，女王觉得时间不早，该安息了，于是燃起火炬，由侍从引领，各人回房去了。此后两天，各人自有一番忙碌，一如女王所说的，但是同时也在热心地盼望着礼拜日早早来到。

［第二天终］

第三天

《十日谈》的第三天由此开始。妮菲尔担任女王，故事的总题是：凭着个人机智，终于如愿以偿，或者是物归原主。

礼拜日早晨，太阳才从东方升起，把鲜红的朝霞映照成一片金黄，这时候，女王已经起身，并且把大家叫了起来。总管早已把一切必需的东西，送到他们今天要去的地方，还叫几个仆人去照料一切。女王领着众人出门之后，他和其他仆人像搬家似的，立即把东西收拾停当，押着行李，跟在主人后面一起出发。

一群姑娘和三个青年陪着女王，一起向着西边缓步走去，他们选择的是一条人迹罕至的小径，两旁长满了野草闲花，当朝阳初临，朵朵花儿就逐渐开放。一路之上，只听得几十只夜莺和别的小鸟，唱着动听的歌儿，好像在欢迎他们似的。他们自己也不断地发出轻快的笑声和喧闹声。到了晓钟和晨祷钟之间的这段时间①，不觉已走了将近六里多路，来到了一座别墅；这座别墅坐落在一座小山的平地上，建筑得十分华丽宏伟。大家走进去浏览了一周，看见宏伟的大厅和许多雅致的内室都陈设齐全，不免连连赞美，觉得这屋子的主人一定是位了不起的贵人。他们接着就去参观那美丽的大庭园，又看见醇酒满窖，泉水清凉，这使他们对这个场所更加赞叹了。

他们于是在那可以俯览庭园景色的阳台上坐下来休息一会儿。时值夏季，周围繁花如锦，枝叶扶疏。殷勤的总管这时候把精美的甜食和上好的美酒端来，让这几位小姐少爷点饥。他们然后又到别墅旁边那围着一道短墙的花园里去游玩。一走进园里，大家觉得这里布置得美丽极了，因之东看西望，更想细细观赏。园中走道纵横，平坦宽广，挺直如箭。每条道路上都搭着葡萄棚，爬满了碧绿的蔓藤，预示着这一年葡萄丰收。这当儿正是蔓藤开花的时候，吐出缕缕清香，和园里那许多花儿的芬芳混成一片，使他们恍如进入了东方的香料房里。道路两旁长满着红玫瑰、白玫瑰和素馨花，所以游园的人，不论在清晨或者在烈日当空的正午，都可以走在清香扑鼻的绿荫下，不会受到阳光的照射。

庭园内种植了多少花木，有多少品种，又是怎样精心布置，交代起来可很琐碎，只消说一点就够了：凡是这一带气候所能栽植的花木，这座花园里几乎全都有了。在花园中央，他们发现了一个场所，尤其叫他们欢喜，原来那是一片草坪，远远望去，只是一片墨绿，点缀着成千朵艳丽的鲜花。草坪四周围绕着一丛丛树林，都是些葱郁茂盛的香橼树或是橘树，有的正在开花，有的已经结果，有的果子都已熟了；正是绿荫沉沉、清香扑鼻，叫人心旷神怡。

草坪中央，有一座喷水池，用白大理石筑成，上面镂着精致的雕刻。一尊人像，由圆座托着，矗立在池子中心，把水花喷射到半空，水花从高处落下，就像雨点般打着水晶似的池子，只听得琤琤琮琮的一片悦耳的声响。这喷泉也不知是凭着一股天然的还是人为的力量，这股压力是尽够一个磨坊用了。池子里的水快要溢满的时候，就由暗道流出草坪，流进一条条环绕着草地、设计巧妙的水沟；水就这么流遍全园，最后，汇聚在一起，成为一条清溪，流出园外，奔向平原。流水挟着一股冲击的力量，从高处落下，就推动了两个设在那里的水磨，着实替主人带来了不少利益。

大家看到这样一座花园，有繁盛的花木，有喷泉，有从喷水池里流出来的蜿蜒清溪，全园的布局又这么精巧，都十分赞叹，竟说是如果天堂的乐园就筑在人间的话，那么一定会布置得跟这个花园一模一样，断难再锦上添花，增加一分美丽了。他们欢乐地在园里游荡，随手攀折青枝绿叶，编成了一顶顶漂亮的花冠；倾听着二十来种鸟儿真像在比赛歌喉似的，在树梢发出一片清脆的啁啾声。于是又有了新的发现，叫他们欢喜得了不得，原来这园里还养着百来种可爱的走兽。这边有家兔出

---

① 这就是说在早晨七点半模样。当时寺院里，早晨六时打晓钟做一天中的第二次祷告，早晨九时又打晨钟，做第三次祷告。——依据潘译本的注解

现，那边又有野兔突然跑过，山羊悠闲地躺卧着，麋鹿正在吃草，又有许多温顺的野兽，逍遥地东奔西走，看模样都十分驯服。这一来更是叫他们欢天喜地。

他们尽兴畅游了一番，看遍了全园的景色，女王于是吩咐把酒席设在喷水池畔。大家遵照女王的意旨，先唱了六支歌，跳了几次舞，这才坐下来吃饭。席面上的酒菜十分精美，仆人侍候得又殷勤周到，大家享受了一顿丰盛的酒宴；餐罢，兴致很高，重又弹琴、唱歌、舞蹈了一番，直到中午的暑气愈来愈逼人，女王觉得到了应该午睡的时候了，这才打住。有几个回房午睡，有的贪恋花园的景色，竟舍不得离去，就留在那儿，或是阅读传奇故事，或是下棋掷骰子，打发午睡的这段时光。到了下午，睡觉的人都已起来，用冷水洗了脸，恢复了精神；然后大家来到喷水池旁的草坪上，遵从女王的命令，照平时的次序坐了下来。于是他们开始按照女王所指定的题目，讲述故事。女王吩咐菲洛特拉托第一个讲，下面就是他讲的故事。

故事第一

马塞托假装哑巴，在女修道院里当园丁，院里的修道女争着要跟他同睡。

各位美丽的小姐，世上有多少男女，头脑都是那么简单，以为女孩儿家只要前额罩着一重白面纱，脑后披着一块黑头巾，就再也不是一个女人，再也不会思春了，仿佛她一做了修道女，就变成了一块石头似的。凡是具有这种想法的人，一旦听说了什么出乎他们意想的事情，那他们真是怒气直冲，像是犯下了什么逆天背理的罪恶了。这班人绝不想想自己随心所欲，要怎样就怎样，尚且还不能满足；也考虑不到一个人整日闲暇无事，情思撩乱，会在精神上有多大影响。又有好多人，认为那在日里干辛苦活儿的人，他们的肉欲早给那铁锹锄头、粗衣淡饭的艰苦生活赶得一干二净了，他们的头脑已昏昏沉沉，再不懂好歹了。这类见解真是自欺欺人！现在女王吩咐我讲一个故事，我就打算在她所限定的范围内讲个短短的故事来证明我这话。

在我们那儿有一座以圣洁著称的女修道院，这座修道院至今还在，所以我不想说出它的名字来，免得损害了它的声誉。那时候，院里只有

八个修道女和一个女院长，都是些年青的女人。此外她们又雇了一个笨头笨脑的园丁来收拾她们的美丽花园。这园丁因为嫌工资菲薄，便和院里的管事算清了工资，回乡去了。他回家之后，自不免有一班亲友前来探望，其中有一个是身强力壮的小伙子，而且以一个庄稼汉来说，长得还算清秀，名字叫做马塞托，他问牛托(就是那个园丁)这一阵在哪里做事。那好人儿告诉了他；他又问牛托在修道院里做些什么，牛托就说：

“我替她们收拾一座很好的大花园，有闲的时候，也到林子里去采采柴，挑挑水，打些杂差。可是这些修道女给我的那一点钱，几乎连买双鞋子都不够。再说，这班小娘儿们好像都有促狭鬼钻在心里头似的，不论你怎么做，都不称她们的心意。有一回，我在园圃里翻土，这一个吩咐我‘把这个拿到这里来！’那一个嚷道‘把那个放到那儿去！’还有一个把我手里的铁锹夺了去，说：‘这不对！’我给她们纠缠得没办法了，就丢下工作，往园圃外跑。就为了这种种缘故，我才不高兴做下去，回家来了。那管事的要我回去之后看见有什么合适的人便介绍他到院里来，我答应了替他留意；可是，但愿天主保佑这个人的肾脏吧，然后让我寻到他、把这份好差使交他去做！”

马塞托听他这么说，可高兴透顶啦，恨不得马上混进那女修道院里去。根据牛托所说的情景，他觉得要是能进到里面去的话，就不愁目的达不到。他又想，这事还是不要让牛托知道的好，所以他就故意批评道：“哎！你走得对，一个男子汉混在娘儿们中间能干些什么事呢？他倒还不如去跟一群魔鬼做伴！那班女人七回里头倒有六回不知道自己究竟要怎么样。”

马塞托告辞出来之后，就独自思量着怎样才好投到修道院里去，他觉得牛托所干的活他是能够胜任愉快的，这方面没有问题，他最担心的就是自己年纪轻，相貌又不错，人家会因此不要他；经过了几番考虑，他才这样跟自己说：“那地方离这里有好远一段路，不会有人认识我，只要我装扮成一个哑巴去，她们就一定会收留我了。”主意打定，他就装扮成穷汉模样，掮了一把斧头，也不告诉谁，出发去了。

来到修道院，也是凑巧，恰好在院子里遇见了那管事。他假装是个哑巴，用手势求他看在仁慈的天主面上，给他一点吃的东西；假使用得到他的话，他愿意替他们劈柴，拿力气来换一顿饭。那管事就给了他一些东西吃，随后又搬出一堆柴来叫他劈，这些本都是牛托那老头儿劈不动的，他可是年富力强，不消多少时候，就全都劈好；那管事恰好有事要到林子里去，便带了他一同去，叫他在那里砍柴，又把驴子牵过来，叫他把柴装在驴子背上，再跟他做着手势，要他把牲口赶回家去。

这些事情他都做得很使人满意，那管事把他留了下来，叫他帮着打几天杂差。有一天，女院长出来，看见了他，就问管事这人是谁。那管事回答：

"院长，他是个又聋又哑的可怜虫，那一天他跑来乞求施舍，我看他可怜，收留了他，叫他做些杂差，倒也来得。如果他懂得种花种菜，照料园圃，也愿意在这里住下的话，我想他一定很得力的，我们正缺少这样一个身强力壮的园丁，什么都可以打发他去干；再说，你可以不用担心他会跟你那些年青的姑娘调笑。"

"赞美天主，"那女院长说，"你这话可不错，让他试试会不会种菜，然后想法把他留下来。送他一双鞋子，再拣件什么旧衣裳给他，夸奖夸奖他，待他好些，让他肚子吃得饱饱的。"

那管事一一答应了。马塞托正在打扫庭院，离他们并没多远，他假装专心做事，一边儿却把他们的话全都听了去。他心里可得意哪，跟自己说："要是你把我弄了进去，我在你们的园圃里种起花来，这股劲儿，保管还不曾看见过第二个人呢!"

管事把他领了进去，叫他在园圃里工作，看他干得很在行，就打着手势问他肯不肯留在这里；那哑巴也用手势回答，表示他什么事都愿意干。于是管事就收留了他，叫他照料园圃，又指点了他每天应做的事；交代完毕，他就出去料理院里旁的事务去了。

那小伙子在园圃里工作了不多几天，那些修道女就开始来跟他淘气，拿他做嘲笑的对象了；就像一般人对待哑巴聋子那样，在他面前说了许多胡闹的话，只道他一句也听不懂。那女院长对这情形也不怎么理会，或者根本不管这事——也许她以为没有舌头的人连前面的"尾巴"

也没有了。

有一天，他干了一早晨的辛苦活儿，有些累了，就躺在树阴底下休息；恰巧这时候有两个年青的修道女到花园里来散步，走近他躺着的地方，以为他是睡熟在那里了(其实他是假装睡熟)。她们把他打量了一会，其中一个胆子较大的开口说：

“我肚里老是有一件心事，要是你肯答应保守秘密，我就说给你听，可能对你也有好处。”

“你放心说好了，”另一个答道，“我决不告诉旁人。”

于是那个胆子大的姑娘说道：“我不知道你可曾感觉到，我们住在这里，就像给关在笼子里一样，除了那个管事的老头儿和这个哑巴外，再没有哪一个男子敢闯进来了。我时常听得来这里探望我们的那些奶奶们说，天底下无论哪种乐趣，要是跟男女之间的那种乐趣比起来，那简直算不了什么。所以我心里头老是想跟这个哑巴尝试一下——此外又叫我们到哪儿去找男人呢？再说，他也确是一个最合适的对象，因为就是他想讲我们的坏话，也办不到呀。你看，他真是个傻子，虽然头脑还是懵懵懂懂的，身子倒是挺健壮的，你怎么说呢？我很想听听你的意见。”

“哎唷！”另一个回答，“你这说的是什么话呀？难道你忘记了我们已经立誓把童贞奉献给天主了吗？”

“呃，人们每天要在天主前许下多少心愿，有几个是真正能够为他老人家做到的呢？况且许下心愿的不光是我们两个呀，让他老人家去找别人还愿吧。”

“万一我们有了身孕，那又怎么办？”另一个接着问。

那一个就说：“事情还没有临到头上，你已经担心起来啦！等到当真有那么一天，我们再来想法也不迟。要瞒过人家，法子有的是，只要我们自个儿不讲出去就是了。”

经她这么一说，那第二个姑娘心里头早已痒痒的，甚至比她的同伴更急于试探男人到底是怎么样一种畜生了，就说：“好是好的，不过我们该怎么下手呢？”

第一个说：“你看，现在正是午睡的时候，除了我们两个，姐妹们大概全都在睡觉。让我们先到园圃里去走一遭，看看还有别的人没有，要是没有人，那只消挽着他，把他牵到他挡避风雨的那个小屋子里就得了。我们一个跟他进去，一个在外边望风。他的头脑才叫简单，我们要他怎样做，他难道会不依吗?”

她们这些话，不想全给马塞托听了去，他可真是乐于从命，只等有一个姑娘上前来把他一拉就成了。那两个修道女果真先去巡行了一遍，看见四无人声，也就安心了，于是那出主意的姑娘就去把马塞托弄醒，他居然应声而起。那姑娘牵着他的手，做出一副媚态；他笑得咧开了嘴，活像个白痴，由她牵着进了小屋；也不用三邀四请，他就依着她的心愿干起来了。等她尽兴畅欢之后，果真像是一个事事遵守规约的出家人，把她的位置让给了她的同伴。马塞托依旧假装是个白痴，由着她们摆布。可偏是那两个姑娘还不想走，还要再领教一次这个哑巴的骑马功夫，不免重又来了一遍。事后，她们私下谈起，一致认为这回事真有意思，比她们所听说的还要有趣呢。所以一有机会她们就去找那个哑巴厮缠。

有一天，她们正在干着这件好事，不料给另一个修道女从小窗子里窥见了，就叫另外两个来观看。起初，她们主张到女院长那儿去告发，后来再三商量，却改变了宗旨，反而跟那犯了清规的两个修道女取得了谅解，要她们把人交出来，大家一同取乐。再后来，又有三个姑娘先后在不同的场合加入进来，享受着马塞托的效劳。

最后，修道院里只剩女院长一个人还蒙在鼓里。有一天，她独自在花园里散步，看见那园丁正睡在杏树底下。他只因为夜夜骑马赶路，十分辛苦，弄得日间稍为劳动一下，就感到疲乏，天气又热，所以这会儿他正摊手摊脚地睡在树阴底下。恰巧一阵好风吹来，把他的衬衣吹起，竟什么都露了出来。那女院长独自一人，不觉看得出神，就像以前她那两个小徒弟一样动了凡心，立即把马塞托叫醒了，带到自己的房里，接连几天不放出来，害得那些修道女一个个怨声载道，说是花园里没有园丁来照顾，这怎么成呢?

从前给女院长看作罪恶、痛加谴责的那种欢乐，现在她自己尝到了甜头——尝了还要尝、不肯罢休了；到最后，这才把那园丁放了回去；可是还时常把他召了去，也不问一问是否已经超过了她应得的那一份了，真弄得马塞托疲于奔命。他想，要是他再把哑巴的角色扮下去，那可真招架不住了。所以有一夜和女院长在一起的时候，这个哑巴忽然开口说起话来了：

"院长，我听人家说，一只雄鸡可以满足十只雌鸡，可是十个男人简直不能满足一个女人。而我一个人却要对付九个女人，我再也支撑不下去了。我已经弄到筋疲力尽，什么活都做不成了。求你看在老天爷分上，放我回去吧，否则也得给我另想办法才好！"

那女院长听见哑巴开口，真把她怔住了，她嚷道："这是怎么一回事，我只道你是个哑巴呀！"

"院长，"马塞托回答道，"我是个哑巴，不过并非天生就哑的，只因为有一次害了一场重病，才忽然不会发音了；今天夜里我第一次觉得自己又能开口讲话了，我是多么感谢天主呀！"

女院长相信了他的话，就问他方才他说要应付九个女人，这话是什么意思。马塞托把实情全告诉了她。她这才知道她手下的八个修道女个个比她高强。不过女院长做事到底来得稳妥，她决定跟大家商量出一个办法，把这件事安排一下，不放马塞托出去，免得丑名外扬。

本来是你瞒着我，我瞒着你，偷偷摸摸做的事，现在大家都公开讲出来了；经过一番讨论，大家一致赞成(还征求了马塞托的同意)对外只说是修道院里的园丁马塞托哑了多年，现在靠了她们虔诚的祷告，和院里所供奉的圣徒的恩典，已经恢复说话的机能了。这番话果然叫附近一区的男女深信不疑，盛赞为奇迹。

不多久，那管事病故了，马塞托顶替了他的位置。他的活儿也安排了一个程序，使他不致疲于奔命。就这样，他替院里生了一大批小信徒，不过一切都做得十分周密，外间始终一无所知。直到后来女院长死了，马塞托年纪已老，又积了些钱，急于想回乡了，事情才传开去；这正好成全了他的心意，使他趁机离开了修道院。

他凭着灵活的心计，不曾虚度了青春，等他老大回乡的时候，不但有了钱，而且儿女成群，既不用他花钱，也不要他操心——回想当初他离家的时候，两手空空，除了肩上一把斧头，还有些什么呢。所以他常这么说，他侍奉我主耶稣的唯一办法，就是教他老人家头上生出了许许多多的角。①

---

① 头上出角，指妻子有外遇，犹如我们所说的“戴绿头巾”；修女立誓“把童贞奉献给天主”（第188页），这里比作妻子属于丈夫的关系。

故事第二

一个马夫，冒充国王，和王后睡觉；国王发觉了这事，不动声色，当夜把那马夫侦查出来，剪去他一把头发，不料那马夫把别人的头发也同样都剪了，因此逃过了惩罚。

姑娘们听了菲洛特拉托的故事，有的脸上浮起红晕，有的吃吃地笑了起来。这故事讲完以后，女王就吩咐潘比妮亚接下去讲一个，只见她带着笑容说：

有一班轻浮的人，知道了一点什么事儿，也不问这事儿用得到他管还是用不到他管，却是逢人就说，当作了夸耀炫弄的本钱；这班人往往喜欢揭发别人的隐私，他们以为这样做，就可以把自己的丑事隐瞒住了，其实这真叫做欲盖弥彰。各位姐姐，我现在要从反面来证明这句话的真实性；有这么一个人——在伟大的国王眼里，他的地位比马塞托还下贱，可是他那狡猾的劲儿才叫到了家。我拿这么一个人做故事里的主人公。

伦巴第的国王阿吉勒夫和历代王朝一样，定都于巴维亚，娶前王奥

泰利的寡妇苔奥德琳达为王后。这位王后真是花容玉貌，知书识礼，无奈命中注定要受一个情人的糟蹋。伦巴第在国王阿吉勒夫的贤明统治下，国泰民安，十分繁荣，不想就在这时候，发生了一件事。

在王后御用的马夫中有一个马夫，出身微贱，可是以他的才能而论，居此下位，实在是委屈的。他的身材面貌，也长得高大端正，和国王很有些相像。他竟是疯狂地爱上了王后。

他虽然地位卑贱，可是头脑却很清楚，自己知道这种痴心妄想实在荒唐。他本是个机灵人，不敢跟人提起这件心事，更不敢用眉目向她私下传情。可是，尽管他明知没有得到王后垂青的希望，但当他想到自己钟爱的对象是那么高贵，却也自鸣得意。他既然怀着一片火热的爱情，就一心只想讨好王后，比宫里哪一个仆役都显得殷勤，也因为这样，王后每次出门骑马，难得要别的马夫来侍候，总是叫他侍候，骑上他所照看的马。每逢这种机会，他就认为是莫大的恩宠，寸步不离马镫，暗想只要能够接触到一下她的裙角，也就是无比的幸福了。

希望越小，热情反而越高，天下的事往往如此；那个马夫也逃不过这种折磨，可怜他胸中蕴藏着多少的热情和欲念，却一点也没有如愿的希望，这种内心的痛苦，真叫他忍受不住，几次三番，他只想自杀，好摆脱这折磨人的爱情；可是再一想，觉得要死也得让人明白他是为了热爱王后而死的。因此，他决定哪怕冒着生命的危险，也要想法满足——或是多少满足一些自己的欲望。他不敢当面向王后表示，也不敢暗里写信去求爱——这都不是办法；他只想运用什么巧计，能够睡在她的身旁。他想来想去，觉得只有一个办法，就是冒充国王，闯进她的卧房去。据他所知，国王并不是每夜都到她的卧房里去的。

一连几夜，他躲藏在王宫的大厅里，从国王的卧房到王后的卧房就得通过这个大厅，因此他就可以窥见国王是怎样进王后的卧房的，又是怎样的装束。有一夜，他果然看见国王从自己的房里出来，身上披一件大斗篷，一只手里拿着一个火把，另一只手里握着一根短棒，来到王后的卧房门前，并不叫喊，却是举起短棒，叩了一两下，里边立即有人来开门，替他把火把接了去；后来国王走出房来的时候，也是这个样儿。

他看清楚了这一切，决定照式照样试一下。

他设法弄了一件斗篷来，样子跟国王所穿的还算有些像，又弄了一个火把、一根短棒来；于是费了半天工夫，洗了个澡，把身上的马粪臭味都洗净了，免得叫王后闻到气味，猜疑起来。各物齐备之后，他随身带着，仍旧隐匿在那个大厅里。

等到夜深人静，他觉得时机已到，或者是称心如愿，或者是为了爱情而牺牲，全在这一举。于是他取出燧石铁片，把火把点燃了，披上斗篷，走到王后卧房门口，用短棒叩了一两下，门立刻开了，应门的是一个睡眼惺忪的宫女，她接过了火把，就把火光遮隐了。他脱下斗篷，一言不发，揭开王后的床帐，看见王后睡好在床上，就爬了上去。

他知道国王生气的时候，没有人敢跟他说话；所以他上床之后，假装生气的样子，不说一句话，她也不敢问他；他只是把她紧搂在怀里，一连跟她干了几次。他虽然舍不得离开王后，但是唯恐留恋得太久，片刻的欢乐会招来杀身大祸，就从床上起来，拿了火把、斗篷，一言不发，走出卧房，急急忙忙回到自己的铺位上。

马夫刚刚躺下，那边国王已经起身，来到了王后房中，王后不免感到十分惊奇。他上床以后，跟她有说有笑，十分亲昵，她看见他怒气消失了，就大着胆子说：

“啊，陛下，今儿晚上又是什么新鲜玩意儿啊，你刚走——也从没看见你这样没命地跟我乐了一阵子，这会儿倒又来了，我请陛下保重些吧。”

国王听了王后这几句话，立刻知道她已经被一个举止外表有些跟他相像的人骗了。不过他究竟是一个聪明人，接着就想到，这事既然连王后都不知道，别人当然更不会知道，自己也不必去向王后点穿，因此竟就没有声张。如果换了一个头脑简单的人，一定当下就要发作，就要一连串追问：“不，我没有来过，是谁到你房里来的？这是怎么一回事？他怎么样进来的？”这样一闹，就会闹出许多事来，徒然叫王后感到难受罢了，或者呢，反而叫她添了一种纵欲的愿望，希望下回再来一次。可是他明白，只要他能保持缄默，就可以把羞辱遮盖过去，如果声张开来，反而没有好处；所以他沉住了气，不动声色，说道：

“王后，你认为我没有本领再接再厉吗?”

“不是这么说，国王，”那王后回答，“我是请你保重自己的身子。”

国王就说：“我就听从你的劝告吧——那么我去了，不来打扰你了。”

他披上斗篷，离开王后的卧室，怀着一肚子的怒火，不知究竟是谁这样侮辱他，他一定要暗中把那个坏人查出来。他知道，这事一定是宫里的人干的，而且不管他是什么人，他这时候总还不能走出宫去。于是他点着一盏小小的灯笼，借着些微幽光，走到御厩上边的一个长长的统房里，房里排着许多床铺，宫里的仆役全都睡在这儿。他想，那个像王后所说的那样没命地乐了一阵子的人，一定到现在心还跳得很厉害，脉搏还是很急；国王于是一言不发从统房的一头一个挨一个地探摸各人的心头，看有没有人心跳得十分厉害的。

这时候，房里的人都睡熟了，唯独那个闯进王后房里去的马夫还没睡着；他看见国王来到，想必这事已经给发觉了，他这一吓，心就跳得更厉害了。他很明白，如果国王知道这是他干的好事，那毫无疑问，他一定立刻性命难保。在这生死关头，他的脑海里闪现着各种各样的主意；不过他再一留心，看见国王身上没带着武器，就决定假装睡熟，看国王怎样行动。

国王摸了好几个人，觉得都不是他所要找寻的人；后来摸到那个马夫，觉得他心跳得厉害，暗想：“就是这个人了!”不过国王不愿让人知道他的用意所在，所以并不去惊动这个人，只拿出一把随身带着的剪刀，把这人半边的头发剪了一大把下来——那时大家都留长发——因此这人是谁，到第二天就可以一望而知了。剪了头发之后，国王就回到自己卧房里。

这个马夫可真是个机警的家伙，国王把他的头发一剪下来，他就立刻知道那用意所在。国王去后，他连忙起身，找到一把剪马鬃的剪刀(这样的剪刀，马房里不止一把)，就轻手轻脚，把房里睡着的人，一个个都剪下一把头发来，而且都像他一样，剪去耳边的。完事之后，他就上床去睡觉，谁都不曾发觉。

第二天早晨，国王起身，乘宫门还没打开，就下令召集宫里全体仆役。他叫大家光着头站着，开始用心察看，要找出那个被他剪下头发来的人。谁想在他面前的仆役几乎个个剪去了一把头发，而且又都剪得一模一样，这真把他愣住了，他暗自说道："这个家伙，尽管他出身下贱，他的头脑可分明不是一个下贱人的头脑呢。"

现在，要找出那个人来，非得惊天动地不可了，国王可不愿意为了出一口小小的气，招来莫大的羞耻；因此当下竟没有作声，只是向那个人这么警告了一下，也好叫他知道国王不是好惹的：

"谁做了这事，下次不可再做。现在没事了，你们去吧。"

如果不是那个国王，换了别人，一定不肯就此罢休，一定会把他们捉起来，吊打拷问，这样一来，本来是所谓家丑不可外扬，现在势必闹得尽人皆知了。就算给他弄个水落石出，收拾了那个罪犯，出了胸中的一口恶气吧，他还是没法洗刷掉自己的耻辱，不但这样，他的耻辱反而越发加重了，外加还得毁了王后的名誉。

那班仆役听了国王所说的话，都摸不着头脑，不免你一句我一句在背地里议论起来，议论了半天也没有议论出个名堂来；其中只有一个人懂得国王说话的用意，就是那个当事人马夫。这马夫也很懂事，从此再不敢自找死路，也不敢在国王生前泄漏这秘密。

故事第三

一位少妇爱上了一个后生，却装作玉洁冰清，在神父面前忏悔，那神父不知就里，竟给她做了牵线，她因而如愿以偿。

潘比妮亚把故事讲完之后，很有几个赞美那马夫胆大心细，也有人称道那国王把这回事处置得审慎得体；于是女王转过身去，吩咐菲罗美娜接着讲一个故事。她高高兴兴地这么讲道：

我今天想讲的故事，也许我们俗人① 听来会特别感到兴趣——这是一个俏丽的少妇叫一位端庄的神父上当的故事。说起这些教士，他们多半是些饭桶，不懂世故人情，行动背时，却自以为道德学问高人一等，仿佛什么事都是他们懂得多；其实，真是天知道罢了。别人都是凭着自己的本事挣饭吃，自谋生活，他们可不行，他们只想寻个可以依赖的地方，像猪一般让别人来供养他。亲爱的姐妹们，我现在就要讲这么一个故事，不仅仅是为了遵守女王所规定的程序，也是为了我们女人过于轻信，把这班教士看得多么崇高圣明——其实要知道，他们不但会受男子的欺骗，而且也会被我们女人家玩弄于股掌之上呢。

没有多少年前，在我们那个诡诈多于忠信和爱情的城里，住着一位高贵的小姐，很少有哪个女人能像她那样美丽温雅、才情并茂。她的名字我虽知道，只因为在故事里无关紧要，所以不再表明了；这本是个付诸一笑的故事，所以就是其他几个人的名字，我也想略过不提，因为有些人还活着，免得开罪了人家。

她原是个大家闺秀，却下嫁给一个羊毛商人。她怎么也不能把她的丈夫看得入眼，因为她想，一个出身微贱、孜孜为利的生意人，尽管他发财，也不配做一个有身份的女子的丈夫。加以他枉有这么些钱，却整天到晚，只知道织布打样，跟纺毛的女工争论线粗线细，庸俗不堪，因此她决定除非是万不得已，决不让她的丈夫来搂她亲她，为了安慰自己的空虚心灵，她又一心要给自己找一个比羊毛商人更称意的情人。后来她果然暗中爱上了一个年富力强、风流温雅的绅士，直使她神魂颠倒，白天看不见他，晚上就睡不着觉。

可惜她害的是单相思，她这片情意，对方一点不知道，所以竟不曾注意到她。她呢，又十分谨慎，唯恐事机不密，所以不敢贸然写信给他，或是叫贴身侍女去传达心思。她左思右想，灵机一动，居然有了一个主意。原来她发觉这位绅士跟一个神父来往十分密切，这神父虽然生得粗大肥胖、一副蠢相，却是虔敬诚信，最受当地人士的敬仰，她觉得如果利用这位神父来给她和她的情人牵一牵线，真是再妙没有了。经过一番盘算，她决定了进行的步骤。拣了一个适当的时间，她来到神父所在的教堂，请人通知神父，说是她有心事，要向神父忏悔。神父出来，一看是位有身份的太太，马上答应了。忏悔完毕，她又对神父说：

"神父，我现在应该告诉你一件事，请求你给我指点和帮助。我方才已经向你说过，我的父母和丈夫都很爱我。我那丈夫爱我胜过爱他自己的生命，他又有钱，我要什么他就给什么，从来没有舍不得过，所以我爱他也胜过爱自己。如果在我内心中竟敢存着违背他的意旨、或者有

---

① 俗人，指一般人，即不属于教会里的人。

损他名誉的思想，那么别的不管，单凭这点，我就是女人中最坏的女人，再没哪一个像我那样应该活活烧死了。

“现在有一个男人，他的名字我不知道，看样子是个有身份的人，如果我没弄错的话，只怕还是你的一个好朋友呢——他身材高大，长得眉清目秀，穿一身整整齐齐的棕色衣裳。也许他还道我是那种水性杨花的女人，所以才这样追求我。只要我一走到门口、一靠近窗台，或者一走出宅子来，他就立刻出现在我的眼前——我奇怪他今天倒没有跟着我到这里来。他这种行为，真使我感到痛苦，因为一个清白无辜的女人，往往会因之给人说坏了。

“我几次想把这事告诉我的几个兄弟；但是再一想，男人说话总是太鲁莽，你一句去，我一句来，说话不留转弯的余地，因之容易冲撞，言语冲撞了，就会拔出拳头来殴打，那时候，就要闹事闯祸了。为了防止这一着和别人的造谣中伤，我只得一直隐忍着。我想，我与其把这事对旁人说，不如对你说来得妥善。因为一则他是你的朋友，再则，你的职责本是纠正这类轻薄的行为，就算他不是你的朋友，是一个不相识的人，你也可以斥责他的。所以我求你，看在天主面上，教训他一顿吧，请他以后不要再这样了。世界上自有许多女人家喜欢打情骂俏，她们会欢迎他的追求，感激他的用情，我可不是这类的女人，他真把我缠绕得好苦呀!”

说到这里她低下头去，假装要哭泣的样子。那神父立刻明白她所指的男子是谁，对她所说的一番话深信不疑，便把她的德行着实赞美了一通，而且答应替她尽力，保证那男子决不敢再来缠绕她了；同时，知道她是有钱人家的太太，少不得又把乐善好施的功德讲了一遍，讲到后来，却原来他自己需要一笔款子而已。那少妇说道：

“我本着天主的慈爱，来向你恳求；如果他不肯承认这回事，那请你就不必顾虑，告诉他这是我亲口对你说的，还要对他说，他害得我好苦!”

她忏悔完毕，获得了赦免，记起神父说到为人应该慷慨施舍那一套话，就抓了一大把钱，悄悄放进神父手里，请他为她那些亡故的亲属做弥撒，于是从他的座下站了起来，告辞回家。

隔不了多少时候，那位绅士照例走来拜望神父。谈了一会儿之后，神父就把他拉到静处，信着那少妇的话，很委婉地劝诫他，不该追求有夫之妇。这真教绅士摸不着头脑了，因为他从不曾向她多看一眼，也难得在她家门前经过，他正要想给自己辩白，可是神父偏不要听他，说道：

"你不必假痴假呆，也不必多费口舌替自己辩护了，这都帮不了你什么忙。这回事我不是从邻居那儿听来的，这是她本人实在受不了你的缠绕亲口告诉我的。你年纪不小，也不该干这种荒唐事了。再告诉你吧，如果说，我看到有哪一个女人嫌恶轻薄调笑的，那就是她了。所以，为了你自个儿的名誉，为了她的幸福，你听我的，住手吧，不要再去缠绕她了。"

这位绅士究竟比神父聪明些，略为一想，就明白那少妇的用意何在，他便假装自知羞惭，答应以后决不再跟她麻烦了。谁知他一走出教堂，就直向少妇的家奔去。

再说那少妇回家之后，就守在一扇小窗口，看他会不会在她门前经过。不一会儿，果然望见他走来了。她的目光里含着无限的柔情，她的嘴角挂着动人的微笑，叫他心里明白，他听了神父的话，一点儿也没猜错。从此以后，他就经常装作有什么事似的，十分谨慎地在她那条街上来回经过。他自己固然喜气洋洋，那少妇更是得意非常，有着说不出的高兴。

他们俩这样眉目传情，已非一日，她看出那绅士倾心爱她，不输于自己的热情，就想送些什么东西给他，作为爱情的表记，使他的热情格外高涨。有一天，她看准时机，又跑到教堂去见那神父，跪在他的座前，还没说话，先就哭泣起来了。神父十分爱怜她，问她这一回又遭了什么事。

"唉，我的神父，"她回答说，"害得我好苦的不是别人，还是那个天主所不容的人——前回我对你说起的你那个朋友。他真是我天生的冤家，专门来折磨我，要我做出伤风败俗的勾当来，使我从此失去做人的乐趣，再没有颜面来伏在你的脚下了。”

“什么!”神父嚷道，“难道他依然在缠绕你吗?”

“是啊，”她回答说，“自从我到你这儿来哭诉以后，他似乎恼羞成怒，认为我不该揭露他，从前他在我屋前走一遭，现在就要走七次。但愿老天爷可怜，他若是肯死心塌地在我门口徘徊、张望，倒也罢了；不料他竟这样狂妄无礼，就在昨天，他打发了一个女人上我的门来，把他那些荒唐的话传给我听，还送了两样东西给我——一只钱袋和一根腰带，好像我并没有钱袋、腰带似的！我这一气真是非同小可(直到现在还没平复哪)，要不是顾念到这事罪孽深重，和你老人家的情面，我真要当场闹起来了。总算我极力忍耐了下来，在没有得到你的指点以前，决不声张出去，或者有一点举动。

“我随即把那钱袋和腰带扔还给了那个女人，叫她快滚吧；再一想，我又怕那个女人把两样东西吞没了，却对他说已经给了我——我听说这类女人很可能会做出那种事来的——就把她叫了回来，按住了满腔愤怒，把那两样东西从她手里拿下。现在我把这些东西带来给你，请你送还他，告诉他我不稀罕这些东西。感谢天主和我的丈夫，我自己所有的钱袋和腰带足够堆没他这个人了。神父，如果他以后还是不肯罢休，那么只好请你原谅我，不管闹出什么事来，我非得告诉我的丈夫和兄弟不可了。如果他因之吃了亏，遭了殃，那我也顾不得了，免得我这样替他受罪。叫他给自个儿留神些吧!”

她这么哭诉时，真是声泪俱下，话完了，泪珠儿还没止住。她一面从裙子底下拿出了一个十分精致的钱袋和一条华丽的腰带来，扔在神父的膝上。神父被她说得句句相信，因此十分生气，拿起这两样东西，对她说道：

“女儿，.我不能怪你发怒，这是可以想象得到的事；你能这样听从我的话，已经是很值得赞美了。那天我已经把他训诫了一顿，他答应我决心改过，却不想他还是没有改，单凭这点，以及他新近又得罪你这回事，我就要好好训斥他一顿，叫他脸红耳赤，下次再不敢来找你麻烦了。可是，天主保佑你，你也切不可因为一时气恼，把这回事告诉你的亲属，否则事情闹大了，他可吃罪不起。你也不必害怕你的名誉会遭受什么污点，我将在天主和凡人面前，挺身为你作证。”

那少妇听了神父的话后，假装稍为有些宽心了。她知道他的贪心很重，吃教堂饭的人总是很贪心的，就换了个题目，说道：“神父，这几夜我梦见了我那些死了的亲族，他们都是愁眉苦脸地求我施舍，尤其是我的母亲，她那种悲切痛苦的神情，看了真叫人心酸。我想那是她知道了我在受这恶魔的折磨，因而在替我难受吧。所以我想请你替我的母亲和其他亲属的灵魂做四十次圣格利高莱弥撒礼，再念一些你自己的祷告，好让他们蒙受天主的恩典，从地狱的炼火里超度出来。”

说着，她就拿出一个金币，放在神父手里，神父当然还是高高兴兴地收下了，还为她说了几句好话，并且举了几个例子来证明虔敬的人必有善果，于是替她祝了福，让她走了。

少妇走后，那神父绝没想到自己又一次受了骗，只道真有这回事，立即差人把他的朋友叫了来。那绅士看见神父怒容满面，料想他的情人又烦他带了什么口信来了，就站在那里，看他有什么话要说。神父先拿他以前怎样答应知错改过的话来提醒他，接着又严厉地责备他不该送东西给那位太太。绅士这时候还不曾明白神父的用意何在，所以只是支吾其辞地否认有送钱袋和腰带的事情，免得把话说绝了，叫对方起疑。那神父看见他还要否认，不禁大怒，说：

“啊，邪恶的人，你怎么还能够抵赖？看，这是什么？这是她眼泪汪汪、亲手交给我的；你再看看，认不认得这两样东西！”

绅士假装万分羞愧，回答道：“是的，我的确认得这两样东西，现在情愿认错了。既然她意志这样坚定，我可以对你发誓，从今以后，再不会使你为这事麻烦了。”

那两人还说了一大堆话。神父好比一块呆木头，到后来当真把钱袋、腰带给了他的朋友，接着又训斥了他一顿、劝诫了他一番，直到他答应决心改过之后，才放他走。

绅士可乐坏了，一来是因为那位少妇果然真心爱他，二来是得了这样珍贵的礼物。他一走出教堂，就立刻赶到她家附近，设法让他的情人看到，他已领受了她的两样厚礼了。那少妇眼看计策成功，这一番高兴也不用说得。现在只等她丈夫出门，大功就可告成了。

事有凑巧，没有多久，恰好她丈夫有事要到热那亚去走一遭；他早晨上马出发，那少妇就赶到神父那儿哭诉去了，①她先是啼哭了一阵，再抽抽噎噎地说道：

“我的神父，我明白告诉你，现在我忍无可忍了。只因为前次答应过你，不曾向你禀明以前，我决不轻举妄动，所以我今天特地来表明一下心迹。让我把你那个朋友——那个魔鬼的化身在今天早晨天还没亮之前，又来干些什么，告诉给你听之后，你就可以知道难怪我要这样哭哭啼啼来向你诉苦了。

“我的丈夫昨天早晨动身到热那亚去了，也不知遭了什么魔劫，这事竟让他得知了，今朝——我方才说过，天还没亮，他跳进了我家花园，爬上一株大树，再从树上爬到我卧室的窗口，他正弄开了窗子，想要跳进我的房里来，幸亏这当儿我惊醒了，从床上跳了起来，正要大声喊救，他，还没来得及跳进房来，就在窗口求我，看在天主面上，看在你老人家面上，别声张出来；又告诉我他是谁。我听得他这么说，又念着你的情分，就勉强忍耐住了，也不跟他多说，也不顾自己赤身裸体就像刚出娘胎一样，奔过去，猛力把窗子关上了——把他关在窗外，后来再没听见他的动静，大概是走了。(但愿恶运跟着他一起走!)请你替我想想，这种事情还忍受得下去吗？我可是已经受够了，我是看在你的分上，才这样一次又一次地受他欺侮!”

神父听了她的话，这一气可真是非同小可，也不知说些什么话才好，只是连连问她，可曾看清楚，会不会认错了人。少妇回答道：

“感谢天主吧！难道我会把这个人认错了吗？我告诉你，的确是他！如果他想狡赖，别相信他。”

那神父就说：“女儿，我没有什么话可以说啦，我只能说这是最狂

---

① 从里格译本，麦克威廉本作“第二天早晨，在丈夫骑马出发之后，那少妇又赶去见神父”，时间上似有在丈夫出发之后的第二天早晨之意。

妄无耻的行为。你把他赶跑，是非常得体的。但是既然你两次都听从了我的话，而两次都蒙天主的恩惠，使你免受耻辱，那么你再听我一次话吧，这件事你暂时不要对你的亲属说起，仍旧交给我办理，我要看看到底能不能把这个挣脱出来的魔鬼收伏了。从前我还道他是个圣徒呢。要是我能劝得他洗心革面，从此不再做出那无耻的勾当来，那么最好；要是他执迷不悟，那么我再也不管了，由你本着良心、觉得应该怎样办就怎样办吧，我为你祝福。”

“好吧，”那少妇回答说，“那么这一次我就不违背你的意旨，使你生气，但是你一定要跟他说个明白，以后再不许有半点无礼的行动了。我向你声明，我以后决不会为这件事来见你了。”

说完，她转身就走，一副恼怒的样子。她才离开教堂，那绅士已经来到。神父把他叫到静处，于是义正词严，把他骂得体无完肤——骂他是个言而无信、丧失人格的伪君子。对方挨过神父两次斥责，早已有了经验，知道里面必有文章，就用心听着，含糊回答着，想从神父嘴里套出话来。他这么说：“干吗生这么大的气？可是我把基督钉上了十字架吗?”

给他这么一说，神父可发火了：“你看这个家伙脸皮有多厚！你听他说些什么话！听他的口气倒像时间已经过了一两年，他早已把自己的下流无耻的行为忘个干净了呢！难道你当真忘记了吗——今天清早你想强奸人家，这不过是隔了一个上午的事呀。今天早晨天还没亮之前，你在哪儿?”

“我自己也弄不清楚在哪儿，”那绅士回答道，“不过，这事怎么会这样快就传到你耳朵里呀?”

“一点不错，”神父说，“这回事传到我耳朵里来了。不用说，你听得她家的丈夫出门去了，就以为她一定会把你搂在怀里。亏你想得出！好一个人物！好一位正人君子！你变了一个夜游神，既能跳墙，又会爬树！你想乘人不备，破坏那位太太的贞操，所以在黑夜里从树上爬到人家的窗口去。她在这世界上最讨厌的人莫过于你了，而偏是你不肯死心。且不说她每一回都明白表示了对你的厌恶，就是我这样谆谆告诫你，也应该使你悔改了。我跟你说了吧，她直到现在，对于你的所作所为，始终隐忍下来，这并不是她对于你有什么好感，而是我在替你向她求情；可是她以后再也不会容忍你了。我已经答应她，假使你再去冒犯她，那么随她怎样处置，我决计放手不管了。如果她把这事告诉了她的兄弟，你看你怎么得了?”

现在，绅士已经从神父的嘴里，弄清楚了他应该知道的事情，就赶忙谢罪，左一个应诺、右一个发誓，尽力消除了神父的怒气，这才告辞。到夜深人静、夜祷时分，他就跳进少妇家的花园，爬上窗前的大树，看见窗子早已打开，一眨眼，他已经跳进房中，投在少妇的怀抱里了。他那漂亮的情妇早已等他等得不耐烦了，此刻可欢天喜地，搂住了他，说：

“多谢神父的帮忙，他老人家给你指点一条到这里来的道路!”

他们俩纵情欢乐了一阵子后，就拿神父的愚蠢当作笑柄谈着，又拿那班梳羊毛的、打羊毛的、织羊毛的人讥笑了一番，愈谈愈高兴，玩儿得好不痛快。分别之前，他们又订下密约，此后，再不用神父他老人家来烦神，这一对情人又度了好几个春宵。

我但愿慈悲的天主，容许我和普天下有情的基督徒，及早进入那幸福的国土吧。

故事第四

费利斯修士教给普乔兄弟一种修成圣徒的秘法。普乔在苦修的时候，费利斯就乘机去和他的妻子寻欢作乐。

菲罗美娜讲完之后，第奥纽着实赞美那个少妇的聪明机伶，还说菲罗美娜最后所做的祷告真有意思。女王笑了，回头对潘菲洛说："好吧，潘菲洛，你来讲一个有趣的故事，让大家再高兴一下吧。"潘菲洛立即应承，说道：

女王，世上有许多人专心致志想登天堂，不料自己没有进成天堂，反而把别人送上天堂去了，我现在讲的就是这么一个故事。这事发生在不久以前，我们的邻居那儿。

且说在圣潘克拉契教堂附近，住着一个善良殷实的人，叫做普乔·狄·林尼厄利，晚年笃信宗教，列入方济各会的第三品修士[①]，称做"普乔兄弟"。他家里只有一个妻子和一个使女，他又无须经营什么生意买卖，所以一心修行，经常逗留在礼拜堂里。他生性愚鲁，脑子迟钝，每天勤诵祈祷文，赴讲道会，参加弥撒礼，甚至俗人唱赞美诗，他也从没缺席过。他还要斋戒，叫自己的皮肉受苦——据外界传说，他还加入了“自笞僧团”②呢。

他的太太叫做伊莎蓓达，是一个二十八九岁的妇女，看来还是娇艳丰满，好比一个熟透的苹果。无奈她的丈夫年事已高，又一心修行，总叫她过这种斋戒的圣洁生活，她觉得腻烦透了；有时候，她想跟他睡觉，或者想跟他逗趣调笑一下，他就会一本正经地把我主基督的生平、奈达乔神父的传道、玛大琳的哀泣③等等搬出来——拿这些话来满足她的要求。

这时候，有一个叫做费利斯的修士从巴黎回来，他也是圣潘克拉契教团的弟兄，长得很俊俏，年纪虽轻，智慧学问却高人一等，普乔兄弟极为钦佩，跟他成了至交；逢到有什么疑难的事总是向他去请教，又因为这位兄弟在他跟前总是显得一本正经，所以有时常请这位兄弟到他家来吃中饭或是吃晚饭。他的太太因为丈夫这样敬爱他，所以对他也倍觉亲切，招待得十分周到。

这位兄弟三番五次来过之后，觉得他家的主妇这样娇嫩丰满，料想她心中一定有什么不如意的地方，就决定尽他的可能，来弥补她的缺憾，也好替普乔兄弟尽一分心力。因此他不时用眉目向她传情，果然唤起了对方胸中的热情和同样的欲望。两人既然心心相印，他一有机会，就向她吐露了自己的心事，对方听了倒也十分中意，只是这位太太不肯到外面去和他幽会，而家里呢，丈夫又寸步不离——他从来也不出门的，所以难于下手。

这位兄弟好不焦急，幸亏他左思右想，有了个主意，尽管普乔兄弟不出家门，自己还是能够到他家里去跟主妇过夜，却叫他一点不起疑心。所以有一天，他趁普乔兄弟去看他，就向他说道：

---

① 即不出家的修士。天主教活动家圣方济各于1209年创立“方济各会”主张苦修。1221年成立“方济各第三会”，收容在俗男女教徒。

② 自笞僧团，在十三世纪的时候，意大利开始盛行的一种狂热教派，教徒常排成游行队伍，在街头用皮鞭痛击自身，至于流血，认为鞭挞自己的肉体，是唯一赎身自救的功德。这个教派流传了很久，在欧洲的势力范围一度很广。

③ 《圣经》中述及的一个妓女，在耶稣跟前，痛哭流涕，忏悔自己所犯的罪孽，见《路加福音》vii. 37，38。

“普乔兄弟，我一向知道你最大的希望是要修成一位圣徒，不过照我看，你走的却是一条弯路，现在教皇和那些大主教等，他们都另有捷径，只是他们不肯把这诀窍公开出来，唯恐这样一来，一般俗人再没哪个肯捐献给教会，而那班全赖捐助维持的教士就要完蛋了。可是你是我的朋友，承蒙你待我这样好，我愿意把这诀窍教给你，因为我确信你会照我的话实行起来，而且决不会把这事讲给随便哪一个人听。”

普乔兄弟一听这话，热心得不得了，再三恳求他的指点，立誓非得费利斯兄弟的许可，决不把这个秘密说给哪一个人听，而且，只要他能力所及，他一定立即实行。

那修士就说：“既然你向我作了保证，我就可以告诉你了。你要知道，教会里的神学博士都认为，凡是要修成正果的人，必须要实行我所教你的苦行。不过有一点你必须认识清楚，我并不是说，一旦苦行修完之后，你本来是一个罪徒，从此就不是了；不是这样的意思，我是说，你在苦修以前所犯的种种罪孽，可以因此而洗净，获得赦免，你以后再有罪过，上天也不会把你列入应遭天谴的条例内，自会用圣水替你把轻罪洗净了，就像这会儿替你消除那人间的罪孽一样。

“想要苦修的人，首先必须彻底供认一切罪过，此后就必须十分严格地斋戒四十天，在这期间，不但必须避开跟一切女人接触，就连你自己的太太也不可亲近。你还要在家里留出一块可以望得见天空的地方，在那儿放着一张大桌子，每天第二遍晚祷钟的时候，[①]你就去到那儿，把背贴在桌子上，双脚着地，两手摊开，就像钉在十字架上的样子。你不妨在桌子上钉几枚木针，给你的手臂做支撑，不过你必须仰望上天，不许动弹，终夜这样，直到天明。如果你精通神学，那最好反复念某几篇祈祷文，我可以把这些祈祷文的名字告诉你；不过你并不是学者，那么你每夜必须念《天主经》三百遍，再念《圣母经》三百遍，来敬礼神圣的三位一体。当你仰望苍天的时候，应该把天主创造天地的荣耀刻刻记在心头；你既然作出钉在十字架上的姿势，尤其应该思念基督受难的苦痛。

① 即晚上九点钟的时候。——潘译本原注

“晓祷的钟声响后，[①]你可以上床入睡，不过衣裳可不能脱去，到了早晨，你必须起床，赶往教堂，至少要望三坛弥撒，念五十遍《天主经》和五十遍《圣母经》。此后，你可以斟酌情况，略为料理一下简单的事务，但不可过于分心，于是稍进饮食，到了打第二遍晚祷钟的时候，你必须再去教堂，背诵某种祈祷文，这个我可以抄给你，假使不念这种祈祷文，苦修就等于没用。到了夜祷的时候，你就得照式照样再来一遍。假使你能这样坚持苦修，就像我从前所做到的那样，而且的确是真心诚意，那么毫无疑问，不等你苦修满期，你就已经会感受到奇妙的永久的幸福了。”

普乔兄弟回说：“这不是什么难事，也不消什么一年半载的工夫，我一定能够做到。凭着天主的名义，我决定在礼拜日就实行起来。”

于是他告辞回家，并且得到费利斯兄弟的许可，把这回事对太太说了。那主妇猜准修士叫他整夜站在一个地方的用意何在，觉得这真是一条妙计；就说这回事，以及凡是一切对他灵魂有益的事，她无有不赞同的，还说为了祈求天主使他的功德圆满，她愿意跟他同时斋戒——其余那些花招，她可不敢尝试。

夫妻商量停当，到了礼拜日，普乔兄弟就开始苦修。那位道行高深的修士他老人家早和主妇约好，一等天黑，不愁被人看出，就赶到她家来和她过夜；还带来了许多好吃的东西。他们俩一块儿吃、一块儿喝，又一块儿睡到天明。等修士起身去后，才轮到普乔兄弟上床睡觉。

普乔兄弟苦修的地方，正好紧贴着他太太的卧房，中间只隔着薄薄一道板壁，有一夜，那修士和主妇两个都乐而忘形，普乔兄弟觉得地板似乎有些震动。等他念到《天主经》一百遍的时候，就暂时停顿一下，呼喊起太太来，问她正在干什么呀，可是他自己的身子，还是贴在台面上，不敢动弹。

这位太太倒也富于风趣，也不知这时候她正骑在圣班纳台多还是圣约翰·奎尔贝特的驴子上，竟大声答道：

---

① 即清晨三时以后。

“真的，我的丈夫啊，我正一股劲儿地在翻来覆去呢。”

“翻来覆去?”普乔兄弟又问，“干吗呀? 你说的‘翻来覆去’是什么意思?”

这位太太一向生性活泼，这时就笑出来了——不用说，她自有她发笑的理由，答道：

“干吗呀? 你不明白这话是什么意思? 哎，我已经听你千百遍讲过这句话了：‘晚饭停一餐，一夜把身翻。’”

普乔兄弟本是个脑子简单的人，深信她是因为斋戒节食，所以饿得在床上打滚，不能入睡，就说：“太太，我早就叫你不要斋戒，现在既然斋戒了，就别去想它，只管睡吧。你把这只床摇荡得厉害哪，连整个屋子都震动了呢。”

“你不必顾虑，”那主妇说，“我自个儿的事自个儿会留心的；你还是用功修炼吧。”

普乔兄弟就不再说话，继续念他的《天主经》。

第二天晚上，那主妇在另一间屋子里安放了一张床铺，跟那位道行高深的修士他老人家夜夜幽会，说不尽的欢乐，直到普乔兄弟功德圆满，这才罢休。

每天清晨，修士去后，主妇就回到自己的床上，不一会，普乔兄弟也回房来睡觉了。普乔兄弟就这样夜夜苦修，坚持不懈，他的太太那时却正在跟修士寻欢作乐，因此她常笑着对修士说：

“你教普乔兄弟勤修苦炼，他却超度我们做了活神仙。”

真的，她在丈夫手里过活，一向半饥不饱，现在遇到了那修士，好比吃到了一桌丰盛的酒菜，叫她如何再舍得下? 所以普乔兄弟苦修期满后，她仍旧和修士在别的场所继续来往，暗地里享受她的乐趣。

这样，我在结束这个故事的时候，又得回到开头所说的那几句话来。普乔兄弟苦苦修行，一心想登天堂，不料反而把别人送上了天堂：那个修士和他的太太。那个修士，把通向天堂的捷径指点给他；他的太太，跟他生活在一起，就像生活在荒漠里，幸亏费利斯兄弟本着慈悲心肠，让她获得了甘霖。

故事第五

齐马把骏马让给一个骑士，交换的条件是让他跟骑士的太太谈几句话。她不发一言，齐马代她回答了；后来的事，果真照齐马所回答的话实现。

潘菲洛所讲的普乔兄弟的故事，引得小姐们都笑了起来；女王又吩咐爱莉莎接下去讲一个，爱莉莎立即遵命。她的声调神情带点儿矜持，这是她向来的习惯，并非在使什么性子。她这样开言道：

世上有些聪明人，仗着自己精明懂事，就以为别人一无所知，因此存心要愚弄别人，结果往往反而落得自己上了当。所以我认为无缘无故地跟人家钩心斗角，要手段，实在是一件愚不可及的事。当然，别人未必个个都同意我的说法，那么趁现在轮到我说话，让我讲一个皮斯托亚地方的骑士的故事吧。

在皮斯托亚地方，维琪莱西一族里有个骑士，叫做法朗赛哥，为人精明能干，家道富裕，只是性格却十分贪婪。他奉命前往米兰，担任地方官职，旅途所需的东西，都已准备就绪，只是还少一匹合意的坐骑，却找来找去没能找到，否则就可以体体面面地动身赴任了。他一时不知到哪儿去找才好，心中很是焦急。

本地另有一个青年，名叫理查，出身低微，手头却非常有钱，穿着十分阔绰，招摇过市，因此大家把他叫做“齐马”，意思就是“花花公子”。①他一直爱慕着、追求着法朗赛哥的妻子，怎奈那位太太不但模样儿漂亮，品行也十分端正，所以齐马只是枉费心机而已。这一回他买到了一匹土斯卡尼最出色的骏马，骨骼均匀，皮毛优美；他把这匹马看成自己的宝贝一般。

大家都知道齐马热恋着法朗赛哥的太太，所以就有人怂恿法朗赛哥去和齐马商量，也许齐马看他太太的情面，会把骏马慨然相赠也未可知。法朗赛哥贪欲成性，果然派人去把齐马请了来，口头上要求齐马把骏马转让给他，心里却只希望这位哥儿肯把马儿送给他。对方听了他的话，满心喜欢，就说：

“大爷，你如果要买我这匹马，那么任你给我多少金银，我也不会答应；如果你跟我商量，要我奉送给你，那倒可以，不过有一个条件：你先要让我当着你的面，跟尊夫人说几句话，而且要请你站远些，只能让她一个人听到我的话。”

法朗赛哥只想贪图便宜，又以为齐马年少可欺，就一口答应下来，说是他有什么话，尽管跟他太太谈好了；说罢，他就离开客厅，来到太太房中，告诉她：他轻而易举就可以把齐马的骏马拿了来，只消她出去跟他敷衍一下就行，不过不管齐马说些什么话，千万不要跟他去搭腔。

太太对这回事很起反感，不过丈夫的话她不得不听，就勉强答应了，跟着他来到客厅，且听齐马有什么话要跟她说。齐马把交换条件重新和主人讲定以后，就和主妇在大厅的一角，离众人远远的地方坐了下来。他这样开口道：

“尊贵的夫人呀，凭你这样绝顶聪明的人儿，想必早已洞悉我对你

---

① “意思就是‘花花公子’”一句从麦克威廉译本增入。潘译本有个注，说“齐马”就是俗语所说“尖儿顶儿”的意思。

的这一片爱情有多么深了。天下有哪一个姑娘比得上你的美丽娇艳呢?不用说，你仪态万方，心灵高洁，足以使最高尚的男子倾心拜倒；所以我用不到向你多说，从来没有哪个男子爱他的情人，能像我对你那样忠贞热烈了。只要我一息尚存，我一定始终如一地爱着你；这还不算，有一天我离了人世，只要天上跟下界一样，也有那男女的爱情，我将永远地爱着你，千年万年没有个穷尽。那许多身外之物，不管是贵是贱，决不能算是完全在你的掌握之内，只有我，只有我的东西才真正完全是属于你的。有确切的事实证明，你总可以信得过，你吩咐我做一件事，让我在你的面前聊表寸心，就是我最大的幸福；哪怕叫我做全世界的主人，我也不会感到更大的光荣呢。

“你已经听到了我的表白，既然我是属于你的了，那就不能怪我竟敢日夜为你祷告，因为只有你才能使我得到一切宁静、安康和幸福；没有了你，我在这世上再没有快乐可言。我是你最恭顺的奴隶；我的灵魂正在爱情的火焰里燃烧，它只有一个希望，那就是你——你是我的救星、我的福星；你过去对我是那样铁面无情，我现在祈求你发点儿慈悲，怜悯我的一片愚诚吧，那样，我也可以安慰我自己说，从前我为你的美貌而害了相思，现在由于你的慈悲，我也算没有白白地做一辈子人。万一我的祈求打动不了你那高超的心灵，那么我就必死无疑，而人家一定会说我的命是送在你手里。且不说我的死亡不会替你增添光彩，就是你自己的良心也会觉得过不去，等到你心平气和的时候，你少不得会对自己说：‘唉，可怜的齐马，我悔不该当初对他这样无情啊!’可是到那时候，你懊悔也来不及了，结果只有使你的良心感到痛苦而已。

“为了避免这种不幸，趁你还来得及救我的时候，发点儿慈悲，可怜可怜我，别看着我死去吧。我将成为世上最幸福的人呢，还是变成最苦恼的人，全凭着你一句话。我知道你有一颗富于仁爱的心；我这样热烈地爱你，你总不见得狠心到见死不救的地步吧。我在你面前，实在非常惶恐，心里忐忑不安，只希望你可怜我，给我一个圆满的答复，使我高兴起来。”

说到这里，他停住了，长叹一声，又掉了几滴热泪，等候那位太太的回答。当初齐马追求她的时候，曾经向她百般献媚，在她的窗下唱过小夜曲，她都无动于衷——现在听了他这番无比热烈的情话，居然因怜生爱，涌起了她以前从没有体味过的感觉。尽管她遵照着丈夫的吩咐，默默无语，可禁不住轻轻叹了口气，这一声温柔的叹息表示了她是多么乐于给齐马一个回音。

齐马等了一会儿，见她一言不发，不免奇怪起来，再一想，就猜出了骑士的诡计；他盯着她看，只见她不时脉脉含情地瞅他一眼，又听见她断断续续地发出细微的叹息，使他顿时生起了希望，心里一乐，就有了主意，他用那位太太的口气代替她作了回答，这样在她耳边说道：

"我的齐马啊，我当然一向知道你对我的爱情是最真挚深厚的，现在听了你这番话，我比从前更了解你了，我觉得很高兴——我怎么能不高兴呢？从前我对你似乎冷酷了些，但是请你不要看见我外表冷淡，就以为我内心也是这样无情无义；不，我一向爱着你，把你看得比谁都可爱。只是在外表上，我不能不又是一个样儿；一来因为人言可畏，二来是我珍惜自己的名誉。现在机会来了，使我能够向你坦白表示我的情意，并且能够报答你对我的深情。你放心吧，你尽管乐观好了，承你的情，因为要见我一面，就把自己的骏马送给法朗赛哥，再过几天，他就要到米兰上任去了，这你也是知道的。我凭着一片真心和热爱答应你，等他出门之后，不出几天，你就可以和我在一起，共同享受我们爱情的至高无上的幸福了。

"我只怕以后再没有机会跟你讲话了，那么不如现在就跟你约好：如果你看见我那朝着花园的卧房的窗口，挂起两块手巾，那就是我的暗号，你当天晚上就可以从花园的小门里进来和我相会，不过你要小心，别让人看见。我在房里等候你，那时我们就可以整夜厮守在一起，尽兴畅欢了。"

他这样代他的情人说了一番话之后，又恢复了自己的身分答道："最亲爱的夫人啊，听了你这千金一诺，我真乐得魂灵儿出了窍，也不知道该怎样回答你才好，更不知道该怎样感谢你才好。就算我能用言语来表达，哪怕说了千言万语，也不足以传达出我心头的感激。我只好让聪明的你自己去想象我这无从表白的情意吧。我只能对你说，你叮嘱我这样做，我决不会辜负你，那时候，我一定要竭尽心力来报答你的无比恩宠。现在我不多谈了。我最亲爱的夫人啊，愿天主给你快乐，叫你称心如意！愿天主祝福你！”

那主妇始终不曾开过口，于是齐马站起身来，向骑士那儿走去；骑士赶紧走上前去，笑着说道：

“怎么样？我已经履行过我的诺言了吧？”

“不，大爷，”齐马回答他，“你答应我跟尊夫人谈话，谁知你却让我跟一座大理石像谈话！”

那丈夫听他这么说，可高兴极了，对于自己的妻子因此越发信任了，就说：“现在你的马可天公地道属于我啦。”

“不错，大爷，”齐马回答说，“早知我向你讨这个情，只落得有名无实，那我还不如干脆把这匹马送给你的好；我真懊悔没有这样做；现在这样一来，你倒算是付出了代价，买进一匹马，而我还不是等于白白地送了你？”

骑士听得他这话，哈哈大笑起来。他既然弄到了骏马，过了几天，就动身出发，到米兰上任去了。

那位太太独自留在家里，时常想起齐马的那一番话来，想起他是多么真心爱她，为她而牺牲了自己的骏马，又看见他经常在家门口走来走去，就对自己说：

“我在作什么打算呀？我何必辜负自己的青春呢？我那当家的到米兰去了，这一去就得半年，他几时能够补偿我这虚度的春光呢？难道要我等到人老珠黄不成？再说，你哪儿去找到像齐马这样一个情种？我独个儿在家里，又用不到顾忌谁。那我为什么不趁眼前这大好机会，及时行乐一番呢？错过了机会是不可复得的呀。况且这回事谁也不会晓得；就算有一天被人发觉，那时再忏悔也不迟，总比这样守着空房、成天懊悔来得好些呀。”

她这么左思右想之后，一天，果真照着齐马所说的话，把两条手巾挂在面临花园的窗口。

齐马望见手巾，这份高兴可不用说了；天色一黑，就悄悄来到她家花园，发觉园门只是虚掩着，就溜了进去，来到屋门前，看见她早已等候在那儿。她一看见情人来了，心花怒放，赶紧迎上前去，他搂住她就吻，直吻了千遍万遍，这才跟她上了楼，进入卧室，于是不再延迟，两人一起登上了床，享受着无比的爱情的幸福。这一次幽会只算得一个开场白。骑士在米兰逗留的时期，齐马常去找她；甚至骑士回家之后，还是和她经常来往，两人真是享尽了旖旎春光。

故事第六

理查爱上菲利佩洛的妻子，知道她本性善妒，假意跟她说，菲利佩洛要和他的妻子在浴室幽会。她冒充理查的妻子来到浴室，去和丈夫同睡，结果发觉她是跟理查睡在一起。

爱莉莎把故事讲完之后，女王十分赞赏齐马的聪明，于是吩咐菲亚美达接下去讲一个故事。她微笑答应，遵照女王的意旨，这样开言道：

我们这座城市，虽然形形色色，应有尽有，各种话题都讲个不完，但是我觉得，有时候谈谈别处的传闻，也很有趣，所以我打算像爱莉莎那样，讲一段外乡的事迹。这故事发生在那不勒斯，讲的是一个女人，怎样正经，怎样冷若冰霜，可是她的情人比她聪明，用巧妙的手段，叫她还不曾开出爱情的花朵，先就尝到了爱情的果实。大家听了，一方面可以拿这过去的事来解闷；同时，万一自己遇到这类事，也可以特别谨慎些。

那不勒斯这座古城也许可说是意大利最可爱的一座城市了。从前城里住着一个青年，名叫理查·米奴托罗，他出身高贵，家道富有，这是众所周知的。他的太太虽然秀丽可爱，他却另有所爱，看中了卡苔拉。论这位女士的姿色，大家都认为压倒了那不勒斯城里的一切美女。她已经出嫁，丈夫叫做菲利佩洛·斐希诺菲，是个跟理查身分差不多的年青绅士。卡苔拉本是一位贤慧的淑女，所以一心一意爱她的丈夫。

理查热恋着卡苔拉，凡是情场中追求女人的手段，他都试过了，可是都不中用；他灰心到极点，却又斩不断、摆不脱那情丝的束缚，真叫他求死不能，活在世上又觉得乏味。他的亲眷中有几位太太，见他这样悲伤，都劝他快死了这条心，免得徒劳无功，自寻苦恼。她们说，哪个男人都不在卡苔拉心上，她就只关心自己的丈夫，她的醋劲儿很大，几乎天上飞过一只鸟儿，她都恐怕会把她的丈夫抢走。

理查听说卡苔拉这样会妒忌，倒顿时有了一个主意，觉得正好利用她这弱点来达到自己的目的。于是他装作对卡苔拉已经死了心，把自己的爱情转移到另一个女人的身上，本来是他为卡苔拉而唱着小夜曲，比武献技，现在他照模照样把这番殷勤献给了别人。不消几时，全那不勒斯的市民——连卡苔拉本人在内——都以为理查已经不爱卡苔拉，而另有对象了。他这样不断地向别人献媚求爱，到后来，不但人人深信，就连卡苔拉对他也改变了从前那种冷淡回避的态度，见面的时候，总是很亲切地招呼他，把他当作一个老邻居看待。

按照那不勒斯的风俗，每年到了夏天，绅士淑女常集合起来，一起到海滨去野餐。理查听得卡苔拉也约好几个朋友，要到海滨去玩儿；他就和几个朋友跟到那儿。卡苔拉的女伴们看见理查来了，请他加入到她们的小团体里来，理查假装很不愿意的样子，直到三邀四请，才算勉强答应。卡苔拉和那些姐妹们开始拿他新近的恋爱来取笑他，他假装作对他的新欢热情得不得了，这使她们愈发谈个不休。到后来，像通常出外游乐那样，姐妹们分头玩耍去了，只剩卡苔拉、理查和两三个女伴还留在原处。理查隐约说起她的丈夫菲利佩洛也许在外面另有所欢呢，这话果然挑起了她的妒意，恨不得马上要把他这句话盘问个明白。最后，她实在忍不住了，只得请求理查，看在他所爱的情人面上，把菲利佩洛的事跟她说个明白。理查就说：

“你凭着我情人的名义来向我讨情，那叫我怎么还能拒绝你呢。这样吧，我把这回事告诉你，可是你得答应我，在你没有亲见目睹、证实我的话以前，你不能对你的丈夫讲，也不能告诉旁人。要是你高兴的话，我有办法让你亲眼看见这回事的。”

那位美人儿给他这么一说，越发相信了，立即答应，还发誓决不对旁人说起这事。理查就带着她从人群里走开，拣一个不怕被人听到他们谈话的地方，说：

“夫人，假使我现在还像从前那样爱着你，那我决不敢把这回事告诉你，叫你难受。现在，我这片痴心妄想已成了过去的事，那我不妨把全部真相对你说了吧。我不知道，菲利佩洛是不是因为恨我向你求爱，或者呢，认为你已经爱上了我，要出一口气——不管怎样，他当面从来不曾对我有所表示；却在暗中等待时机，乘我不防备的当儿，就要下手干那他唯恐我已经对他干下的事——这就是说，想要勾搭上我的太太。我发觉他这阵子托人做牵线，私下去求了她好几次，凡是你丈夫所说的种种话，她都告诉了我；而且照着我教她的话来回答你的丈夫。

“就在今天早晨，我刚要出门到这儿来的时候，看见一个女人正在跟我的太太交头接耳地谈什么话，我立即猜到她是怎样的人物，就把我的太太叫了来，问她那个女人来干什么。我太太说：‘她就是给菲利佩洛牵线的人，前几天你叫我故意给他一点希望，那回音就是由她带去的；现在他又派这个女人来询问我，到底预备怎样发付他。还说，如果我答应的话，他可以设法私下跟我在本城的一家浴室里见面。不，他简直是在跟我纠缠；我不知道你为什么一定要叫我跟那个男人周旋，不然的话，我早就打发他，叫他以后再也不敢对我望一眼。’我觉得这事情闹大了，不能容忍下去了；所以我想把这回事对你说了，让你知道，你这样一片忠心对待你的丈夫，几乎要了我的命，可是他却是怎样回报你的。

“请别以为我这话是凭空捏造的，你如果不相信，我可以让你亲眼看见，亲身接触到。我叫我的太太这样答复那等候着回音的女人，说是她准备在明天午后，等大家午睡的时候，跟他在浴室里相会，那女人得到这个答复，就欢欢喜喜地去了。我想，你总不会以为我真会把自己的妻子送到那儿去的吧，不过要是我换了你，那我就要想法叫他在那里找到的不是别人的女人而是我；等我跟他上床之后，我就好叫他知道他是跟谁睡在一起，少不得还要着实叫他受用一番，把他羞得无地自容，这样，他对你的侮辱，对我的侮辱，就一下子都得到了报复。”

卡苔拉听完了他的话，也不想想说话的是谁，也不考虑到这里面是否别有用意，却只凭着一股妒劲，立刻相信了他的话，而且追忆起从前的种种情景，居然越想越对，越想越气恼；她在盛怒之下，说是决意照他的话做去——这事做来并没什么困难——假使菲利佩洛果真来了，她可要羞得他无地自容，叫他以后看到女人的时候，永远忘不了那一番教训。

理查听她这么说，可高兴极了，觉得自己这条计策真妙，看来大有成功的希望，便极力怂恿她这样做，又捏造了一些别的话，使她深信不疑；同时，又请求她千万不要告诉别人这回事是从他那儿听来的；这一点她郑重答应了。

第二天早晨，理查赶到他跟卡苔拉说起的那家浴室，去找那女主人，把自己的意图说明了，恳求她尽力帮助。那位好女人一向受到他的照顾，哪有不答应的道理。在她的浴室里有一间暗室，四壁没窗，不透一丝光线。她把这间暗室布置起来，放了一张床铺，弄得十分舒适。理查吃完中饭之后，就在这张床上躺了下来，等待卡苔拉光临。

再说卡苔拉听了理查的话，深信不疑。晚上回到家来，满腹怨愤。恰巧菲利佩洛那天回来，因为有着心事，没有像平日那样对她亲热。她看到这种情景，愈加怀疑了，暗中跟自己说：“那还用说，他一定是在想着明天跟那个女人偷情的乐趣呢。可是他这简直是在做梦！”她几乎整夜都在想着这件事，考虑明天在浴室里遇到他之后，该怎样好好教训他一顿。

有话即长，无话即短，到了第二天午睡的时候，卡苔拉按照预定的计划，带着侍女，来到理查跟她说起的那家浴室，找到女主人，问她，菲利佩洛是否在她的浴室里。那女主人已经受过理查的嘱托，就问：

“原来你就是来找他说话的太太？”

“是的，”卡苔拉答道。

“那么，”女主人说，“请进来吧。”

自寻烦恼的卡苔拉就由她领着，来到理查躺着的房中，她脸上披着一条面纱，随手把门扣上。理查看见她进来，高兴得跳了起来，把她紧抱在怀中，轻声对她说：“欢迎，我的灵魂！”

卡苔拉为了要装得像样些，也搂着他，吻他，跟他百般亲热，只是不说一句话，唯恐一开口会给对方听出口音，幸亏房里十分黑暗，这使双方都很满意；他们在房里待了一会儿，还是看不清什么东西。理查把她抱上了床，也不敢多说什么，恐怕被她听出口音。他们俩玩了好大一会儿工夫，其中一个人比另一个人快乐得多。后来，卡苔拉觉得该是发作的时候了，顿时怒火直冒地说：

“唉，女人的命是多么苦呀，她们拿一片忠贞对待丈夫有什么用呢？唉，我这苦命的人哪，这八年来，我始终爱着你，把你看得比自己的生命更可贵，可是你呢——我刚才已经体验到了——你火一般地热爱着另一个女人。你真是个没有心肝的男人哪！你以为你眼前是跟谁睡在一起？睡在你身边的，就是一直被你的假情假意欺骗着的女人呀！

“你这个没有良心的坏人啊，我就是卡苔拉，不是什么理查的妻子！你听着——难道你听不出来这是我的声音吗？的确是我呀。好长的时间啊，我恨不得马上走出黑暗，来到亮里，好把你狠狠地羞辱一番——你这条无情无义的恶狗呀！唉，我真是苦命呀！这么多年来我一直爱着的是哪一个人？我爱的就是这一条忘恩负义的狗呀，他还道他搂在臂弯里的是另一个女人呢，所以对我百般恩爱，我跟你做了这许多年夫妻，竟还抵不上这么一会工夫的温存呢。

“你这背信弃义的坏蛋呀，你今天是够卖力的了；平日在家里的时候，却只见你软弱疲乏、一点劲儿都没有；多谢天主，你依旧在耕种你自己的田，并非像你所想象的，在耕别人的田。怪不得你昨天晚上不肯来亲近我了，原来你是要养精蓄锐，跟别人去交锋呀。多亏天主，以及我的聪明，甘露没有落到别人的田里去。

“你为什么不开口答话呀，你这个坏蛋？难道你听见我的话就变成哑巴了吗？老天在上，我居然忍着气，没动手把你的眼珠挖了出来！你以为你干这好事干得非常机密吧？老天在上，你聪明，别人可不比你笨。你并不曾如愿以偿。不告诉你你还不知道，你的一举一动，全都逃不过我的眼睛呢。”

理查听着她这些话，好不乐意，却不敢回答她，只是紧搂着她，更热烈地吻她、爱抚她。她看他不答话，又说了：

“哼，你这条讨人嫌的狗，你以为这样装腔作势，献一番殷勤，就可以消了我这一口气，跟你重新和好了吗？告诉你吧，你想错了。我不当着你所有亲戚、朋友和邻居的面，把你羞辱一顿，我这口气是不会消的。你这个坏蛋，难道我比不上理查的老婆那样漂亮吗？难道我不也是一个大家闺秀吗？你为什么不回答我呀，你这条恶狗？她什么地方胜过了我？滚开些，别来碰我，今天一天你已经够卖力的了。现在你已经知道是我了，那还用说，你这种亲热的样子都是硬着头皮装出来的。老天帮我的忙吧，我以后可要叫你饿得发慌！我不明白，我以前干吗不叫理查来替我解解闷，他爱我胜过爱他自己，我却连正眼都不曾看他一下！假使我跟他相好，又有什么要不得？你原以为你是跟他的老婆睡在一起，那就等于你已经干了这回事，至于你结果没有把她弄到手，那并不是你的功夫不到家；今后我要是去找她的男人，你可不能怪我！”

卡苔拉这样怨天怨地，哭诉了好一会儿。到后来，理查觉得不能再继续欺骗她了，要是让她气呼呼地回家去，说不定会闹出什么乱子来，就决定把这回事向她道破，让她知道她是跟谁睡在一起；于是他紧搂着她，使她要想脱身也脱不掉，然后说道：

“我亲爱的心肝呀，别生气吧；只因为我一心爱你，却没有办法亲近你，所以爱神替我想出了这一条巧计，好让我如愿以偿。我就是你的理查。”

卡苔拉听见他这么说，又听得是他的口音，就没命挣扎，想挣脱出他的怀抱——可是哪儿能挣出身来？于是她竟要喊起来了，却又给理查用一只手掩住了她的嘴。

理查跟她说："夫人，现在木已成舟，即使你大闹大喊一辈子，也无济于事了，假使你果真喊闹起来，或者把这事说了出去，那么摆在面前的只有两个结果。一个是跟你切身有关的，那就是你的美好名誉要给毁坏了。你当然可以说是给我用阴谋骗到这里来的，可是我也会否认的呀，我可以说，我是答应了给你金钱和礼物，你才来的，后来你又嫌我给的太少，这才翻过脸来，大吵大闹，说出这些话来。你知道，人们是宁可相信坏事，不愿意相信好事的，所以这事如果传了开去，大家只会相信我的话，而不会相信你。另外一个结果是，你的丈夫跟我从此结了不解的仇恨，很可能不是我杀了他，就是他杀了我，如果事情果真闹到这一步，你决不会得到什么幸福和安慰的。

"所以，我的心肝，我劝你还是三思而行，不要做出损害你自己名誉的事来，也不要叫你的丈夫和我结下了冤仇，蒙上杀身之祸。古往今来，世上的女人受人欺骗的，你并非第一个，也不会是最后一个。我也决不是要存心毁坏你的名节，因此对你玩弄手段，我实在爱得你没有办法可想了，才出此下策；我一心只想做你的最忠诚的奴隶。我，连我的心，我的身子，以及我整个儿所有的一切，早就属于你了，从今以后，就更属于你了。你在别的方面是一个很有见识的女人，我相信今天的事，你也不会糊涂的。"

理查这么说着的时候，可怜卡苔拉只是哭个不停，她一肚子的气，怎么也平不下来，可是她的理性告诉她，理查并没有胡说，像他所说的后果很有发生的可能，因此终于说道：

"理查，我上了你这样大的当，受了你这样的欺侮，除非天主来帮助我，叫我怎么还能够受得下？我不打算在这里大叫大喊了，只怪我自己思想简单，太会妒忌，才被你骗到这里来。可是，我告诉你，我如果不能够想出一个报复的办法来，那我是决不甘心跟你罢休的。你放手吧，别再掩住我了——你已经满足了你的欲望，把我糟蹋够了，时间不早了，你放我走吧。我求求你，让我去吧。"

理查看她怒气未消，决心要跟她言归于好之后，才放她走。他低声下气，说尽了好话，用尽了功夫，哄她求她，安慰她，终于打动了她的心，叫她跟他和好了。于是两人你恩我爱，又一起玩了好一会儿，十分欢乐。

卡苔拉到这时候，才明白情人的亲吻，比丈夫的吻更有味儿呢；她从前对他冷酷无情，现在一变而为无限的柔情蜜意了。从此以后，她始终热爱着他，他们又经常约期幽会，把事情做得十分干净，不露一点痕迹，却在私下里享受爱情的幸福。但愿天主允许咱们享受咱们的幸福吧！

故事第七

台达尔多情场失意，离开故乡，隔了七年，
乔装成一个香客，回来和过去的情妇相见，
指责她薄情。情妇的丈夫这时蒙了不白之
冤，将处极刑，他把情妇的丈夫搭救出来，
同时跟情妇重修旧好。

大家听完了菲亚美达的故事，都赞美她讲得真好，女王不多耽搁时光，随即就叫爱米莉亚接着讲下去。她这样开言道：

方才两位讲的都是别地方的事迹，现在我又要把话题收回到我们这个城市来了。我要讲给你们听，一个本地人士怎样跟他的情妇分了手，后来又怎样跟她重修旧好。

从前在我们佛罗伦萨城里，住着一位公子哥儿，名叫台达尔多·爱里赛。他热恋着阿多勃兰第·帕莱米尼的太太爱美莉娜。论他的人品风采，无一不好，合该消受这份艳福。可是命运弄人，偏要叫他遭受那相思的痛苦；爱美莉娜跟他相好了一阵以后，却无事无端地变了卦，跟他断绝往来，非但他托人去传话，她一概不理，就连他本人想见她一面都办不到；他因此十分痛苦；还亏得他跟那位太太的关系，一向十分秘密，所以人家只看见他郁郁不欢，却不知道他的心病在哪里。

他觉得自己实在没有做下什么对不起他情人的事，所以想尽方法，要和她言归于好；谁想一切都是白费心机，最后，他绝了望，决定离开故乡，免得让那个害苦他的女人看见他这副憔悴的光景，暗中称快。他收齐了所有的现款，十分秘密地动了身；除了只对他一个心腹之交说起这事外，在其他亲友面前，一字都未提及。

他来到了安康纳，改名为腓力·第·桑洛台秀，在那里结识了一个有钱的商人，帮他办一点事，就上了他的船，跟他一起到塞浦路斯岛经商去了。他做事勤勉稳重，商人很是赏识，不但给了他优厚的薪水，还叫他做自己的合伙人，把大部分的商业事务交托他管理。他这样尽心尽力勤勤恳恳，做了几年买卖，居然积了不少钱，也成为一个知名的富商了。

他在忙着筹划经营的时候，依然不免时常要想起他那狠心的情人来，他那失恋的创伤始终没有平复，还是渴望着和他的情人再见一面。但是凭着他那坚强的意志——这七年来，他一直压制着那儿女私情。可是有一天，他在塞浦路斯街上听见有人唱着他从前为他情人所编的一支歌曲，那歌词就是形容当初他和他的情人两人你恩我爱、如鱼得水的情景。他听了这歌，觉得她不会忘了旧情，因此不觉死灰复燃，再也按捺不住，一心只想和她再见一面；于是决定回佛罗伦萨去。

他把事务料理清楚以后，带了一个仆人，先到安康纳，把全部财产收拾在一起，托他的一个合伙人寄运到佛罗伦萨，存放在合伙人的朋友那儿。他自己扮做一个朝拜圣地回来的香客，带着仆人，悄悄动身，来到佛罗伦萨，投宿在一家小客店里。这客店是兄弟俩开设的，就在他情人家的附近。

有了安身的地方，他第一件事就是走到他情人的宅子跟前，希望能见到她一面。不料他一到那里，只见窗子门户全都关得紧紧的，叫他吃了一惊，还道她已经死了，或者搬家了。他这么猜疑不定，走到自己兄弟的宅子那儿，不料又看见他的四个亲兄弟，全都穿着丧服，站在门前。这更叫他惊奇了；他知道自己七年飘泊在外，相貌习惯都换了个样儿，不容易被人认出，就走到一个鞋匠跟前，向他打听这几个人为什么都穿上丧服。鞋匠回他道：

“那几个人穿着丧服，是因为他们有个兄弟一向在外，名叫台达尔多，在将近两星期之前，给人谋杀了。听说他们已向法庭控诉阿多勃兰第·帕莱米尼，说他就是杀人的凶手，因此官府已把他收禁在狱中。原来这个兄弟从前跟他的女人有过私情，这次乔装回来，要跟她相会，竟叫那个男人杀了。”

台达尔多听了这话，更诧异了，他想，一定有谁跟他的面貌十分相像，竟给人误认了；阿多勃兰第无辜受屈，他也很替他难过。他又从鞋匠那儿得知他的情人依然健在。这时天色将黑，他满腹疑虑，回到客店，跟仆人两个吃过晚饭，就回房睡觉——他那一间客房，几乎在整幢房子的顶端。也不知道他是因为心事重重，还是因为床铺不舒服，或是他这一顿晚饭没吃饱，竟是半夜没有入睡。正在这样辗转不寐的时候，他似乎听见有人从屋顶上爬下来，接着就从门缝里看见一线灯光。他爬起来，悄悄走到门边，从门缝里向外张望，只见一个漂漂亮亮的姑娘，举着灯火，接着，有三个男人从屋顶上陆续下来，都来到她身边，彼此打了个招呼，只听得其中一个男人向她说道：

“谢天谢地，我们从此太平无事了，台达尔多的几个兄弟已经跟阿多勃兰第当庭对质，证明是他谋杀了台达尔多，他已经认了罪，连判决书都下来了。不过，我们还得小心，不能把风声走漏出去，万一让人家得知了真情实况，那我们的生命就跟阿多勃兰第一样的危险了。”

那姑娘听得他们这么说，似乎很是高兴；接着，那几个男人就各自下楼睡觉去了。

台达尔多在房里听得这些话，可吃惊不小。他想，事情糟透了，真是一笔糊涂账——他自己的兄弟拿别人的尸体来哭泣埋葬；无罪的好人，蒙了不白之冤，被判处死刑；再说，那法律又是多么盲目、残酷；那班统治人民的官吏，哪里在审查案情，只是黑白不分，作威作福，居然还自以为是一个大公无私的执法者，天主的使臣；其实只是罪恶和魔鬼的代理人罢了。他继而又转念，该想个什么办法来营救阿多勃兰第才好；他定下了进行的步骤。

第二天早晨，起身之后，他叫仆人守在客店里，自己来到他情人家的门前，大门刚好开着，他觉得正是时候，就径自走了进去，只见他的情人正独坐在楼下的一间小屋子里哀哭，这副凄楚光景，几乎叫他也陪着流下泪来。于是他走上前去，向她说：

“夫人，别难过了，你的大难就要过去了。”

那女人听见有人说话，就抬起头来，泪汪汪地说：“好人儿，你大概是一位外地来的香客吧；你知道我的遭遇是凶是吉?”

“夫人，”台达尔多回她道，“我刚从君士坦丁堡来，是奉了天主的派遣，要把你的眼泪变成欢乐，要把你的丈夫从死亡里救出来。”

她说：“如果你刚从君士坦丁堡来，你怎么会知道我是谁，我的丈夫又是谁呢?”

于是那位香客就把阿多勃兰第遭难的经过源源本本地说出来，还说出了她的名字，她结婚了几年，以及他所知道的种种有关她的事情。那女人听他说得句句确实，惊奇极了，把他当做了一位先知，跪倒在他的脚下，用天主的名义恳求他赶快搭救她的丈夫，否则，只怕来不及了。台达尔多只装作是个圣洁的人，说道：

“夫人，请起来，别哭了吧，听好我怎么对你说，这些话你可千万不能对别人讲。天主向我启示过，你这次遭遇大难，是因为你过去有了罪孽，所以天主降下这场灾祸，叫你洗涤一部分罪孽，而且要你悔过自新，尽力补救过去的错误，否则的话，只怕你还要遭遇到更大的不幸呢。”

“先生，”那女人说，“我过去犯了不少罪孽，天主要我赎罪补过，不知我首先应该从哪一桩着手才好。”

“夫人，”那个香客回答道，“说到那一桩罪恶，我知道得很清楚；用不着再问你什么，可是我要你自己说出来，这样可以叫你更觉得悔恨。闲话少说，请你告诉我，你可记得你有过一个情人吗?”

那女人给他这样一问，怔住了，她原以为当时这回事十分秘密，没有一个人得知，仅仅在台达尔多被人谋害，尸体下葬的时候，一两个知道她那一段隐私的朋友，说话中间，偶然漏了些口风，外界才有一点风声罢了。她深深地叹了一口气，说：

“我看天主已经把人类的秘密全都对你揭露了，对你也不必再有什么隐瞒了吧。我年青的时候，的确火热地爱过一个不幸的青年，不想他会遭到惨死，我的丈夫又给捉去抵他的命。我听到他的死讯，心里好不难过，曾经痛哭了好几场。当初他离开故乡以前，我曾经对他冷酷无情，可是，不管我跟他分离了这么多年，不管他已死于非命，我心坎里还是摆不脱他这个人。”

香客说：“你爱的不是那个死去的不幸青年，你爱的是台达尔多——不过暂且不谈这个吧，我问你，你为什么要跟他断绝往来，他可有什么对你不起的地方?”

“不，”她回答道，“他从来没有什么地方对我不起，我后来不理睬他，是因为听信了一个倒楣的神父的胡说八道。我向他做忏悔，供出了我跟台达尔多的私情；他就咆哮如雷，大声叱骂，我现在回想起来，还觉得心惊胆战。他对我说，如果我不赶紧回头，我就会给打入深而又深的地狱深处，永远给魔鬼咬，给烈火烧，把我吓得再不敢跟我那情人见面了；为了跟他从此断绝来往，他写信来也好，托人来也好，我一概不许进我的门。我怕他受了这打击，绝了望，因此离开了故乡；否则，只要他再坚持一段时期，那么，我看到他的生命就像白雪在阳光下那样慢慢消融，我再也硬不起这心肠来，到头来一定会向他屈服的；因为我再没有其他的欲念比对他的爱情更强烈的了。”

“夫人，”那香客说，“叫你现在感到那样痛苦的，不是旁的罪孽，就是这一个罪孽了。我知道台达尔多一定从没强迫过你，你爱他原是出于你的自愿，因为你从心坎里喜欢他。后来他跟你幽会，两个人结下了私情，这不是他一个人的事，也有你的一份在内。你对他说的话，你为他做的事，都流露出了一片柔情蜜意，他从前爱你十分，到了这时光，就一万分地把你爱上。我知道你们的情形就是这样——假如真是这样的话，你怎么可以翻脸无情，就此不理睬他了呢？像这一类事总得慎重地想一想呀，要是你害怕做了这事，将来会后悔莫及，那么不如干脆不做的好。等他属于你、变做你的人儿的时候，你也属于他、成为他的人儿了。在他还没属于你的时候，你尽可以爱怎么就怎么做，因为这仅是你个人的事；①可是等你跟他成了情人，你却忽然又要跟他一刀两断，这就是你的不对了，因为你违反了他本人的意志，这就无异抢走了他最心爱的宝贝。

“现在，你应该知道，我自己是一个修士，所以把教会里的人完全看穿了。如果在别人面前，我或者不能够随便说到教会里的事，不过对于你，我不妨把那班修士的底细跟你彻底谈一谈，因为这对于你有好处，免得你一回上了当，以后还要上他们的当。

“从前，做神父的确实都是些圣洁善良的人；但是在目前，那班大模大样、自称为神父的人，除了穿着一件长袍外，还有什么修士的气味呢；就连那件当作外表的长袍吧，也已经有失体统了。从前神父所穿的长袍，都遵照教规，只用极粗劣的布料，尺寸都有限制，只求蔽体，根本不讲究式样，表示他们轻视世俗的浮华。现在的神父可不同了，不是触目耀眼的绫罗绸缎，他们就不穿上身，而且仿照大主教那种气派，把袍子做得又长又大；他们穿着这种长袍，在教堂里、在广场中，好比一头孔雀似的洋洋自得，根本不存一点羞耻心，这又跟世俗的纨绔子弟有什么两样？他们的行径又很像那渔夫；渔夫一心只想把河里的鱼儿一网打尽，他们披着一件层层叠叠的外衣，布置下无数陷阱和圈套，也是一心一意，只想迷惑那班天真的少女、寡妇以及愚夫愚妇，再也顾不到旁的责任了。说得坦白些，他们并没真穿着神父的长袍，他们只是借这件黑袍子的光而已。

“再说，从前的神父是要拯救众生，现在的这班神父只知道金钱和女人，他们把地狱里的阴森森的光景讲得有声有色，真是用尽心计去恫吓那班无知的人，叫他们相信人生的罪孽只有捐献和做弥撒可以洗涤。他们对人宣扬这一套话，因为他们做神父，原不是为了敬奉天主，只是

① “等到他属于你……这仅是你个人的事”，几句根据里格译本译出。

出于卑鄙的动机罢了；他们贪吃懒做，要是不当神父就没有什么可当的了；人们相信了他们的胡言乱语，害怕自己亡故的亲人在地狱里受苦，就一个个甘心拿面包啊、美酒啊、金钱啊来孝敬他们。

“本来，施舍和祷告，的确可以洗涤人们的罪孽；可是，如果让那班出钱的人知道了这些捐款是归谁受用的，那么只怕他们再也不会这样慷慨，或者宁可把钱扔到猪栏里去了吧。只是这班神父看得很清楚，一块肥肉，分享的人愈少，吃得愈称心。所以他们没有一个不是只想用叫嚣、用威胁，排斥别人，好独吞他们心目中的一块肥肉。他们谴责人们心中的淫念，就为了把这班罪徒从女人身边吓跑，那娘儿们就好归他们自己受用；他们谴责重利盘剥，和妄图不义之财，为的是让别人听信了这些话，害怕将来被打进地狱、永劫不复，赶紧把那些不义之财交出来之后，他们就好拿去做更阔绰的衣裳，去贿赂主教的职位，去添置种种财产。

“逢到他们的所作所为遭到别人指摘的时候，他们干脆回答你：‘照我所说的话做去吧，别学我的榜样！’以为这样一来，哪怕天大的责任也可以推得一干二净了——倒像是那羊群应该比牧羊人更坚强、更经得起诱惑似的！①许多神父都知道，一般人听着他们这样回答，不一定会懂得话里的意义。我们现在的这班神父就希望大家照他的话做去，就是说，无非叫大家去填满他的钱袋，把你们的秘密都告诉给他听，要你们禁欲，安心忍耐，逆来顺受，决没有一句怨言——这些都很好，很冠冕堂皇；可是他们这样劝人为善的动机何在呢？简单得很，有些事如果听任人们做去，他们自己就做不成了。

“谁不知道，要过那种只吃饭不做事的舒服日子，没有钱是不行的；但是如果你把所有的钱全花在你自己的享受上，那么叫那班修道院里的修士又怎么样过他们的舒服日子呢？要是大家都在跟女人谈情说爱，那么女人还轮得到他们去追求吗？如果你不讲仁爱，受了侮辱不肯忍气吞声，那么他还敢上你的门、来腐化你的家庭吗？——不过我何必

---

① “牧羊人”暗喻神父；“羊群”暗喻教民(即一般基督徒)。

这样不厌其烦地对你讲这许多事呢？这班神父总是这样给自己辩护：‘照我所说的话做去吧，别学我的榜样！’总是在明智的人士面前认错认罪。如果他们没有信心避免一切邪恶，过着圣洁的生活，那他们干吗不守在自己的老家里呢？如果他们真是一心要做一个出家人，那么为什么不遵照《福音》里的圣训：‘基督以身作则，诲人不倦’①做去呢？但愿他们先管好了自己，再来管别人吧。

“我亲眼看见过成千个神父都是些色中饿鬼，他们调戏、勾引民间的妇女，这还不算，竟然还要诱奸那修女；而正是这班人，在礼拜堂的讲坛上声色俱厉地谴责这种行为。难道我们应该听这种人的话，向他们请教吗？谁爱这么做，那是他们自己的事，不过他们做得对不对，自有天主知道。

“我们姑且退一步说吧，就算那神父指责你滥用爱情、破坏婚姻的盟誓，说你犯了滔天大罪，是不无理由的；那么夺去一个男人的命根子，那罪恶是不是更严重呢？你活活地把他逼死了，或是把他放逐出去，叫他从此流落他乡，那么你是不是更加罪大恶极呢。谁都不能说不是。一个女人和一个男人发生关系，就有不是的地方，也还是人情之常。可是用抢劫的手段对付一个人，把他谋死、把他放逐，这却是蓄意犯罪的行为呀。

“我已经跟你说过，你既然把你的心许给了台达尔多，却又忽然跟他断绝关系，这就无异抢走了他的心上人；我现在更进一步说，就你而论，你实在等于杀害了他。你这样待他越来越冷酷，到后来直逼得他非自杀不可。②根据法律的精神：促成罪行，跟一手造成罪行是同样犯了罪的。你怎么能否认，他这七年来流浪在外，都是给你害的。这样看来，在这三条款项中，不论你触犯了哪一项，你也已经犯了比跟他私下往来更重大的罪名。

---

① 这句话并非出于《新约·四福音书》，而出自《新约·使徒行传》开头第一节。作者为了配合故事内容，对引文的解释，也跟原义有所出入。——依据潘译本原注

② “我现在更进一步说”以下几句译文从里格译本。

"让我们再来看看，台达尔多遭受你的遗弃，是不是他罪有应得呢？说真的，他是无辜的。你自己也供认过，他爱你甚于爱他自己。他尊敬你，崇拜你，赞美你，只要一有私下亲近你的机会，就向你吐露他的痴情，天下还有哪个女人受到她情人这么崇拜的？他把他的名誉、自由、以及所有的一切全奉献给你了。难道他不是一个高贵的青年？难道在全城的小伙子中他算不得漂亮？还是他修养欠缺、才华不够，算不得一个优秀的青年？他不是博得大家的爱戴和好感吗？他不是到处受欢迎吗？你大概不会否认我这些话吧。

"那么你怎么可以听信了那愚蠢的、小心眼儿的神父的话，对他翻脸无情呢？一个女人，怎么可以瞧不起男人，对他们冷若冰霜？这是多大的错误啊。女人家必须记得自己的地位，认识到天主拿最高贵的德性赋予了男子，使他超越了世上的一切生命；那么一个女人受到男人的爱慕时，她应该感到骄傲，热烈地爱他，体贴入微地讨他喜欢，这样，女人才会永远被人爱着。可是你受了那个神父的教唆，是怎样对待你的情人呢，那你自己也很明白了。那个喝酒吃肉的神父教你这么做，一定是别有用心，他想把别人从你的身边赶走，然后自己取而代之。

"公正的天主，他赏罚分明，丝毫不爽，决不能容忍你的罪过而不加惩罚。你从前毫无理由跟台达尔多断绝往来，现在你的丈夫就同样地毫无罪过，却给捉去抵台达尔多的命，你自己也陷在痛苦里。所以如果你要想得救，你就必须答应——而且非做到不可——假使将来有一天台达尔多流浪回来，你愿意跟他重修旧好，依旧爱他，珍重他，和他来往，当初你还没糊里糊涂地听信那个神父的胡言乱语之前，怎样待他，将来还是愿意这样待他。"

香客的一席话到这里结束。爱美莉娜一直用心听着，觉得句句有理，认为自己确实犯了这桩罪孽，今天才会遭到这样的苦难，就说：

"天主的使者啊，我很明白你所说的都是真情实话；我从前一向把神父全都认作圣人，现在听了你的譬解，才恍然大悟，看穿了这班神父的原形。我也坦白承认，我这样对待台达尔多，真是错尽错绝。假如我还能够照着你的指示，设法补救，那我才高兴呢；可是这怎么能够办到呢？台达尔多再也不会回到我这儿来了——他已经死了！既然是万难办到的事，我又何必空许下什么心愿呢。”

“夫人，”那香客回答道，“天主已经给了我启示，台达尔多并没有死，他还活着，安然无恙，缺少的只是你的爱怜。”

爱美莉娜说：“你想想你说的是什么话吧！我亲眼看见他的尸首横在我门口，身上给人戳了几个窟窿。我把他抱在怀里，滚滚的泪珠全掉在死人的脸上，或许就因为这回事竟惹得人家飞短流长吧。”

“夫人，”香客回答，“不管你怎么说，我向你保证，台达尔多还活着，只要你答应我的要求，我相信你很快就会跟他相见。”

她就说：“我答应你，我但愿能够做到。假如我能看到我的丈夫无罪释放，台达尔多安然无恙，那我真是再快乐也没有了！”

台达尔多觉得这时候应该表明自己的身份，也好安慰他的情人，叫她相信她的丈夫确然是会逢凶化吉的，就说：“夫人，为了让你对你的丈夫放心起见，我有个秘密要告诉你，你可千万不能泄露出来啊。”

爱美莉娜深深相信那位香客是个圣人，就把他带进一间密室，房里只有他们两人。台达尔多于是从身边拿出一个戒指来给她看——这就是当初他们最后一晚聚会的时候，她送给他的纪念品，——现在他就拿这一直珍藏着的戒指给她看，问道：“夫人，你认不认识这样东西？”

爱美莉娜一看见戒指，就认出来了，说道：“是的，先生，这是我从前送给台达尔多的。”

那香客于是站起身来，随手摘下香客的帽子，脱下香客的粗布长袍，用佛罗伦萨的口音说：“那么你认不认得我呢？”

爱美莉娜这时候才认出，在她面前的这个人原来就是台达尔多。她这一吓非同小可，就像有人看见死鬼出现那样，哪儿还想到欢迎这位从塞浦路斯岛来的远客，简直就把他当作从坟墓里出现的死鬼，吓得连逃都来不及呢。这时候，只听得台达尔多说：

“夫人，别害怕，我是你的台达尔多啊，我好好地活着，并没有死去，也不曾遭谁的杀害。你和我的兄弟都认错人了。”

爱美莉娜听出了他的口音，半惊半疑，再把他仔细端详了一会儿，认出他果然是台达尔多；就身不由主地扑在他的肩头，哭泣起来，吻着他说道："我的好台达尔多，欢迎你回家来！"

台达尔多也搂着她只顾亲吻，接着说："夫人，现在还不是我们欢叙畅谈的时候，我必须去设法使他们把阿多勃兰第好好儿地放还给你；我希望在明天晚上以前，能有好消息给你——真的，我但愿今天就有好消息，如果是这样，我今晚再来看你，那时我就可以把种种经过的情形，详详细细地跟你说一说了。"

他穿上香客的袍子，戴上香客的帽子，又跟他情人亲了一个吻，叫她不要难过，就告辞了；不多一刻，已来到狱中。

这时候，阿多勃兰第在牢里正满腹愁思，觉得此生蒙了不白之冤，眼看就要受刑，要想洗雪是几乎没有可能了。台达尔多得到狱卒的许可，走进牢房，来到阿多勃兰第身边，只装作一个安慰囚犯的修士，在他的身边坐下，说："阿多勃兰第，我是你的一个朋友，天主可怜你受了不白之冤，特地派我来救你。如果你尊敬天主，能容许我向你讨一个小小的情，那么，你本来以为挨不过明天天黑，就要被判死刑；我保证，到那时候，你就会听到无罪开释的宣告。"

"善良的人，"那囚犯说，"你既然热心救我，想必像你所说的，是我的一个朋友，尽管我不认识你，也记不起来在什么地方看见过你。真的，我是蒙了不白之冤，眼看就要被处死刑；或许我从前犯了什么罪孽，因此今天有了这报应也未可知。不过果真天主如今对我发了慈悲；那么为了尊敬天主，我可以这样向你说，别说你向我讨一个小小的情，就是要我忍受多大的牺牲，我也不会不答应。你有什么要向我求情，请你说出来好了，只要我能逃出这场大难，我一定愿意照办。"

香客说："我只要求你宽恕了台达尔多的四个兄弟，他们错把你当作杀害他们兄弟的凶手，所以把你诬告了；如果他们来向你赔罪，你要把他们当作兄弟和朋友那样看待啊。"

阿多勃兰第就说："只有受过迫害的人，才渴望着复仇，知道复仇是一件多么痛快的事。不过呢，为了祈求天主搭救我的苦难，我甘心原谅他们——现在就原谅他们。如果我真能保全生命，逃出这一场灾祸，我一定遵照你的意旨做去，使你满意。”

香客听了很高兴，便不再多说，只叫他安心好了，不到明天傍晚时分，一定会让他听到宣告释放的好消息。于是他离开监狱，直奔官府，私下求见主审的官员，说道：

“大人，我们逢到一件事，总喜欢追究个一清二楚，你们身居高位，听讼断狱当然更要把案情弄个水落石出，使罪徒伏法，好人不会受到冤枉。我现在赶到这儿来，一则是为了使大人的威名格外显扬，二则就是为了不让那不法之徒逍遥法外。大人早已知道，台达尔多遭人谋杀，你以为凶手就是阿多勃兰第，所以把他抓了来，准备处以极刑，这实在是冤枉到极点的；在今天半夜以前，我可以把真凶交到你手里，好证明我这话并非胡说。”

那位审判官认为这是与阿多勃兰第性命有关的事，所以仔细听着香客的话，又跟他讨论了一番，就依他的主意，在半夜时分把那开设旅店的两个主人和一个仆从，从床上抓起来，这三人正自好睡，连挣扎都来不及挣扎一下。等来到公堂，经不起严刑威逼，这三人就各自分别招供了，后来再又共同承认他们是杀害台达尔多的凶犯，不过当时并不知道他的姓名。审判官问他们杀人的动机何在，回说是他们不在店里的时候，死者调戏他们中一人的妻子，而且还想强奸她。

香客也在旁边听着，这时候就向审判官告退，悄悄来到他情人家中，这时她家里的人都入睡了，只有她一人还在等待着，一半是为了盼望她丈夫逢凶化吉的好消息，一半也是要跟她的台达尔多重修旧好。他来到房中喜气洋洋地招呼她道：

“我最亲爱的夫人，告诉你听，也好叫你高兴，你的丈夫明天准可以平安回家了。”

为了让爱美莉娜更加放心，他又把自己那一整天的活动源源本本告诉了她。

对她说来，这真是双重喜事从天而降——她只道是已经死了的，为他放声悲悼过的台达尔多，现在还好好活着，依然是她的情人；而她原以为她那无辜遭冤的丈夫，几天之内就要被处死刑了——到那时候少不得又要痛哭一场，现在已经化险为夷，可以安然出狱了——这时候，她直乐得心花怒放，天下还有哪个女人能比得上她呢？她亲亲热热地搂着、吻着台达尔多，和他携手上床，前嫌尽释，旧梦重温，真是说不尽的恩爱和欢喜。

到天快亮时，台达尔多从床上起来，把他的计划告诉了情人，又一次叮嘱她要严守秘密，于是穿起香客的服装，离开情人的家，去料理阿多勃兰第的案子了。

天亮之后，官府经过研究，认为这件案子的真情实况已经彻底查明，立刻下令开释阿多勃兰第；过不了几天，就把几个凶犯押至原来肇祸地点，一起斩决了。

阿多勃兰第得到释放，跟他的妻子和亲友重逢，自有一番欢天喜地的情景；他感激那位香客的救命之恩，把他请到家中，悉心侍候，总求他多住几天，尤其是这家的主妇，心里明白，因此更加殷勤。

过了几天，台达尔多觉得应该出面替他的兄弟和阿多勃兰第调解一番了，因为他听说他的兄弟由于阿多勃兰第的无罪释放，很受到人们的讥讽，同时他们害怕报复，身边经常带着武器。他请求阿多勃兰第履行从前许下的诺言。阿多勃兰第毫无难色地答应下来；准备依着香客的话，在第二天设下一席丰盛的酒菜，把男亲女眷都请了来，招待那兄弟四人和他们的妻子。香客又表示自愿立即去邀请那四个兄弟出席这和好的宴会。

香客的建议，阿多勃兰第无不听从，于是他随即去见他的四个兄弟，向他们讲解了一番道理——无非是用金玉良言劝他们放宽心胸，向阿多勃兰第赔罪，请他不念旧恶。他们随即答应了，台达尔多这才邀请他们明天各自带着太太到阿多勃兰第家去吃饭，他们知道这是出于一片诚意，也答应了。

到了第二天午餐时分，台达尔多的四个兄弟，穿着黑色丧服，带了几个朋友，来到阿多勃兰第家里——主人早已在等候了——就当着满堂宾客，投下武器，徒手向前，听候主人发落，只求他能宽恕了他们得罪他的地方。阿多勃兰第挂着眼泪，亲切地接待他们，一一吻了他们，只用轻轻几句话就把事情带了过去，完全宽恕了他们。跟在他们后面的是他们的妻子和姐妹，全都穿着灰色丧服，也由女主人爱美莉娜和她的女伴亲切地接进去了。于是宾主入座，大开宴席，一切安排得尽善尽美，美中不足的就是席面上谈话很少，显得过于冷清——原来台达尔多的亲属全都穿着丧服，怀着哀思，所以提不起欢乐的情绪来。这时候，有人就不免抱怨那位香客，不该出主意举办这样一个宴会；台达尔多心里也十分明白，等到大家在吃水果的时候，他觉得打破这片冷清局面的时机已到，就站起身来说道：

“盛会难逢，大家应当欢乐一番，只可惜台达尔多不来，未免减了些兴致；其实他一直在你们身边，只是大家不认得他罢了。我现在就来把他介绍给你们。”

说完之后，他就脱去香客的长袍和帽子，露出一身绿色绸衣，大家全都瞪着眼对他直望，不胜惊奇，可一时里还是不敢相信他就是台达尔多。他看见大家一味猜疑，只得对他们说了许多家事，以及他过去跟他们各个人的交往，又把他自己这几年来的经历大约讲了一讲。他的兄弟和众人这才相信了，竟一齐拥上去抱着他，欢喜得眼泪都掉了下来。在座的女客，不管是他的亲属还是陌生人，也都同样上前去跟他拥抱，惟独爱美莉娜坐着不动。阿多勃兰第看见这情景，就问：

“怎么啦，爱美莉娜？别的女客都去向台达尔多欢迎问好，为什么你不去向他问好呀?”

那女主人为了叫大家都听得见，故意提高了声音说道：“说到欢迎，这儿再没有第二个人比我更欢迎他的了，因为在这许多人中间，是我欠得他的情最多——全靠他救了我丈夫的性命。可是想到前一回，我们错把别人当作了台达尔多，哭了一场，竟招惹来了不少蜚言流语，那么这一回我怎么能不再避些儿嫌疑呢?”

她丈夫说：“别说废话啦，你以为我会理睬这班人的造谣生事吗?单看台达尔多这样出力搭救我的性命，就知道这班人是在嚼舌根，我怎么也不会相信的。快站起来，去拥抱他吧。”

女主人巴不得有这个机会，就立即听从丈夫的命令，站了起来，和别的女人一样，上前去跟他拥抱，热烈地表示欢迎。阿多勃兰第的宽大的气量，使得台达尔多的兄弟和在座的男男女女都很满意，过去大家听了种种流言，心里不免疑神疑鬼，现在心境就开朗了。每个人都慰问了台达尔多之后，他就亲自动手替他的兄弟扯破了黑色丧衣，又替他的嫂子和姐妹扯破了素色丧衣，差人另外去拿衣服来。他们换过衣服之后，就唱歌的唱歌，跳舞的跳舞，各自玩儿起来。这次宴会，开头冷冷清清，没想到收场的时候却是这样热闹，这样兴高采烈。宴罢之后，大家兴犹未尽，又一起把台达尔多送回家中，那天晚上，就在他家里用饭，十分欢乐，他们就这样一连在他家里吃喝了几天。

在最初几天，佛罗伦萨的人把台达尔多当作死人复活，看到他很有些害怕；还有好多人，连他的兄弟也在内，心里总有点儿信不过来，怀疑他究竟是不是台达尔多。要不是在一个偶然的场合，弄明白了遭害的人究竟是哪一个的话，只怕这个疑问一直要存在下去呢。

事实是这样的：有一天，几个从伦尼基那来的步兵，打他们家的门前经过，看见了台达尔多，立刻走上去招呼道：

“你好啊，法齐乌罗！”

台达尔多正跟他几个兄弟在一起，他回答道：“你们认错人了吧。”

对方听到他的声音，很是狼狈，连连请他原谅，说道：“真的，两个人的面貌这样相似，真是少见。你真是太像我们队伍里的一个兄弟啦——他叫做法齐乌罗，约莫在半个月前来到这儿，就此一无消息。本来我们看见你的衣服也有些奇怪，因为他也跟我们一样，是当兵的，怎么会穿起像你这种衣裳来呢?”

台达尔多的哥哥听得这话，走上一步问他们，那个法齐乌罗穿的是什么衣服；他们所说的衣服正和死人身上所穿的相同，再凑上别的一些事实，真相就大白了，被人谋杀的是法齐乌罗，不是台达尔多，大家对于台达尔多所抱的怀疑也就消释了。

台达尔多发了财，回到家乡，对他的情人忠诚不渝；他的情人也从此不再跟他闹翻。他们始终谨慎从事，享受着恋爱的幸福。但愿天主允许咱们享受咱们的幸福吧！

故事第八

院长爱上农民的妻子，用一杯药酒，使他人事不省，像死去一般。他被禁锢在地窖里，醒来之后，还道自己在炼狱受罪。院长就跟他的老婆私下来往。后来那女的怀孕，才把农民放回人世，做孩子的爸爸。

大家听完了爱米莉亚的长篇故事，一些都不感到沉闷，只觉得像这样一个情节曲折的故事，已经讲得很紧凑了；接下来，就轮到劳丽达，她得到女王的示意，就这样开言道：

各位亲爱的姐姐，我现在要讲一个故事，虽然好像比我们方才听到的那个故事更近于虚构，却是真人真事。我因为听见一个人死了，被人错认做另外一个人而哀悼埋葬，才想起这个故事来的。现在我要讲给大家听，一个活人怎样给当做死人埋了，后来他本人和他的左邻右舍又怎样相信他是死而复活，因此，一个本该受到谴责的罪徒，竟受到大家的崇拜，变成了一个圣人。

在托斯卡尼城里有一所修道院(它到现在还存在着)，也像我们通常看到的修道院一样，设立在一个比较清静的地点。院长是由修士升任的，此人确是一个虔诚的出家人，言语举止，都十分圣洁，只是有一样毛病，就是好色，亏得他行事十分机密，因此人家做梦也想不到他还有这一手，始终把他看作一位清心寡欲的大圣人。

院长跟一个叫做费隆多的富裕的农场主很有交情，说起这人，头脑简单得出奇少见，院长欢喜他的也就是这一点，觉得跟他开些玩笑，着实有趣；后来交往的日子久了，院长发现费隆多家里供养着一个如花似玉的娇妻，竟坠入了情网，为她日思夜想，忘了寝食。偏是那个费隆多尽管百事懵懂，一窍不通，惟独对于看守自己的老婆这一层却一点也不糊涂，着实机灵，这真是难住了院长，险险乎害得他心灰意懒。

不过院长究竟是一个聪明人，他费了不少口舌，终于劝得费隆多带着他那娇妻到修道院的花园里来玩儿；他趁机就在花园里跟他们大谈其永生的幸福，以及从前许多善男信女的嘉言懿行，一番话说得那位太太心悦诚服，当下要求向院长忏悔，费隆多只得答应了。院长大喜，就把她带进密室；她先在院长的脚边坐定之后，然后说道：

"神父，如果天主给了我另外一个丈夫，或者是干脆不给我丈夫，那么我也许还容易接受你的教诲，踏上永生的道路。我一想到费隆多是那样愚鲁无知，觉得自己好比是一个寡妇，可我终究是有夫之妇了，他一天不死我就一天不能另外嫁人，他尽管一窍不通，却偏是妒忌得要命，叫我一辈子守着他，一辈子活受罪。所以在我还没忏悔别的罪孽之前，我怎么也得求求你，千万请你在这方面给我出个主意，因为要是这个问题得不到解决，那么忏悔也罢，行善也罢，对我都没什么用处了。"

那院长听得她这些话，乐意极了，这分明是老天给他打开了方便之门，好让他如愿以偿，就说道："我的女儿啊，我完全相信你的话。像你这样一个温柔多情的姑娘，嫁给一个傻里傻气的粗鲁丈夫，已经够受的了；再加他的妒忌心是那么重，这双重的苦痛叫你怎么受得了？你说你在活受罪，我觉得你这话一点儿也不过分。不过要治他这个妒忌的毛病，谈何容易，幸亏我有一个药方在这里，可说十分灵验；而且我还善于按照这个医治妒忌的药方来调配，只是有个条件，我对你说的话，你要绝对保守秘密。”

“神父，”那个女人说，“你别担心，你叫我不要声张，我宁死也不会说出来的。不过请教你，我们该怎样下手呢?”

院长说：“我们要治好他，必须把他送到阴间的炼狱[1]去。”

“但是一个活着的人怎么能到炼狱里去呢?”

“叫他先死去就得啦，”院长回答道，“那他就可以到炼狱里去了。等他在那儿苦苦忏悔，受尽折磨，把他妒忌的本性洗涤得一干二净，那时我们会祷告天主，让他重又回到人世来，天主会答应的。”

那女的说：“那么我得做寡妇啦?”

“不错，”院长回答，“不过这也只是暂时的罢了，你千万不能就此另嫁他人，不然的话，天主会生气的；等费隆多复活之后，你还得回到他那儿去，那时候，只怕他对你就要更加妒忌了。”

她就说：“只要能治好他这个重病，免得我过着像囚犯般的生活，我就满意了。请照你的意思做去吧。”

“我一定做到，”院长说，“但是我给你出了大力，你拿什么来报答我呢?”

“神父，”那女的回答，“只要我力量办得到，你说什么我都可以答应你——不过像我这样一个女人，能够替你这样一位大圣人做些什么呢?”

“夫人，”院长说，“我帮你的忙，你也一样可以帮我的忙呀——这就是说，我帮助你得到人生的幸福和安慰，希望你也要做点好事，使我的生命得救。”

她说：“要是这样的话，我是很高兴去做的。”

“那好极了，”院长接着说，“那么快把你那颗心、把你那个身子交给我，成全了我吧，唉，我心里像火一样的烧，你真叫我想得好苦呀。”

---

① 炼狱：照天主教的说法，人类的灵魂在上天国之前，先在炼狱里洗净罪孽。

那女的听他说出这等话来，怔住了，答道：“唉，神父，你这是说的什么话呀？我把你当作一个圣人看待的啊。一个女人来到圣人跟前请求教诲，他也好提出这种要求吗？”

“我的心肝儿呀，”院长说，“你别奇怪，我还是做我的圣人，并不因为方才说了什么话就打了折扣。因为归根说来，圣洁不圣洁要看你的灵魂，而我求你的事不过是肉体上的罪过罢了。不过别去管这一套吧，一句话，谁教你长得这样风流妩媚，叫我一见魂销；我不求你，又去求哪一个呢？你听我说，你应该引为得意呀，你可以在旁的女人面前夸耀自己千中挑一的美貌，竟使得看惯了天仙玉女的圣人也为你动了情。再说，我虽然是一个院长，可我也像别的男子汉一样，是一个人呀。我的年纪又没有老。我求你的这件事，又并没叫你为难什么——照说，你应该求之不得呢。等费隆多进入炼狱、去洗涤罪孽后，我夜里就来陪你，代替他来给你安慰。谁也不会知道这件事的，因为大家都像你方才一样，把我看作圣人——也许还不止把我看作一位圣人呢。别拒绝天主赐给你的恩惠吧，你如果是个聪明的女人，答应了我的要求，将来自有你不少的好处，这样好的机会许许多多女人都求之不得呢。此外，我还有好些漂亮值钱的首饰，我谁都舍不得送，只想送给你。救苦救难的好太太啊，我这样为你出力，你也帮帮我的忙吧！”

那女的只是低着头，心慌意乱，觉得这事答应不得，可又不知该怎样推托。那院长看她听了他这番话，只是沉吟不语，觉得这娘儿的心已经有些被他说活了，便又接着说了好些话来开导她，直到她终于红着脸儿答应了他的要求，这才罢休；但是她又说，要等她男人下了炼狱之后，她才能从命。院长听了这话十分得意，就说：“这不难，不出几天准把他送到那儿去受罪，你只消明天或是后天，想法叫他到我这儿来，我自有主意。”

说到这里，他从身边掏出一只十分精美的戒指，悄悄地替她套上了手指，然后放她回去。那女的得了这件礼物，满心欢喜，有了一样竟还想第二样。她找到了她的伴侣，一同回家，一路上把院长的圣德赞不绝口。

过了几天，费隆多果然来到修道院，院长一看见他，就决定把他送到炼狱去赎罪。这位院长曾经从莱望①的王公那儿，得到一种珍奇的药粉，据说这是当年“山中老人”常用来叫人们灵魂出窍、跟天国往来的灵药②。依照用量的多少，可以随意叫服药的人睡得时间长些或者短些，绝无弊病；人们服了这药，就睡得跟死去一般无二。现在院长就拿出那药粉，称好足够叫人熟睡三天的分量，溶在浊酒里，请费隆多到他房里来喝酒。费隆多并不疑心，一大杯酒全喝了下去。过后，院长又把他带到外面走廊里去，那些修道士，以及院长，照例逗着他说些傻话，让大家取笑。一会儿药性发作，费隆多突然瞌睡起来，十分难熬，人还立在那儿，却已经支撑不住，睡熟了；再过一会，人就倒下去了。

院长故意装得十分惊慌，连忙叫人解开他的衣裳，拿冷水来泼在他脸上，还施行了种种急救的方法，好像他还道费隆多得了什么绞肠痧，或者什么急病，晕了过去，要把他救回来似的。那些修士想尽办法，看见他总不醒来，摸摸他的脉搏，谁知早已停顿了，因此认定他已断了气，就急忙派人去向他的妻子和亲戚报信。他们立即都赶来了，免不得伤心痛哭一阵。于是院长让他穿着本来的衣裳，把他葬在院内。那女的送葬回来，声明她不愿抛下幼儿，情愿守寡，在家里教管孩子，这样，费隆多的家产也就归她掌管。

当天晚上，院长从床上悄悄爬起来，和他的一个心腹——刚从波伦亚来的修士，两人把费隆多从墓穴里抬出来，移到一个不见天日的地窖里去——这里一向是当作土牢用的，修士犯了规诫，就关在这里。现在他们把费隆多抬了来，剥去了他的衣服，给他换上一身僧衣，把他放在稻草堆上，让他睡在那儿，慢慢醒来。那个波伦亚来的修士得了院长的指示，就守在那里。这事外人一个不知。

---

① 莱望，指小亚细亚、叙利亚沿地中海一带地区。

② 显然是指从印度大麻叶提炼出来的麻醉药。“山中老人”是指12～13世纪盘踞在波斯的暗杀团（对欧洲十字军施行暗杀的伊斯兰教徒），这一帮人都吸食这种麻醉药。他们的事迹记载在十四世纪初叶出版的《马可·波罗游记》里。——依据潘译本和里格译本的注

第二天，院长带着几个修士去慰问那位太太，走进宅子，只见女主人穿着一身黑色丧衣，正在那儿哭泣呢，院长照例安慰了她一番，趁机又提了一句她从前所答应的话。那女人自从丈夫一死，就自由自在，再不受哪个拘束，这会儿又注意到院长的手指上套着一只金光灿烂的戒指，就一口答应，约他当晚到她家里来。

到了晚上，院长特意穿着费隆多的衣服，由他的心腹修士陪着，到那位太太家里，和她行乐，直至破晓，才回院中。此后那院长就经常晚出早归，干他的正经事。这样黑夜里来来往往，日子一久，难免不被乡人遇见，大家还道这是费隆多的阴魂不散，飘泊在外边，忏悔他生前的罪孽呢。新鬼出现，这事就在乡里传开了，那班愚夫愚妇谈得有声有色，故事也竟越来越离奇了。费隆多的女人自然也听到了这种种传闻，只有她才心里明白这究竟是怎么一回事。

再说费隆多，他在地窖里苏醒过来以后，不知身在何处，正在惊异，那波伦亚修士大声咆哮着来了，一把抓住他，举起棍子就没头没脑打下来。费隆多哭叫道：

"我是在哪儿呀？我是在哪儿呀？"

"你是在炼狱里！"那修士回答。

"什么！"费隆多嚷道，"我已经死了吗？"

"当然死了，"修士回答道。

费隆多想到自己，想到娇妻幼儿，一阵心痛，竟胡言乱语起来。过后，那修士给他拿了一些吃喝的东西来。他嚷道：

"什么！死人也吃东西吗？"

"不错，死人也吃东西，"那修士回答，"昨天有个女人，就是你的妻子，到礼拜堂来给你的灵魂做弥撒，这些吃的东西都是她带来的，天主允许这些东西让你享用。"

"愿上帝保佑她活得称心如意吧，"费隆多说，"我生前待她很好，一夜到天亮都把她搂在怀里吻着，有时候我兴头来了，也会跟她来一下子什么的。"

这时候他肚子实在饿了，就不管一切，吃喝起来。他尝一尝酒，觉得不是味儿，就嚷道：

“妈的，真该死！她为什么不拿靠墙那一桶里的酒给神父呢?”

他刚吃好，那修士又一把抓住他，举起方才那一根棍子，给他一顿好打。费隆多急得直喊起来：

“哎呀，为什么要这么打我呀?”

修士回答说：“天主下了命令，每天要打你两次。”

“我作了什么孽呀?”费隆多问。

“因为你太会妒忌，”修士说，“你娶了当地最贤慧的女人，竟然还要妒忌!”

“唉!”费隆多说，“你说得对，她还是天下最可爱的女人呢，就是蜜糖也没有像她那样甜蜜哪。只恨我不知道天主是不欢喜男人妒忌的，我早知道的话，就决不会妒忌了。”

“你在阳间的时候，早应该知道这一点，那还来得及补救。将来有一天你回到阳间，切切记住现在从我手里所受的这几下棍子，再也别妒忌了。”

“什么?”费隆多嚷道，“人死了还能回到阳间去吗?”

“是的，”修士回答，“只要上帝开恩。”

“哎呀，”费隆多嚷道，“如果我有一天能回到阳间去，我一定要做一个天下最好的丈夫。我永远不打她、永远不会得罪她——除非是为了她今天早晨送给我这么坏的酒，还有，为了她蜡烛也不送一支来，害得我只能在黑暗里吃饭。”

“不，”修士说，“她是送来好些蜡烛的，只是在做弥撒时全给点完了。”

“我想你说得很对，”费隆多说道，“如果让我回到阳间去，我一定随她爱怎样就怎样。不过，请问这位看管我的大爷，你是什么人?”

那修士就说：“我也是一个死人，我是从撒丁尼亚岛来的，只因为我生前老是助长我主人的妒忌心，所以天主罚我当这个差使，我要给你吃，给你喝，还要打你，直到天主把你我另行发落。”

费隆多就问：“这里除了你我两个人以外，就没有别人了吗?”

“嘿，”修士回答，“这儿的鬼魂成千上万呢，只是你看不见、听不到他们，他们也同样没法看见你。”

“我们跟自己的家乡离得多远呢?”费隆多问。

“嘿，”对方回答道，“嘿，远得一塌糊涂，十万八千里，算都算不清呢。”

“这样说来，”那庄稼汉接着说，“那真是太远啦，咱们准是不在这个世界上了。”

费隆多在那地窖里有吃，有喝，还有挨打、扯淡，不觉已过了十个月；在这段时期里，院长一有机会就去探望他那个漂亮的太太，两人寻欢作乐，好比是一对活神仙。这事一直瞒过外人的耳目，但是到后来终究出了毛病——那女的不幸怀孕了。她一发觉之后，慌忙告诉院长，跟他共同商量一个办法，觉得只有赶紧把费隆多从炼狱里放出，叫他回到阳间来，那么她就可以推说肚里的孩子是他的了。第二天晚上，院长走进禁锢着费隆多的地窖里，故意压紧嗓子，对他说：

“费隆多，恭喜你！奉天主的命令，我们就要放你回阳了，将来你的妻子还要在阳间替你生一个儿子呢，这个孩子你应该给他取一个名字，叫做‘班尼迪克’①，因为全靠你那圣洁的院长，以及你那贤妻的祷告，又看在圣班尼迪克的面上，天主才赐给你这个恩典的。”

费隆多听到这话，高兴得真是难以形容，说道：“我真高兴哪，但愿天主保佑我的老天爷、保佑我的院长、保佑圣班尼迪克，保佑我那像蜜一样甜、像乳酪一样可口的老婆吧!”

在下一次给费隆多酒喝的时候，院长又在酒里放进一剂药粉，教他沉睡了约莫四小时光景，院长和那修士，乘他不知人事的时候，替他换上了自己的衣服，把他偷偷地抬到本来埋葬他的坟墓里。

第二天清晨，费隆多醒过来了，从石棺的裂缝里，看见一丝光线——这还是他十个月以来第一次看到光明呢。他相信自己已经活转来了，就大叫大嚷道：“让我出来啊！让我出来啊!”一边嚷一边拚命用头

① 班尼迪克，在拉丁文中意谓“受祝福的人”。

去顶那棺盖，棺盖本没有合缝，经不住他几撞，就撞开了。

这时候，修士们刚做好晨祷，听得声响，赶来一看，只见费隆多正从棺里爬出来，又听出确是他的口音，他们给这样离奇的事儿吓坏了，拔脚就逃，直奔到院长跟前，向他报告这件怪事，院长假装刚做好祷告，站起身来，说道：

“孩子们，别大惊小怪啦，拿着十字架和圣水，跟着我走吧，让我们看看万能的天主所显示的奇迹吧。”这么说完，他往外就走。

这时候，费隆多已经从石棺里爬了出来，只因为十个月不见天日，面如土色，他一见院长来到，就跑去跪在他脚边，嚷道：

“神父，我得到天主的启示，知道多亏你的祷告，圣班尼迪克的祷告，以及我那老婆的祷告，我才得从痛苦的炼狱里解放出来，转回人世。但愿天主永远保佑你吧!”

院长说：“让我们赞美万能的天主吧！我的儿子，既然天主放你回到阳间来，那么快回家去安慰安慰你的妻子吧，可怜她，自从你一死，终日以泪洗面呢。从此以后，你得真心真意做天主的朋友和奴仆啊。”

“神父，”费隆多回答说，“我知道了，等我一看见我那老婆，你瞧吧，我如果不搂住她亲嘴才怪呢——我可真是爱她啊。”

他去后，院长在那许多修士面前，假装惊奇得不得了，认为是奇迹出现了，叫大家一齐高唱起赞美歌第五十一篇来。

再说那费隆多，他一路奔回自己的村子，把村上的人都吓得逃跑了，他把他们叫了回来，声明自己不是死人，已经活转来了。连他的老婆一看见他，也仿佛吓得什么似的。后来，乡里的人稍许定神了一些，看他果然是个活人，就你一句我一语，询问起他来。他到阴间去了一次，人就变得聪明了，居然有问必答，还给他们每人带来了亡故的亲属的消息呢。他越讲越得意，凭着一时的灵感，又把炼狱里的种种情形，讲得天花乱坠；最后，当着围聚的听众，宣布他在回到阳间来之前，加勃里尔天使亲口对他所说的神谕。

他就这样回转家门，重又跟老婆团聚，掌管自己的财产，好不快乐；后来老婆的肚子一点点大起来了，他还认做他的功劳呢。事有凑巧，不先不后，到了第九个月——那班没有知识的人还道女人怀孕照例只有九个月——那位好太太生下了一个男孩子，取名“班尼迪克 · 费隆多”。

村里的人看见费隆多行动如常，说话又灵验，都深深相信他是死后复活的，因此大大地替院长宣扬了圣誉，抬高了他的威信。费隆多本人呢，因为从前太会妒忌，挨了不知道多少顿打，现在毛病已经医好，果真像院长早先对那位好太太所作的保证那样，不再吃醋了。他的老婆好不称心，像从前一样，跟他安分守己过着光阴；只是一有机会就瞒着丈夫去跟院长幽会，而院长也的确尽心尽力，满足了她的迫切要求。

故事第九

芝莱特医好了国王的痼疾，请求国王把贝特朗伯爵赐给她做丈夫。伯爵娶她，并非自愿，婚后不告而走，在他乡另外爱上一个少女，芝莱特赶到那儿，冒名顶替，和丈夫同睡，养了一对双生儿。伯爵从此敬爱她，认她为妻。

劳丽达已经把故事讲完，第奥纽的特权又得尊重，女王知道接下来该由她自己讲一个故事了，就不待臣下请求，和颜悦色地说道：

我们听过了劳丽达的故事，真觉得谁还能像她那样讲得有声有色呢，幸亏她不是第一个讲，否则别人的故事都要黯然失色了；今天我们还有一两个人没讲故事，只怕谁也不会津津有味地听着他们了。不过话虽然这样说，我还是准备按照原来的命题，讲一个故事给大家听。

从前法国有一位贵族，名叫伊纳尔，是罗西雄地方的伯爵，只因为他身体衰弱多病，家里常年请着一个医师，名叫热拉德·德·拿包纳。伯爵有一个独子，名叫贝特朗，长得十分英俊可爱。他小时候，有个女孩子，常跟他一起玩儿，叫做芝莱特，就是那医师的女儿。这女孩子年纪虽幼，却是情窦早开，竟私下爱上了贝特朗。伯爵死后，贝特朗承袭父荫，前往巴黎侍候国王。

自从他一走，芝莱特就在家里郁郁不欢；过了不久，她自己的父亲也去世了。她真希望她有一个很巧的机会，可以到巴黎去找贝特朗；可是她家里别无亲人，又继承了一大笔财产，所以受着严格的监护，她实在想不出有什么可以让她到巴黎去的借口。她已经长大，到了可以出嫁的年龄，却仍旧钟情于贝特朗，她的亲戚来替她做媒，提了好多人家，都被她一一谢绝，却又不肯明白说出她不肯嫁人的理由。

芝莱特听说贝特朗到了巴黎之后，出落得越发风流潇洒了，害得她更加朝夕思念，旧情难忘。这时候，法国的国王胸部患了脓疮，治疗失当，变成瘘管，十分疼痛难受，经过许多名医诊治，却都不见起色，病情反而越来越恶化了。到后来，国王也灰心绝望，回绝了一切医师，再也不愿意乞灵于药石了。

芝莱特听得这个消息，十分高兴，认为不但可以借这个机会，名正言顺地到巴黎去，而且，如果国王的疾病正是她所设想的那一种，那么说不定她还有希望跟贝特朗结为夫妻呢。原来她父亲生前，传了不少秘方给她，她现在就照着国王的症状，采集了几种草本，配制成药粉，骑马上道，向巴黎进发了。

一到巴黎，她首先就打听贝特朗的下落，探望了他之后，这才去求见国王，请求国王准她看看他的病症。国王看她是一个又年青又漂亮的姑娘，不忍拒绝，也就让她诊视患处；她看了之后，越发有了把握，就说：

“陛下，如果你准许我替你看病的话，那么凭着天主的帮助，不出八天，我可以把病完全医好，一点也不会叫你感到痛苦，或者觉得麻烦。”

国王听了她这话，觉得好笑，对自己说道：“连最高明的医师都束手无策，一个小姑娘又懂得些什么呢?”所以他谢了她的好意，告诉她：他已经决定不听任何医师的话了。那姑娘就说：

“陛下，你大概看我是一个年青的姑娘，不相信我会有什么本领吧；不过我要告诉你，我所以能对症下药，并不是仗着自己精通医道，而是凭着天主的帮助，和家父的传授——家父名叫热拉德·德·拿包纳，生前是一个名医。”

国王听得她这么说，心想道：“这个姑娘莫非真是天主派遣来的?她既然自称在短期内可以把我的病医好，又不会叫我吃什么苦，那么何不让她试一下呢?”这样决定之后，他就向芝莱特说：“姑娘，给你这样一说，我倒想打消原来的主意，让你来医病，不过，假如你结果不能把我医好，那时候你怎么说?”

“陛下，”她回答，“请你先派人把我看管起来，如果八天之内，我不能医好你的病，那么你把我活活烧死好了。假使我医好了你，那时候你又赏些什么给我呢?”

“我看你好像还不曾嫁人，”国王说，“如果你能把我的病医好，那我替你体体面面地配一门好亲事。”

“陛下，”那姑娘回答，“你肯替我作主配亲，我真是十分满意，不过我希望丈夫要由我自己选择——不过决不选择你的王子，或者王室的后裔。”

国王立即答应了她的要求；于是芝莱特立即替他看病，不到规定的期限，果然把他的宿疾医好了。国王觉得自己已经恢复健康，就说：

“姑娘，我应该替你的亲事出力了。”

她就说：“那么，陛下，请你把贝特朗·德·罗西雄赐给我吧，我从小就钟情于他，直到现在，我还是深深爱他。”

国王觉得把贝特朗给她做丈夫，这可得郑重考虑一下，不过他早已有话在先，不能背信，就召那年青的伯爵进宫来，对他说道：

“贝特朗，你现在已经成年了，也受了很好的教育，应该成家了；我现在替你选择一位小姐给你做妻子，你将来带着她回到故乡去，治理那一个采邑吧。”

“陛下，那位小姐是谁呢?”贝特朗问。

“就是那一个替我医好恶疾的小姐，”国王说。

贝特朗当然认识她，新近还跟她见过一面，觉得她长得很美，但是嫌她出身低微，不能跟他高攀，所以带着不屑的声气说：

“陛下，你要我跟一个女郎中结婚吗？老天在上，我决不要这种女人做我的太太！”

“那么，”国王说，“你难道要我失信于人吗？我答应过那位姑娘了，她医好我的病，我就让她挑选一个丈夫作为对她的酬劳，她现在就要你娶她做妻子。”

“陛下，”贝特朗回答，“我是你的臣子，我所有的一切都归你支配，你也可以把我赐给随便哪一个你所喜欢的人；不过我可以明白对你说，我对这样一门亲事，永远也不会满意的。”

“不，”国王对他说，“你将来会满意的，那位小姐长得又美又聪明，又是那样一心爱你；我包管你娶了她，比娶一位名门小姐，还要美满幸福呢。”

贝特朗不敢多说什么，国王就吩咐布置盛大的结婚典礼。到了那天，一对新人在国王面前结了婚，但是那新郎实在出于无奈——他爱自己胜过爱他的新娘。婚礼刚完，他就向国王告辞，说是要回到家里再和新娘圆房，说罢就上马而去了；其实他心里早有打算，他并没有回转家乡，而是赶到土斯卡尼去了。

到了那儿，他听说佛罗伦萨人正在跟西恩那人交战，就决定加入佛罗伦萨的军队。那儿的人很优待他，派他做一名军官，带领一队人马，还支给他一笔很高的饷银，这样，他就在军队里安顿下来。

新娘看见丈夫不别而行，心里好不难过，但是总希望眼前暂且忍耐一下，将来有一天他会回心转意，重返家乡。她独自回到罗西雄，地方上的人士都很尊敬她，认她做伯爵夫人。她来到邸宅之后，就着手整顿家务——原来这里长久缺少一个当家人，一切都弄得杂乱无章，把产业都荒废了。靠了她勤勉从事，苦心规划，家事重新给安排得井井有条，真是一个少有的贤良主妇。那班家臣和仆役看见伯爵夫人这样能干，个个心悦诚服，都说伯爵把她丢下，实在太欠理了。

夫人把采地经管得有条不紊之后，就派两个骑士去向他报告，并迎接他回来；如果他是由于她的关系而不愿回来，那么也不妨让她知道，她为了成全他的心愿，可以另找安身的地方。不想贝特朗冷冷地说道：

“家里的事情，随她怎样打发吧，我可是决不回去找她，除非是——我这个戒指会套在她的手指上，她的胸怀里会抱着我的亲生孩子。”

他那只戒指据说有避邪的功能，所以他非常珍爱，戴在手上，时刻不离。两个骑士觉得这样两个条件分明是无从办到的，可是怎么也没法向他讨个情，只得回去见过夫人，把话实说了。

夫人听到伯爵对她这样无理，难过极了，可是千思万想，觉得假如她果真能够依他，把这两点办到，那么或许还可以叫她的丈夫回心转意。她决定了进行的方针之后，就把当地重要的士绅和一些忠厚长者邀请了来，用悲戚委婉的声气告诉大家，她怎样真心爱着伯爵，为了他怎样任劳任怨，结果伯爵又是怎样看待她。最后又说，她不愿伯爵永远流放在外，而自己却占有他的产业；她宁可把这一生从此奉献给天主，去朝拜圣地，济贫扶伤，好挽救自己的灵魂。她请求他们接管采地，并且派人去通知伯爵，说是她为了好让他回来，已经出走，再也不回到罗西雄来了。

她讲到这里，大家听得一阵心酸，不禁掉下泪来，都再三挽留她，却是始终没法叫她打消原来的主意。她向天主祷告，为他们祝福，随后收拾了许多钱财饰物，只带一个使女和一个表妹，全都穿着香客的衣服，也不让人知道她们往哪儿去，就这样出发，晓行夜宿，径直来到佛罗伦萨。

到了那里，她们就在一个善良的寡妇所开设的客店里住了下来，生活十分安静简单，像是三个穷苦的香客似的。

伯爵夫人一心要打听丈夫的消息，事有凑巧，在她到达的第二天，贝特朗骑着马，带着一队士兵从客店门前经过，给她看见了，虽然她一眼就认出了他，却故意问女店主，那位军爷是什么人。那个善良的女主人告诉她说：

“他是外国来的绅士，叫做贝特朗伯爵，人挺风趣，而且彬彬有礼，城里的人都很喜欢他，这会儿他正一股劲儿地爱着我们邻居的一位小姐呢。这位小姐也是名门出身，可惜现在穷了；她真可以算得上一位最贞洁的小姐，只因为缺少陪嫁，所以到现在还没能嫁人，跟她的老太太住在一起，母女二人相依为命。那位老太太也是十分慈爱贤良，她要是没有这位母亲的话，也许已经叫伯爵勾引上了。”

伯爵夫人把她所说的这些话记在心里，又把其中详细情形都一一打听明白，然后拿定了主意如何去进行这件事。她问明了那位老太太的姓名住址，过了几天，就穿着香客的服装，私下去访问她们，看见那母女二人，果然十分清苦。她先问候她们，然后说是有话想跟老太太商量，不知是否方便。那老妇人听说有事，就站了起来，把她请进内室，一同坐下。伯爵夫人首先说道：

“老太太，我想你的运气不怎么好，我呢，也是个苦命的人，不过要是你肯出一下力的话，你就可以同时帮助了你自己又帮助了我。”

那老太太回答说，只要是正当的办法，她岂有不乐意替自己着想的道理。于是伯爵夫人接下去说：

“我必须先得到你的誓言，要不然，我信任了你而你却欺骗我，结果只有把你我的希望都断送了。”

“你尽管放心，有什么话对我说好了，”那老太太说，“我决不会对你言而无信的。”

于是伯爵夫人把自己的身份告诉她，又把自己从小就恋爱着伯爵，以及后来的经过，源源本本都讲了出来。老妇人听她说得十分恳切，加以这事她也略有所闻，所以深信不疑，对她产生了同情。伯爵夫人把自己的遭遇诉说一番之后，接着又说：

“你看，我是多么不幸，要使我的丈夫回心转意，我先要做到那两件事，那又是多么困难啊。我觉得除了你，再没有哪个可以助我一臂之力了，因为我听说伯爵——我那丈夫——一心爱上了你的小姐，不知道是不是真有这回事?”

“夫人，”那老太太回答说，“我说不准伯爵是否爱上了我的女儿，不过看样子，他倒的确是对她挺热情的。但是就算真有这么一回事吧，那我怎样才能帮助你达到你的目的呢?”

“老太太，”伯爵夫人说，“这倒不用你费心；现在且先让我告诉你，假使你帮了我这个忙，你会得到什么好处。我看你的小姐相貌这样美丽，论年龄也该找一个夫家了，她现在所以还留在你身边，听人家说——也想必是因为家境清寒、缺少嫁妆的缘故吧。将来你帮助了我，我也要报答你，准备送你一笔钱，让你可以把你的小姐体体面面地嫁出去。”

那老太太本来手头很窘，听说有人愿意资助她，哪有不高兴的道理，不过她究竟是大户人家出身，又说道：

“夫人，请你告诉我，我应该怎样替你出力，只要能够正大光明地办到，我一定乐于效劳，至于说到报酬，以后你随意斟酌好了，我决不计较。”

伯爵夫人说：“你不妨托一个可靠的人去向伯爵传话，说是你的小姐愿意和他相好，只怕他只是虚情假意；现在听说他有一只戒指，常戴在手上，是他最心爱的饰物，如果他确是倾心相爱，那么请他先把那只戒指送给她，否则她怎么也不会相信他的。如果他听了这话，真把戒指送来，那么你得把戒指交给我，随后你再托人去传话，说是你的小姐约他晚上到她家去欢聚；就这样私下把他领到这儿来，让我冒充你的小姐跟他睡觉。但愿凭着天主的恩宠，我因此怀了孕；这样，我手上戴着他的戒指，胸怀里抱着他的孩子，我就可以叫他回到我身边来，从此不再做一对挂名夫妻了。假使真有这么一天，这一切都要归功于你。”

老太太起初觉得这事有关她女儿的名誉，不好轻易答应下来；不过再一想，帮助一个贤德的女人，使她的丈夫回心转意，夫妇和睦，也是一件好事。她相信伯爵夫人的动机是纯正的，所以就答应下来了。过了几天，她照着伯爵夫人的指示，和伯爵取得了联系，把他的戒指拿到了手(伯爵真有些舍不得把它送人呢)，让伯爵夫人冒充她的女儿和他睡觉，一切安排得周密妥帖。也许由于伯爵平素的渴望终于如愿，再由于天主有意要成全她，在初欢的夜里她就受了孕，后来足月临盆，居然还是一胎二男呢。

那位老太太设法使伯爵夫人和她的丈夫幽会，非止一次，每次都布置得十分谨慎，不曾漏出一点风声，所以伯爵始终以为他是和他所爱的人儿睡在一起，绝没想到是自己的妻子；到了第二天清晨分别的时候，他常常拿些珍贵美丽的首饰送给她，伯爵夫人都小心地保存起来。

后来伯爵夫人发觉自己已怀了身孕，就不愿继续麻烦那老太太，向她说道："老太太，感谢天主和你的帮助，我的目的已经达到了；现在我应该怎样报答你才好？等了却了这一件心事，我就要离开这儿了。"

那老妇人听说她已经达到目的，表示十分高兴，又说她做这事是为了成人之美，并非希望得到报酬。

"老太太，"伯爵夫人说，"你真是太好了。你要什么尽管说好了，这也谈不上报酬，我只是尽我的一份心意罢了，况且别人有困难我也应当助一臂之力。"

那老妇人确实境况困难，只得勉强开口请求伯爵夫人给她一百个金币，好替她的女儿添置些嫁妆。伯爵夫人看见她这样不好意思，要求的数目又这样小，就给了她五百金币，另外还送了她许多贵重的首饰，也值这么多钱。那老妇人真是喜出望外，再三道谢，伯爵夫人于是向她告辞，回到客店去了。

那老妇人恐怕伯爵以后再到她家来(或者派人带信来)，因此带着女儿到乡下一个亲戚家里暂住。不久，伯爵听到家臣的报告，伯爵夫人已经出走，又经他们的一番劝说，就回到自己的庄园去了。

伯爵夫人听说伯爵已回返家乡，不胜欢喜，她自己仍留在佛罗伦萨等待分娩，后来一胎二男，都酷肖父亲。伯爵夫人小心抚养两个孩子，又过了一阵，觉得该是动身的时候了，就离开佛罗伦萨，悄悄来到蒙贝叶①，在那里耽搁下来，住了几天，不曾被人识破。于是她向人打听伯爵的近况，知道在万圣节②那天，伯爵将要在邸宅内举行盛大的酒会，宴请当地的骑士和贵妇人。到了那天，她依然是香客装束，回到家中，

① 蒙贝叶，法国南部的一个城市。

② 万圣节在11月1日。

登上大厅，正当是宾主入席的时分。她也顾不得自己穿着一身粗衣陋服，抱着两个孩子，从人堆里挤了过去，终于找到了伯爵，这时她百感交集，扑倒在伯爵的脚下，哭着说：

“我的夫君，我就是你那苦命的妻子，为了好让你回家来安居乐业，我情愿天涯海角，到处飘零。我现在恳求你，看在天主的面上，遵守你上回叫两位骑士带给我的诺言吧，因为你所提出的条件我都已办到了。看吧，我的怀里不止抱着你的一个儿子，而是抱着两个呢。这里又是你的戒指。那么照你的诺言，现在你应该认我做你的妻子了吧。”

伯爵听见这番话，怔住了。他认出这果然是他的戒指，就是那两个孩子，他也看出跟自己十分相似，不禁问道：“这是怎么一回事呢?”

伯爵夫人于是把经过的情形，从头至尾都说了出来，满堂的人听了她的叙述，无不惊叹，伯爵知道她所说的都是真情实话，更是感动，觉得她的坚忍和智慧，真可钦佩；又看到她给他养了这样一对可爱的婴儿，再说，自己当初确实跟她有言在先，现在那许多男女宾客，又都一齐来相劝，他终于不再固执己见，把她从地上扶了起来，又搂她、又吻她，承认她是合法的妻子，也承认了她怀里的婴儿是他的亲生孩子；于是请她换过装束，恢复原来的身份，重新相见，在座的人，都尽情欢乐，酬酢的宴会变成了合欢的盛宴，闹了几天，这才罢休。

地方上的臣民听见了这段事迹，也无不欢喜，传作美谈。从此以后，伯爵不但尊她为正式配偶，而且始终非常爱她。

故事第十

阿莉白要出家修行，遇着修道士鲁斯蒂科，
教她怎样把魔鬼送进地狱。后来阿莉白被人
找回来，嫁给耐巴尔做妻子。

第奥纽静听着女王的故事，等她讲完，还没讲故事的就只差他一人了；于是不待吩咐，他就含笑开始道：

可爱的小姐们，或许你们还没听说过魔鬼怎样给送回地狱去的故事吧；现在我就来讲这样一个故事，好在跟诸位今天所讲的故事主题也并不离得太远。也许你们听了之后，体会到故事的精义，就能明白爱神虽是欢喜逗留在那富丽堂皇的宫廷楼阁中、而难得光顾穷苦人家的茅屋小舍；可是有时候他却把他的力量同样显现在那参天的森林里、嶙峋的山峦间以及那荒凉的岩穴中；因此我们就能感悟到人类万物竟无一不是受爱情的支配的。

现在，就言归正传吧。话说在巴巴利的加夫沙城，从前有个富翁，在他的儿女之中，有个美丽可人的女儿，叫做阿莉白。她虽然不是一个基督徒，可是听得好多本城的基督徒都是满口赞美着耶稣基督，崇拜着

天主，不觉也生了向慕之心。有一天，她向一位教徒请教，人们侍奉上帝、怎样才能事半功倍呢。那人告诉她，侍奉天主最好的办法莫过于弃绝尘世的一切羁绊，就跟那些逃避到撒哈拉沙漠里去的隐士那样。

那女孩子才只十四岁，头脑又简单，她听得这话，其实也并不是受了什么教义的感动，仅是凭着幼稚的一时热情冲动；就瞒过家人，第二天清晨独自一个人偷偷地向那沙漠进发了。她凭着这一股热情，一路上经历了几天的辛苦，终于来到了那一片荒漠的地区。她远远望见一间小茅屋，就踉跄地往那儿走去，看见正好有一位圣洁的修士站在门口。

在这人迹罕至的荒漠里，出现了一个小姑娘，不免叫这位修士十分惊奇，就询问她是来干什么的。她回答说，受了天主的感动，一心皈依真教，要寻求一位修士指点她怎样侍奉天主。

那修士看见她又年青又漂亮，生怕收留了她会遭受魔鬼的诱惑；所以用好言赞美了她虔诚的志愿，拿出了一些野菜根、野苹果、枣子来给她吃，又倒了些清水给她喝了，说道：

“女儿，离开这儿不远，住着一位圣洁的修士，对于侍奉天主之道，他比我懂得多，你还是去请教他吧。”

他就这样把她打发上了路。等她找到了那位修士，得到的回答跟第一次一样。她只得再往前走，遇到一个很年轻、很虔诚、很和善、叫做鲁斯蒂科的修士，她又把自己的来意从头再说了一遍。那个年青的修士有心想试一试自己的过硬的道行，所以不像两个老者那样打发她走，竟把她引进自己的小屋里。到了晚上，他铺了几张棕叶，算是床，叫她就睡在这上面。

这么安排之后，还没歇了多少时候，肉欲的引诱已经开始向他的性灵逞威了。这位修士这才发觉过于估高了自己的克制功夫；经不起魔鬼的几番猛攻，他只得屈服告饶了。圣洁的思想、祈祷、苦修等等，全都给他丢置在脑后，他一心只是思量着那少女的青春美貌；又在胸中盘算着该用怎样的手段才好满足自己的欲望，又不致让那姑娘把自己看成淫荡无耻的人。

他先问了她几句话，发觉她还从不曾跟男人打过交道，果真是天真无知，就像她那一副模样儿。于是他看出，正可以借着侍奉天主为名，来引诱她给自己满足欲望；因此就滔滔不绝地向她讲解魔鬼是天主的多么大的一个对头，接着就让她懂得，侍奉天主，最能讨得他老人家欢心的，便是把魔鬼重新送进天主禁锢它的地狱里去。

那女孩子就问怎么个送法呢；鲁斯蒂科回答道："你等会儿就明白了，你只消看着我，我怎样做，你也就跟着怎样做。"

说罢，他把身上薄薄几件衣裳全都脱了下来，露出一个赤裸裸的身子。那女孩子就跟着他也把衣裳剥个精光。于是他跪下来，像是要祷告的样子，同时叫她跪下来，正朝着他。

他们就这样面对面跪着，鲁斯蒂科看见一个丰腴的肉体呈露在他眼前，他那一直被压制着的肉欲冲动起来了。阿莉白看得很奇怪，就问：

"鲁斯蒂科，你下身那个直挺挺的是什么玩意儿呀——我怎么没有呢?"

"女儿呀，"鲁斯蒂科回答道，"这就是我刚才说起的魔鬼呀，你看，它把我害得好苦，我简直没有办法对付它!"

"赞美天主!"那女孩子说，"那么我比你幸运得多了，因为我没有这促狭的魔鬼来缠绕我呀。"

"你说得不错，"鲁斯蒂科说，"可是你虽然没有魔鬼，却另有一样我所没有的东西。"

"那是什么东西呀?"阿莉白问。

"你身上长着一个地狱，"鲁斯蒂科回答道，"我深信天主派遣你到这里来，就为的是拯救我的灵魂，好让它得到安宁；因为这个魔鬼把我折磨得好苦哪！要是你看我可怜的话，让我把这魔鬼送回地狱里去吧，那你就给了我最大的安慰，同时你也替天主做了一件功德，会叫他老人家大为高兴，而且你这样做，你长途跋涉来到这里的愿望也就实现了。"

那个虔心诚意的姑娘听了这话，连忙说："很好，我的神父，我原是为侍奉天主而来的，既然地狱就长在我身上，那么就听凭你高兴什么时候就什么时候把它关进去吧。"

“我的女儿，愿天主祝福你！”修道士说，“让我们现在就动手把它关进去吧，免得它以后再来跟我捣蛋了。”

说完，他就把那个姑娘放上小床，叫她怎样睡好，好把那遭受天主谴责的魔鬼关进去。这女孩子的地狱里原是从来没有关过魔鬼，所以不免感觉到一阵痛楚，禁不住嚷起来了：

“噢，神父呀！这个魔鬼可当真邪恶哪，它真是天主的对头，无怪要受到天主的惩罚，就连把它打回地狱的时候，它还是不改本性、在里面伤人！”

“女儿，”鲁斯蒂科说，“以后谅它不敢这样放肆了。”

为了煞那个魔鬼的凶性，鲁斯蒂科接连把魔鬼打入地狱六次，制服了魔鬼，他这才下了床，急于休息一下。

可是在以后的几天里，魔鬼还是昂首怒目，好不嚣张，亏得那个柔顺的女孩子十分出力，乐于收容它；久而久之，这种服役叫她感到有趣极了，她对鲁斯蒂科说：

“我想，城里的人说得真对——他们说，侍奉天主是人生最快乐的一件事。我生平做过的事情，再也没有一件能像这把魔鬼关进地狱里去叫我浑身畅快，通体舒服的了。所以我觉得那些不去侍奉天主、反去干别的事的人，真是再蠢没有啦。”

难怪她从此以后，老是要埋怨鲁斯蒂科道：“神父，我到这儿来，为的是侍奉天主，而不是来闲混的呀，我们怎好坐着贪懒呢？快让我们把魔鬼关进地狱去吧！”

那修道士只好陪她侍奉天主。可是她偏又问了：“鲁斯蒂科，我想不通，为什么魔鬼进了地狱还要溜出来呢？要是它留在那儿，就像地狱那样乐于接受它，收留它，那么它就永远也不肯出来了。”

经不起那女孩子三番五次的请求，鲁斯蒂科在他们俩一起侍奉天主的欢乐中，身子给淘空了，他那件紧身衣服像是挂在衣架子上一样；在别人汗流浃背的当儿，他还要喊冷呢。他只能向那女孩子搪塞道，魔鬼如果从此再不敢气焰嚣张，那就不必惩罚它，把它扔进地狱去了。“而我们托天主的福，已经收服了它，它这会儿正在低头祷告，向天主求饶呢。”

就这样，他总算叫那个女孩子安静了一些时候。可是过了一阵，她看鲁斯蒂科再也不来求她把魔鬼送进地狱里去，她急了，说道：

“鲁斯蒂科，也许你的魔鬼是受了惩罚，不敢再来缠绕你了，可是我那地狱却不肯放过我哪。我从前叫我那地狱来帮着你制服你那凶暴的魔鬼，所以你也应当叫你的魔鬼来救救我地狱里的急呀。”

可怜的鲁斯蒂科，他吃的不过是野菜根、喝的只是清水，实在难于满足她的要求，只得向她说，要解除地狱里的煎熬，一个魔鬼顶不了事，他只能尽他的一分力来帮助她而已。这样，他就偶尔跟她敷衍一下，可是次数那样稀少，就像撒一颗豆到狮子的嘴里，简直无济于事。那女孩子因为不能尽心尽意地给天主服役，难免常常口出怨言。

正当阿莉白的地狱跟鲁斯蒂科的魔鬼，一个要求过高，一个已经无能为力，而时时在那儿发生龃龉的当儿，加夫沙城里遭遇了一场大火灾，阿莉白的父亲，以及她那许多兄弟姊妹、亲亲眷眷，全都葬身在火场中。这样一来，她就成了她父亲唯一的财产继承人了。城里有个叫做耐巴尔的青年，他终日游手好闲，把家产都花光了，听说阿莉白仍然活着，就到处打听她的下落，居然在官府还没有按无人继承的条例把那笔财产没收之前，把她找到了，硬是把她带了走——阿莉白心里老大的不愿意，鲁斯蒂科可大大地松了一口气。

那青年把她带到了城里，娶了她做妻子，凭她的名义，把她父亲的偌大一份遗产继承到手。

在那个青年和她同房之前，当地有一些妇女问她在沙漠里是怎样侍奉天主的；她就回说，她侍奉天主之道是把那个魔鬼送进地狱里去，而耐巴尔硬是要把她领回家，害得她再也不能给天主出力，可真是缺德哪。

她们又请教她：“你是怎样把魔鬼送进地狱里的呢？”

她就指手划脚地说给她们听，她们听了，一个个都笑得翻倒了，她们一边笑一边向她说：“孩子，别愁啦，这儿的人都很懂得干这回事呢，耐巴尔他会一模一样地跟你一块儿侍奉天主的！”

要不了多久，这个笑话就传遍全城，竟成了一句时髦的口头禅：最讨天主欢心的，就是把魔鬼送回地狱去。后来这句话远渡大洋，传到了我们这儿来，直到现在还流行着呢。

年青的小姐啊，你们如果希望获得天主的恩宠，那么快快学会怎样把魔鬼送进地狱去吧，因为这回事不但叫天主喜悦，而且还让双方受用呢，好处可多着哪!

* * * * *

第奥纽把故事讲得那样妙趣横生，真叫那七个纯洁的姑娘笑倒了，她们笑了又笑，直笑了一千次都不止呢。等他把故事讲完，女王知道自己的任期已满，就摘下头上的桂冠，给菲洛特拉托戴上了，还打趣道：

“咱们等着瞧吧，瞧那豺狼领导起一群羔羊儿，是不是比羔羊儿领导起狼群来得好。”

菲洛特拉托笑着回答道：“要是大家肯听我的话，那豺狼早就教会羔羊儿怎样把魔鬼送进地狱去了，就跟鲁斯蒂科教会阿莉白一样；所以你们不要叫我们豺狼，因为你们自己根本就不是羔羊。现在既然轮到我来做国王，我一定要尽力做好。”

“听着吧，菲洛特拉托，”妮菲尔接着说，“你要教我们，说不准你自己也会从中得到教训，就像马塞托在女修道院里学了个乖一样。等到你的一副骨头儿丁零当啷作响，①那时候你没有舌尖儿也会开口说话啦。”

菲洛特拉托觉得自己不是小姐们的对手，就不敢多说笑话，开始执行王政。他把总管召了来，查问膳食等情，作了一些指示，那用意无非是要使得大家在他的任期内过得心满意足。他又回头对姑娘们说：

“温柔多情的小姐们，我真是不幸(我这样说，因为我还懂得好歹)，爱上了你们中间的一位美人儿，永远成了爱情的奴隶。我对她低声下气，千依百顺，结果还是落得一场空，眼看她给别人夺了去。我这不

---

① 这就是说，他骨销形瘦，剩下一副骷髅，在风里摇晃作响。——里格译本注解

是痛上加痛吗？只怕我是注定要终身苦命的了。所以明天的故事，我欢喜用我的命运做题材——就是：‘结局悲惨的恋爱’；因为我自己就预料到一个悲惨的结局在等着我。大家叫我做‘菲洛特拉托’，这个名字可取得真有道理啊。①”

他这么说完，就站了起来，允许大家自由活动，到吃晚饭的时候再集合。

这座花园真是瑰丽可爱，叫大家舍不得离开，因为别处再也没有这样好玩的地方了。这时，日光西斜，不那么炎热了，有几个人就去追赶麋鹿、小羊、野兔和其他的小兽——这些小兽跳跳蹦蹦的，方才他们围坐的当儿，老是要跳到他们中间来，可真讨厌哪。第奥纽和菲亚美达唱起威廉和维绮幽②的歌曲来。菲罗美娜和潘菲洛坐下来走棋。这样各有各的消遣，时间过得很快，不觉已是吃晚饭的时候了。饭桌就放在喷水泉旁边，大家很快乐地在这里吃了晚饭。

吃罢晚饭，菲洛特拉托遵照以前几位女王所立下的制度，吩咐劳丽达领头跳舞，再唱一支歌。她回答道：

“陛下，别人的歌我不会唱，自己也想不起什么好歌配合得上眼前的良辰美景；我要唱也只能唱一个我记得的歌，要是你允许的话。”

“你唱的歌一定是悦耳动听的，”国王说，“尽管唱吧。”

于是劳丽达开始唱起歌来，别的姑娘们齐声应和；她的声音十分甜蜜，同时又带一点伤感的味儿：

唉，有哪一个姑娘，
像我这样苦命，这样悲伤？
我空自相思，只自把泪儿淌？

① “菲洛特拉托”这一名字由两个希腊字组成，“菲洛”意为“爱”，“特拉托”意为“挣扎”，故有“百折不回、一往情深”的意思。——根据潘译本注解

② 这是当时家喻户晓的一对爱人的故事，记载在玛格丽特·唐古莱姆所作的故事集里。——根据潘译本注解

那旋乾转坤、主掌星辰的造化，
对我显示出无比恩宠，
把我造得千娇百媚，
袅娜多姿——更是个多情种！
每个富于热情的男子
看见了我的美貌娇容，
就像置身在天国中；
唉，那班庸俗的小人，
却这样把我欺侮嘲弄！

当初我正青春年少，
有一个人真心爱我，把我拥抱，
他为我神魂颠倒，
他一看到我这双眼睛，就爱火燃烧。
时光像流水般过去，
他哪一天不在我跟前献着殷勤，
我对他也是一往情深，
唉，如今，我再不见他的倩影！

随后又来了一个傲慢的男子，
自以为再没哪个能比他高贵英俊，
他占有了我的身体，他不该
怀着猜忌，把我监视得这样紧；
唉，想我本是天生的尤物，
来到世上为了颠倒众生；
现在却被他一个独占，
叫我如何不气苦伤心！

唉，合该是我倒楣，在那天

答应了一个男子的求婚，
竟脱下了少女的素服便装，
换上了新娘的艳丽的衣裙。
我穿的是花花绿绿的丝袍，
过的是悲伤屈辱的日子。
唉，不等到订定这不幸的终身，
我早早死了，那该多么好！

给我无上幸福的，只有我的初恋，
他如今已归天国，站在天主跟前；
啊，爱人，你怎么能对我没半点爱怜？
我怎也不会忘了你，去和别人相爱！
让我的心里重又烧起旧日的情焰，
我日夕祈祷，但愿早早和你相见。

劳丽达唱歌的时候，大家倾耳静听，但是各有不同的体味。有的按照米兰人的想法，以为歌里的意思是说，宁可做一头肥猪，也不要做一个美女，[①]有几个知道她心事的，又另有合情合理的解释，不过这里也不必多谈了。

于是国王吩咐燃起火炬，大家围坐在草地上，唱着别的歌，直到星群西沉，国王觉得是睡觉的时候了，就跟大家道了晚安，打发他们各自回房安睡。

［第三天终］

---

① 潘译本里有一个注解，说这句话的意义不很明白。

第四天

“十日谈”的第四天由此开始。菲洛特拉托担任国王。各人讲的都是结局不幸的恋爱故事。

最亲爱的女士们，听了那些有识之士的见解，又凭着我自己经常看到、听到的，我一向认为那妒忌的狂飙疾风，只是袭击着高楼危塔，摇撼着大树的最高枝。可是我发觉我这想法是错了。为了一心躲避那狂风的无情袭击，我不但逃到了平地上，而且不得不躲进那最深邃的幽谷。读过这几篇故事的人大约都会有这样的看法——这些故事我都是用那不登大雅之堂的佛罗伦萨方言写成的，而且写的还是散文，又不曾题名献词，只是平铺直叙，不敢有丝毫卖弄。可是尽管这样，我依然逃不了遭人妒忌的厄运，那一阵阵的无情狂风，刮得我天昏地黑，刮得我站不住脚跟——那尖刻的毒牙把我咬得遍体鳞伤。直到这时候我才彻底明白了聪明人常说的一句话，在这个世界上只有“苦难”才不会遭人的妒忌。

贤明的女士们，有人读了这些故事，认为我太喜欢你们了，又说我这样心甘意愿地侍候你们、安慰你们，实在不成体统；有的甚至还怪我不该这么奉承你们。另有些人，极力显得一派心平气和，却又说我这样一把年纪，不应该纵谈风月，迎合妇道人家的心思。还有些人，只装作关怀我的声誉，劝我还是跟缪斯女神住在派纳塞斯山[①]上来得好，不要一味在你们的队伍里厮混，尽说些废话。

还有些人哪里出于善意，分明居心恶毒，说是我应当深谋远虑，好生想想怎样去挣我的面包——总不能光谈着这些劳什子，去喝西北风。另外又有些人为了要诋毁我的作品，处心积虑地要证明我讲给你们听的故事，都是凭空捏造，完全与事实不符的。

尊贵的女士们，我为你们效劳，艰苦奋斗，受尽这狂飙疾风的摧残，利齿毒牙的噬咬，弄得头破血流。天主明鉴，不管他们怎么说，我总是冷静地听着他们，玩味着他们的话。在这件事上，全靠你们出力来支持我，不过我并不敢就此吝惜自己的力量；即使我不跟他们展开论战，也少不得要申斥他们一番，好让我的耳根暂时清静一下，因为我的作品到现在还不曾写满三分之一，就有这许多狂妄的敌人，要是眼前不赶紧对付他们，那他们的气焰一定会越发嚣张，将来一下子就会把我打垮了；到那时候，任你们有多大的力量，也无济于事了。

在驳斥他们之前，我想先讲一篇故事，作为自己的辩白，这不是一个完整的故事，而是一个有头无尾的故事，这样，就不致和我们那一群可爱的朋友们所讲的故事混在一起，好有个区分。我这故事是针对那班诽谤我的人讲的。

从前，我们城里有个男子，名叫腓力·巴杜奇，他出身微贱，但是手里着实有钱，也很懂得处世立身之道。他有一个妻子，彼此相亲相爱，互相体贴关怀，从无一言半语的龃龉。只是人生难免一死，他那位贤德的太太后来不幸去世，只留给他一个将近两岁的亲生儿子。丧偶的不幸使他哀痛欲绝，逾于常情。他觉得从此失了一个良伴，孤零零地活在世上，再没有什么意思了；就发誓抛弃红尘、去侍奉天主；并且决定带他的幼儿跟他一起修行。他把全部家产都捐给慈善团体，带着儿子径往阿西那奥山，在山头找到一间小茅屋住了下来，靠着别人的施舍，斋戒祈祷过日子。

他眼看儿子一天天长大，就十分留心，绝不跟他提到那世俗之事，也不让他看到这一类的事，唯恐扰乱了他侍奉天主的心思；要谈也只跟他谈那些永生的荣耀，天主和圣徒的光荣；要教也只限于教他背诵些祈祷文。父子二人就这样在山上住了几年，那孩子从没走出茅屋一步，除了他的父亲外，也从没见过别人。

这位好心的人儿偶尔也要下山到佛罗伦萨去，向一班善男信女讨些施舍，然后再回到自己的茅屋来。

光阴如箭，腓力已是个老头儿，那孩子也有十八岁了。有一天，腓力正要下山，那孩子问他到哪儿去。腓力告诉了他，那孩子就说：

---

① 派纳塞斯山，希腊中部的一座山峰，相传是司掌文艺的缪斯女神所住的地方。

“爸爸，你现在年事已高，耐不得劳、吃不得苦了。何不把我带到佛罗伦萨去、领着我去见见你那班朋友和天主的信徒呢？想我正年青力壮，以后你有什么需要，就可以派我下山去，你自己就可以在这里休养休养，不用再奔波了。”

这位老人家觉得如今儿子已长大成人，又看他平时侍奉天主十分勤谨，认为即使让他到那浮华世界里去走一遭，谅必也不致迷失本性了，所以私下想道：“这孩子也说得有道理。”于是第二次下山的时候，果真把他带了去。

那小伙子看见佛罗伦萨城里全是什么皇宫啊，邸宅啊，教堂啊，而这些都是他生平从未见识过的，所以惊奇得了不得，一路上禁不住向父亲问长问短，腓力一一告诉他——可是哪儿回答得尽这许多，这个问题才回答好，那个问题又跟着来了。父子俩就这样一个尽问、一个尽答，一路行来，可巧遇见一队衣服华丽、年青漂亮的姑娘迎面走来——原来是刚刚参加婚礼回来的女宾。那小伙子一看见她们，立即就问父亲这些是什么东西。

“我的孩子，”腓力回答，“快低下头，眼睛盯着地面，别去看它们，它们全都是祸水！”

“可是它们叫什么名堂呢?”那儿子追问道。

那老子不愿意让他的儿子知道她们是女人，生怕会唤起他的邪恶的肉欲，所以只说：“它们叫做‘绿鹅’。”

说也奇怪，小伙子生平还没看见过女人，眼前许许多多新鲜事物，像皇宫啊，公牛啊，马儿啊，驴子啊，金钱啊，他全都不曾留意，这会儿却冷不防对他的老子这么说：“啊，爸爸，让我带一只绿鹅回去吧。”

“唉，我的孩子，”父亲回答说，“别闹啦，我对你说过，它们全都是祸水。”

“怎么!”那小伙子嚷道。“祸水就是这个样儿的吗?”

“是啊，”那老子回答。

儿子却说：“我不懂你的话，也不知道为什么它们是祸水；我只觉得，我还没看见过这么美丽、这么逗人爱的东西呢。它们比你时常给我看的天使的画像还要好看呢。看在老天的面上，要是你疼我的话，让我们想个法儿，把那边的绿鹅带一头回去吧，我要喂它。”

“不行，”他父亲说，“我可不答应，你不知道怎样喂它们。”

那老头儿这时候才明白，原来自然的力量比他的教诫要强得多了，他深悔自己不该把儿子带到佛罗伦萨来……不过我不打算把这段故事讲下去了，就此言归正传吧。

年青的女士，有些非难我的人，说我不该一味只想讨女人家的欢心，又那样喜欢女人。我在这里直认不讳：你们使我满心欢喜，而我也极力想博取你们的欢心。我很想问问这班人，难道这也是值得大惊小怪的事吗？亲爱的女士，不说我们曾经多少次消受甜蜜的接吻、热情的拥抱以及同床共枕；就光是我能经常瞻仰你们的丰采、娇容、优美的仪态，尤其是亲近你们那种女性的温柔文静，这份快乐不就足够叫人明白我为什么这样想、这样做吗？

方才我们看到，一个远离人世、在深山里长大起来的小伙子，他的足迹不曾出那小茅屋周围一步，除了他父亲，他就再没第二个伴侣，一旦下山，看见了你们，就只想要得到你们，只渴念着你们，把他的爱慕之情只献给你们。如果在一个隐士——一个浑浑噩噩的小孩子——一个未开化的野人的眼里，你们比一切东西都可爱，那么这班人怎么好因为我喜欢你们、极力想讨你们的欢心而非难我、诽谤我、把我说得十恶不赦呢？要知道我天生是个多情种子、护花使者，从我小时候懂事起，就立誓要把整个儿心灵献给你们——我怎么能禁得住你们那明亮的眼波、甜蜜的柔语以及那一声声回肠荡气的叹息呢？只有那种丧失了人性的家伙，不懂得、也感受不到热情的力量，才会这样谴责我；对于这种人，我不屑一理。

还有些人拿我的年纪当作话柄，他们大概不懂得那韭菜头尽管是白的，叶梢可是碧绿生青。不过却慢说笑话，让我来正正经经地回答他们：直到我生命的尽头，我也决不会认为侍候女性是件可耻的事；因为就是过了中年的基陀·卡伐坎蒂[①]、但丁，已到了晚年的契诺·达·皮斯托亚[②]，他们也十分推崇女性，以侍奉她们为光荣呢。

要不是因为不便违反辩论的通例，那我真想从历史中举出许多有名的人物，到了老年还一心只想讨女人的欢心呢。那班批评我的人，如果对他们的故事一无所知，那么快去翻读一下历史书吧。

有人劝我还是跟缪斯女神一起住在派纳塞斯山上来得好，我承认这的确是一个很好的意见。不过，我们没法永远跟缪斯女神待在一起，而女神也不可能永远和凡人做伴；那么要是有人甘心离开了女神，去接近那跟女神相似的人儿，又有什么不好呢？缪斯女神本来是女人啊，世上的女性虽然望尘莫及，可一眼就能看出，她们的模样儿还是跟女神相像的。所以即使不为其他的缘故，单凭这一点，她们也该叫我喜欢。再说，为了女性，我曾写下千来首情诗，可缪斯女神从来也不曾启发我写过一篇诗。我从女神那儿得到的是帮助，她们教我怎样写诗。在我写下目前这些篇章的时候，不管我写得多么不像样，女神可常常降临到我身边来——也许是因为女人的容貌跟女神相像的缘故，才会有这样的荣幸吧。所以我觉得我编写这些故事的时候，并不像许多人设想的那样，远离着缪斯女神和她们居住的派纳塞斯山。

对于那些担心我会挨饿、劝我留意自己的面包的人，我有什么话要讲呢？真的，我还不知道该讲什么好；不过我倒在想，要是有朝一日、我到了不得不向他们乞求面包的时候，他们会怎样回复我呢？也许他们会这样说吧："到你写的那些作品里去找面包吧。"真的，过去的诗人在他们的作品里、比富人在他们的金库里找到更多的面包。有人努力写自己的作品，替他们的时代增添光彩；有人贪得无厌，只知道面包越多越好，却像虫子一样无声无息地死去。

我还要再说什么呢？要是有一天我当真向他们讨面包，让他们把我

① 基陀·卡伐坎蒂(1255—1300)，意大利诗人，与但丁友善，作品以十四行情诗著称。

② 契诺·达·皮斯托亚(1270—1336)，意大利诗人，与但丁、卡伐坎蒂相往返，著有悼念他情人的十四行诗等诗篇。

赶出去好了。感谢天主，我现在还不致断粮，如果我真的面包不够吃了，那我也会像耶稣的使徒保罗那样，能够饱足、也能够饥饿。①总之，这原是我自己的事，用不到别人来替我操心。

还有些人说我写的那些故事跟真相不符，那么我希望他们把真情实况提出来，要是核对之下，我的故事显然是出于捏造，那么我愿意承认他们的谴责是公平合理的，也愿意尽力纠正我的过失。不过在他们光是这么嚷着、还提不出什么事实来之前，我只好不理他们，照自己的主张做去，拿他们批评我的话来回敬他们。

拿这一番话来回答他们，我想也已经够了吧；现在，最温柔的女士，凭着天主的帮助和你们的支持，我将不辞艰苦，不管那暴风刮得多猛，也要背转身来、继续我开始了的工作。因为我觉得我的命运不会比那暴风中的微尘更糟——不管微尘停留在地面上，或者被卷到半天空里，又落在人们的头上，落在帝王的冠冕上，有时候也会落在高耸矗立的宫殿塔楼之上的。即使那微尘又从高处落下来，那也不会落到比原来更低的地方去。

要说从前我发誓要把自己的力量全都贡献给你们，为你们的欢乐而效劳，那么我现在这份意志就格外坚决了；因为凡是有理性的人都会说：我爱你们，就跟别的男人爱你们一样，是出之于天性。谁要是想阻挡人类的天性，那可得好好儿拿点本领出来呢。如果你非要跟它作对不可，那只怕不但枉费心机，到头来还要弄得头破血流呢。我自认没有这种本领，也不愿意有。就算我有这种本领，我也宁可借给他人，绝不愿意自己使用。

那班批评我的人可以闭口了；要是他们的身子里缺少热血，那么就让他们冷冰冰地过一辈子吧。他们可以去找他们自己的乐趣——或者不如说，找他们的腐败的嗜好；让我也利用这短促的人生，追求自己的乐趣吧。

---

① “我知道怎样处卑贱、也知道怎样处丰富，或饱足、或饥饿、或有余、或缺乏，随事随在，我都得了秘诀。”——《新约·腓立比书》第4章第12节。

可是，美丽的女士们，我们已经离题太远了，让我们就此打住，言归正传吧。

晨曦初临，赶走了天上的星星，揭开了雾气沉沉的夜幕，这时候菲洛特拉托已经起身，把众人都唤了起来；于是大伙儿依旧到那座可爱的花园里去游玩散心。这天的中饭也依旧安排在昨晚吃饭的地点；饭后午睡，醒来的时候太阳已经西斜，于是照常来到喷水泉旁边，依次坐下。菲洛特拉托吩咐菲亚美达首先给大家讲一个故事，她并不推辞，娇声软语地讲了底下的一个故事。

故事第一

唐克莱亲王杀死女儿的情人，取出心脏，盛入金杯，送给女儿。公主把毒液倾注在心脏上，和泪饮下而死。

我们的国王指定我们今天要讲悲惨的故事，他认为我们在这儿寻欢作乐，也该听听别人的痛苦，好叫讲的人和听的人都不由得涌起同情来。也许这几天来，我们的日子可过得真是快乐逍遥，因此他想用悲惨的故事来调节一下。不过不论他的用意何在，我是不能违背他的意旨的，所以我要讲这么一个不仅是悲苦、而且是绝顶凄惨的故事，叫你们少不得掉下几滴苦泪来。

萨莱诺的亲王唐克莱本是一位仁慈宽大的王爷，可是到了晚年，他的双手却沾染了一对情侣的鲜血。他的膝下并无三男两女，只有一个独养的郡主，亲王对她真是百般疼爱，自古以来，父亲爱女儿也不过是这样罢了；谁想到，要是不养这个女儿，他的晚境或许倒会快乐些呢。那亲王既然这么疼爱郡主，所以也不管耽误了女儿的青春，竟一直舍不得把她出嫁；直到后来，再也藏不住了，这才把她嫁给了卡普亚公爵的儿

子。不幸婚后不久，丈夫去世，她成了一个寡妇，重又回到她父亲那儿。

她正当青春年华，天性活泼，身段容貌，都长得十分俏丽，而且才思敏捷，只可惜做了一个女人。她住在父亲的宫里，养尊处优，过着豪华的生活；后来看见父亲这么爱她，根本不想把她再嫁，自己又不好意思开口，就私下打算找一个中意的男子做她的情人。

出入她父亲的宫廷里的，上下三等人都有，她留意观察了许多男人的举止行为，看见父亲跟前有一个年青的侍从，名叫纪斯卡多，虽说出身微贱，但是人品高尚，气宇轩昂，确是比众人高出一等，她非常中意，竟暗中爱上了他，而且朝夕相见，越看越爱。那小伙子并非傻瓜，不久也就觉察了她的心意，也不由得动了情，整天只想念着她，把什么都抛在脑后了。

两人这样眉目传情，已非一日；郡主只想找个机会和他幽会，可又不敢把心事托付别人，结果给她想出一个极好的主意。她写了封短简，叫他第二天怎样来和她相会。又把这信藏在一根空心的竹竿里面，交给纪斯卡多，还开玩笑地说道：

“把这个拿去当个风箱吧，那么你的女仆今儿晚上可以用这个生火了。”

纪斯卡多接过竹竿，觉得郡主决不会无缘无故给他这样东西，而且说出这样的话来。他回到自己房里，检查竹竿，看见中间有一条裂缝；劈开一看，原来里面藏着一封信。他急忙展读，明白了其中的究竟，这时候他真是成了世上最快乐的人儿；于是他就依着信里的话，做好准备，去和郡主幽会。

在亲王的宫室附近有一座山，山上有一个许多年代前开凿的石室，在山腰里，当时又另外凿了一条隧道，透着微光，直通那洞府。那石室久经废弃，所以那隧道的出口处，也荆棘杂草丛生，几乎把洞口都掩蔽了。在那石室里，有一道秘密的石级，直通宫室，石级和宫室之间，隔着一扇沉重的门，把门打开，就是郡主楼下的一间屋子。因为山洞久已废弃不用，大家早把这道石级忘了。可是什么也逃不过情人的眼睛，所以居然给那位多情的郡主记了起来。

她不愿让任何人知道她的秘密，便找了几样工具，亲自动手来打开这道门，经过好几天的努力，终于把门打开了。她就登上石级，直找到那山洞的出口处，她把隧道的地形、洞口离地大约多高等都写在信上，叫纪斯卡多设法从这隧道潜入她宫里来。

纪斯卡多立即预备了一条绳子，中间打了许多结，绕了许多圈，以便攀上爬下。第二天晚上，他穿了一件皮衣，免得叫荆棘刺伤，就独个儿偷偷来到山脚边，找到了那个洞口，把绳子的一端在一株坚固的树桩上系牢，自己就顺着绳索，降落到洞底，在那里静候郡主。

第二天，郡主假说要午睡，把侍女都打发出去，独自关在房里。于是她打开那扇暗门，沿着石级，走下山洞，果然找到了纪斯卡多，彼此都喜不自胜。郡主就把他领进自己的卧室，两人在房里逗留了大半天，真像神仙般快乐。分别时，两人约定，一切都要谨慎行事，不能让别人得知他们的私情。于是纪斯卡多回到山洞，郡主锁上暗门，去找她的侍女。等到天黑之后，纪斯卡多攀着绳子上升，从进来的洞口出去，回到自己的住所。自从发现了这条捷径以后，这对情人就时常幽会。

谁知命运之神却不甘心让这对情人长久沉浸在幸福里，竟借着一件意外的事故，把这一对情人满怀的欢乐化作断肠的悲痛。这厄运是这样降临的：

原来唐克莱常常独自一人来到女儿房中，跟她聊一会天，然后离去。有一天，他吃过早饭，又到他女儿绮思梦达的寝宫里去，看见女儿正带着她那许多宫女在花园里玩儿，他不愿打断她的兴致，就悄悄走进她的卧室，不曾让人看到或是听见。来到房中，他看见窗户紧闭、帐帷低垂，就在床脚边的一张软凳上坐了下来，头靠在床边，拉过帐子来遮掩了自己，好像有意要躲藏起来似的，不觉就这么睡熟了。

也是合该有事，绮思梦达偏偏约好纪斯卡多在这天里幽会，所以她在花园里玩了一会，就让那些宫女继续玩去，自己悄悄溜到房中，把门关上了，却不知道房里还有别人，走去开了那扇暗门，把在隧道里等候着的纪斯卡多放进来。他们俩像平常一样，一同登上了床，寻欢作乐，正在得意忘形的当儿，不想唐克莱醒了。他听到声响，惊醒过来，看见女儿和纪斯卡多两个正在干着好事，气得他直想咆哮起来，可是再一转念，他自有办法对付他们，还是暂且隐忍一时，免得家丑外扬。

那一对情人像往常一样，温存了半天，直到不得不分手的时候，这才走下床来，全不知道唐克莱正躲在他们身边。纪斯卡多从洞里出去，她自己也走出了卧房。唐克莱也不顾自己年事已高，却从一个窗口跳到花园里去，趁着没有人看见，赶回宫去，几乎气得要死。

当天晚上，到了睡觉时分，纪斯卡多从洞底里爬上来，不想早有两个大汉，奉了唐克莱的命令守候在那里，将他一把抓住；他身上还裹着皮衣，就这么给悄悄押到唐克莱跟前。亲王一看见他，差一点儿掉下泪来，说道：

"纪斯卡多，我平时待你不薄，不想今日里却让我亲眼看见你色胆包天，竟敢败坏我女儿的名节！"

纪斯卡多一句话都没有，只是这样回答他："爱情的力量不是你我所管束得了的。"

唐克莱下令把他严密看押起来；他当即给禁锢在宫中的一间幽室里。

第二天，唐克莱左思右想，该怎样发落他的女儿，吃过饭后，就像平日一样，来到女儿房中，把她叫了来。绮思梦达怎么也没想到已经出了岔子，唐克莱把门关上，单剩自己和女儿在房中，于是老泪纵横，对她说道：

"绮思梦达，我一向以为你端庄稳重，想不到竟会干出这种事来！要不是我亲眼看见，而是听别人告诉我，那么别说是你跟你丈夫以外的男人发生关系，就是说你存了这种欲念，我也绝对不会相信的。我已经到了风烛残年，再没有几年可活了，不想碰到这种丑事，叫我从此以后一想起来，就觉得心痛！

"即使你要做出这种无耻的事来，天哪，那也得挑一个身份相称的男人才好！多少王孙公子出入我的宫廷，你却偏偏看中了纪斯卡多——这是一个下贱的奴仆，可以说，从小就靠我们行好，把他收留在宫中，你这种行为真叫我心烦意乱，不知该把你怎样发落才好。至于纪斯卡多，昨天晚上他一爬出山洞，我就把他捉住、关了起来，我自有处置他的办法。对于你，天知道，我却一点主意都拿不定。一方面，我对你狠不起心来，天下做父亲的爱女儿，总没有像我那样爱你爱得深。另一方面，我想到你这么轻薄，又怎能不怒火直冒？如果看在父女的份上，那我只好饶了你；如果以事论事，我就顾不得骨肉之情，非要重重惩罚你不可。不过，在我还没拿定主意以前，我且先听听你自己有什么好说的。”

说到这里，他低下头去，号咷大哭起来，竟像一个挨了打的孩子一般。

绮思梦达听了父亲的话，知道不但他们的私情已经败露，而且纪斯卡多也已经给关了起来，她心里感到一阵说不出的悲痛，好几次都险些儿要像一般女人那样大哭大叫起来。她知道她的纪斯卡多必死无疑，可是崇高的爱情战胜了那脆弱的感情，她凭着惊人的意志力，强自镇定，并且打定主意，宁可一死也决不说半句求饶的话。因此，她在父亲面前并不像一个因为犯了过错、受了责备而哭泣的女人，却是无所畏惧，眼无泪痕，面无愁容，坦坦荡荡地回答她父亲说：

“唐克莱，我不准备否认这回事，也不想向你讨饶；因为第一件事对我不会有半点好处，第二件事就是有好处我也不愿意干。我也不想请你看着父女的情分来开脱我，不，我只要把事情的真相讲出来，用充分的理由来为我的名誉辩护，接着就用行动来坚决响应我灵魂的伟大的号召。不错，我确是爱上了纪斯卡多，只要我还活着——只怕是活不长久了——我就始终如一地爱他。假使人死后还会爱，那我死了之后还要继续爱他。我堕入情网，与其说是由于女人的意志薄弱，倒不如说，由于你不想再给我找一个丈夫，同时也为了他本人可敬可爱。

“唐克莱，你既然自己是血肉之躯，你应该知道你养出来的女儿，她的心也是血肉做成的，并非铁石心肠。你现在年老力衰了，但是应该还记得那青春的规律，以及它对青年人具有多大的支配力量。虽说你的青春多半是消磨在战场上，你也总该知道饱暖安逸的生活对于一个老头儿会有什么影响，别说对于一个青年人了。

“我是你生养的，是个血肉之躯，在这世界上又没度过多少年头，还很年青，那么怎怪得我春情荡漾呢？况且我已结过婚，尝到过其中的滋味，这种欲念就格外迫切了。我按捺不住这片青春烈火，我年青，又是个女人，我情不自禁，私下爱上了一个男人。我凭着热情冲动，做出这事来，但是我也曾费尽心机，免得你我蒙受耻辱。多情的爱神和好心的命运，指点了我一条外人不知道的秘密的通路，好让我如愿以偿。这回事，不管是你自己发现的也罢，还是别人报告你的也罢，我决不否认。

“有些女人只要随便找到一个男人，就满足了，我可不是那样；我是经过了一番观察和考虑，才在许多男人中间选中了纪斯卡多，有心去挑逗他的；而我们俩凭着小心行事，确实享受了不少欢乐。你方才把我痛骂了一顿，听你的口气，我缔结了一段私情，罪过还轻；只是千不该万不该去跟一个低三下四的男人发生关系，倒好像我要是找一个王孙公子来做情夫，那你就不会生我的气了。这完全是没有道理的世俗成见。你不该责备我，要埋怨，只能去埋怨那命运之神，为什么他老是让那些庸俗无能之辈窃居着显赫尊荣的高位，把那些人间英杰反而埋没在草莽里。

“可是我们暂且不提这些，先来谈一谈一个根本的道理。你应该知道，我们人类的血肉之躯都是用同样的物质造成的，我们的灵魂都是天主赐给的，具备着同等的机能，同样的效用，同样的德性。我们人类本是天生一律平等的，只有品德才是区分人类的标准，那发挥大才大德的才当得起一个‘贵’；否则就只能算是‘贱’。这条最基本的法律虽然被世俗的谬见所掩蔽了，可并不是就此给抹煞掉，它还是在人们的天性和举止中间显露出来；所以凡是有品德的人就证明了自己的高贵，如果这样的人被人说是卑贱，那么这不是他的错，而是这样看待他的人的错。

“请你看看满朝的贵人，打量一下他们的品德、他们的举止、他们的行为吧；然后再看看纪斯卡多又是怎么样。只要你不存偏见，下一个判断，那么你准会承认，最高贵的是他，而你那班朝贵都只是些鄙夫而已。说到他的品德、他的才能，我不信任别人的判断，只信任你的话和我自己的眼光。谁曾像你那样几次三番赞美他，把他当作一个英才？真的，你这许多赞美不是没有理由的。要是我没有看错人，我敢说：你赞美他的话他句句都当之无愧，你以为把他赞美够了，可是他比你所赞美的还要胜三分呢。要是我把他看错了，那么我是上了你的当。

“现在你还要说我结识了一个低三下四的人吗？如果你这么说，那就是违心之论。你不妨说，他是个穷人，可是这种话只会给你自己带来羞耻，因为你有了人才不知道提拔，把他埋没在仆人的队伍里。贫穷不会磨灭一个人的高贵的品质，不，反而是富贵叫人丧失了志气。多少帝王，多少公侯将相，都是白手起家的，而现在有许多村夫牧人，从前都是豪富巨族呢。

“那么，你要怎样处置我，用不到再这样踌躇不决了。如果你决心要下毒手——要在你风烛残年干出你年青的时候从来没干过的事，那么你尽管用残酷的手段对付我吧，我决不向你乞怜求饶，因为如果这算得是罪恶，那我就是罪魁祸首。我还要告诉你，如果你怎样处置了纪斯卡多，或者准备怎样处置他，却不肯用同样的方法来处置我，那我也会自己动手来处置我自己的。

“现在，你可以去了，跟那些娘们儿一块儿去哭吧；哭够之后，就狠起心肠一刀子把我们俩一起杀了吧——要是你认为我们非死不可的话。”

亲王这才知道他的女儿有一颗伟大的灵魂；不过还是不相信她的意志真会像她的言词那样坚决。他走出了郡主的寝宫，决定不用暴力对待她，却打算惩罚她的情人来打击她的热情，叫她死了那颗心。当天晚上，他命令看守纪斯卡多的那两个禁卫，私下把他绞死，挖出心脏，拿来给他。那两个禁卫果然按照他的命令执行了。

第二天，亲王叫人拿出一只精致的大金杯，把纪斯卡多的心脏盛在里面，又吩咐自己的心腹仆人把金杯送给郡主，同时叫他传言道：“你的父王因为你用他最心爱的东西来安慰他，所以现在他也把你最心爱的东西送来慰问你。”①

再说绮思梦达，等父亲走后，矢志不移，便叫人去采了那恶草毒根，煎成毒汁，准备一旦她的疑虑成为事实，就随时要用到它。那侍从送来了亲王的礼物，还把亲王的话传述了一遍。她面不改色，接过金杯，揭开一看，里面盛着一颗心脏，就懂得了亲王为什么要说这一番话，同时也明白了这必然是纪斯卡多的心脏无疑；于是她回过头来对那仆人说：

“只有拿黄金做坟墓，才算不委屈了这颗心脏，我父亲这件事做得真得体!”

说着，她举起金杯，凑向唇边，吻着那颗心脏，说着：“我父亲对我的慈爱，一向无微不至，如今在我生命的最后一刻里，对我越发慈爱了。为了这么尊贵的礼物，我要最后一次向他表示感谢!”

于是她紧拿着金杯，低下头去，注视着那心脏，说道：“唉，你是我的安乐窝，我一切的幸福全都栖息在你身上。最可诅咒的是那个人的狠心的行为——是他叫我现在用这双肉眼注视着你！只要我能够用我那精神上的眼睛时时刻刻注视你，我就满足了。你已经走完了你的路程，已经尽了命运指派给你的任务，你已经到了每个人迟早都要来到的终点。你已经解脱了尘世的劳役和苦恼，你的仇敌把你葬在一个跟你身份相称的金杯里，你的葬礼，除了还缺少你生前所爱的人儿的眼泪外，可说什么都齐全了。现在，你连这也不会欠缺了，天主感化了我那狠毒的父亲，指使他把你送给我。我本来准备面不改色，从容死去，不掉一滴泪；现在我要为你痛哭一场，哭过之后，我的灵魂立即就要飞去跟你曾经守护的灵魂结合在一起。只有你的灵魂使我乐于跟从、倾心追随，一同到那不可知的冥域里去。我相信你的灵魂还在这里徘徊，凭吊着我们的从前的乐园②；那么，我相信依然爱着我的灵魂呀，为我深深地爱着

---

① 从里格译本。麦克威廉译本作：“你的父王送这个来安慰你失去了最心爱的东西，正像你曾经安慰他失去了最心爱的东西。”

② 指纪斯卡多的心脏。

的灵魂呀，你等一下我吧!”

说完，她就低下头去，凑在金杯上，泪如雨下，可绝不像娘们儿那样哭哭啼啼，她一面眼泪流个不停，一面只顾跟那颗心脏亲吻，也不知亲了多少回，吻了多少遍，总是没完没结，真把旁边的人看得呆住了。侍候她的女伴不知道这是谁的心脏，又不明白她说这些话是什么意思，可是都被她深深感动了，陪她伤心掉泪，再三问她伤心的原因，可是任凭怎样问，怎样劝慰，她总是不肯说，她们只得极力安慰她一番。后来郡主觉得哀悼够了，就抬起头来，揩干了眼泪，说道：

“最可爱的心儿呀，我对你已经尽了我的本分，现在只剩下最后的一步了，那就是：让我的灵魂来和你的灵魂结个伴儿吧!”

说完，她叫人取出那昨日备下的盛毒液的瓶子来，只见她拿起瓶子就往金杯里倒去，把毒液全倾注在那颗给泪水洗刷过的心脏上；于是她毫无畏惧地举起金杯，送到嘴边，把毒汁一饮而尽。饮罢，她手里依然拿着金杯，登上绣榻，睡得十分端正安详，把情人的心脏按在自己的心上，一言不发，静待死神的降临。

侍候她的女伴，这时虽然还不知道她已经服毒，但是听她的说话、看她的行为有些反常，就急忙派人去把种种情形向唐克莱报告。他恐怕发生什么变故，急匆匆地赶到女儿房中，正好这时候她在床上睡了下来。他想用好话来安慰她，可是已经迟了，这时候她已经命在顷刻了，他不觉失声痛哭起来；谁知郡主却向他说道：

“唐克莱，我看你何必浪费这许多眼泪呢，等碰到比我更糟心的事，再哭不迟呀；我用不到你来哭，因为我不需要你的眼泪。除了你，有谁达到了目的反而哭泣的呢。如果你从前对我的那一片慈爱，还没完全泯灭，请你给我最后的一个恩典——那就是说，虽然你反对我跟纪斯卡多做一对不出面的夫妻，但是请你把我和他的遗体(不管你把他的遗体扔在什么地方)公开合葬在一处吧。”

亲王听得她这么说，心如刀割，一时竟不能作答。年青的郡主觉得她的大限已到，紧握着那心脏、贴在自己的心头。说道：

“天主保佑你，我要去了。”

说罢，她闭上眼睛，随即完全失去知觉，摆脱了这苦恼的人生。

这就是纪斯卡多和绮思梦达这一对苦命的情人的结局。唐克莱哭也无用，悔也太迟，于是把他们二人很隆重地合葬在一处，全萨莱诺的人民听到他们的事迹，无不感到悲恸。

故事第二

亚尔贝托神父愚弄一个女人，说是加百列天使爱上了她，自己扮作天使，得便就去和她幽会。女人的亲属前来捉奸，他逃到平民家里；第二天，被当作野人，牵到圣马可广场，又被当众揭发；院里的修士把他押回，送入牢中。

菲亚美达的故事叫她的女伴们不止一次掉下了同情的眼泪，她讲完以后，国王却毫不动情地说道：

"我觉得，纪斯卡多和绮思梦达所享受的快乐，只要也能让我享受到一半，那即使要我拿出性命来作代价，也是太便宜了。你们小姐不必惊奇，我虽然活着，却时时刻刻忍受着死一般的痛苦，跟欢乐没有一丝儿缘分。现在暂且撇下我的命运不谈，我想请潘比妮亚接下去讲一个跟我的苦命多少相近的故事。假使她能够像菲亚美达那样的把故事讲下去，那么不用说，我那给情焰烧坏了的心房就会觉得承受到几滴清凉的露水了。"

潘比妮亚听了国王的吩咐，却并没怎样把他的话放在心上，倒反考虑着她女伴们的心意如何；暗想，与其使国王个人满足，不如让大家高兴；不过国王的吩咐也不好违背，所以决定在他指定的题材范围之内，讲一个使大家发笑的故事。她这样开言道：

俗语说得好："一个坏蛋被错当作好人，他就再坏些也不打紧。"这句话真叫我有不少的故事好讲呢。我现在单讲这么一个故事，既不离题，同时也让大家可以看到，那班穿着长衣宽袍的修士是多么会假惺惺。

看他们那张脸，白得像纸片似的，其实那是化装出来的；听他们说话，真是又谦恭又柔顺，但这只是在他们有所请求的时候，才是这样；逢到他们忘了自己，反过来斥责别人的过错时，那真是面目狰狞、声色俱厉呢。他们要大家相信，上天堂的路，在他们就是把手伸进我们的袋里，在我们就是有什么拿什么去孝敬他们。不，这么说还不恰当，他们不是像我们那样，在追求上天堂的路，他们已经俨然以天堂里的主人翁和统治者自居了，所以竟把天堂分割成大大小小的地段，依着死者捐献给他们的金钱多少，指派给死者。这样，他们首先欺骗的是自己(如果他们果真相信自己所说的那套话)，其次就是欺骗了那班把他们那套浑话信奉为真理的人。要是我能够公然把他们的罪行全都揭露出来，那一定会有不少愚夫愚妇睁开眼来，看清了在他们那长衣宽袍底下究竟隐藏着些什么。现在我只能拿威尼斯的一个来头不小、赫赫有名的法兰西斯派神父的事迹来讲给大家听听——但愿天主显灵，叫天下这班说谎行骗的修士，全都得到那个威尼斯神父所得到的报应吧。再说，我也喜欢讲这个故事，好让各位发笑一通，那么大家本来听了绮思梦达殉情的故事，给怜悯的情绪压得透不过气来，心里也好因而轻松一下了。

尊贵的小姐们，在伊莫拉地方，住着一个为非作歹的坏蛋，叫做贝托·台拉·马沙。他生平的种种恶行，到后来在当地尽人皆知，不管他撒谎也罢、说真话也罢，反正再没哪个相信他了。他眼看自己走投无路，再也立足不住，只得下个决心，到威尼斯去另投生路了。威尼斯是个藏垢纳污的所在。他觉得自己应该改变从前的作风、才好继续施展他的鬼蜮伎俩；竟仿佛受了良心责备，忏悔过去的罪恶似的，谦逊得异乎寻常，不论哪个天主教徒都没有像他那样虔诚，然后再摇身一变，居然成了方济各会的神父，自称是亚尔贝托·达·伊莫拉。披上了这身道袍僧服，他不得不在表面上过着严肃的生活，赞美苦修，提倡斋戒，在弄不到配他胃口的酒菜时，就不吃肉食，戒绝饮酒。

总之，一个窃贼，一个无赖，一个伪造犯，或是一个杀人犯，摇身一变，成了一个有名的传道士，却决不会就此弃邪归正，只要暗中有作恶的机会，他还是要干的。亚尔贝托现在当上了神父，每逢他主持弥撒的时候，就在祭坛上当着那满堂的会众，为了救主的受难而痛哭流涕——原来他有这本事，无论什么时候要哭，那眼泪马上就会流下来，好在泪珠儿对于他本是最不花钱的东西。总之，凭着一张说教的利口和两行热泪，他居然骗取了威尼斯人民的信仰，声誉日增，到后来，全城这许多人家，逢到要立遗嘱，几乎没有一家不是请他做受托人和监护人的，甚至还有不少人家的财产都托他掌管。除此之外，城里又有绝大多数的善男信女，争着向他忏悔，在各方面请教他的意见。这样，本来是只吃羊的狼、现在竟变成了牧羊人。他那圣洁的名誉比当年圣方济各[①]在阿西西，还要响亮呢。

到亚尔贝托神父跟前来忏悔的妇女确是不少，有一回，来了一个头脑简单、爱慕虚荣的少妇。她叫做莉赛达·达·卡·基林诺，丈夫是一个大商贾，已乘着大划船到佛兰德经商去了。威尼斯的女人家本来都是没头脑的，她现在跪在这位神父的脚下，把自己的私事一五一十吐露出来，说到中间，神父就问她有没有情人。这话可叫她生了气，她像受了委屈似地说道：

“你说什么，神父先生？你头上不生眼睛吗？难道你看不出我长得这样漂亮，在女人中间好算得顶儿尖儿吗？情人，我要多少有多少；可惜我这张漂亮脸儿不是随便哪个男人都好看中的。像我这样的美人儿你

① （阿西西的）圣方济各（1181—1226），宗教活动家，于1209年创立天主教方济各会，主张苦修。

看见过几个？就是那天仙玉女也不见得比我更漂亮吧。”

总之，她自捧自吹，自以为说不尽的美丽，真叫人听得肉麻。亚尔贝托神父一眼就看出了她的弱点，觉得这个女人真是送上门来的一块肥肉，因此顿时燃烧起一股欲火，恨不得把她马上吞了下去。不过这会儿时机未到，他故意不去用花言巧语来奉承她，倒反而装得一派正经，用严厉的口气责备她一不该这样虚荣、二不该什么等等。这么一来，那个女人就更生气了，当面说他是头驴子，连个美人儿和丑婆娘也分辨不出来。神父不想过分刺激她，把事情闹僵了，就结束了她的忏悔，让她跟别的女人回去。

过了几天，他带着一个心腹朋友来到莉赛达家里，说是有机密的事，只能跟她一个人说，莉赛达把他领进内室之后，他就双膝跪在她跟前，说道：

“夫人，请你看在天主面上，饶恕了我这一遭吧。礼拜日那天，你说起自己的美貌，我不该大胆说了几句狂言，就在那天晚上，我受到了严厉的惩罚，到今天才能起床!”

“那么是谁来惩罚你呢?”我们那位傻大姐问道。

“我就要告诉你，”神父回答她。“那天晚上，我正照例在祷告的时候，忽然间，我的房里亮得跟白昼一般，我还没来得及回过头去望一下，只见一个漂漂亮亮的小伙子，拿了一根结实的棍子站定在我跟前，他一把抓住我的袍子，把我这么一拉、又这么一摔，我早就扑倒在他的脚下；他举起棍子就打，打得我浑身上下没有一块好肉。我急得大声问他，为什么要这样打我呀；只听得他说：‘好个大胆狂妄的小子，今天竟敢亵渎了国色天香的莉赛达夫人！要知道除了天主之外，我最爱的就是她!’‘那么你是谁呀?’我又问；只听他回答说，他就是加百列天使。我连忙恳求他：‘我的天使啊，请你饶了我这一遭吧!’只听他说：‘要我饶恕你不难，只要你赶快前去见她，能够求得她的饶恕，那就是你的造化，如果她不肯饶你，那我还要来找你，请你尝尝这根棍子的滋味，以后你别想再过太平日子啦!’接着他还对我说了一番话，不过你要先饶恕了我，我才敢说出来。”

我们这位傻大姐本来就是个没头脑的，一听到这些话，只乐得她心花怒放，把句句谎言都当作是天国的福音；所以停了一会她这么说道：

“亚尔贝托神父，我早就对你说过，我是个国色天香的美人儿，现在，天主帮助我吧，我看着你很可怜，我马上就饶恕你，免得你再受惩罚，只是你得把天使后来所说的话照实告诉我。”

“夫人，”亚尔贝托神父说，“既然承你饶恕了我，那我自然乐于奉告，不过有一点我要叮嘱你，如果你不愿意拿你的幸福当儿戏的话，那我对你说的话，你可千万不能对别人去讲呀。你要知道，你真是世上最幸福的女人哪。加百列天使吩咐我来向你传话，他很爱你，几次三番想来跟你过夜，可是又怕使你受惊。现在他派我来对你说，他打算在哪一晚来跟你相会，不过他是一位天使，如果就以天使的形体下凡，那你是没法跟他接触的，他为了讨你的欢喜，想借凡人的肉体到你这儿来；他想要问问你，你约他什么时候来，来的时候要借哪一个凡人的肉体，那他就可以来跟你相会了，那时候，天底下的女人要算你最幸福啦！”

我们这位虚荣成性的奶奶回说道，她给加百列天使爱上了，真是叫她不胜荣幸，因为她也很爱这位天使，每逢看到他的画像，没有一次不是在他面前点上一支四文钱的蜡烛的。又说任凭他什么时候降临，都很欢迎，她总是独自一个人在屋子里。不过有一点，请他将来不要抛弃了她，另去爱上了圣母马利亚，据说他对圣母很有情意呢——不是么，她不论在什么地方看到他的画像，他总是跪在圣母的跟前。①说到他要借用凡人的形体，随便哪个的形体都可以，只要不让她受惊就是了。

亚尔贝托神父道：“夫人，你说话真有道理，我一定照着你所说的话去跟他把事办妥了。不过我要请你赏个脸——好在这也并不难为你什么——就是，你允许他附在我的肉身上来见你。为什么要说这是‘赏脸’呢？因为你要知道，他要钻进我的躯壳，先得把我的灵魂抽出来送

① 加百列是《圣经》中的天使长，奉上帝差遣，向圣母马利亚奉告已有胎喜，将降生耶稣(见《新约·路加福音》1.26—38)。宗教画家常以此为题材，作《圣母受胎报喜图》，画中的加百列作跪禀的姿势。

到天堂里去不可。他跟你在一起逗留多久，我的灵魂也在天堂里逗留多久。”

“这有什么不可以，”我们那位傻大姐说。“你为我而吃了他的苦头，自然也应该补报补报你，让你得到些安慰才好。”

于是亚尔贝托神父说：“今天晚上你要把门开着，那么他才好进来；因为他既然钻进了凡人的肉体，那么也许他只能从门里进来了。”

那位好太太答应照办。神父告别后，她乐得手舞足蹈，神魂颠倒，下身的裙子再也碰不到她的屁股；她一心只是盼望加百列天使降临，后来越等越心焦，觉得今天这一天就像一千年那样长。

再说亚尔贝托神父，他觉得做一个天使不及做一个骑士有意思得多，所以先拿精美的食品填满了肚子，打起精神来，免得几个回合，就给摔下马来。等到天色已晚，他向院里请了个假，就和一个心腹朋友一同到一个相识的女人的家里，原来他把这个女人当作马贩子，每逢他想找匹牝马骑的时候，总去找她，已非一遭。现在他就在那个女人家里，扮成天使模样，又带了许多不值钱的东西，看看时光已到，就径赴莉赛达家中，到了那里，门果然开着，就上了楼，闯进了她的卧房。

莉赛达忽然看见有个白色的人形闯了进来，就急忙跪在地上迎接。天使祝福了她，扶她起身，用手势请她到床上去。她立刻欣然从命，天使也跟他的崇拜者一起在床上睡了下来。

亚尔贝托神父本是一个身强力壮的漂亮男子；两条腿又长得那么结实；莉赛达呢，长得又肥又嫩，发觉天使跟她丈夫的作风截然不同。那一夜，天使虽然没有翅膀，可难为他飞上舞下了好几回，真叫莉赛达喜得心花怒放；此外，天使还讲了天国的许多荣耀的景象给她听。两人这样玩了一个通宵，直到天色将明，那神父这才收拾起他那些装饰品，赶紧回去找他的朋友。再说那位朋友，承蒙那家女主人的美意，怕他独个儿睡着受惊，陪了他一夜。

莉赛达一吃罢早饭，就带着她的女仆去见亚尔贝托神父，把加百列天使降临的消息告诉他，还把天使的丰姿、天使告诉她的天堂里的美景，着实添油加酱地形容了一番。

“夫人，”神父说，“我不知道你跟他相处得可好；我只知道昨天晚上，他来找我，我把你的话转达了，不知怎么一下子，他已经把我的灵魂摄到了一处玫瑰盛开、百花齐放的地方——像这等美丽的地方我在下界还从没看见过呢。我的灵魂就逗留在那令人销魂的花丛中，直到今天早晨。至于我的肉体，在这段时光里怎么样，我可不知道啦。”

“我不是告诉你了吗?”莉赛达说。“你的肉体跟加百列天使整夜睡在我的怀里。如果你不相信，请你看看你左边的奶头下面，我在那里深深地给了天使一个吻，那印痕总要好几天才能消退呢。”

“有这么一回事吗?”神父说，“那我今天倒要做一件我好久没有做过的事，那就是脱下我的衣服来看一看你说的是不是真话。”

这样瞎扯了好大一会工夫，那娘儿才回家去了。此后亚尔贝托神父又假扮作天使，光临了她家好几次，不曾遭遇一些麻烦。不想有一天，莉赛达跟她的一个女朋友谈到怎么样的女人美、怎么样的女人俏，争论了起来；她本来是一个草包，却只想压倒别人，做个天下第一名美人儿，竟自负地说道：

“如果你知道我的娇容打动了谁的心，那你就要哑口无言，再不会夸奖别人的美丽了。”

她的同伴很想听听她的情人是谁，因为彼此相熟，就说：“夫人，可能你说的是真话，不过在还没有知道你的情人是谁之前，我却不能一下子就把我的意见扭转过来。”

这位傻大姐肚子里藏得了什么，于是就说：“朋友，这回事是不好随便说出来的，不过我所说的心上人是加百列天使，他爱我胜过自己，因为他对我说过，我是天下最美丽的女人。”

她的朋友一听到这些话，差一点笑了出来，不过为了好让莉赛达说下去，极力忍住了，说道：

“说真的，夫人，如果你的情人是加百列，而他又当面对你说这些话，那你一定是比谁都美丽了；只是我不相信天使怎么也会干出这种事来呢。”

“朋友，”莉赛达回答她说，“你错了。我的天，他那一手本事比我丈夫高明多呢，他还告诉我，他们在天堂上也干这种风流事儿的；可是他觉得我比天上的仙女还要美丽，所以不由得爱上了我，时常降临人间来和我过夜。现在你可以明白了吧。”

那个女人向莉赛达告辞出来，恨不得立刻会着她那许多女伴，把这闻所未闻的奇事宣扬出来，好让大家哄笑一番。她终于真的当着许多女伴的面把这回事一五一十地说了出来；这些女人回家后，又去告诉了丈夫、也告诉了别的女人；而这许多人又再去转告别的许多人。不出两天，莉赛达的故事竟传遍了全威尼斯，而且落到了莉赛达的几个大伯小叔的耳里。他们也不去问她，决定要追究一下事实的真相，还要看看这位天使能飞不能飞，因此一连几夜在暗中守候着他。

也是合该有事，一天，那亚尔贝托神父听到了外边关于莉赛达的传说，他当夜就赶到她家，想去责问她。不料他刚踏进房中、脱下衣服，只听得门外人声嘈杂、一片喊闹——原来莉赛达的大伯小叔伺伏在暗中，看准了有人走进宅子，跟着要来打开莉赛达的房门了。亚尔贝托神父知道事情不妙，慌忙从床上跳了起来，可是又没个逃处，他只得打开房里的一扇窗子，底下却是条大运河。他纵身一跳，就投入了河里。

河流很深，幸亏他水性很好，总算逃了性命，游到对面河岸，看见岸上有一家人家，大门开着，就急忙奔了进去。屋里面有个穷人，刚有事要出去，亚尔贝托见了他就求告，少不得捏造出一套谎话，解释他为什么在这半夜三更光着身子跑到这里来，请他看在天主面上，务必救他一命。那好人儿听了这些话，很是可怜他，就教他睡在自己的床上，等他回来，于是他走出房来，把神父锁在里面，干自己的事情去了。

再说莉赛达的大伯小叔冲进她的卧房，发现加百列天使已经飞走了，留下一对翅膀还在那儿。他们扑了个空，满肚子气恼全都发作在莉赛达的头上，骂得她好不伤心；于是挟着天使的那对翅膀等等饰物，扬长而去了。

大天亮之后，那个收容下亚尔贝托神父的好人儿在丽都市场上，听得了昨天夜里，加百列天使怎么和莉赛达夫人一起睡觉，怎么猛不防她的亲属前来捉奸，天使又怎么吓得没处可逃，就跳进了运河，到现在还不知他的下落。他立即断定那个天使就是躲在他家里的那个人。他回到家里，识破了天使的本来面目，就跟他讨价还价，计较了半天，结果是，神父必须拿出五十个金币来，否则就要把他交给他情人的亲属了。神父只得依他的条件，把钱给了他；[①]于是想要溜走了，那好人儿又拦住了他说道：

“慢着，光天化日之下，请问你怎么能逃得了？我倒有个主意在这里，今天正好是一个节日，有许多人扮作山熊、扮作森林里的野人等等，让别人牵着，一起上圣马可广场去参加狩猎赛会，等赛会过后，节日就算结束，于是那些把伪装的野兽牵来的人就带着他的同伴，各走各的路，再没人理会。乘着眼前还没人发觉你躲在这儿，要是你肯委屈一下，扮头什么野兽，让我把你牵着出去，那我自有办法把你安然送到你的目的地。除此之外，那我看你休想逃得了；你要知道，那个女人的家属料定你还在附近一带躲藏着，所以已在四面八方派了人看守着，一定要捉住你。”

亚尔贝托神父真不愿意当狗当熊，可是想到莉赛达的家属这么厉害，就心慌意乱，终于依了主人的话，任凭他怎样发付，只是求他务必把他带到某某地方。于是那人先在神父身上涂遍了一层蜜糖，把什么鹅毛鸭毛全往他身上粘，再用一根链条往他脖子上一套，还给他戴上了一个假面具；这么化装好之后，又叫他一只手拿着一根粗大的棍子，另一只手牵着两只从屠场里买来的大狗。接着那男子又派人到丽都市场去宣布，凡是要看加百列天使的人，请都聚集到圣马可广场。威尼斯人可就是这样讲究信用！

一切准备好之后，那男人就把他牵了出来，叫他在前头走，自己拉着链条走在后面。一路上，人们看见了都纷纷问道：“这是怎么一回事呀？这是怎么一回事呀？”那男子就这么把神父带到了广场。那里早已挤

---

① 神父这时似不可能拿出这一笔钱；麦克威廉译本也有“把钱交给他”之语。这一节，里格译本是：“使他答应给他五十个金币。成交之后，亚尔贝托神父就想溜了。”

得人山人海，有的是一路上跟着来的，也有是听得了通告，从丽都市场赶来的。于是他把那个“野人”系在台阶的一根柱子上，假说是要等狩猎赛会开始。那神父因为遍体涂蜜，惹得苍蝇来叮、牛虻来咬，真是苦不堪言。那男人看见广场上已挤满了人，假装要解开那野人的链条，不料突然把亚尔贝托神父的面罩摘了下来，大声嚷道：

“各位先生，只因为野猪不来参加狩猎赛会，这个会是开不成功啦；我不愿叫诸位空跑一次，所以想请大家见识见识加百列天使，他昨夜从天堂下降，来安慰咱们威尼斯的女人！”

假面具一旦揭去，这位天使的真面目就露了出来，众人立刻认出，原来就是亚尔贝托神父。大家不约而同，高声辱骂，骂得他狗血喷头、骂得他抬不起头来；又有些人不肯就这样便宜他，拿着各种污秽的东西，朝他的脸上扔去。这样又是骂又是扔、闹了半天，消息终于传到了修道院里，当即有六七个修士急忙赶来，把他松了绑，丢给他一件僧衣，于是把他押回修道院去。一路上那班群众还是紧追不舍，高声辱骂。他回到院里，就被关禁起来；不久就听说他受尽苦楚，死在牢中。

你们瞧，这个人看他分明是个好人，却在暗中为非作歹，大家被他蒙住，因此他变本加厉，竟扮做了加百列天使，后来反而沦落为山林里的野人；他受尽羞耻，罪有应得，等到懊悔，已经太迟啦。愿天主显灵，让他这样的坏蛋，都遭到像他这样的下场！

故事第三

三个后生爱上了三姐妹，一起私奔到克里特岛。大姐出于妒忌，毒死她的爱人；二妹要救大姐的性命，顺从了公爵的求欢，结果被自己的爱人杀死，他带着大姐逃亡他乡；三妹和她的爱人被这血案连累，遭到逮捕，后来他们买通看守，逃到罗得岛，终生穷困。

潘比妮亚讲完故事，菲洛特拉托沉吟了一会儿，这才对她说道："你这故事的结局，还不无可取，我听了还觉得中意；不过在整个故事中却充满了笑料，这可不是我所乐意的。"于是他回过头去，对劳丽达说道：

"小姐，请你接着讲一个好一些的故事吧，行吗?"

劳丽达笑着回他道："你对情人也真是太狠心了，一定要他们来一个悲惨的结局，好吧，我现在就依着你，讲一个有关三对情侣的故事，可怜他们原想享受甜蜜的爱情，却全都遭到了悲惨的命运。"

她这么交代了一下之后，就开始讲她的故事：

年青的小姐，想必你们都知道得很清楚，脾气坏的人不但害苦自己，会招来莫大的灾殃，而且也往往连累了别人。我想，在那许多挟着我们、像脱羁的野马般往深渊绝境冲去的坏脾气中，愤怒也可算得是其中之一了。其实愤怒，就是我们在感觉到不如意的时候，还来不及想一想，就突然暴发的情绪，它排斥了一切理性，蒙蔽了我们理性的慧眼，叫我们的灵魂在昏天黑地中喷射着猛烈的火焰。男人的性子比较暴躁、也就容易发怒，只是各人的程度不同罢了。可是一旦女人发起怒来，那才真是危险透顶呢，因为她们容易被人煽动，一受了煽动，就会喷射出更猛烈的怒火来，弄得一发不可收拾，这又因为她们缺少的是自制的力量。这实在是没有什么好奇怪的，我们且看，那轻脆单薄的东西总是比沉重坚实的东西容易着火，而且燃烧得更旺盛。说真的，我们女人跟男人比起来，性格是比较脆弱的，意志也容易动摇得多——在这方面希望男人不要见笑我们才好。

我们既然天生具有这样的弱点，再想想，我们的温柔和体贴又能够叫接近我们的男人感到多大的安慰和愉快；而一时的暴躁又容易招来多大的危险和祸害，所以我劝大家切不可感情用事，为了这个目的，我要讲给各位听三对情侣的故事，就因为其中有一个姑娘，正如我所说的，出于一时的气愤，他们的幸福全都化为灰尘，只落得一个悲惨的下场。

你们都知道，马赛是普罗旺斯省的沿海的一个数一数二的古城，在从前，这城里的富商巨贾比现在还多，其中有一个人名叫纳尔纳德·克鲁达，他出身寒微，却是为人诚实可靠，信用卓著，后来因之成为巨富，土地财货不计其数。他的妻子又给他生养了好几个子女；其中最大的三个都是女儿。大女儿和二女儿是双胞胎，正当十五岁；三女儿才十四岁，只等她们的父亲从西班牙经商回来，那家里的人就要准备让她们出嫁了。

那一对双生姐妹，大的叫妮奈妲，小的叫玛达莱娜，第三个妹妹叫贝苔拉。大姐跟一个出身高贵、但是家道已经中落的青年绅士叫做勒塔农的互相恋爱，他们的爱情很热烈，又因为他们彼此往来十分谨慎，所以外人一点也不知情。大姐有了情侣之后，不多几时两个妹妹也都有了情侣。原来有两个从父亲手里继承巨产、彼此又是相识的后生，叫做甫尔科和乌盖托的，他们一个爱上了玛达莱娜，另一个爱上了贝苔拉。

勒塔农从妮奈妲那儿得知了这些情况，心想自己正苦于没钱使用，何不去找那两个妹妹的情人帮帮忙呢；主意已定，他就设法和那两人结交为友，时常陪伴着这个，或是那个，有时陪伴着他们两个①一起去探望他们的和自己的情人。后来他觉得已经跟他们成了至交、可以无所不谈了，有一天，就把他们请了来，对他们说：

"亲爱的朋友，我们的过从这样亲密，说明了我跟你们的交情匪浅，凡是我可以替我自己做的事，也都可以替你们做去。我把你们看作跟自己的兄弟一样，所以觉得不妨把自己的心事和盘托出，跟你们商量一下，如果这办法是对你们有利的，那我们就这样做去。

"要是你们有许多话并非说着玩的，那么据我朝夕的观察，你们是深深地爱上了那两个妹妹，就像我爱上了她们的姐姐一样。现在，只要你们肯采纳我的主意，那么我倒有一个管叫你们称心如愿的妙计在这里：

"你们两位都是十分有钱，我可家境很差；要是你们不计较这点，答应大家都把钱凑在一起，共同使用，那么我们就可以选定一个地点，不管路远路近，带着她们姐妹三个一起到那里快乐逍遥地过日子。我有充分的把握，那三个姐妹会席卷了她们家里的大宗细软，哪怕是天涯海角，也甘心跟着我们一起走。这样，我们三人就像三个兄弟，各自陪着自己的情人，一起住了下来，那时候，世界上还有谁比我们日子过得更快活？我这个主意你们是否赞成，请你们自己决定吧。"

那两个后生正当爱得火热的时候，听说可以得到自己的情人，哪有不愿之理，所以也并没左思右想，当即答应了，说是情愿照他的话做去。勒塔农打通了第一关，过几天又设法会见了妮奈妲——原来他们俩见一次面不是容易的事——他陪她谈了一会心之后，就趁机拿他们商量好的办法告诉她，又恐怕她不肯答应，又用了多少花言巧语，把那个主

① "有时陪伴着他们两个"一句根据里格译本补入。

意说得再好再妥善也没有。哪想到他的情人只想跟他常在一起，再不怕被别人看见的心，比他更急切，所以即使他不曾费这么些唇舌，她也是会答应的。她很爽直地对他说，这个办法很合她的心意，还说凡是她说的话，她那两个妹妹无有不依的，尤其是像这一类事，更不成问题；所以嘱咐他赶快把一切必要的东西准备起来，免得日久生变。

勒塔农于是再去找那两个后生。这几天来他们一直在催问他几时才能实行这一计划，现在勒塔农就对他们说，他们的三个情人那儿，他已经打通，没有问题了。这三个后生于是决定逃到克里特岛去。他们假称出外经商，把各人所有的土地产业，全都变卖了，折成现金，于是买了一艘轻快的双桅船，私下把它装备齐全，只等时机到来就要出发。

再说妮奈妲，她深知两个妹妹的心理，用花言巧语挑动她们，弄得她们情思颠倒、坐立不安，只想趁早把这大好计划实行起来，好像生命就在眼前似的。到了约定上船的那一晚，三个姐妹私开了父亲的大银箱，偷盗了许许多多金银首饰，于是溜出家门，不到半路，早有情人前来迎接，于是大家径直来到河边，下了快艇，立即吩咐摇桨开船。那快艇一路驶去，不曾靠岸，等来到热那亚，已经是第二天晚上。三对情人就在这个城里第一次尝到恋爱的滋味。

他们略进饮食之后，继续扬帆前进，过了一埠又是一埠，第八天就安然抵达克里特岛。他们在那里邻近的坎第亚地方买了一片上好的地产，盖起华丽的宅子来。这三个后生各自陪着情人，就此过着王爷一般的生活——家里养着许多仆人，又豢蓄着无数猎狗、猎鹰和骏马，天天像过节一般大吃大喝、寻欢作乐，俨然是世界上最快乐的人了。

可是，花无百日红，人无千日好，这是我们几乎天天都可以看到的事。那勒塔农当初是何等爱着妮奈妲，现在只因为和她整天厮守在一起，可以随心所欲了，便渐渐开始对她感到厌倦，当初的爱慕之情竟渐渐冷淡下来。有一天，他在一个宴会上遇见当地的一位年青美貌的小姐，给她迷上了，竟热烈地追求她起来，千方百计地讨好她，奉承她。妮奈妲发觉了爱人的薄情，不觉妒意勃发，寸步不离地监视着他，跟他又是吵又是骂，弄得两人全都十分痛苦。

多吃固然饱餍，但是反过来想吃而吃不到，却叫人格外嘴馋，所以妮奈妲的责备反而煽动他对于新欢的情焰。也不管那位小姐对勒塔农是否有意，妮奈妲一听到消息，就认为他们俩已有了关系。起初她痛苦得了不得，后来愈想愈气恼，变成了狂怒，也顾不得从前对勒塔农是怎样恩爱，现在就把他恨之入骨，最后，竟把心一横，决定要杀死勒塔农，给自己出这口怨气。

这个岛上住着一个希腊老妇人，专门配制各种毒药，妮奈妲特地去看她，出了重价托她配了一剂致命的毒药。一天晚上，天气闷热，勒塔农口渴，妮奈妲不假思索，趁机把一杯毒药递了过去，他不知内情，贸然喝了下去。这毒药果然厉害，不到第二天天亮，他已中毒身死。甫尔科和乌盖托，以及他们的情人想不到他是被人毒死的，陪着妮奈妲一起放声大哭，把他很隆重地殡葬了。

过了不多几天，那个替妮奈妲配制毒药的老妇人因为别的罪案而被捕，在严刑拷问之下，她把这一回事和其他的罪行全都一五一十地供了出来。克里特公爵表面上不动声色，一天晚上，领着一队卫兵，出其不意地围住了甫尔科的住宅，把妮奈妲轻易抓了去，一点也不曾惊动什么人。妮奈妲不等用刑，就把她毒死勒塔农的经过从实招认了。

甫尔科和乌盖托得到公爵私下的通知，知道了妮奈妲被捕的原因，回家来告诉了他们的情人，大家很是难过，想尽办法要营救她——毫无疑问，如果按照法律，妮奈妲罪无可恕，理该活活烧死。谁知他们的一切努力都归失败，公爵决意秉公办理。

三姐妹中，玛达莱娜可说是长得漂亮的一个，公爵一直追求她，可是她始终不曾回报他的热情；她这时暗自思量，如果她肯让公爵如愿以偿，也许可以保全她姐姐，免受极刑；因此私下差遣一个心腹向公爵表示，她愿意把一切都献给他，只是有两个条件：第一，必须把她的姐姐安然送回家来；第二，这事要严守秘密。公爵听到这话，好不欢喜，经过了一番踌躇之后，终于答应了她这两个要求。一天夜里，事先得了玛达莱娜的同意，他把甫尔科和乌盖托传唤了去，只说要查问案情，他自己就悄悄来到他们家里，和玛达莱娜过夜。他预先把妮奈妲装进一只袋里，扬言要在那天夜里，把她丢入大海，其实就在当夜把她交给了她的妹妹，作为偿付他一夜欢乐的代价。早晨临走的时候，他求玛达莱娜答应以后跟他继续来往，同时再三劝告她，要把她那犯了罪的大姐送到别处去，免得累他受人非难，以至非得重新把她严办不可。

第二天早晨，甫尔科和乌盖托从官衙里放了出来，听说妮奈妲已被装在袋中，扔进了海里，都深信不疑，他们回到家中，就安慰自己的情人，不必因为大姐的死去而过于悲伤。玛达莱娜虽然已把她藏了起来，可是没有多久，就给甫尔科发觉了，他看见妮奈妲好好地在自己的家里，十分惊奇，接着心里起了疑团，因为他早已听说公爵对于玛达莱娜不怀好意，就去盘问自己的爱人，妮奈妲怎么会回到家里来的。

玛达莱娜东拉西扯、编了一大套话，想瞒过情人，谁知他十分精明，哪儿信得过她，逼着她非把真情讲出来不可，到后来她没法可想，只得实说了。甫尔科一听到果然有这一回事，怒火直冒，顿时变色，从身边拔出剑来，不顾他的情人苦苦哀求，把她杀死了。他闯了这大祸之后，知道法网难逃，公爵也定然不肯饶恕他，就把情人的尸体弃在房中，奔到妮奈妲躲藏着的地方，装着高兴的样子对她说：

“你的妹妹叫我立刻带着你到别处去，免得再落在公爵的手里!”

妮奈妲惊魂未定，听了这话，自然相信；这时天色已晚，她也顾不得到妹妹那儿去告辞一声，就跟着甫尔科急急忙忙逃出去了。那甫尔科来不及收拾什么细软，身边只带着有限的一些钱，领着妮奈妲逃到海岸，跳上一只小船，从此就再没人知道这一对男女流落到哪里去了。

第二天，玛达莱娜的尸体给人发现了，有些平素跟乌盖托有嫌隙的人，立即把这事报告公爵。公爵听说最心爱的女人给人杀死，大为震怒，急忙赶到她家，把乌盖托和他的情人逮捕了——他们俩还不知道甫尔科和妮奈妲已经逃亡了呢。可是公爵却强迫他们供认跟甫尔科串通在一起，谋杀玛达莱娜的罪名。

他们知道，这样一招认，性命就难保了；幸而家中藏着一笔钱，准备缓急之用，现在他们就拿这笔钱，好不容易买通了看管他们的那些卫兵。他们也来不及收拾财产、打点细软，就跟那些卫兵一起上船，连夜逃到了罗得岛。以后他们就在贫穷和困苦中度过了短暂的余生。

这就是勒塔农的滥用爱情，和妮奈妲的狂怒给他们自己以及给别人所带来的后果。

故事第四

西西里王子杰比诺违背祖父的禁令，袭击突尼斯的船只，想劫夺突尼斯公主，公主被船员杀死，他又杀死那些船员，替公主报仇；回国后被祖父正法。

劳丽达讲完故事，大家为这三对不幸的情人感到伤心，有的归咎于妮奈妲的愤怒，而另外一些人又另有看法，这样各说各的，直到国王仿佛从沉思中惊起，抬起头来，向爱莉莎示意，叫她接着讲一个故事。她就温文地讲道：

各位好姐姐，多少人都以为男女之间，只有一见钟情，却没有未曾会面，光凭道听途说，就已经产生爱情；假使谁这么说，那就难免要受到别人讥笑。可是我现在讲一个故事，就要证明这种讥笑是没根据的，因为你们将会听到一对没有见过面的情人，怎样光是凭着传闻，不但互相爱慕，而且因之都遭到了惨死。

根据西西里岛人的传说，西西里王威廉二世①生有一子一女，儿子名叫鲁奇利，女儿名叫戈坦莎。鲁奇利比他的父亲先死，遗下一个孤儿，名叫杰比诺，由祖父尽心抚养，长成一个非常英俊的青年，谁都知道他又勇敢又彬彬有礼。他的声誉不仅遍布西西里，而且远播到世界各国，尤其是当时西西里的属地巴巴利②，更是响彻了他的英名。在那许多久仰杰比诺的大名的人们当中，有一位是突尼斯王的公主，凡是瞻见过她的丰姿的人都说她是一位绝世的美人，而且志高情深。她最喜欢听英雄豪杰的故事，尤其是人家谈起杰比诺的种种英武的事迹，她更是听得出神。她揣摩着他的品貌，思量着他的风度，后来竟深深爱上了他，恨不得把他挂在嘴上，整天听人家谈着他。

另一方面，她那才貌卓著的声名也传扬到西西里岛上，并且传到了杰比诺的耳中。他听到有这样一位美人儿，并不是听过就忘了，而是十分高兴——岂止高兴，简直是为她燃烧起一片爱情的火焰来，不亚于公主对他的一片痴心。他一心一意希望能够找一个冠冕堂皇的借口，得到祖父的允许，到突尼斯去跟公主见一面，可是苦于一时找不到这样的机会，因此凡是他的朋友有事要到非洲去的，他都托他们代替他向公主传达他的衷情和热爱，然后把她的信息带回来。其中有一个朋友，果然不负所托，假扮做一个珠宝商，进宫见到了公主，乘机就把杰比诺倾心爱慕的真情告诉了她，说是王子愿意把他的心灵和所有的一切全都献给她。公主听了这个口讯，好不欢喜，回答使者，说是她也深深爱着王子，并且拿出一件她最珍贵的首饰送给王子，作为爱情的标记。杰比诺看到这一件最珍贵的礼物，喜出望外，从此就经常托那个朋友替他传带情书，送致最贵重的礼物，并且和公主商量了许多见面的办法。

要不是命运弄人，他们很可能见到面、温存一番的；可是谁料正当这对情人互相热恋的时候，突尼斯王突然宣布，把公主许嫁给格拉纳达的国王了。公主一听到这回事，想到从此不但两人路途阻隔，难以见面，只怕从此永远天各一方了，心里十分难过。为了要免除这不如人意的事，她只指望有什么办法，可以逃出父王的宫中，渡海投奔到杰比诺

① 威廉二世，西西里国王，在位 1154—1166 年。

② 巴巴利，指北非洲沿地中海地区。

那里去。

杰比诺听到公主已经许配给格拉纳达的国王，异常悲痛，并且暗中在盘算，如果突尼斯国王从海道遣嫁公主，那就不难用武力在海面上截住船只，把公主劫夺过来。

突尼斯国王隐约听见杰比诺爱自己的女儿，以及他那抢亲的计划，再想到王子的勇武，不免有些担心；等到女儿嫁期将近，他就派遣使者去见西西里国王，禀明事由，请求保证公主的安全，不容杰比诺或是别人来半途拦劫。这时候，西西里国王已是个老头儿，对于孙儿的恋爱全不知情，因此想不到突尼斯的请求另有用意，竟一口答应，并且为了表示守信，还把自己的一只手套送交突尼斯国王。突尼斯国王得到安全通行的保证，立即在迦太基的港口内预备了一只华丽的大船，把长途航行所需的物品准备齐全，又配齐了船员、装潢了船身，只等吹起顺风，就要送公主完婚。

公主看见这种光景，暗暗叫苦，私下派遣一个仆人到巴勒莫①去见那勇敢的杰比诺，替她致意，并且告诉他不出几天她就要乘上海船、给送到格拉纳达去了；他是否真像人们所盛传的那么勇敢，他是否真心爱她、就像他屡次向她表白的那样，现在就是考验他的时候了。

公主派去的仆人，不负使命，一字不误地把公主的话传给杰比诺听了；任务完成之后，他就自回突尼斯去。王子听了他情人的这番话，急得不知如何是好；因为一方面他知道祖父已对突尼斯王作了保证；一方面他为爱情所驱使，又受着情人的激励，不甘心以懦夫自居，立即赶到墨西拿，配备好两艘武装的快艇，船上的人个个都是勇士，于是扬帆出发，驶到撒丁岛洋面守候着，因为他知道公主的船只必定从这里经过。

不出他所料，他们守候了几天，公主的船只出现了，而且乘着微风，正在逐渐行近王子的船只。杰比诺看得真切，就对他的朋友说道：

“弟兄们，要是你们果然个个都是好男子、大丈夫，那么照我看，你们一定心坎里都印着一个倾心爱慕的女人的影子；要是一个男人不懂

---

① 巴勒莫，西西里岛北部的港口。

得去爱一个女人，他还有什么足以称道、还有什么价值可言呢？如果你们果真都有过恋爱的经验、或者是正在恋爱中，那么你们就不难了解我的欲望了。我爱着一个女人，这一次劳驾你们，也就是为了我的恋爱。我的情人就在前面那艘大船上，这艘大船不但载着我的心上人，还载了一大宗金银财宝。如果你们果真是英雄好汉，我们同心协力、奋勇进攻，不难把这些财宝劫夺过来。等我们把那艘大船俘虏过来之后，我只要船上的一个女人做我的战利品——我发动这一次袭击，目的就是为了得到她——其余的全由你们拿去分摊。来吧，让我们勇敢地向大船进攻吧。你们看，天主正在帮着我们，那艘大船因为没有风，停在那里不动了。”

英俊的杰比诺就是不讲这么一大篇话，他手下那班墨西拿人听说有赃可分，也急于要动手拦劫那大船了；所以等他把话说完，大家齐声高呼、举起武器，表示拥护，于是号角声响、桨楫齐动，向突尼斯的大船发动进攻。

大船上的人望见两只快艇飞驶前来，知道情形不妙，却又无法逃避，①就准备应战。快艇迫近大船的时候，英俊的杰比诺叫大船上负责的官员出来答话，说是他们如果想避免一场厮杀，就请他们到快艇里来。

可是那些伊斯兰教徒认出了是杰比诺在率众袭击他们，就拿出西西里王的手套来，责备他不该违反了国王的保证，又说他要想叫他们屈服、要想得到船上的一丁点儿东西，非得先拿出本事来把他们打败不可。

杰比诺望见公主站在最高一层甲板上，娇艳动人，比他所想象的还要漂亮得多，因此爱情的火焰更其炽烈了；船上的人扬出那手套，他竟回答说，他现在又不在猎鹰，用不着什么手套；②却叫他们快快把公主献出，否则就准备应战吧。

---

① 因为没有风力的缘故。——潘译本注解

② 猎人带着猎鹰出外打猎，常把猎鹰的脚爪抓在手里，所以需要戴上手套。

双方不再多言，厮杀起来，箭如雨下，石如流星，展开了一场混战，两边各有损伤。后来杰比诺眼看战情并无进展，就决定采用火攻。他把一只从撒丁带来的小船，点起火来，烧成一只火船，夹在两艘快艇中间，直送到大船旁边，把大船烧了起来。

伊斯兰教徒看见这情形，知道已到了末路，非死即降了，就把躲在船舱里哭泣的公主带上甲板，高声向杰比诺示威，就在他亲见目睹之下，把公主屠杀了，可怜她临死的当儿还在一声声惨呼着："开恩！救命哪!"于是他们举起公主的尸体，抛入海中，喊道：

"拿去吧，我们把她送给你啦！你满意也好，不满意也好，这就是你遵守信义的报酬!"

杰比诺看见他们使出这种毒辣的手段，再不顾自己的死活，把船驶上前去，冒着矢石，跳上大船，就像一头饿狮冲进了牛羊群中，张牙舞爪，见牛即咬，遇羊就吞，已经不再是为了充饥、而是为了逞威泄怒——现在杰比诺就是这样，只见他挥舞宝剑，在伊斯兰教徒中间横冲直撞，把他们一个个砍倒，顷刻之间已杀死了许许多多人。这时候，火势已愈烧愈旺，他吩咐一班手下人尽情夺取财物，也不枉他们流了这一番血汗。于是大家放弃大船，结束了这一场得不偿失的胜仗。

过后，他叫人从海里捞起公主的尸体，抚尸痛哭了许久，又把她运回西西里岛，郑重地埋葬在一个叫做乌蒂加的小岛上(和特拉派尼相望)，然后回到家中，真是痛不欲生。

突尼斯国王听到这个凶讯，立即派遣大使，穿着黑色丧衣，去见西西里国王，把经过情形作了报告，同时提出抗议，说是西西里不该这么背信弃义。国王听到有这等样的事，赫然大怒。人家要求的是公理，无从推诿，就下令把杰比诺捉来，满朝大臣没有一个不替年青的王子讨情的，可他还是把王子判了死刑，而且亲自监斩——他宁可断绝子孙，也不愿给人称为一个不守信义的国王。

就这样，一对有情人不曾享受到一点恋爱的幸福，在几天内都遭到了惨死。

故事第五

莉莎贝达的情人被她的哥哥杀死，她梦见情人形容枯槁，指点自己被埋的地方。她私下发掘出情人的尸体，把他的头颅埋在花盆内，终日守着花盆哭泣，哥哥又把她的花盆夺去，她哀恸而死。

爱莉莎讲罢故事，国王称赞了几句，就叫菲罗美娜接着讲一个。她正为那杰比诺这一对苦命的情侣叹息着，听到国王的吩咐，就这样开始道：

各位好姐姐，我所要讲的故事，其中的人物不像爱莉莎所讲的那样是王子公主，但是同样的可歌可泣。方才谈起了墨西拿，这才叫我想起这个故事来，因为这故事就发生在那里。

墨西拿城里有三个兄弟，都经商为业，父亲是圣吉米尼亚诺地方的人，传给他们一笔很大的遗产。他们有一个妹妹，叫做莉莎贝达，生得很美、也很文静，年已及笄，却还没婚配。三个兄弟的店铺中有一个年青的伙计，是比萨人，叫做罗伦佐，照料店中一切业务。他人品端正，举止温雅，莉莎贝达和他会过几面以后，竟对他有了情意；罗伦佐也觉察到这一点，就再不在别的女人身上分心，一心一意把爱情放在她身上。他们俩这样彼此爱慕着，要不多久，就暗通声气，满足了最热烈的欲望。

这一对情侣这样暗中来往，无限欢乐，可是后来疏于防范，一天晚上，莉莎贝达走进罗伦佐的卧房的时候，被她的长兄窥见，她自己却全不知情。那长兄是一个老成持重的青年，看见妹妹做出这等事来，尽管气愤，还是强自抑制、不动声色，经过一夜考虑，第二天早晨，他就去找两个兄弟，把莉莎贝达和罗伦佐的私情告诉了他们。大家商量了半天，决定暂时不要作声，只装作什么都不知道、什么都没看见，免得张扬开来，叫自己的脸上失了光彩；但等时机一到，他们就要动手洗雪这个耻辱，决不容忍，而且要做得干干净净、不落一点痕迹。

他们抱着这个打算，因此仍旧跟平时一样，和罗伦佐有说有笑。有一天，兄弟三人只说到郊外游玩，把罗伦佐也带了去。行了半天，来到一个极荒僻的地方，他们一看，觉得正是下手的机会，就乘罗伦佐不备，把他杀了，于是掘了一个坑，把他埋葬得好好的，不露一些痕迹。回到墨西拿之后，他们对外只说已派罗伦佐到外埠料理商业事务，这原是一向常有的事，所以大家都不以为意。

谁知罗伦佐却从此一去不回，可把莉莎贝达急坏了，常去向几个哥哥追问，为什么还不见他回来；有一天，他的哥哥给她问急了，就回她道：

“你这句话是什么意思？你这样热心打听他，到底跟他有什么干系呢？如果你以后再来问起他，那么别怪我们的回答叫你下不去。”

那个姑娘听了这话，又急又难过、又是害怕，不知道究竟出了什么事；却不敢再去追问她的哥哥，只是每天晚上可怜巴巴地反复呼唤着罗伦佐的名字，求他早日回来。她泪流满面，怪他不该在外面逗留这么久；但还是凄凄切切，痴心期待他有一天会回到她身边来。

有一夜，她比平时更加伤感，想到也许从此再也不能跟情人见面了，直哭得柔肠寸断，最后，昏昏沉沉地睡熟了。于是罗伦佐在她的睡梦中出现了，只见他形容枯槁，身上的衣服被扯个粉碎，仿佛说了这么几句话：

“唉，莉莎贝达呀，你整天里茶饭无心，只是思念我，叫唤我，流着泪儿，苦苦地埋怨我。可是别再痴心了吧，我再也不能回来和你相见了，因为就在你最后看见我的那一天，你的三个哥哥把我谋杀了。”

他接着又把他被埋的地点指点了她，叫她以后不必再呼唤他，也不必等待他了。话刚说完，他就隐灭了。莉莎贝达惊醒过来，对梦中的幻象深信不疑，因此放声大哭起来。

第二天早晨起来，她决心要到罗伦佐在梦中所说的地方去试探这梦兆是否灵验。她不敢把这事对哥哥直说，只推说是到郊外去散心，就带着女仆，一同出发。她的私情那个女仆全都知道，所以不用瞒得。来到郊外，她就急忙向梦中所指示的地点赶去。找到那地方之后，她们就扫开枯叶，底下露出一块松软的地面，莉莎贝达就向那里掘下去，掘不多深，果然发现情人的尸体，可怜他面目依然，还未腐烂，因此证明这梦兆决非虚妄。她这时候真是心碎肠裂，却又觉得这里不是啼哭的地方；她恨不能把尸体搬移到别处，好好安葬；无法可想，只得拿出一把小刀子把情人的头颅用力从脖子上割下来，包在一块方巾里，交给女仆拿着，又把无头的尸体重行埋好，于是一同回家，幸亏没人察觉。

回到家里，她关上了自己的房门，取出情人的头颅放声痛哭，用滚滚的珠泪洗净了那泥污的头颅；又把头颅吻了又吻，不曾漏过一处地方，总吻了一千来遍。于是她又拿来了一只雅致的大花盆，这花盆原是用来栽培墨角兰，或是罗勒的，现在她把头颅用精细的麻布包好，放在盆中，再装满泥土，上面种了几株美丽的罗勒的幼枝，却不用清水浇洒，朝夕只用自己的眼泪、或是玫瑰水、香橙水灌溉。她终日伴着这盆罗勒花，留恋不舍，因为花盆里面藏着她的罗伦佐。她这样对着花枝痴望了半天，就突然凑在花盆上哭泣起来，那滚滚的泪水把罗勒花全都淋湿了。

这盆罗勒花经过殷勤的灌溉，也许同时由于人头在盆里腐化，泥土变得肥沃的缘故，长得枝叶茂盛，香气四溢。莉莎贝达终日对着这盆花呆望痴想、伤感流泪，这情形给她的邻居们看到了，不免奇怪起来，就跑去把实情告诉她的哥哥，说道："我们注意到她天天都是这个光景。"

那三个哥哥看见妹妹一天憔悴一天，那双哭肿的眼睛几乎要从眼眶里掉出来，本来就有些奇怪，现在听见邻居的这些话，少不得要责备她几句，可是责备了她一次两次，毫不生效；他们就私下把花盆移去，她找不到那花盆，逢人就问是谁拿走了她的花盆，苦苦哀求快把花盆还给她。可是任她怎样求、怎样讨，那三位哥哥只装作不知道。她日以继夜地哭个不停，终于恹恹病倒，她躺在病床上，还是不断追问她那盆罗勒到哪里去了。

她的哥哥看到这光景，大为惊奇，就决心查究盆里究竟藏着些什么东西。他们翻开泥土，发现一个用麻布裹着的人头还没十分腐烂，一看那鬈发，就认出正是罗伦佐的头颅。这使他们大起恐慌，唯恐那谋杀的罪行被人发觉。他们把那颗头颅埋葬以后，也不告知哪一个，收拾细软，离开墨西拿，躲避到那不勒斯去了。

莉莎贝达在病中只是哭泣，不断追问她的花盆，就这样哀恸以终。这就是她的恋爱和悲惨的结局。不久，这事在外面传开了，有一个人替她作了一首歌曲，直到现在大家还唱着这首歌。那歌词是：

> 唉，是哪一个坏蛋
>   偷走了我的花盆？……①

---

① 根据潘和里格英译本上的注解，这是一首西西里的民歌，全长八节，每节七行，卜迦丘所引的是这民歌的第一节的开头两句。

故事第六

安德莱乌拉和她的情人各做了一个恶梦。他们各自把恶梦说完，他忽然死在她怀里。她因此被公署拘捕。知事想乘机奸污她，她坚决不从，后来进了修道院。

小姐们听了菲罗美娜的故事都很感兴趣，原来那首歌曲，她们都早已听熟了，却不知道这首歌曲还有这么一个来历。国王看见菲罗美娜已把故事讲完，就吩咐潘菲洛接着讲一个。他这样说道：

方才的故事说到梦，使我想起另外一个梦的故事来。不过上一篇故事里的梦是涉及过去的，而我所要说的梦却关系到未来。那故事里的两个人各做了一个梦，他们刚把梦兆说出来，就得到了应验。可爱的小姐们，你们应该知道，当我们在做梦的时候，觉得梦境中的事物无一不是真实的，等到醒来之后，觉得有些是可信的，也有些叫人半信半疑，还有一些是难以置信的——可是有许多梦到后来竟都成了事实。

因此有许多人梦见什么就信什么，直把梦景当做光天化日之下所看见的事物一般；因而做到好梦，醒来之后，就喜气洋洋，做了恶梦，立刻心事重重。另外有些人呢，根本不信梦兆——除非他们当真遭遇到了梦兆所预示过的危险才会相信。对于这两种人我都不敢赞同，因为梦幻并不全都真实，也不完全虚假。梦幻并不全都真实，这是大家都可以知道的；梦幻并不完全虚假，方才菲罗美娜的故事已经给我们证明了，我也打算讲一个故事来说明这一点。我的主张是，我们只要做人正直、问心无愧，就不必害怕恶梦，更无需因而改变自己的作风；同时做了那些怂恿你去干坏事的好梦，也千万不能信以为真，心安理得地违弃了人生的正道。反之，那些符合于我们善良的愿望的梦幻，我们是应该深深相信的。现在，让我开始讲故事吧。

从前勃莱西亚城里有位绅士，叫做尼格罗·达·庞特·卡拉罗，生有几个儿女，其中有一个年青的女儿，叫做安德莱乌拉，长得十分秀丽，还没许配人家。邻居有一个后生，叫做加勃里奥托，虽是清寒子弟，却长得相貌堂堂，举止温雅，安德莱乌拉把他爱上了。通过她家的一个使女的帮助，他们不但互通款曲，那后生还来到她家的大花园里，和她幽会，陶醉在幸福的爱情里。

他们这样相亲相爱，直想白头偕老、永不分离，因此私下结成夫妻，暗中来往。一天晚上，安德莱乌拉做了一个梦，梦见自己和加勃里奥托一起在她家花园里，她让加勃里奥托躺在她怀中，两人正当无限柔情蜜意的时候，她忽然看见有一个奇形怪状、又黑又可怕的什么东西从他的身体里钻出来，紧紧揪住了他，猛地把他从自己的怀抱里抢了去，就和他一起陷入地下，忽然不见了。她看到情人被妖怪夺去，不由得大哭大喊，就在这当儿，她醒了过来，才知道是做了一场恶梦。

她庆幸这不是真事，可是想到这场恶梦还有些心惊胆战。恰巧这时候，加勃里奥托带信给她，说是明天晚上来跟她相会。她因为得了梦兆，竭力劝他改日再来，可是加勃里奥托哪里肯听，她为了免得她的情人生疑，以为别有用意，第二天晚上，只得在花园里迎候他。那时候正是夏天，她在园里采了许多红玫瑰和白玫瑰，就和他一起来到一个清澈优美的喷水池边，双双坐下。

他们在这里寻欢作乐了一番之后，加勃里奥托就问她为什么不要他那天晚上来看她。她就把上晚的恶梦告诉他，还说她为这个梦感到非常不安。加勃里奥托听见这话，不禁失笑，对她说，相信梦兆真是件愚不可及的事；因为我们做梦只是由于吃得过饱、或者不曾吃饱罢了，每天的事实可以证明，这些梦幻是不可信的。

“要是我也迷信梦幻，”他继续说道，“那我也不会到这儿来了，因为我也跟你一样，在昨天晚上做了一个恶梦。我梦见在一座蓊郁可爱的树林里打猎，捕获了一头雌鹿。这头鹿全身雪白，秀美可爱，真是少见。不多一会儿，它就跟我很亲热了，一刻都不肯离开我的身边。我也把它看得十分珍贵，唯恐它会离开，所以用一个金圈儿套在它的脖子上，用一根金链条牵着它。

“接着，我梦见那头雌鹿正偎依在我身边安睡着，也不知从哪里突然出现了一头墨黑的母猎狗，狰狞可怖，好像饿慌了似的，向我扑来，我来不及躲逃，只觉得它那犀利的牙齿咬着我左边的胸口，直咬进我的心脏、把我的心脏衔走了。我顿觉痛苦不堪，就惊醒过来。醒来之后，急忙伸手摸摸胸部，觉得我的胸部完好无恙，不曾受到丝毫损伤，我却急成那个样子，不由得好笑起来。总之，一个梦有什么意思呢？我曾经做过许多比这更可怕的恶梦呢，但我却并没因之而遭遇到什么意外。所以我说，别把什么恶梦放在心上，让我们尽量享受眼前的幸福吧。”

安德莱乌拉因为自己做了一个恶梦，已经惴惴不安了，现在听说他也做了个恶梦，就更加害怕；不过她不愿叫加勃里奥托忧虑，只得尽力掩饰自己的恐慌。当他们两个彼此拥抱着、吻了又吻的时候，她不知怎的总是提心吊胆，时刻要偷偷地望他一眼，又回头望望花园四周，看当真有什么黑色的东西出现没有。就在这个当儿，只听得加勃里奥托喘了一口长气，紧抱着她说：

“哎呀，我的宝贝，救救我吧，我要死啦！”

说了这句话，他就跌倒在草地上。安德莱乌拉把他扶在自己的膝上，急得几乎哭了出来，问他：

“哎呀，我的亲人，你什么地方难过呀？”

加勃里奥托已不能回答，他气喘吁吁，遍体渗着冷汗，不多一会儿就气绝身亡了。

那姑娘原是把他看得比自己都贵重，这时候有多么悲痛，各位不难想象得到。她扑在他身上哭着、喊着，可是有什么用呢？后来她抚摩他的周身，发觉各部分都已冰冷，知道他必然是死了。她心痛如割，泪珠直淌，不知道该怎么办才好，连一点主意都没有，就叫出她的贴身使女。他们的私情，那使女原都知道，安德莱乌拉把当前的横祸告诉了她。两人为加勃里奥托痛哭了一会儿之后，那小姐对她的使女说：

“天主既然把我的爱人召唤了去，我也不想活了。不过我要自杀，先得保持自己清白的名声，怎么也不能让我们的私情泄露出去；我还得把我那高贵的情人的尸体想法埋葬了。”

“我的孩子，”那使女说道，“千万别提什么自杀的话，你在这个世界上已经失掉了他，如果你自杀了，你还要在来世失掉他，因为自杀的人是要入地狱的；①而他是个规规矩矩的后生，他的灵魂决不会在地狱里的。你还是不要太难过，一心替他的灵魂祈祷，做些功德来得好，他生前也许免不了犯下一些罪过，正需要有人替他祈祷赎罪呢。说到怎样埋葬他，那么最简便的就是把他埋在这个园子里，谁也不会知道这回事，因为谁也不曾知道他到这园子里来过。如果你不肯这样做，那么我们只消把尸体移到园子外面去，明天早晨别人发现了，自会把他抬到他的家里，他的家属当然会好好地安葬他的。”

那姑娘虽然万分悲痛、哭个不停，却还是留心听着使女的劝告；对于她第一个主意，安德莱乌拉觉得不好，对于她第二个主意，安德莱乌拉这么说：

“像他这样一个叫人喜欢的青年，我又这么爱他，和他做了恩爱夫妻，现在却把他像一条狗一样埋了，甚至把他的尸体抛弃在路旁，那真是天大的罪过哪！我已经尽情哭了他一场，还有他的家属不应该哭哭他吗？所以，我已经想出一个处置这件事的办法了。”

她随即差遣使女到她箱里拿出一匹缎子，把它铺在地上，再把加勃

---

① 天主教教义严禁自杀，谓自杀者灵魂永遭天谴。

里奥托的尸体抬在缎子上，在他的头下安放一个枕头。她又痛哭了一场，这才替死者合上口和眼，给他编了一个玫瑰花冠戴在头上，又把方才他们俩一起采来的玫瑰全都撒在他身上，于是对使女说：

“从这里到他家门口并不很远，我们就让他像现在这个模样，把他抬去放在他家门口。再过一会天就亮了，他的家属看见了就会把他抬进自己家里。他的家属，也许并不会感到欣慰，可是我总算尽了我的心，因为他是在我的怀抱里死亡的呀!”

这么说完，她又扑下身去，贴在他的脸上，泪下如雨，哭了半天；到后来，天都快亮了，给她的使女再三催促，这才站起身来，从自己的手指上捋下一只戒指，套在加勃里奥托的手指上——原来这就是当初加勃里奥托和她定情时所用的戒指。她哭着说道：

“我的亲人呀，要是你的灵魂知道我在哀哀地哭你，或者是你的灵魂已经升天，你的躯壳还残剩着些微感觉，请接受她的最后的礼物吧——她是你生前最亲爱的人儿呀。”

说了这话，她一恸而绝，晕倒在他的身上，半晌没有声息。

她苏醒之后，立即强撑起来，和使女两人合力提起绸布，把尸体抬出了花园，向他家门口走去。不想在半路上给巡警撞见了，他们当即把主仆两个连同尸体一起带了去。安德莱乌拉这时候视死如归，坦然向巡警说道：

“我知道你们是谁，我也知道我逃是逃不了的；我情愿跟你们一起去见官，把经过的实情告诉他。可是我既然跟着你们走，你们就不许对我动手动脚，或者是碰一下尸体，弄乱了他身上什么东西，谁敢滥用职权，我一定要在长官面前告发他。”

那班巡警听了这话，果然不敢冒犯她，只把她们主仆两个以及加勃里奥托的尸体带到公署。知事听得报告，立即起身，把她传进内室，盘问她经过情形。他听了她的陈述，就召唤了几个医生来，请他们检验尸体，是否有毒死和谋杀等情。医生检验以后，一致认为显系死者生前心脏附近生着一个脓疡，突然破裂、窒息而死，并没其他情况。知事听了医生的报告，知道她最多只是犯了一点轻微的罪过而已，但却宣称案情重大，应严加追究，她如想得到通融释放，就非得答应他的求欢不可。

这实在是他的痴心梦想，安德莱乌拉哪儿肯听，那知事见她坚决不依，竟然不顾王法，行起强来。在这危急的当儿，安德莱乌拉激起了一股勇气来，坚决自卫，并且厉声斥责他这种禽兽行为。

天亮后，她的父亲尼格罗大爷听见女儿被捕，可急坏了，连忙带着许多朋友赶到公署去，向知事询问案由，并且要求将女儿交他领回。那知事唯恐安德莱乌拉说出他企图强奸，觉得还是自己说在前面的好。他先把那姑娘的坚贞赞美了一番，于是承认他对她有过非礼的举动，知道她立志坚定，不由得对她更其敬爱，如果她的父亲同意、她自己中意的话，那么不管她已经跟一个平民发生了关系，他还是愿意娶她为妻。他们正这样谈论的时候，安德莱乌拉走了来，跪在父亲跟前，哭着说道：

"爸爸，我的所作所为，和我所遭遇的不幸，想必你都已听到，我不必再说了。我现在只有请你多多宽恕我的错误——我不该瞒着你，和我一心爱上的人儿结为夫妇。不过我这样向你讨饶，并非是为了想逃去死罪，我只愿到死还是你的女儿，不要成了你的冤家。"

说罢，她哭倒在父亲的脚下。尼格罗大爷已是一个老人了，秉性仁慈，听见女儿的话，不由得哭泣起来，他眼里含着泪水，温柔地把女儿搀了起来，对她说道：

"孩子，假使你选中的丈夫是我认为合格的人，那我就满意了；不过你既然选了你所喜爱的人做丈夫，那么他也同样会得到我的欢心的。叫我难过的就是你不信任你父亲，凡事隐瞒，等到我知道，你的丈夫早已死了，这尤其使我伤心。现在事既如此，为了你，我愿意把死者当作自己的女婿安葬，也好让别人知道，他如果不死，我是会认他做女婿的。"

他于是回头吩咐他的几个儿子和亲属，为加勃里奥托准备盛大的殡礼。这时候，死者自己的男女亲戚听得消息，都赶来了，差不多全城的男女老少也跟着他们一起赶来了。那青年的尸体依旧躺在安德莱乌拉的绸缎上，身上撒满了她的玫瑰花朵，停放在公署的院子中央。不仅是男女两家的亲族为他哭泣，差不多全城的女人，还有许多男人都为他哀悼。出殡时，不像什么平民百姓，而像是一个贵族在下葬似的，遗体由显贵的人物从公署的院子，直抬到坟地，仪式十分隆重。

过了几天，那知事又来说亲；尼格罗大爷去对女儿说的时候，那做女儿的却不愿听这些话，父亲也并不为难她。后来她带着使女到一个以圣洁著称的女修道院里做修道女，过着贞洁的余生。

故事第七

西蒙娜和巴斯基诺在园中谈情，巴斯基诺用一片鼠尾草叶擦牙，突然倒毙。西蒙娜因谋杀嫌疑而被捕；为了向法官表明她也用鼠尾草叶擦牙，结果也当场身死。

潘菲洛讲完故事，国王对于安德莱乌拉所遭遇的痛苦毫不动情，只看着爱米莉亚，示意她接下去讲一个故事。她不敢怠慢，立即说道：

亲爱的朋友们，听了潘菲洛的故事叫我想起一个故事来，虽然情节全不相同，但是在花园里失去爱人，却跟安德莱乌拉有些相似。她也像安德莱乌拉一样给捉去见官，但她并不是靠了自己的坚贞和家里的势力而得到释放；她是突然当场死去，就这样摆脱了法庭的审讯。我们前一阵谈到，爱神固然常常访问亭台楼阁，不过对于茅屋陋室也并不是拒绝降临。恋爱同样地在富人和穷人面前显示威力，叫他们全得向他低头。我这故事即使不能充分发挥这个见解，至少在这点上作了部分说明。要讲这故事，我们不得不回到自己的城市来，因为我们今天讲来讲去，都讲的是世界各地的故事。

不久以前，佛罗伦萨城内有一个姑娘，名叫西蒙娜，虽然是小户人家的女儿，却也长得楚楚动人。她家境贫困，不得不靠着纺织羊毛糊口度日；不过她的感情并不贫乏，爱情早就跃跃欲试，准备闯进她的心房了。恰巧有一个后生，叫做巴斯基诺，家境和她相仿，常按照他的主人——一个羊毛商的吩咐，把羊毛送到她家来交给她纺织。这个后生待人接物，很忠厚诚恳，所以竟打动了她的情意。她也不敢存着什么非分的想头，只是坐在纺车前做工的时候，却不由得长吁短叹，吐出像火一般热的气息来，为的是她纺织的每一束羊毛线都是那个可爱的后生送来的。

再说那男的，他忽然变得特别巴结起来，唯恐主人的羊毛说不准会给女工织坏了，常到她家来看着她纺织，其余的纺工家里，却又难得光临，好像主人的羊毛全归她一个人纺织似的。

这样，一个常来，一个巴不得他来，日久熟了，他的胆子越来越大，她也渐渐摆脱了扭捏和羞涩的心理，两人越来越亲密，也等不及谁来约谁幽会，大家都急于想首先开口。

日子一天天过去，他们俩的情感越来越成熟；有一天，巴斯基诺向西蒙娜表示，他多么希望能约她一同到公园去游玩，因为在那里可以自由自在地谈心，免得被别人猜疑。西蒙娜很高兴地答应了。

到了礼拜日，吃过早饭，她只对父亲说是要去参加圣加罗的节日，就带一个叫做拉纪娜的女伴，一起赶到巴斯基诺所约定的公园里。他已和一个朋友先在那里等着，那位朋友名叫蒲契诺，但是大家都叫他做“斯特拉巴”①。斯特拉巴和拉纪娜经过介绍后，彼此都很中意，竟谈起恋爱来了。原来的一对情人舍下他们，另找一个幽静的地方谈心。

巴斯基诺和西蒙娜走到了花园的一角，那里有一丛茂盛可爱的鼠尾草②，他们就坐在这灌木丛底下谈了好一会情话，又商量要在这园里野

① 意即罗圈腿。——潘译本注解

② 鼠尾草，也称洋苏草，一种多年生芳香草本植物，它的干叶或鲜叶可用作食物的调料，也可泡茶。

餐。正这么说着的时候，巴斯基诺回过身来，在鼠尾草上采了一片叶子，擦自己的牙齿和牙肉，说是饭后用这叶子擦牙，有清洁牙齿的好处。他这样擦过之后，就继续谈着怎样把野餐安排起来；他还没说了几句，就面色骤变，说不出话来，眼前一片天昏地黑，没有挣扎多少时候，就倒毙在地上了。

西蒙娜看见情人死了，急得放声痛哭，一边大声喊叫斯特拉巴和拉纪娜快来。他们急忙奔来，只见巴斯基诺已倒毙在地上，周身肿胀，脸上身上全是黑斑，斯特拉巴突然大嚷道："啊，你这个恶毒的女人，是你把他毒死的！"

他这样大喊大闹，公园里的人听得了声响，都赶了来，看见巴斯基诺全身肿胀，已经死了；又听见斯特拉巴一面悲悼死者，一面在指控西蒙娜，说她蓄意谋杀他的朋友。这时候西蒙娜因为突然死了情人，又悲伤又心慌意乱，竟一句分辩的话都说不出来，大家因此越发相信斯特拉巴所说的话了，就不顾她哭得伤心，将她一把拖走，扭送到官府。

法官听得犯了人命案子，又听取了斯特拉巴以及巴斯基诺的另外两个朋友的控告(他们才只赶到，一个叫阿蒂夏托，一个叫马拉热伏)，就立即把西蒙娜提来审问；问来问去，法官觉得这不像是一件谋杀案子，西蒙娜也不像是一个行凶的人；又因为单听着她的话，对于当时的情况难以了解清楚，就决定带着她亲自到出事的地点去调查一番，并验看尸体。

到了园中，只见尸体还躺在那儿，浑身肿胀，像一只圆桶。法官也不免吃了一惊，就查问她事情是怎样发生的。她走到鼠尾草旁边，把经过的种种情况全都对法官说了，为了使他明白真情实况起见，她也像巴斯基诺那样，从鼠尾草上摘下一片叶子，来擦她的牙齿。

斯特拉巴和阿蒂夏托以及其他一些朋友都在法官面前讥嘲她所说的完全是一派胡言，坚决认为她就是杀人的凶犯，要求法官判她火刑。可怜那姑娘，她眼看情人突然死亡，已经痛苦到极点，现在又听得斯特拉巴他们口口声声主张把她活活烧死，更惶恐得不得了，一时里竟神志迷惘、目瞪口呆；紧接着，她也像她的情人一样，由于拿鼠尾草叶擦了牙齿，突然倒地而死，在场目击的人都吓得张口结舌。

啊，幸福的人儿哪，你们的生命，你们的热烈的爱情，都结束在同一天里！要是你们的灵魂一起到了一个地方，那就更幸福了！要是在那地方，也有着恋爱，而你们依然像在人世一样，相亲相爱，那就幸福到极点了。可是照我们还苟活在世上的人看来，最幸福无比的是，西蒙娜能够维护了自己的荣誉，不受斯特拉巴、阿蒂夏托和马拉热伏这班羊毛工人，或者是这一类手艺匠的诋毁，再也不管他们的诬告，像她的情人一样突然死去，让自己的灵魂追随她所心爱的灵魂而去了。

那法官以及所有在场的人，看到这回惨事，都震动得好久说不出话来。隔了半天，那法官才定下神来，说道："这丛鼠尾草分明是有毒的，不是普通的鼠尾草，应该把它砍了，连根拔起，扔进火中烧化，免得以后别人再受它的毒害。"

法官吩咐之后，园丁当场把灌木砍倒、连根拔起，这么一来，那一对薄命的情人致死的原因立刻明白了，原来在泥土里面正躲着一只硕大无比的癞蛤蟆；大家料想一定是它吐出的毒气沾染上了根须，使得这株鼠尾草充满了毒液，因此都不敢走近那头癞蛤蟆，结果就在那里用木柴团团打了一个篱笆，把鼠尾草和癞蛤蟆围在里面，一起焚化了。案件了结之后，斯特拉巴这一班人抬着巴斯基诺和西蒙娜的浑身肿胀的尸体来到圣保罗教堂，合葬在那儿的坟地上，因为他们都是这个教区的居民。

故事第八

纪洛拉莫爱上了穷人的女儿，但迫于母命，
前往巴黎；归来时她已嫁人。他闯进她家，
死在她身边。他的尸体停放在教堂里，她也
一恸而绝，死在他身边。

爱米莉亚把故事说完，妮菲尔遵照国王的吩咐，说道：

尊贵的小姐，世上有些人坐井观天，自以为是，不但拒绝接受别人的意见，甚至连自然的规律都要加以反对；这种人这样妄自尊大，真是愚不可及，因为他们这样做，一点用处都没有，只有教自己碰得头破血流而已。在所有的自然的力量中，爱情的力量最不受约束和阻拦；因为它只会自行毁灭，决不会被别人的意见所扭转、打消的。我现在就要讲一个故事给大家听。有一个女人，她自以为有见识、有办法、有计谋，妄想阻挠一段命里注定的姻缘，结果只是叫她儿子的生命和爱情同归于尽。

根据历来的传说，从前我们城里有一个极有钱的大商人，叫做伦纳德·西纪厄利，他有个儿子，叫做纪洛拉莫。孩子出世不久，他就死

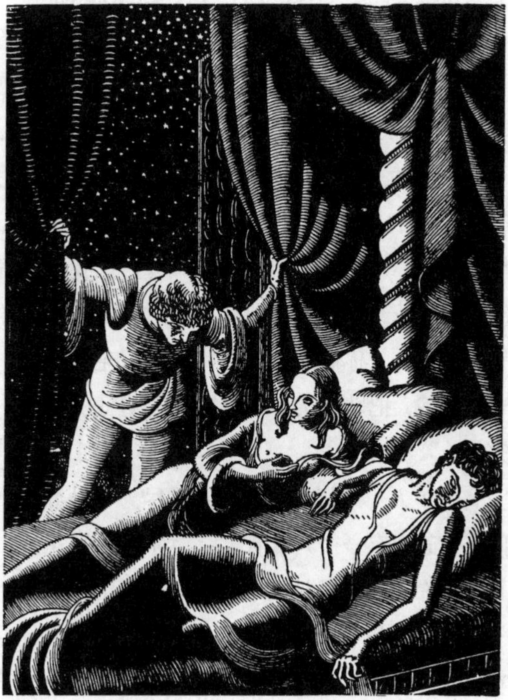

了，幸喜留下的产业都已有了适当的安排。孩子的母亲和保护人替孩子小心管理财产，那孩子逐渐长大起来，时常和邻居的儿童一起游玩。在他的游伴中间，有一个裁缝的女儿，年龄和他相仿，他最欢喜跟她在一起玩。后来大家渐渐长大，两人情投意合，变成了一对情侣，他如果一天不看见那女孩子，就坐立不安，而女孩子对于他的情意，也有过之而无不及。

孩子的母亲注意到这回事，大不高兴，时常骂他、责备他，可偏是孩子一点也不肯听她；她只得把这种种情形告诉保护人。也许因为她家里有的是钱，就以为不难把黑莓树变成橘树了吧。她这样说道：

“我这个孩子虽然只有十四岁，却已经和邻近的裁缝的女儿沙薇特拉谈起恋爱来了。我们要是不趁早把他们两人拆开，那么只怕总有一天，他会谁都不问一声，就跟她结了婚，那可要把我活活气死了。要不然呢，如果他看见她嫁给了别人，他也要难过死的。所以照我看，为了免得闹出这等样的事来，你们最好借口叫他学习生意买卖，把他送到远地去，使他离开了她，把她忘了，那时候我们就可以物色一个大户人家的小姐和他完婚。”

她这意见，保护人一致赞成，都说愿意尽力替她办到；于是就把孩子叫到账房间来，其中有一个人堆着笑脸，对他说道：

“我的孩子，你现在已经长大了，应该学点正经事了。如果你愿意到巴黎去住一段时期，我们觉得这是挺不错的；因为你的财产，有一大部分是投资在巴黎。再说，你到了巴黎，常常跟许多贵爵缙绅来往，学习他们的谈吐举止，那你就可以变成一个十分有修养的后生，可以大大地抬高自己的身份，这比你留在这儿，不见世面，要强多啦。等你学得差不多了，就可以回家来。”

那孩子用心听完了他们的话，就直截了当地回答他们说，他不想出门，因为他觉得他住在佛罗伦萨并没有什么不好。于是那几位保护人又苦口婆心地多方面开导他，却始终没法说服那个孩子。他们只得把这事报告他的母亲。

这一回，母亲可发怒了，就把孩子叫了来，严厉地训斥了他一顿，她恼恨的不是他不肯到巴黎去，而是他竟然这样迷恋着那个姑娘。骂过之后，她又用好言抚慰他、哄他、求他，请他听从保护人的意见。最后终于说服了他，使他答应到巴黎去，不过要求以一年为期。

这样，他离别了情人，来到巴黎，可是归期一再迁延，竟在那里一住两年。他并没有因之而忘了沙薇特拉，反而对她更怀念了。回家之后，赶紧要去找她，不料他的沙薇特拉已经和一个做帐幕的勤恳的小伙子结了婚。他心里真是难过，但是再也没有补救的办法了，他觉得，如果能稍许获得一些安慰也是好的，就打听到了她住在什么地方，跟一般年青的情人一样，时常在她家门口徘徊不去。还以为她也像他一样，不曾忘了旧情。

可是出乎他的意料，她已经不认得他了，好像他只是一个陌路人；要不就是，纵使她还记得他，也不肯和他相认了。那个青年不久就看出，她决不会再理睬他了，心里格外难受。他想尽办法，要使她记起旧情，结果只是白费心机，可是他还是不死心，决定要当面跟她说句话，哪怕因之送了自己的生命，他都不在乎。

于是他从她的邻居家里打听明白了她房子里边的情况，有一天黄昏，她和丈夫到邻家玩儿去了，他就偷偷地走进她家，躲在一卷卷帆布后面，耐心守着，等到他们回来，上了床，她的丈夫睡熟之后，就溜了出来；他已看清沙薇特拉睡在哪儿，轻轻悄悄来到她身边，把手放在她胸脯上，小声说道：

“我的心肝啊，你睡熟了吗?”

那姑娘还没入睡，发现有人在房中，想要惊喊起来，他慌忙说道：

“看在仁慈的天主面上，别嚷，我是你的纪洛拉莫啊。”

她听见这话，连四肢都发抖了，她说：

“唉，纪洛拉莫，看在老天面上，快走吧，我们做孩子的时候那一段恋爱已经是过去的事了。你知道，我已经是个有夫之妇了，假使我再想到别的男子，那就是我的不是了。所以，我求求你，做做好事，快走吧。万一我丈夫醒来，听得了你的声音，即使不闹出什么乱子来，我从此也休想再得到家庭的幸福了，而现在，他这样爱我，跟我两个和睦过着光阴。”

那后生听到她说出这些话来，不由得感到一阵心痛。他叫她想想当初他们俩是怎样相亲相爱，又说和她分离了两年，他依然对她一往情深；此外他还说了许多求情的话、许给她种种好处，可是全不中用。到了这个地步，他只想死不想活了，最后就求她，看在他这一片痴情的分上，让他在她的身边暂且躺一会儿，因为他深夜等她，快冻僵了；并且保证决不再和她说一句话，或者是碰她一碰，等他身子稍许暖和一些，立刻就走。沙薇特拉不禁对他生了怜意，又听得他说只要躺一会儿，就答应了他的要求。

那后生静悄悄地在她身边躺了下来，果然不曾碰一碰她的身子。这时候他再无旁的念头，一心一意只想着他这几年来对于她所怀的爱情，想着她这样冷酷，他灰心到极点，竟不想再活了，就紧握住拳头、屏住了气息，一言不发，在她的身边窒息而死。

过了一会儿，那姑娘看他一动不动躺在那里，不免有些奇怪，又怕她丈夫就要醒来，说道：

“嗳，纪洛拉莫，你怎么还不走呢?”

不料他依然一声都不响，她还以为他睡熟了，就伸手去推他，竟像碰到了冰块似的，冷得要命。她更惊奇了，再用力摇摇他，再摸摸他，他还是一动不动，她这才发觉他已经死了。这时候她又是悲伤、又是惊惶，不知该怎么办才好。

到后来，她想暂时不和她丈夫说穿，先问问他要是这回事发生在别人家里，那么他看该怎么办。她就推醒了他，把自己方才的遭遇只当作别人的事似的，讲给他听，还问他假使她碰上了这种事，那么她该怎么办。

那好人儿回说，他认为应该把死者偷偷抬到他家门前，就把他放在那儿。至于那个女人，却不应该受到责备；因为照他看来，她并没犯了什么过失。那姑娘听得他这么说，就接着说道：“那么我们就这么办吧。”

她于是拉着他的手，让他摸到了那后生的尸体。那丈夫这一惊非同小可，急忙跳起来点亮了灯，也不跟他妻子多说什么话，即刻动手替死人穿上了衣服，他因为问心无愧，扛了尸首就往门外走，当真去把尸首放在纪洛拉莫家的门前。

第二天早晨，纪洛拉莫的尸体就给发现了，大家嚷的嚷、闹的闹，乱成一团，尤其他的母亲更是呼天抢地。大夫赶来仔细检查了尸体，发现全身皮肉都是好好的，没有一处伤痕或是创伤。因此一致断定他是忧愤而死的。这倒是句真话。

接着尸体就给抬到了教堂里，那母亲泣不成声，许多女眷，和邻家的妇女也按照习俗，陪着她哭泣。她们正在那里哭得伤心，沙薇特拉的丈夫，就是那个把纪洛拉莫从他家里扛出去的好人儿，对妻子说道：

"你在头上兜一块头巾，到停放纪洛拉莫尸首的教堂里去吧。你混在妇女中间，听听她们说些什么话。我也要到男人那一边去打听，那么我们就可以知道人家究竟提到我们没有。"

等纪洛拉莫一死，那姑娘又后悔起来，在他生前，她不让他亲一个吻，现在却恨不得去见死者一面，所以丈夫的话正中她的心意。她装束好之后，就到教堂里去了。

恋爱的法则真是难以捉摸啊！纪洛拉莫生前的富贵所不能打动的那颗心，现在却被他的不幸的遭遇所感动了。等到沙薇特拉蒙着头巾，挤在妇女们中间，望见了死者的脸儿，她柔肠寸断，心里突然燃烧起当初爱情的火焰来。她直奔到死者跟前，发出一声凄厉的呼号，就扑倒在死尸身上，以后又不听到她的哭声了，原来她一接触到她情人的尸体，心都碎了，所以也不曾流下多少伤心的眼泪，就和他一样地一恸而绝。

旁边的许多女人也不知道她是哪一个，也不懂得她为什么这样悲伤，都拥上去安慰她，劝她起来。可是她却始终扑倒在那里，没有动静；大家只得伸手去扶她，发觉她竟是一动不动；等到把她扶起来后，立即认出原来她是沙薇特拉，却已经死了一会了。

这一幕惨剧感动了教堂里的那许多女人，她们加倍地难受，因之哭得越发凄惨。消息立即在教堂外边男人中间散布了开来，传到了沙薇特拉的丈夫的耳朵里，他不禁哭了出来，旁人劝他，他不听。他哭了好一阵子，才把昨天晚上纪洛拉莫和他妻子的种种情形，告诉了旁人，大家这才明白这对情人致死的原因，都不禁为他们叹息。

那些女人按照当地风俗，把那个好姑娘装扮起来，和纪洛拉莫停放在一个尸架上，又为她哀哭了一阵，于是把他们两个合葬在一个坟里。他们生前不能结为夫妻，死后倒成了永不分离的伴侣。

故事第九

罗西雄杀了他妻子的情人，取出心脏，做成菜肴，给妻子吃。她知道后，从高楼跳下自杀。后来她和情人合葬在一处。

妮菲尔讲罢故事，她的女伴们个个听得伤心。国王不愿侵犯第奥纽的特权，除了他们两个外，别人又都已经讲过故事了，所以他就这样说道：

温柔的小姐们，你们对于不幸的情人都这样富于同情心，我打算讲一个故事，叫你们听了也会像方才那样替故事中的人物感到难过，因为论身份，他们高贵得多，而他们的遭遇却是更其悲惨。

据法国东南一带人民的传说，在普罗旺斯地方，从前有两个高贵的骑士，都拥有城堡、僚属，一个叫纪尧姆·德·罗西雄爵士，一个叫纪尧姆·德·加贝当爵士。两人都武艺高超，所以互相钦佩，结成深交；虽然彼此的城堡相距三十多里路，过从却十分密切，每逢参加什么竞技比武，两人总是穿着一色的盔甲，同时出场。

且说罗西雄家里有一个如花似玉的娇妻，加贝当尽管跟他亲如手足，竟私下爱上了他的妻子，在她面前百般讨好。那位夫人并非是不解风流的娘儿，看出了他的情意，又素仰他是个勇武的骑士，所以也对他脉脉含情，为他朝思夜想，只恨两人的心事不曾说出口来。过不多久，他果然来向她求欢，从此两人就勾搭上了。

他们这么时常私下来往，却不知道多加谨慎，不久就被那丈夫发觉了，他这一气非同小可，半世深交，顿时变成不共戴天的仇人，他决定不杀死加贝当决不罢休；一方面他又隐藏自己的妒火，比那对男女隐藏自己的私情还严密。

恰巧这时候法国要举行一个比武大会，罗西雄得到这消息后，立即通知加贝当，请他到他家来共同商讨是否要去参加，要是参加又怎样去法。加贝当很高兴地回答说，他第二天准到他家来吃晚饭。

罗西雄得到他的回复，心想暗杀他的时机到了。第二天，他全副武装，带着几个①侍从，骑马来到一座松林，离自己的城堡大概三里光景，是加贝当的必经之路，他就在那里埋伏着。过了半晌，他望见加贝当只是穿着轻装便服，骑马而来；后边跟着两个侍从，也不曾带着武器；真是大祸临头，还不知道。等他走到近处，罗西雄手执长枪，像凶神恶煞般直冲出来，厉声喝道："奸贼，你休想活命了！"话还没说完，早已一枪刺进了他的胸膛。

加贝当毫没防备，连挡也没来得及挡一下，哎呀也没来得及喊一声，当胸吃了一枪，就倒地死了。那两个侍从，根本不曾看清是谁刺死了主人，拨转马头，没命地逃回去了。罗西雄跳下马来，用匕首剖开加贝当的胸膛，掏出他的心脏，从枪尖上撕下三角军旗，把那颗心脏包裹起来，交给一个侍从拿着。他严令他们不许走漏消息，于是上了马，赶回城堡去，这时天色已经黑了。

夫人听说加贝当这天晚上要到她家来吃饭，忙着准备了好一阵子，却是左等他也不来、右等他也不来，十分焦急，后来看见丈夫回家了，

---

① 从里格及麦克威廉译本。潘译本作"一个"，但下文又说"交给侍从中的一个拿着"，显然有误。

他却并没一同来到，大为惊奇，忍不住问道：

“爵爷，这是怎么一回事，加贝当没有来?”

“夫人，”丈夫回答道，“他已经派人来通知我了，说是今晚有事，要明天才来呢。”

爵士夫人听了很是失望。那罗西雄跳下马来，把厨子叫了来，对他说道：

“这是颗野猪的心，你要用心把它烧成一道最精美的菜肴，等我吃晚饭的时候，盛在银碗里送上来。”

那厨子得了吩咐，施展出全副本领，把心切碎，加上许多香料，果然烧成了一道最精美的菜肴。

到了晚饭时候，爵士和夫人在餐桌旁坐下来，餐桌上放着许多菜肴，可是他却不曾吃了几口，原来他干下那惨无人道的事，心里到底不安宁，所以吃不下饭。不一会，那厨子已把一盆猪心端了上来，放在他面前，[①]他推说今晚胃口不好，又吩咐把猪心递给夫人，说这是难得的珍馐，极力劝夫人多吃些。那夫人并不疑心，尝了一口，觉得味道还不错，就把整个心都吃了下去。那爵士看她已经吃完，就说道：

“夫人，这道菜怎么样?”

“爵士，”她回答说，“味道很不错。”

“多谢天主，”爵士说，“我信得过你的话；你觉得它好吃，我一点不奇怪，因为这颗心跳动的时候，本来就叫你欢喜得要命呢。”

夫人听了他这句话，怔了一下，问道：“你说什么？你叫我吃的是什么东西呀?”

“老实对你说了吧，”那爵士说，“你吃下去的是纪尧姆·德·加贝当爵士的那颗心，就是你这个不要脸的女人的情人的那颗心。你放心吧，这事错不了，因为就在我回家来的不多一会以前，是我亲手剖开他的胸膛，把这颗心挖出来的。”

爵士夫人正和她的情人打得火热，现在骤然听到她吃了自己情人的

---

① “放在他面前”一句从里格译本增入。

心，胸中的悲痛可想而知；过了一会，她这么说道：

“你干下这种事来，说明了你是一个卑鄙奸诈的骑士。他并没强迫我，是我自愿把爱情奉献给他的，假使这事对你不起，那么也是我的错，要罚也应当罚我才对，你却去谋杀了他！他是个又勇敢又温良的骑士，天主在上，我吃下了他那颗高贵的心，从此再不吃旁的东西了！”

说完，她主意已定，就站了起来，回身直奔到窗子前，纵身一跳，这窗子开在城堡上，离地面好高，可怜那爵士夫人这一跳下去不但顿时殒命，而且跌得粉身碎骨。

罗西雄看到这一幕惨剧，给吓昏了，懊悔自己做错了事。他又怕受到当地居民和普罗旺斯伯爵的责难，就吩咐备马，骑马逃走了。第二天，这件事在全区传开了，两个城堡周围的居民哀悼这一对情人的惨死，把他们的尸体收拾在一起，合葬在爵士夫人的小礼拜堂里。在他们的坟墓上，刻下了诗行，记载着他们的姓名，他们的恋爱和惨死。

故事第十

大夫的太太误认为情人死了，把他藏在木箱里，两个高利贷者把木箱偷去。那情人半夜苏醒过来，被当做窃贼，送到官府。幸亏太太的侍女疏通了法官，使他免受绞刑。那两个窃贼被罚款示儆。

国王讲完故事，只剩第奥纽还没讲，他早有准备，得到国王的吩咐，就这样说道：

今天大家讲了许多悲惨的恋爱故事，听得你们几位小姐眼圈都红了，心都酸了，连我都觉得受不了，只望别再这样悲惨下去吧。现在多谢天主，总算大家都已讲完了故事，只要我不讲什么薄命的情人寻死觅活，(但愿天主保佑，别叫我讲吧!)那么悲惨的故事就到此为止了。现在我再也不愿意讲那叫人心碎肠断的话，且来讲一个好听些的、有趣些的故事吧。说不定我们明天讲起故事来也可以有个参考。

各位最漂亮的好小姐，不久以前，萨莱诺城里住着一个著名的外科大夫，叫做马才奥·台拉·蒙太涅，他在风烛暮年，娶了城里一个如花似玉的小姐做太太。为了要博得她的欢心，让她穿好吃好，不论怎样贵重的首饰也要搜罗来给她佩带，全城的女人还有哪个像她那样享福的？谁知道自从她来到大夫家里，却心头时常发冷，原来大夫的床上，缺少一个温暖的被窝。

我们总还记得，理查·第·钦齐卡怎样教他的太太遵守许许多多的圣节日和例假日；①如今这位大夫同样也对他的娇妻发表了一套高论，说什么女色最伤身体，一个男人亲近女人一次，也不知道得隔多少多少天才得复原哪，还有这等等的混话。你想，这岂不是苦坏了那位少奶奶吗？幸亏她是个有作为、有见识的女人，看见自家这位老汉连一点一滴都嫌浪费，就决定去找野食吃。她拿准了这个主意，就开始留意周围的许多男人，后来到底给她遇到了一个中意的后生，把她的心、她的希望和幸福，都寄托在他身上。那后生觉察了她的情意，觉得跟这样一个美人儿谈谈爱情，倒也不坏，就对她大献殷勤。

那个后生叫做鲁杰利·达耶罗利，也是好人家出身，可是不图上进，吃喝嫖赌，都占全了，等到把钱用完，又学会了偷抢拐骗，因此在萨莱诺城里，简直名誉扫地，弄到亲戚唾弃、朋友回避，谁也不要见他，谁都不再指望他学好向上。偏是我们这位太太独具只眼，不知道看中了他什么地方，叫自己的贴身使女在中间牵线，两个人就此勾搭上了。

那位太太做了他的情妇后，责备他过去的生活实在太荒唐，他如果真心爱她，一定要弃邪归正才好。为了鼓励他做一个好人起见，她时常拿出一笔笔的钱来接济他。

他们这样暗中来去，谨慎行事，许久都不曾遇到什么意外。有一天，来了一个烂腿的病人，请求诊治，我们那位大夫检查之后，就对病人的家属说，腿里面有一根骨头已经腐烂了，如果不取出来，不但坏腿难保，恐怕连生命都有危险；不把腐骨除去，就没有治愈的希望；不过也并没有多大把握，只是把死马当作活马医罢了。病人的家属听得情形

---

① 见第二天故事第十——这也是第奥纽所说的一个故事。

这样严重，就同意他施行手术。

大夫知道不用麻药，病人受不了这痛苦，决不能让他好好开刀，所以决定到晚上再动手术，早晨先提炼了一剂麻醉药，让病人喝了，可以要他睡多少时候就多少时候，好顺利开刀。他把那剂麻醉药带回家去，放在自己房中，却不曾对家人提起。

到了晚上，大夫正想到病人家里去，忽然来了一个人，说是阿马尔菲地方出了乱子，有许多人给打得头破血流，他的朋友请他千万立刻就去急救，他就是从那儿赶来的。那大夫只得把手术延迟到第二天早晨，立刻乘了小船，到阿马尔菲去了。

他的妻子知道他这天夜里不回来了，就像往常一样，私下把鲁杰利招来，领进自己的卧房，随即反锁了房门，预备等到家里的人都睡熟之后，就来陪他。

鲁杰利躲在房中，等他的情妇，也不知道白天里过分乏力了呢，还是东西吃得太咸，还是本来有些口渴，总之他忽然口渴得要命，直想找水喝，就在这当儿他瞧见了大夫放在窗槛上的那瓶麻醉药水，他还道是一瓶清水，就举起瓶子，一饮而尽。过不了多少时候，他就倒在箱柜上，昏昏入睡了。

再说那位少奶奶，挨到可以分身的时候，就赶紧回到自己房中，看见鲁杰利竟睡熟在那儿，就上前去推推他，低声唤他醒来；不料他动也不动一下，哼也不哼一声，这一下，她可恼了，又重重推了他一下，说道：

“醒来，瞌睡虫！要睡觉，到你家里去睡吧，别睡在这里！”

哪儿知道鲁杰利给她这么一推，就从箱子上滚了下来，跌在地上，动都不动，竟像死了一般。这时候，她才有些发急了，想去拉他起来，但是哪儿拉得动。慌得她一时里又是摇他，又是扭他的鼻子，又是扯他的胡子，可是一切全不中用；他睡得像一块木头似的。她只怕他已经死了，就用指甲掐他，用蜡烛火烧他，可是他还是没有一点儿反应。尽管她是医生的太太，她可对于医道一无所知，所以认定他是死了。也不用说得，时时刻刻都记挂在心头的情人，一旦死了，叫她有多么悲痛；可是她又不敢放声痛哭，只是默默地流着眼泪，怨自己命苦。

她独自哀伤了一会之后，想到这事如果被人发觉，不但失去了情人，连自己的声名都要丧尽了，得赶快想个办法把死人搬出去才好；但是又哪儿想得出什么办法呢？她只得悄悄地把侍女叫了来，把种种情形，都给她讲了，请她出个主意。那侍女不免吓了一跳，就去拉他掐他，鲁杰利依然动都不动，于是她也就跟女主人一样，认为他已经死了，说是应该快快把尸首搬掉才好。

那女主人就说："那么我们把它抬到什么地方去好呢？第二天大家发现了尸首，总得不让人知道是从我们家里抬出去的才好哪。"

"太太，"那侍女回答道，"今天晚上断黑的时候，我看到隔壁木匠店门口放着一只不怎么大的木箱，如果他不曾收进去，那我们目前倒正用得到。我们就把尸首放进木箱——不过先得拿把小刀子，在死人身上扎它几刀，等人家发现了尸身之后，哪儿猜想得到这是从我们家里搬出来的；他本来是个不务正业的小伙子，只说这个小伙子一定在干什么坏事的当儿给人暗算了，扔在这木箱里。"

女主人觉得这个主意很不错，只是她绝对不肯在情人的身上扎几刀子。侍女依她的话，就先去察看那只木箱，还在不在街上。

木箱果然还在街上。那侍女年纪轻，身体结实，女主人帮着她把鲁杰利扛在肩头上，走出了宅子。她们主仆俩，一个望风，一个扛着鲁杰利直到木箱边，把他扔了进去，关好箱盖，就回家去了。

再说在木匠隔壁过去几家人家，住着两个放高利贷的小伙子，他们一两天前刚搬进去，简直什么家具也没有，因为只想赚钱，哪儿舍得花钱去买家具。他们那天也注意到了木匠店门前的那一只大木箱，就彼此商量，如果那木箱夜里没收进去，把它偷来，倒也抵得一件家具。到了半夜，他们走出房屋，看见木箱果然还在，也不问这里面有没有东西，抬了就走，只觉得这木箱好不沉重，等来到自己家里，就把箱子在他们两个老婆的房中随便一放，管自睡去了。

再说鲁杰利昏昏沉沉睡了好长一段时间，到第二天清晨，药性已过，就迷迷惘惘地醒过来了(可头还是很晕，很重，不仅在那一夜，接连几天都是这样)。他睁开眼来，只觉得漆黑一团，只得用手摸索，发觉自己关在一个箱子里，心里想道：

“这是怎么一回事？我在哪儿？我现在醒着还是在做梦？——啊，我记起来了，今天晚上我是在我情妇的房里，可是我现在却在一个箱子里。这是怎么搞的？难道是大夫回家了，还是出了旁的事，情人趁我睡熟，把我藏在这里？我看大概是这么一回事——准是这样。”

他于是静静地躲在箱子里，细听外面有什么动静；箱子本来不大，他又蜷缩了这么一长段时光，觉得腰酸背痛起来，想翻一个身，谁想他刚转动身子，屁股就猛地撞在箱子上，这木箱本来没有放平，给他在里边这么一动、一撞，就向一边倒去，砰然一声响，跌翻在地上。

这一声巨响，把房里两个睡熟的女人从梦里惊起，吓得她们连气都没敢透一下。鲁杰利随着箱子跌翻在地，也吓得要命，不过看见箱盖已打开了，心想即使有什么事要发生，也总比关紧在箱子里好，竟爬了出来，却苦于不知道自己在什么地方，只得暗中摸索，但希望能够找着一扇门，或者一座楼梯，就可以逃了出去。

两个女人提心吊胆，听见房里有人行动，就问：“是谁呀?”鲁杰利听听不是熟悉的口音，不敢答应。两个女人又大声叫那两个青年，可是他们辛苦了半夜，正自好睡，竟没有听见。

这时候，两个女人更加惊慌了，立即跳下床来，奔到窗口，伸长了脖子喊道：“捉贼啊！捉贼啊!”

经她们这样一喊，左邻右舍全赶来了，有的从屋顶上跳下来，有的从楼下爬上来，这里不再一一细述；给这样一闹，就连隔壁房里那两个青年，也惊醒了，奔了过来。这时候，鲁杰利慌得不知如何是好，反呆在那里不动了，就给他们一把抓住。恰好这当儿几个巡警又闻声赶到，就交给他们把鲁杰利押到官衙受审。

来到堂上，查明他素来是个作恶多端的坏蛋，法官立刻吩咐用刑，逼取口供，鲁杰利受刑不起，只得胡乱供认他深夜潜入人家，想去行窃。法官认为情节严重，准备把他判处绞刑。

第二天早晨，鲁杰利到放高利贷的人家去偷窃以致被捕的消息，传遍了全萨莱诺城。大夫的太太和太太身边的侍女，也听到了这话，可把她们呆住了，难道昨夜里的事，只是做了一场梦？尤其是那位太太，听说鲁杰利案情严重，恐怕性命难保，更把她急疯了。

到了晓钟已过、晨祷钟未打的时分，大夫从阿马尔菲回来，想替病人施行手术，找那瓶事先准备好的麻醉药水，不料瓶子已空了，因此大发脾气，说是家里什么东西都放不得。那位太太本来心乱如麻，就反唇相讥道：

“大夫，你闹些什么呀？打翻了一瓶水也值得这样大惊小怪吗？难道世界上再没有水了吗?”

“女人，”大夫说，“你以为这是一瓶清水吗？不是的，这是一瓶叫人安眠的药水。”

他还告诉她这瓶药水是因为要替病人开刀，特地配制起来的。他的太太听见这话，立刻明白鲁杰利必定是喝了麻醉药，所以睡得像死人一般，就说：

“大夫，我们怎么知道这是药水呢，你还是再配制一瓶吧。”

大夫没法，只得又配制了一剂药水。过了一会儿，那使女依了女主人的吩咐，已经打听鲁杰利的消息回来，这样说道：

“太太，我只听得大家都在说鲁杰利的不是，也没听说他有哪个亲戚朋友肯挺身出来救他，一到明天，官府就要把他绞死了。此外我还要告诉你一件新鲜事儿，我已经弄明白他怎么会到放高利贷的人家去的。听着，是这么一回事。你知道，我们把鲁杰利放在木匠门外的箱子里；方才那木匠和一个男人争吵得面红耳赤。看样子那人就是箱子的主人，他口口声声要木匠赔他的箱子钱，那木匠坚决不承认他把木箱卖掉，说木箱是在夜里给人偷去的。‘这话就不对了，’对方说，‘你分明是把木箱卖给那两个放高利贷的家伙，昨天晚上，在捉住鲁杰利的当儿，我看见木箱就在他们家里，而他们就这样亲口对我说的。’‘他们在胡说八道，’木匠回答。‘我从没把箱子卖给他们过，一定是昨天夜里给他们偷去的。让我们找他们说话去吧。’

“他们就一起到放高利贷的人家去，我也回来了。这样看来，鲁杰利怎么会弄到了放高利贷的人的家里去，就很明白了；不过他怎么又会活过来，我可猜不透了。”

那太太这时候才明白原来事情是这样闹出来的，她就把大夫的话告诉了侍女，请她帮忙救救鲁杰利的性命。因为这位太太既要搭救鲁杰利，又不愿坏了自己的名誉。

“太太，”侍女说，“只要你给我想好主意，我一定替你尽力。”

在这刻不容缓的当儿，亏得那位太太急中生智，她仔细一想，就计上心来，如此这般的指点了侍女。那侍女听着她的话，先来到大夫跟前，哭着说道：

“先生，我来向你请罪，因为我做了对你不起的事。”

“什么事啊?”大夫问。

那侍女哭得好苦，一边哭一边说：“先生，想必你也知道鲁杰利这么一个小伙子；新近他看中了我，我呢，又是怕他，又是有些爱他，终于接受了他。昨天晚上，他知道你不在家，就要来和我睡觉，跟我说好说歹，求我把他带到我的房中去。我只得依了他；他忽然又口渴起来，我一时到哪儿去弄水弄酒来呢。客厅里倒是有着茶水，我又不敢去拿，因为太太正坐在那儿。我忽然想起你房中放着一瓶清水，就去拿来给他喝了，把空瓶放回原处。没想到这是一瓶药水，害得你刚才和太太吵了一场。我承认我做错了事——不过一个人哪儿能免得了不做一二桩错事呢？我心里真难过呀，倒还不是因为做了错事，而是因为闯下了大祸，鲁杰利的性命要不保了。所以我怎么也得求求你原谅我，同时让我出去想法把鲁杰利救出来。”

那大夫本来是一肚子的气恼，听了她的话，反而打趣地说道：“这就叫做自作自受。你还道昨天晚上请了一个小伙子来捣你的裙子，不想请来了一个瞌睡虫！快去救你的情人吧，只是请你记住，以后不许再领他上门了，如果给我撞见有这样的事，那么我决不会饶过你，一定要两笔账并做一次算。”

那侍女看见第一步总算很顺利，就直奔监狱，对狱卒说了一番好话，因此得以进去见到了鲁杰利，嘱咐他以后法官再问话的时候应该怎样回答；于是自己又设法去求见法官。

那法官看见来的是这么一个唇红齿白的年青姑娘，别的不问，却先张开双臂，非要让他搂一下不可。那姑娘只望法官肯把她的话听进去，乐得依了他，让他搂个称心如意，然后说道："老爷，你把鲁杰利捉了来，当做窃贼惩办，其实冤枉极了。"

于是她把编好的一套故事有头有尾地说出来，说她是他的情妇，怎样把他领到大夫的家里，怎样错把麻醉药水当作饮料给他喝了，怎样误以为他死了，把他藏在木箱里；接着又把她在街上听到木箱主人和木匠争论的那番话告诉了法官，向他说明鲁杰利是怎么会到了放高利贷的人的家里去的。

法官听了她这番话，觉得案情的真相不难查明。他先把大夫传了来，查问麻醉药的事，果真跟侍女所说的相吻合；又传讯木匠、箱主和两个放高利贷的青年，盘问了半天，证明确是那两个家伙在半夜里把木箱偷了去。最后又提鲁杰利到庭，问他昨晚究竟睡在哪里。鲁杰利回说他不知道，只记得他本来在马才奥大夫家里，想跟女仆过夜，一时口渴起来，在她的房里喝了一瓶水，但后来怎样，他完全不知道，等到醒来，已经躺在放高利贷的人家的一只箱子里了。

法官听了这段曲折复杂的案情，十分好笑，又叫侍女、鲁杰利、木匠和放高利贷的青年，各人把自己经过的事情，讲了一遍又讲一遍。最后，鲁杰利得到无罪释放，两个偷箱的家伙处罚十个金币示儆。鲁杰利有多么高兴，这也不必提了，就是他的情人也是欢天喜地。此后大夫太太和鲁杰利两个继续打得火热，感情更浓厚了，每当他们提起那个了不起的侍女，要在他身上扎上几刀，大家总是笑个不停。但愿我也在恋爱上得到成功——可是别叫我关在箱子里吧！

* * * * *

前面几篇故事，听得我们那几位好小姐很是伤心，幸亏最后第奥纽讲了这么一个故事，博得大家哈哈大笑，尤其是在听到法官张开双臂，要把侍女搂在怀里这一段，更是笑得起劲，方才的一点愁闷全部消散了。

国王看见太阳变成金黄色，就要下山，知道自己的任期将满。就趁这时候，向各位小姐道歉，请求她们原谅，因为他今天指定大家专拿情人们的悲惨遭遇作为故事的总题，未免太煞风景；他的措辞很是恳切动人；说完，就站了起来，摘下桂冠，在众目睽睽下，把它轻轻加在菲亚美达的披着金发的头上，说道：

“我把王冠放在你头上，因为你比大家更能想出明天的适当的故事总题，让大家听得津津有味，把今天的愁闷都打消了。”

菲亚美达长着一头金黄的鬈发，一直披到洁白细腻的肩膀上。她那鹅蛋脸儿才真像是百合花般洁白，腮帮子上泛着玫瑰色。一对眼睛像鹰眼一样明亮，两瓣嘴唇好像两颗红宝石。她听了菲洛特拉托的话，微笑着回答道：

“菲洛特拉托，我乐于戴上这顶桂冠。为了使你反省一下，我要大家明天每人讲一个这样的故事：历尽艰难折磨，有情人终成眷属的故事。”

这个建议，得到大家一致的拥护。于是她把总管召来，作了些必要的吩咐。过后，大家都站了起来，女王以和悦的声调，允许各人自由活动，到晚餐的时候再行集合。

于是有的人到花园里去游玩，那园中的美景真是百看不厌；有的人到花园外去参观正在转动的磨坊；也有几个人随兴之所至，随意漫游。到了吃晚饭的时候，大家照常聚集在美丽的喷水泉边吃了丰盛的晚饭，十分欢乐。饭后，大家离席，像向来那样，又是唱歌，又是跳舞。女王看见菲罗美娜带头一曲舞罢，就说：

“菲洛特拉托，我不打算独出心裁，更改向来的制度，现在我也要指定一个人唱歌。我料想你的歌曲跟你的故事是不会有什么两样的，好在明天我们再也不会听你那种悲切的故事了，所以我现在命令你唱一个歌曲，由你爱唱什么就唱什么吧。”

菲洛特拉托欣然从命，立即唱了下面的一首歌曲：

唉，痴心人遇着了负心人，
叫我如何不痛心？
当初的山盟海誓到哪里去找，
叫我如何不把泪儿掉？

爱神啊，自从我对她一见倾心，
我为了她朝思夜想想不尽。
唉，这分明是一片妄想和痴心！
我只想着她的容颜多么姣好，
却忘了自已在受痛苦的煎熬，
我铸成了大错，等到悔恨，
已经太晚，叫我黯然魂销。

自从她不顾我的深情，把我遗弃，
我才知道受了爱神的欺。
我自以为博得了她的欢心，
做了她跟前的心腹仆人，
做梦不曾想到，
一声霹雳，痛苦已经来到，
她迎新弃旧，把我抛掉！

旧恨新愁都涌上了心头，
日以继夜我把一个时辰诅咒，
在那个时辰里我第一次
瞻见了我那情人的丰姿，
她那华美的光彩照得我两眼昏眩，
使我的灵魂好像在打转。

爱神啊，你知道我的心已经碎掉，

爱神啊，我一声声悲叹你应该听到，
为了要把生存的痛苦减轻，
我渴望着死神的来临，
死神啊，快来了结我的残生，
我觉得阴间比人世还光明。

除了死，我再没有其他慰抚，
除了阴间，我看不见第二条路；
爱神啊，你就开开恩吧，
让我一死就把万愁抛，
人生的乐趣都丧尽，
我对人世还有什么留恋？
爱神啊，但愿我一死她更欢乐，
她和她的新欢享尽幸福。

我这歌曲，要是没谁唱给你听，
那也没什么，因为谁也不能
唱得像我这样悲惨伤心。
我只托付你一件事情，
请你找到爱神跟前去，
只对他一人，诉一诉我的苦衷，
对他说我厌倦人生，
只望他超度我一下，让我
脱离苦海，换一个环境。

唉，痴心人遇着了负心人，
叫我如何不痛心……

这首歌曲很清晰地传达了他的心绪，也清楚地表明了他为什么会落到这样悲苦的地步。假使不是暮色苍茫，那么在这些舞蹈的姑娘中间，可能看到有人脸上染了红晕，那么内中的情节，更耐人寻味了。

等他唱完了歌，大家又接着唱了好些歌，直到时间晚了，女王才命令各人回房安寝。

［第四天终］